异域密码之

日本异闻录

新修订版

羊行屮/著

Japan Ibunroku

九州出版社
JIUZHOUPRESS

图书在版编目（CIP）数据

异域密码之日本异闻录 / 羊行中著. -- 北京 : 九州出版社, 2018.12（2019.7 重印）

ISBN 978-7-5108-7776-6

Ⅰ. ①异… Ⅱ. ①羊… Ⅲ. ①长篇小说－中国－当代 Ⅳ. ① I247.5

中国版本图书馆 CIP 数据核字（2018）第 300418 号

异域密码之日本异闻录

作　　者　羊行中　著
出版发行　九州出版社
地　　址　北京市西城区阜外大街甲 35 号（100037）
发行电话　(010)68992190/3/5/6
网　　址　www.jiuzhoupress.com
电子信箱　jiuzhou@jiuzhoupress.com
印　　刷　三河市金泰源印务有限公司
开　　本　690×980 毫米　16 开
印　　张　19.75
字　　数　247 千字
版　　次　2019 年 4 月第 1 版
印　　次　2024 年 7 月第 5 次印刷
书　　号　ISBN 978-7-5108-7776-6
定　　价　36.80 元

目　录

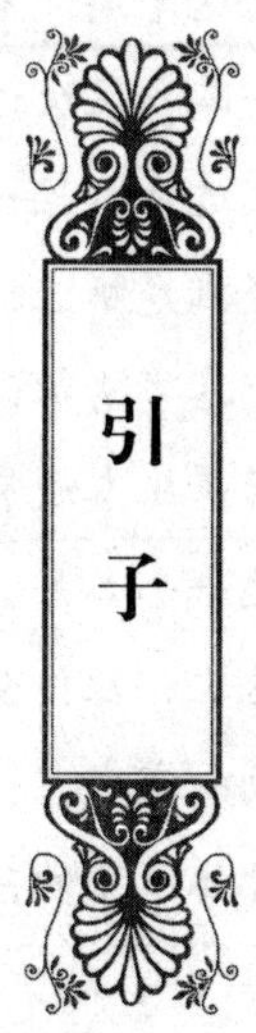

引子

一

"高桥君，你都不知道那天你有多吓人。"护士臻美帮高桥换了药，扎好绷带，"你满头是血地冲进来时，我以为大白天遇见鬼呢。"

"给您添麻烦了。"高桥坐在床上勉强鞠躬，头部一阵晕眩。

"高桥君，不要再牵扯伤口了。"臻美连忙扶住高桥，"高桥君，你到底是怎么把头部弄成这样的？"

高桥苦笑着摇了摇头，心里暗想：这件事情又怎么能和你说呢？

三天前。

即使是炎热的初秋，27层楼顶天台的风也分外凛冽。高桥踩灭最后一根烟头，哆哆嗦嗦地站上了天台的防护栏。

从这个高度看去，街道上的汽车如同搬家的蚂蚁，密密麻麻地缓慢移动着，一阵狂风吹过，高桥立足不稳，差点掉下楼。

不过他心里一点也不紧张，因为，他早就想死了。

金融危机、就业压力、孤儿、被女友抛弃、贷款还不上，仿佛全世界所有的倒霉事情都让他一个人碰上了。

活着根本没有什么希望，还不如死了的好。

这一个多月，他一直这么想，也一直这么做。

这次，应该会成功吧。高桥苦笑着，闭上眼睛，张开双臂，任由身体前扑，倒向空中。

身体下坠的感觉戛然而止，好像有人抓住了他的腿，紧接着传来撞击的疼痛感。

睁开眼睛时，他才发现自己倒挂在半空中，偏偏牛仔裤的裤角挂在了防护栏横出的铁钩上。

爬回天台，高桥沮丧地坐在水泥地上，疯了似的狂吼！好像只有这样才能舒缓心里的压抑。

为什么？！

我居然倒霉到了连自杀都不能成功！

这段时间，早就失去生活信念的高桥，尝试了各种自杀方式。可是每次在最后关头，总会发生意外，让他根本无法死去！

准备摸电门的时候，家里突然跳闸了；买了一瓶安眠药，却发现刚才还满满的水壶里居然没有一滴水，水龙头又怎么也拧不开；上吊绳子会绷断；割腕却在家里找不到一把刀子；想砸碎玻璃，却发现窗玻璃像是铁做的，怎么也砸不碎；从桥上跳河，喝了几口水昏迷后再苏醒时，不会水性、恐水的他，居然躺在岸边……

就连跳楼，都会被铁钩挂住牛仔裤！

总之，他想尽一切办法都死不了。冥冥中好像有什么东西跟他作对，越想完成的事情，越完成不了。

高桥用力捶着胸口，瞪着天台阁楼上的输水管线，猛地跳起冲出，一脑袋撞了上去。

隐约中，他好像听到了女人的尖叫。

醒来时，眼前一片雪白。头部的疼痛和注射完的点滴让他知道自己仍然没有死。

也不知道是谁居然在上班时间到天台，多管闲事地把他救了！就让我流血而死好了！高桥捶着病床。

二

“咦？高桥君你脖子上有颗痣呢？”臻美好奇地眨着眼睛，“在我的故乡江户，有个关于脖子上长痣的传说呢？你有兴趣听吗？”

高桥抬头看了看时间，“嘀嗒嘀嗒”，悬挂在墙上的钟表显示已经是午夜十二点。如果臻美回了护士站，那就只剩他一个人，出于对医院的恐惧，高桥点了点头表示有兴趣。

臻美拖过椅子，像小猫似的坐着，双手抱膝：“据说脖子上有痣的人，都是带着前世的怨气投胎转世的。”

高桥没想到臻美一上来就讲了这些话，下意识摸了摸脖子，心里有些发毛。

以下是臻美的讲述——

江户时代，作为最有名望的武士，岩岛一生斩敌首无数，终于在五十岁的时候，获得天皇赐封的“万人斩”称号。按理说岩岛本应感到高兴才是，可是他却每天闷闷不乐。

作为雄霸一方的武士，没有子嗣实在是人生一大耻辱！

无奈妻子、小妾都快比仆人多了，可是却怎么也怀不上岩岛的骨肉。岩岛遍寻全国名医，甚至请了僧人、阴阳师施术，但是后院女人们的肚子还是没有动静。

人们都说，岩岛一生杀孽太重，老天故意降下报应，让他无人养老送终。这些话慢慢传到岩岛耳朵里，岩岛不由勃然大怒，操着天皇御赐的武士刀“千叶”，把造谣的人杀了个干净，又将人头悬挂在武士府的高墙上，慢慢风干。

自此再无人敢拿岩岛没有子嗣的事情随便开玩笑，反倒是过了一年多，岩岛府突然张灯结彩，要为岩岛刚出生的儿子助男庆祝百天。

这个消息顿时轰动了整个江户城，为什么从未听到风吹草动，岩岛居然就有了儿子！

好事之人请岩岛家上街采购的仆人健次郎喝酒，酒过三巡偷偷询问时，本已醉意很浓的健次郎忽然清醒过来，慌乱地摆摆手，匆忙走了。

这更为助男的出生增添了诡异的色彩。

于是又谣言四起：岩岛在连年征战中伤了下体，不能生育，助男是健次郎和岩岛小妾偷情生下的孩子。

这些话又传到岩岛耳朵里，岩岛只是笑了笑，根本没有理睬。只是在第二天，他又将健次郎的脑袋悬挂在了高墙上。殷红的鲜血干涸成黑色，倒像是一道奇怪的符咒。

岩岛的儿子“百天宴”那天，江户城的武士几乎全部前来祝贺，当然也有很多凑热闹的人，岩岛不以为意，兴高采烈地招呼着。在酒过三巡之后，去年新纳的妾青历抱出了孩子。

胖嘟嘟的小脸蛋，长长的睫毛，粉嫩嫩的孩子眉宇间依稀有几分岩岛的模样。质疑这才消失，大家纷纷向岩岛表示祝贺，岩岛自然喝得大醉。

谁也没有注意到，青历笑容中浓浓的哀怨。

三

时间过得很快，助男长成了快七岁大的小男孩，英挺的模样更像岩岛了。但是孩子的出生并没有阻止岩岛的杀性，每隔一段时间武士墙上就会悬挂几个人头。

在武力就是一切的江户时代，有“万人斩”称号的岩岛砍掉普通人的脑袋似乎不是奇怪的事情。时间久了，大家除了担心斩首的厄运会降到自己脖子上外，定时到武士墙看人头倒成了一件很有乐趣的事情。

不过也有人发现，助男的母亲青历，自“百天宴”之后就再也没有出现过！

哪怕是武士们在岩岛家会宴问起此事，岩岛从不作答，只是摸着助男的脑袋，远远地望向锁头已经锈迹斑斑的后院。

岩岛家的仆人都谨记一道训令：决不能靠近后院！否则斩首！曾经有仆人好奇地接近后院，第二天就被岩岛活剥了皮。被剥皮的仆人还没有死透，拖着血肉模糊的身体在地上爬着，刀光一闪，脑袋被一刀斩断，腔里的鲜血直接喷在后院门上……

自那以后，后院就如同第二个岩岛，成了所有人谈及色变的地方。

谁也不知道里面锁着什么。

不过从武士府里传出两个奇怪的说法：被剥皮的仆人在临死前，嘴里不停地说着："鬼、鬼……"

每到月初月末的深夜，天空没有月亮的时候，后院里就会传出"咚……咚……"的奇怪声响，像是有人在院子里来回走的声音，脚步很沉重。

四

有一天，助男在仆人们的簇拥下，到街上玩。一个云游四方的阴阳师见到助男，停住了脚步，指着助男脖子上的痣说："有这颗痣的人，带着前世的怨念和记忆，是谁制造了这么大的杀孽？"

虽然阴阳师在日本地位极高，但是仆人们仍然把这个疯言疯语的阴阳师暴打了一顿。

不能与普通人为敌的阴阳师擦了擦嘴角的血，打听到孩子是"万人斩"岩岛的儿子，问清楚了岩岛家的位置，便沿路找去了。

当他看到墙上挂的一颗颗人头正在被乌鸦啄食，忽然"哈哈"大笑："报应就要到了！"说完就扬长而去。

这件事情很快让岩岛知道了，他皱着眉，握着武士刀，直勾勾地盯着日历，计算着说："还有一个月就是助男的生日了，还有一个月！"

阴阳师所说的报应并没有出现，风平浪静地过了一个月，助男的七岁生日到了。

宴席异常盛大，当助男拿着武士刀表演了一段精妙剑道，随手斩杀了一个仆人之后，整个宴席到达了高潮，大家都纷纷庆祝岩岛有一个了不起的儿子。

岩岛喝得大醉，回房休息时，已经是午夜。劳累了一天的人们都已熟睡，岩岛忽然酒意全无，拿起武士刀，从床底拖出一个麻袋，悄声来到了后院门口，摸出一串钥匙。

院子里，又传出了“咚……咚……”的声音。

岩岛微微一笑，眼中闪过一抹凶狠的神色，打开门锁，慢慢地解着盘在门上的锈迹斑斑的锁链。

“吱呀……”门被推开，月色下，后院满是大树的中央地带，一个人正围着一个树桩慢慢地绕着圈走着。走几步，他就会拿起手中的木槌，敲打着树桩。

他的脚上，锁着沉重的脚镣，破破烂烂的衣服几乎遮不住瘦得只剩下皮的身体，远远看去，就如同一个活骷髅，在惨白的月色下转圈。

“大人，今天的尸体和人皮呢？”活骷髅侧着耳朵听了听，抬起头向岩岛这边“望”着。透过沾满头油、汗水、泥土的乱蓬蓬长发，眼眶里的两个黑漆漆的窟窿里面，眼球早已被挖掉，“完成最后一次，大人的儿子就可以真的变成人了……青历，青历还好吗？”

“青历自然很好。”岩岛冷冰冰说道，顺手把麻袋划开，扔到活骷髅身前。

从麻袋里滚出一个臃肿肥胖的女人，每一层脂肪堆积的肉褶里都夹着厚厚的泥灰，赤裸的身体上沾满了屎尿的臭味。那个女人看到活骷髅，张嘴想喊，却根本发不出声音。

她的舌头，早就被齐根割掉，脖子上那道触目惊心的伤口，正是声带的位置。

而她的双手双脚，软瘫瘫地根本抬不起来，手筋脚筋早就被挑断了。

活骷髅摸了摸大白猪一样的女人：“大人，这次是活的？”

五

“临时找不到人，只好拿养在家里面供武士们观赏的‘猪人’凑数。”岩岛大拇指顶开了刀把。

女人眼中滚着泪花，流在满是泥垢的脸上，划出一道道白黑交错的印痕。

活骷髅仔细地摸着女人的每一寸身体，手慢慢哆嗦着，忽然说道：“大人，时间不多了，请动手吧。”

“不，这次我想你动手。”岩岛把腰间别着的一把半弯刮刀扔了过去。弯刀扎在女人肚子上，伤口没有淌出鲜血，流出的都是淡黄色的脂肪。

活骷髅犹豫了一下，循着声音摸到刮刀，又摸到女人的额头，刮刀的刀尖在额头上划开一条口子。

女人睁圆了双眼，看着刮刀一点点刺入额头，两行泪水顺着眼角流进了耳朵里。

“大人，我这个样子，青历还会爱我吗？”活骷髅一边割着皮一边问道。

月光下，满是大树的花园里，一个瞎了眼睛、瘦得如同骷髅的男人，正在一点点活剥被挑了脚筋、割了舌头、挖掉声带、胖得如同肥猪的女人！

岩岛悄悄走近，武士刀已经拽出一半：“松石，最后一次弄完，我会让你好好洗个澡，再休养一段时间，反正你是‘人形师’，雕刻一双眼睛放到眼眶里，你就又能看到东西了。”

“大人说得对。”松石仔细地剥着人皮，成堆成堆的脂肪被弃在草地上，堆积成蜡烛油的形状。半个多时辰后，一张油亮亮的人皮捧在松岛手里，躯体仍在微微颤动。

“开始吧。”岩岛背过身。虽然这个场景经历了无数次，但是即使是杀人魔岩岛，也不敢多看。

院子里的树，忽然发出了“呜呜”的悲鸣，每一棵树身上，都长出了一张狰狞的人脸，痛苦地张着嘴……

“大人，这次的人偶做好了。”松石捧着人皮裹着的木质人偶，活脱脱岩岛儿子助男的模样，“别忘了把人头挂在墙上，任由乌鸦吞食，带走煞气。还有……”

岩岛冷森森地打断：“松石，这段话你重复了七年了，这应该是我最后一次听吧。”

“应该是吧，你很快就会放了我，让我和青历见面，对吗？”松石平静地说道。

“对的！”岩岛挥起武士刀，刀光一闪，人头落地，血如泉涌！

松石的身体，倒向木桩，两股鲜血，交融在一起，渗进了木桩根部。

“为了保住助男的秘密，我只能这么做了。”岩岛拎起肥胖的人头，踹着松岛的尸体，“我实现了诺言，你和青历永远生活在一起了！”

院门关上，阴风呜咽的后院里，松石的人头滚落在草间，忽然张嘴低声说着：“青历，等着我。”

木桩下，松石的无头尸体，突然动了！两只枯瘦如柴的手在草地上摸索着，抠进泥土里，一点一点向人头的位置爬着。

六

岩岛推开助男房间的门，助男端端正正地坐在榻榻米上。岩岛抱着松石雕刻的木偶，冷酷的脸上终于有了一点慈祥：“助男，把你的皮换在木偶上，你就是真正的人了，再也不用依赖人形师了。”

“他们都以为我杀了那些制造‘我没有子嗣是因为杀孽太重’谣言的人是为了泄愤，哪里知道我得知了在江户有人形师的存在。我只不过找了个借口杀掉一部分人掩人耳目，把人形师和他的妻子抓进来才是真正的目的。如果不是控制住了青历，人形师还不会答应用‘人形之灵’给我制造一个儿子。”岩岛把手伸向助男的头顶，往两边一撕，一张完整的人皮落下，助男的身体里，是一个木偶。

岩岛把人皮附在新雕刻的木偶身上后，抹着额头上的汗水，喘着气：快六十了，真的需要继承人了。岩岛一边想着，一边看着助男，眼睛里流露出浓浓的父爱。

“爸爸。”助男抬起头。

还是那个英俊的儿子。岩岛总算放下心来，在经历了七年的换皮之后，木偶终于可以变成真人了！

“爸爸。”助男语音单调地重复着。岩岛忽然觉得不对，借着昏暗的月色，他仔细看去！

这哪里是助男？

苍白的脸上，上嘴唇裂开一条竖着的口子，鼻子扁平，鼻尖血红，眼睛通红，两只耳朵长长地竖着，头发变成雪白色，这分明是个兔子脸！

岩岛大吼一声，恐惧到了极点，慌乱中举起武士刀，用尽全身的力气向助男脑袋上劈去。

“噗！”武士刀陷进脑壳里，却卡在里面拔不出来，每活动一次，都能迸出许多木屑。助男根本不觉得疼痛，抬着兔子脑袋问：“爸爸，你为什么要砍我？”

“啊！”岩岛撕心裂肺地喊着，终于把刀拔了出来，又一次狠狠劈下。

“咔嚓咔嚓”的声音在屋子里不停响着。

终于，岩岛瘫坐在地上，再也无力举起武士刀，瞪着一双血红的眼睛，向地上的尸体看去。

他，惊呆了！

被砍的七零八落、血肉模糊的尸体，真的是助男的模样。

他张着嘴，却发不出声音，摸起武士刀，插进了腹部，横着一划……

七

后院里，松石认真地雕刻着，他的眼眶里，已经有了一双明亮的眼睛。木屑纷飞中，一个美丽的女子渐渐成型。

他的身边，站着一个邋里邋遢的阴阳师，微笑着叠着纸。松石雕刻好女子后，阴阳师把叠好的纸人贴在木偶上，点了把火。蓝汪汪的火焰“腾”地燃起，很快熄灭，一个美丽的裸体女子从灰烬中站起。

“谢谢您。”松石和青历对阴阳师鞠着躬。

“有情人就应该在一起的。”阴阳师笑了笑，翻墙而出。

“万人斩”岩岛砍杀了自己的儿子，又剖腹而死的消息在江户传得沸沸扬扬，其中的原因无人知晓，这成了“江户城两大不可思议”之一。

另一件不可思议的事情：江户城里忽然来了一对漂亮夫妻，每天，男子坐在樱花树下，为相爱的人们免费雕刻栩栩如生的人偶；妻子坐在他身旁，时不时帮他擦着额头上的汗水，甜甜地笑着。

八

尽管臻美已经走了一会儿，但是高桥依然沉浸在臻美所讲的故事情节里。眼看快凌晨三点了，还是睡不着，高桥深吸了一口气，穿上拖鞋推门出了病房，护士站就在不远的位置。

空荡荡的走廊里亮着几盏无影灯，拖鞋摩擦着地面发出“沙沙”的声音，两旁的白色墙壁映着幽幽的灯光。狭长的过道空无一人，只有臻美和另一个护士低声说着话。

“臻美，你又给病人讲那个关于脖子上有痣的故事了？”

“是啊，杏子。正巧高桥君脖子上有颗痣呢。”

“你也不怕吓着病人。”

高桥往前走了几步，已经能看到护士站后面两个护士正在玩着手机聊着天。但是奇怪的是，还有一个人，让他浑身的汗毛都竖了起来！

一个穿着病号服的女人，站在两个护士中间，长长的头发完全挡住了脸，弯腰低头看着护士手里的手机。

护士就像没看到那个女人，依旧时不时抬起头聊着天，还相互举着手机，从女人的身体里穿过，送到对方面前看。

“臻美，今天是不是冷气开得太重，比往常要冷很多呢。”染着黄发的护士打了个哆嗦！

鬼！

高桥转身向病房跑去，却看到在走廊尽头的窗户上，探出了一双手，扒着窗沿，一个老头的脑袋从窗外伸出，对着他“嘿嘿”笑着。

冲回病房，高桥狠狠关上门，急促地喘着气。这间医院闹鬼，绝不能再待下去。想到这里，他拉开放衣物的橱柜，却看到一个六七岁的孩子，正安静地蹲在橱柜里打瞌睡！

“你不能死，你死了就会变成我们这样的鬼。”中年男子的声音在身后响起。高桥不敢回头看，双腿软得像面条，从橱柜门上的妆容镜看到，一个中年男子，躺在他的病床上，缓缓坐起……

九

“啊！”高桥从床上坐起，惊恐地四处张望！

“高桥君，你哪里不舒服吗？”染发护士摁住他的肩膀。

病房的窗帘早已拉开，刺眼的阳光使得高桥眼睛酸痛，视线模糊了几分钟，才逐渐清晰起来。

做了个可怕的噩梦吗？

高桥晃了晃脑袋，抱歉地对护士笑了笑。

护士点点头：“医生说您没什么事了，可以随时出院。”

“谢谢您，杏子。给您添麻烦了。”高桥坐在病床上吃力地鞠着躬。

护士走后，高桥拉开橱柜时心里还有些紧张，还好里面没有什么孩子。收拾衣服时，他忽然想到：那个染发的护士，他在苏醒时是第一次看到，为什么他知道她的名字，还认识她的模样？

难道昨晚……

手机铃声响起，把高桥从恐惧中拽回现实，公司人事部来的电话。

难道因为这件事情，公司要解雇自己了吗？这样也好，省得每天提心吊胆总在顾虑。

“高桥君，你的身体康复了吗？公司通知，周三的红叶狩务必要准时参加。”

“红叶狩”是秋天在山林间观赏枫叶的活动。从古至今，上至公卿权贵，下至工商庶民，都十分看重这一活动。凉风轻拂的金秋，层林尽染，叠嶂的枫叶漫天飞舞飘扬。红艳如血的枫叶据说是枫女的鲜血染红的，所以在观赏时，不能长久凝视，只能远远眺望。

到如今参加“红叶狩”还有个不成文的含义，代表着一年来工作得到了公司的认可，起码在明年“红叶狩”之前，不会被裁掉。

对于高桥来说，这算是最近倒霉透顶的生活中唯一的好消息，倒让他淡忘了昨晚那个噩梦。

高桥收拾完衣物，打车回家，路过超市时才想起，家里面已经没有吃的了。

十

不成功的单身男人才会逛超市吧。高桥自嘲地看着超市里的推着购物车的家庭主妇们，随便买着日用品和食物。

“呜……呜……”拐过购物架，他看到一个女人在哭。

“请问您需要什么帮助吗？”高桥虽然运气一直不好，却是个热心人。

“呜……呜……”女人依旧垂着头哭个不停，长长的头发遮挡着脸。高桥觉得这个女人很熟悉，心里没来由地不舒服。

“我的儿子，不愿意吃我做的饭菜。”女人哽咽着，“长大后他不喜欢吃墨鱼丸子，这是他小时候最喜欢吃的东西。你愿意吃吗？”

高桥皱了皱眉头，他从来不吃墨鱼丸子，可是看到女人哭得这么伤心，只好认真地说：“我愿意吃，墨鱼丸子是我最喜欢吃的美味。”

“那你答应我今天要吃哦。”女人把一袋墨鱼丸子放入了他的购物车。

结账时，高桥本想把墨鱼丸子放到一边，忽然觉得很酸楚，有父母的孩子怎么可以这么不珍惜长辈的疼爱呢！

“哥哥，哥哥。”一个孩子拉着他的胳膊，往他手里塞了几根棒棒糖，“这个送给你！”说完头也不回地跑了。

今天这是怎么了？高桥在回家的路上，吃着许久未吃过的棒棒糖哭笑不得。

闪光灯亮起，高桥愣了愣，好像看到街角有个人收起照相机，转身走了。

“莫名其妙的一天。”高桥拎着墨鱼丸子嘟囔着。

墨鱼丸子的香气从厨房飘出，高桥深深闻着：味道真不错啊！好像小时候很爱吃呢。

十一

可能是得知能够参加“红叶狩”，经济上的压力消失了，人也有了工作动力的缘故，这几天的工作特别顺利，还得到了高管的单独面谈表扬，高桥的心情开朗了许多。

乘坐公司的巴士，来到市郊的枫林，同事们纷纷忙着合影，然后就开始在湖边准备野餐的事情。

有恐水症的高桥克服不了心理障碍，只能远远地看着。

“小伙子，你可以帮我把渔竿和水桶送到湖边吗？”身边不知道从哪里冒出个老人，带着老式的鸭舌帽，挡着半边脸，穿着花里胡哨的太阳衫，“年纪大了，手脚不利索。”

“可是……”高桥犹豫地看着远处的湖水。

“咳……咳……”老人剧烈地咳嗽着。

高桥再没有拒绝，拎起水桶和渔竿。

“你真是个好人，我的孙子也和你一样大。”老人佝偻着背，感激地絮叨着。

波光粼粼的湖水闪耀着太阳的金辉，高桥一阵头晕目眩，急忙想走，却发现同事们依旧在忙碌着，渔竿和水桶就在脚边，而那个老人，完全消失了！

他突然想起来了！

女人，小孩，老人！

那个半真半假的噩梦！

他在医院里遇到的鬼！

突如其来的意识让他觉得无比恐惧，惊慌地向后退着，立足不稳，掉进了湖中！

湖水涌进鼻腔，酸涩的感觉让他不由得张嘴呼吸，却又“咕咚咕咚”灌了几口水，身体完全不受控制，他拼命挣扎着，眼前白茫茫一片，依稀看到水里面有几个人向他游过来。

老人、女人、孩子……

十二

这个场景好熟悉！似乎在哪里见过！

高桥仿佛想起什么，头痛欲裂，冥冥中一道闪电劈裂了尘封已久的记忆，一连串鲜活的画面浮现在眼前！

小小的屋子，一辆擦得崭新的出租车，中年男子正在往后备厢里装野餐用品。

“妈妈，今天我要吃墨鱼丸子！”小孩子从屋里欢快地跑出来，“我只吃妈妈做的墨鱼丸子，如果不是妈妈做的，我绝对不会吃！”

“高桥长大了会有妻子给你做墨鱼丸子啊。”妈妈端着食盒从屋里走出。

“高桥，要不要这么执着，哥哥这里可是有好吃的棒棒糖哦。”又跑出一个孩子，手里举着棒棒糖，“喏，给你吃。只要弟弟喜欢的东西，哥哥都会想办法弄到的。”

高桥举着棒棒糖：“哥哥，今年的红叶狩，咱们要比赛猜爷爷钓的第一条鱼是鲫鱼还是鲤鱼哦。”

“你们两个小家伙，快帮爷爷拎水桶拿渔竿。”爷爷叉着腰站在门口。

这是个并不富裕的家庭，但是他们又很富有！

一家五口，开心地唱着乡下的民谣，初秋的风景美丽醉人，这可是难得的休假。

“爸爸的开车技术，就是没有教练发现，否则早就成为全日本第一的赛车手了！”爸爸炫着车技，憨厚地笑着。

突然，迎面飞驰来一辆宝马，歪歪斜斜如同醉汉，猛地撞上了出租车。

失去重心的晕眩、刺耳的碰撞声，呛鼻的汽油味儿，腾空，翻滚，巨大的水花，车落入道路旁的湖中！

被父亲从车窗奋力推出的高桥，茫然地游到岸边。

残存的记忆：碰撞变形的车门，慢慢灌满水的车厢。爷爷、父亲、母亲、哥哥鼻孔中冒出的泡泡变成一抹抹的鲜血。

“高桥，好好活着啊！”

“高桥，要找个会做墨鱼丸子的妻子啊！”

“高桥，记得吃棒棒糖啊！”

“高桥，爷爷不能带你钓鱼了……”

宝马车早就扬长而去，空荡荡的路面，风在悲鸣，还有，痴傻的高桥。

“啊！”撕心裂肺地喊叫，高桥捂着脑袋，发疯似的向宝马车逃逸的方向追去。

摔倒、爬起，再摔倒、再爬起！

膝盖破了，手掌烂了，鼻子破了，终于，昏了过去。

当一个人受到强烈刺激时，大脑会自我保护，会主动屏蔽那段记忆……

原来，我会游泳；原来，我爱吃墨鱼丸子；原来，那天是哥哥给我的棒棒糖；原来，我完成了爷爷的心愿呢。

爸爸呢？高桥半趴在岸边，同事们没有人注意到他落水，但是他并不觉得自己孤独。

“高桥，爸爸完成了他的心愿。我们的心愿也完成了，就要走了，记得要好好照顾自己哦！不可以再想不开自杀了。我们日夜照顾你，很辛苦的。”是妈妈的声音。

阳光，明媚灿烂，几朵云彩，染着金边，向西方移去。

“今年的红叶狩董事长不能参加，让我代表他向大家致歉。”总经理从车上下来，深深鞠着躬，“董事长的女儿出了车祸，被抢劫奸杀……”

十三

枫林里，一男一女藏在树后。

女子：“‘鬼畜之影’只能捕捉到这些东西，却不能辨别啊。”

男子："哼！"

女子："应该怎么办？"

男子仰头看着枫叶："初秋的红叶果然美丽。有的时候，灵魂也很美丽啊。"

女子："回去吧。"

谁也没有注意到这一男一女出现过，也没有人注意到，高桥久久地站在湖边，仰望着天空。

"咦？高桥君，你也在这里？"

"臻美，真巧。来参加红叶狩？"

"对啊。医院组织'红叶狩'，我不喜欢人太多的地方，就自己溜达过来了。"

臻美微红着脸，如天际的那抹彩霞。

第一章 盂兰盆节

一、不要在午夜照镜子梳头；

二、不要头发没有干就上床睡觉；

三、不要在晚上晒衣服；

四、不要把白天晒的被子晚上收回来盖着睡觉。

否则……

一

若今生无望，愿来生相望。

日本，江户时代。

“桑原，马上就要盂兰盆节了，沽点酒祭拜祭拜静香吧。”杂货老板收了桑原送来的新鲜活鱼，数了几枚铜钱给他，“为什么日本人一定要按照唐朝的开元通宝款式做钱呢。麻绳很快就被磨断啊。”

桑原把铜钱放在手心，用食指一枚一枚点着，生怕老板少给了一个。

老板有些不高兴：“就这么几枚钱，你当着我的面这么数，是不是有些过分啊？”

桑原把一枚铜钱放到柜台上：“盐。”

“真不沽酒祭拜静香？”老板称着盐，趁桑原不注意的时候，撒回一些到盐缸里，“称子高高的。”

老板望着桑原的背影，叹了口气：“那么漂亮的女人，生前对你那么好，死后连祭拜都得不到，真替她不值啊！”

几个喝得摇摇晃晃的武士，正打着酒嗝，踩着木屐走在街上。桑原低着头不知道在想什么，不小心撞到一个武士。

“浑蛋！”武士拔出锋利的武士刀，高举过头，对着桑原的脑袋劈下来。

二

“啊！”静香从噩梦中惊醒，猛地坐起，慌慌张张摸着床头灯的开关，不知为什么，每次在黑暗中摸开关时，总有种莫名的恐惧。

如果突然摸不到开关怎么办？

如果摸到开关灯却不亮怎么办？

如果灯亮了忽然发现屋子里有个人怎么办？

每次这么想的时候，她都会觉得好像有个人就站在床头，默默注视着她。

还好一切都没有发生，灯亮了，屋子依旧凌乱不堪。静香玩着手机不知不觉睡着了，窗户忘记关了，风吹着窗帘，膨胀起圆鼓鼓的两个大包，倒像是裹着巨大乳房的胸罩，又像是有什么东西被窗帘挡着，急着想进来。

白天晒的被子，到了睡觉前晾晒洗好的衣服时才想起还没收，躺在里面黏糊糊、湿漉漉的，实在是不舒服，觉得自己像具腐烂的尸体。

擦着额头上的冷汗，静香心有余悸。刚才那个噩梦实在太过真实，她仿佛感觉到被武士的刀劈开头颅，自己在冰凉中带着剧痛死去了。

“还好没做完就吓醒了。”静香拍了拍胸口，喝了口水，准备继续睡。翻来覆去了很久还是睡不着，沾了晚上夜气的被子又冷又硬，索性去浴室冲个澡。

花洒喷着热气腾腾的水柱，刺到皮肤上，微烫得略有些痒，暖洋洋的惬意让静香改变了主意，解开浴帽洗头。

“老人说不要在午夜照镜子梳头，洗一下头不要紧吧。”静香涂抹了洗发水揉搓，泡沫顺着额头流下，迷住了眼睛，“马上就到盂兰盆节了，还是注意些好呢。”

想到盂兰盆节，她又想起了刚才那个噩梦，心里有些发毛，匆匆洗完澡，去摸干发巾，却没有摸到。这才想起洗衣服的时候顺便把干发巾也洗了，正挂在窗户那里晾着。

头发湿漉漉的根本没办法睡觉。静香想了想还是拿出了吹风机和梳子，浴室的镜子被水汽蒙上一层白雾，用手胡乱地抹着镜子，水痕里是她稍稍有些扭曲的裸体。

吹风机打开，“嗡嗡”的出风声异常刺耳，静香一边吹着一边梳着头发，很快梳子上就缠了毛茸茸一团黑球。

静香拿着梳子有点担心地自我安慰着：可能是最近压力太大，头发掉得也多。不过要是一直这么掉头发，很快就会变成秃子了。

头发还没有干透，静香已经没有心思再梳头，收起吹风机放好梳子，她又瞥了一眼镜子。

突然，她从镜子里看到了奇怪的景象。

她的脖子上，多出一颗红色的小痣。静香下意识地去摸镜子，以为是镜子上沾了什么红色的东西，可是手指接触到平滑的镜面，她才意识到真的是脖子上长了颗痣。

她忽然想到故乡的老人曾经讲过的一个关于“脖子上长痣”的恐怖传说，联想到刚才的噩梦，她全身哆嗦着，用力地搓着脖子。雪白的脖颈被搓得通红，那颗痣也越发红了起来，像是一滴血！

冲回卧室，冰凉的夜气让她打了个哆嗦，她关上窗户，取下干发巾裹住头发，蜷缩在冰冷的被子里，盯着不敢关掉的屋灯，没来由地越来越怕。

也许该找个男朋友了。劳累了一天的静香终于迷迷糊糊地睡着了。

三

在武士横行的江户时代，拔刀砍死一个庶民，不但不会受到惩罚，反而会增添武士刀的杀气。街上所有人都停住脚步，表情木然地看着武士刀砍向桑原。

桑原依旧低着头，根本没有临死前的恐惧，反倒是静静地闭上了眼睛，笑了。

刀锋劈开了桑原的发髻，他的头发散落了一地，围观的人们眼中都冒出了狂热的色彩，期待着鲜血、碎骨、脑浆迸飞的场景。

刀顿住，寒光一闪，收刀回鞘。武士冷冷道："尊贵的武士刀，不会斩向已死之人。"

街上的路人遗憾地散开了，桑原久久跪着，双手抠进坚硬的泥土里，嘴角挂着有些诡异的笑容。

回到家中，桑原把盐包往灶台上一丢，拿起笊篱从"咕嘟咕嘟"冒着热气的锅里捞出两块早就把附着的碎肉炖干净的骨头，端到后院，丢进早挖好的土坑里埋好，踩了几脚把土踩结实，才擦了擦额头上的汗。桑原回到厨房从锅里舀了碗油腻腻的肉汤，往炉灶里扔了几根柴火，端着碗坐到院子里，看着缠绕着那棵半大小树的葡萄藤，吹着肉汤的热气，慢慢地喝着。

遣唐使从唐朝带来的葡萄种子在日本怎么也养不活，不知道是谁琢磨了个办法，说葡萄藤就像是血管和筋脉，只有吸饱了油水才能结出肉嘟嘟水汪汪的葡萄，于是就实验着在葡萄藤底下埋上鸡、鱼、猪、牛的骨头。没想到这个办法居然有效，葡萄在日本存活了，结出的葡萄红得发紫，入口汁甜肉美，腻得能把舌头和牙齿粘在一起。

不过也有人说靠吸取动物精血的养葡萄方法属于邪术，一串串葡萄就像一个个人头吊在藤上，吃了这种葡萄会被"鬼"附身，时间久了就会变成阴人。

但是贵族对葡萄的推崇和喜爱让这种办法还是盛行了起来，时间久了，也没有人觉得不妥。

飞来几只乌鸦，在葡萄藤上盘旋几圈，落下正要啄食，桑原连忙大声吆喝着把乌鸦轰走，一口喝下已经温热的肉汤，擦了擦嘴角才回到屋里。

屋子里飘着浓郁的肉香味，桑原又把几根柴火丢进灶里，打着饱嗝躺到院子里的竹椅上睡觉。

摸着脖子上的红痣，他做了一个奇怪的梦……

四

刺眼的阳光透过窗帘，静香睁开眼睛，懒洋洋的一点也不想动，索性消着起床气，摸起床头的手机，看了看时间，才想到明天是“盂兰盆节”，连忙爬起来，从窗户上拽下晒干的衣服，匆匆忙忙穿戴洗漱，急匆匆出门奔向自己的小花店。

路上，静香仍在回忆昨晚的梦。迷迷糊糊再次睡着后，她居然延续着被惊醒的噩梦做了下去，许多情节记不清楚了，只记得一个古代男人坐在院子里望着葡萄藤打盹儿。

来到花店，推上安全门，门叶发出刺耳的金属摩擦声，一股花草的香味传了出来。

这个花店是父母的遗产，在插满高楼大厦的街上显得格格不入，大财团东方株式会社早看好这块地皮，出高价要买下花店，这样就可以将左右两栋东方产业的大楼连接起来。可是静香却不为所动，依然经营着花店。

倒不是静香多么执念这是父母留下的产业，在寸土寸金的商业主街上，能有一栋属于自己产权的房子可不是东方株式会社所付的现金能购买的，房价会越来越高，现金却只会越来越贬值，这个简单的道理静香还是懂的。何况作为商业主街上的唯一一家花店，生意自然好得不得了，一年的收入也相当可观，静香自然不会为了眼前的钱放弃长久收入。

“盂兰盆节”相当于中国的中元节，在这一天有很多禁忌。日本人不但要买花祭拜死去的人，还会连续放三到七天假，晚上也极少出门，都在家守夜。

忙到下午，天空劈过一道闪电，静香看着新换的牛仔裤叫苦不迭。前几天下雨的时候，静香都穿着牛仔短裤，倒不是为了显示她性感的身材吸引别有目的的男人搭讪顺便买花，而是如果穿着长裤，裤脚会沾上很多泥点，回家还要洗衣服。作为一个单身女人，这实在是一件很麻烦的事情。

想到早晨匆匆忙忙晒上的被子，静香本来想临时关门回家收被子，可是花店的生意异常好，忙碌了一天，竟然没有抽出时间。

下午，她还碰上了一件奇怪的事情，一个叫高桥的年轻人，垂头丧气地要了一束菊花。没过多久，那束菊花居然从楼下被扔了下来，又过了十几分钟，高桥满头鲜血地冲下楼，拼命地往医院方向跑。

在日本的高压工作状态下，许多人会突然产生精神上的状况。这条商业主街更是经常能看到自杀、发疯的人，所以静香没当回事。

一直到晚上八点多，买花的人才陆陆续续走完。静香收拾着花店，准备关门打烊，偏偏这时又来了买花的人。

“十分抱歉，打烊了。”那个人站在门外灯光照不到的地方，静香匆忙没看清楚来人的模样。

“我只要一朵白色菊花，麻烦您了。”

语气很客气，但是声音很奇怪，就像是一台漏了风的手风琴发出的声音。

静香抬头一看，那个女人穿着黑色的风衣，打着一把伞，湿漉漉的头发直刷刷地披下，挡着半边苍白的脸，眼睛低垂着盯着地面，脸上戴着巨大的白色口罩。

明明雨停了，为什么还打着伞？

静香略略奇怪，也没多想，既然只要一朵白色菊花，倒也很快就能做好。

花送到女人手里，女人的手也是白得毫无血色，偶尔手指相互碰了一下，冰冷的感觉几乎冻透了骨头。

“过了十二点，就是盂兰盆节，百鬼横行的时间到了，你没系红绳吧，记得要在右脚腕上系根红绳。”女人毫无音调地说道，“我要去宫岛了，再见。”

出于礼貌，静香鞠躬送客。女人临走前那句话让她心里很不舒服，宫岛是著名的“鬼岛”，有很多奇怪的禁忌和传说。“盂兰盆节”去那里可是大忌。静香看着自己的脚：今天穿着长裤，嫌红绳碍事，早上顺手摘了。一时间她竟然没有想到黑衣女人怎么知道她没系红绳。

“啪”，穿着玛瑙珠子的手链突然断了，珠子散落了一地，四处乱跳，满屋都是清脆又嘈杂的撞击声。

静香愣了愣，家乡老人说过，戴在身上的饰物如果突然断掉，是替主人挡了一次鬼上身，一定要把珠子全都捡起，用红布包好，带回家放在通风的窗台上，用铁丝圈把珠子围在里面。先由夜间的风带走珠子上面不干净的东西，再经过白天太阳的暴晒，彻底晒掉阴气，才可以重新穿上佩戴。

跪在地上一边数一边捡着珠子，十五颗了，还有一颗怎么也找不到。静香擦了擦落在眼皮上的汗水，偏巧看见最后一颗珠子滚进了收银台下面的空里。

她弯着腰伸手够了半天，指尖几次碰到珠子，可是偏又把它碰得更远，索性趴在地上，用力向里伸着胳膊。

终于，整个中指摁住了珠子，向掌心一收，攥住。正当她要起身时，忽然有人从背后顺着她的屁股摸到右脚踝，还在脚踝上握了一把。

那种冰冷彻骨的感觉，很像刚才那个奇怪女人。

“啊！”静香惊叫一声，本能地往前一挣，脑袋正好撞在收银台上，“嗡嗡”的又晕又疼。

一张圆形的白纸从收银台上飘落到静香面前。看到那张白纸，她想了想，眼睛突然睁得滚圆，面部扭曲，惊恐地靠在墙边，四处张望着。

屋子里没有人，这让她更加害怕！这时，静香反倒希望花店里出现一个人，哪怕是个色狼在刚才摸了她一把也好！

地上那张白纸，是刚才黑衣女人给的买花钱，静香随手放在柜台上，那是一张白色的纸钱！

就像黑衣女人苍白的脸。

盂兰盆节，百鬼横行……

难道是？静香再也不敢想下去了，紧紧攥着珠子，匆匆把门锁上，向家里跑去！

五

桑原觉得全身一空，差点从竹椅上摔下来，擦着额头上的冷汗，才意识到已经是半夜，不知不觉竟然睡了这么久。

刚才做了个奇怪的梦，在一个奇怪的地方，每栋房子都和山一样高，地面像铁一般坚硬，而自己居然是个女的，在一个满是鲜花的小屋里面扎花卖给穿着稀奇古怪衣服的客人们，最后的记忆是趴在地上，居然有人摸了他屁股一把。

想到这个桑原就觉得怪恶心的，掐着指头算了算时间，连忙起身到厨房捞出块骨头，埋进葡萄树下，又添了几把柴火让灶火不灭，才回卧室和衣躺下。

"静香，马上就是盂兰盆节了，请原谅我没有时间祭拜你。"桑原枕着胳膊，望着窗外的月亮，想起了那可怕的一幕。

一年前，最漂亮的女人静香嫁给了最穷的渔户桑原，这可是轰动一时的大事，甚至连大名都参加了两人的婚礼。

想到静香羞花闭月的容貌，许多男人都羡慕中带着嫉妒，不停地念叨着："一个打鱼的，这么有福气……"

两个人婚后的生活简单幸福，桑原打鱼，静香理家。半年多的时间，静香微微隆起的肚子预示着她已经怀上了桑原的骨肉，本就沉默寡言的桑原为了即将出生的孩子，更加拼命地打鱼。他每天起早贪黑，时间久了，因劳累过度，瘦得像一具披着人皮的骷髅，根本看不出一丝要当爹的兴奋。

十月临盆，桑原在屋外满头大汗地踱步，时不时抬头看看屋子里，静香撕心裂肺的惨叫让他几次想起身，又犹豫着坐下。

"桑原……桑原……"满手是血的接生婆跌跌撞撞跑出屋，"快……快请狐仙帮助吧！要不然……"

桑原脑子"嗡"的一声，在日本，接生婆这么说就代表着母子危险，到了生死攸关的时刻！

"还愣着干什么！"接生婆丢过来一团沾满黑血的麻布，"快点！"

说完接生婆就急匆匆进了屋子，静香叫得更加凄惨了，从窗纸的影子上看，静香猛地起身，披头散发，左右挣扎着，倒像是一只被桃木符钉住即将露出原形的妖怪。

桑原捡起麻布，拎着早就准备好的布袋，急忙钻进不远处的林子。再出来时，他弯着腰从布袋里拿出东西，退几步就往地上扔一块，一直扔到窗户下面，再将麻布放到窗台上，才眼巴巴地蹲在窗角，向林子里看去。

那一排由林中沿到窗户下面的是鲜血淋淋、被剁成无数块的鸡，窗户下面是鸡头，灰白色的眼膜盖住了死气沉沉的眼睛，微微张开的鸡嘴里，细细长长的舌头耷拉着。

忽然，林子里一阵“簌簌”乱响，灌木荒草左右摇摆个不停，零碎的鸡块一块块消失了，空气中隐约传出“叽叽”的声音。

虽然桑原知道有个什么看不见的东西正从林子里出来，吃着鸡块，但是眼前的景象还是让他头皮发麻。那一排鸡块最后只剩下鸡头的时候，他明显感觉到有东西在他身边，却什么也看不到。

“狐仙，狐仙，请保佑我的妻子和孩子平安。”桑原不停地磕着头。

“叽叽……叽叽……”

这次他听清楚了，是狐狸的叫声。

地上的鸡头忽然飘到空中，跳跃了两下，消失不见。窗台上的沾血麻布“腾”地燃烧起来，绿幽幽的火焰幻化成一只狐狸的形状，“嗖”地钻进了屋子。

六

躺在床上的静香又一次惊醒！

湿漉漉的被子让她觉得全身都凉透了，哆哆嗦嗦地摸着开关打开灯，好半天才睁开眼睛看清楚，依旧是熟悉的屋子。

从花店出来一路跑回家，刚才发生的诡异事情让她越想越怕，连澡都没有洗就从窗台扯下被子盖在身上蒙住头，似乎这样才能安全一点。

被子里沉闷的空气让她呼吸困难，意识模糊，不知不觉睡着了。

睡梦中，她居然又延续了昨天晚上做的梦，她变成了渔夫，正在等待心爱的妻子分娩！

这到底是怎么回事！

听说有一种精神分裂症的前兆是睡觉时不停地做同一个梦，可是她却在做一个连贯的梦，只要一睡着，就变成渔夫桑原，做着一个江户时代的梦！

她忽然想到了什么，疯了般冲进浴室，对着镜子照着，脖子上那颗红痣比昨天又大了一些，还长出了几根极小的毛，脸越看越像一张男人的脸。

镜子里的自己，苍白的脸，眼球中满是血丝，两圈青黑色的印痕围着眼眶，紫色的嘴唇因恐惧变得哆哆嗦嗦。忽然，镜面如同被扔进石子的湖面，漾起了波纹，在一层层波纹回荡中，镜中的自己产生了奇异的变化。

头发，慢慢掉落，露出了光秃秃的前额，颧骨缓缓鼓起，眉毛越来越浓，下巴冒出了青色的胡茬儿，后脑的头发自动扬起，盘成了圆形的发髻。

她，变成了男人！

梦中的男人，桑原！

静香摁着洗脸台，傻了似的盯着镜子，伸手摸了摸自己的脸，光滑的皮肤上没有一点胡须的感觉。可是镜子里面的男人，却摸着下巴的胡子，一根根拔着。

那颗红痣，扩散到了枣子那么大！

“啊！”静香一声尖叫，摸出剃毛刀，狠狠地划向雪白的脖颈，长着红痣的肉被挖了下来，静香却没有停手，仍在疯狂地挖着自己脖子上的肉，直到露出青色的血管、白色的筋。

“砰”，一条血管被划断，鲜血迸射到镜子上，一滴滴血珠像被顺着镜面流下的血条串了起来，挤簇在一起，像是一串葡萄！

镜面上又起了奇怪的变化，一幅幅画面如同电影画面飞闪而过，静香的眼神开始涣散，呼吸急促，最终倒在浴室冰冷的地面上，身下慢慢汇聚了一汪鲜血。

“若今生无望，愿来生相望。”静香喃喃低语着，终于没有了气息。她的脖子奇异地扭着，上翻的眼白盯着窗台，那里有一株长得很茂盛的葡萄藤。

七

桑原从床上惊醒，他居然梦见自己变成了女人，在一间镶满白玉的屋子里，对着一面能看到自己模样的奇怪东西照着。然后拿起刀子，划破了脖子、挑断了血管、割断了筋脉。

桑原打了个哆嗦，头脑简单的他没有想那么多，只是摸着脖子上的红痣，好像还在隐隐作痛。

窗外天明，“盂兰盆节”到了！

桑原攥着拳头，眼中突然冒出仇恨的火焰，端着篮子走进院子，采摘着葡萄，每掐断一串葡萄的枝茎，葡萄藤都好像会因为疼颤动一下，从断茎中流出浓绿的液体，如同葡萄的血液。

征收葡萄的武士们大摇大摆地沿街走着，大名对于葡萄的迷恋达到了让人发指的程度。每天他都会不停地吃着葡萄，以至于牙齿上始终沾着葡萄红色的汁液，如同喝了人血。

桑原匍匐在地上，看到武士们端起自家种的葡萄，脸上闪过一抹察觉不到的冷笑。

“桑原，今年你家种的葡萄品相不错！大名一定会厚赏你的。”武士举着武士刀敲着桑原的脑袋。

桑原连忙磕头：“这都是武士大人们的功劳，小人如果得到赏赐，自然不会忘记武士大人的推荐。”

“看不出你还挺聪明嘛。”武士们淫邪地笑着，“静香死了也有一年了吧，该找个媳妇了。”

“是……是……”桑原唯唯诺诺地说道。

八

对于贵族来说，任何一个节日都会成为奢侈糜烂的庆祝之日，哪怕是鬼节——“盂兰盆节”。

大名府内的宴席盛大而热闹，所有的武士都参加了盛宴。作为大名的挚爱，葡萄是作为压轴的珍贵水果最后上席的，经过武士的推荐，自然是桑原家的葡萄得到了这个机会。

香甜的葡萄入口，所有人都赞不绝口，很快就将葡萄吃得一干二净。宴席一直延续到深夜，喝得酩酊大醉的贵族和武士们左摇右晃地回了家。

"藤真，今天的宴席真的不错啊！"花形打着酒嗝说。

藤真"嘿嘿"笑着："可惜静香死了一年了啊！真是个不错的女人，否则明天酒醒后……"

"哈哈，居然嫁给桑原那个浑蛋，哈哈……"花形大笑着，忽然酒劲上涌，弯着腰呕吐起来。

藤真叉着腰："花形，酒量越来越差了，怎么吐成这样。"

花形呕吐得越来越厉害，宴席中吃的食物夹着浓郁的酒气，闻起来奇臭无比。

藤真捂着鼻子，可是也忍不住吐了起来。花形吐了半天，连酸水都吐干净了，才觉得肚子里舒服了点，正准备起身，忽然又是一阵恶心，有什么东西从胃里沿着食道往上爬着，抽搐的感觉让他又接着呕吐。

"哇！"吐出一团血块，又一团血块，花形迷糊着醉眼，愣住了！

那一团团血块，正是他的肝和肾！

我吐出了内脏？花形觉得肚子里面钻心地疼，又吐出了好几团血块！

那些血块在地上微微颤动着，扭曲着，产生了奇异的变化。居然化成了一张张人脸。

一年前死去的静香的脸！

"啊！"花形惊叫着，却发现身体已经不受控制，脑袋越来越疼，头皮膨胀紧绷的疼痛让他感觉到颅骨在不停地变大，脸像即将吹爆的气球，越来越圆、越来越鼓。

最后的视线里，他看到藤真依旧吐着内脏，只是藤真的脑袋，变得圆滚滚锃亮的，五官完全陷进蓬起的皮肤里，像是脖子上顶了个巨大的葡萄。

"砰！"

"砰！"

两声闷响，两个武士的脑袋爆了！无头的尸体晃了几下，倒在街上。那一团团内脏，依旧是静香仇恨到扭曲的脸！

第二天，县里出现了一个恐怖的传说，许多武士受到了"盂兰盆节"恶鬼的诅咒，吐出了内脏，爆掉了脑袋。其中，就有喜欢吃葡萄的大名将军！

活下来的武士越想越可怕，追究其原因，想到了桑原！当他们冲进桑原家，发现桑原已经把自己和葡萄藤牢牢地绑在了一起，手里拿着个火把，微笑着点燃了葡萄藤。

“嗞嗞”的油燃声响起，那株葡萄像被泼了热油，迅速地燃烧着。一团大火把桑原裹在里面，很快就烧成了黑炭状的尸体。

葡萄树烧成了灰烬，在烧焦的泥土里，武士们赫然看见，葡萄根上缠着一颗森森的骷髅头。

厨房的大锅里依旧沸腾着肉汤，有一个武士捞起一块骨头，惊叫着扔掉，那是一段人的肋骨！

九

一年前，当桑原像狐仙许愿保佑他的妻子和孩子平安时，却在不多一会儿，看到了流着眼泪的接生婆从屋里出来。

“桑原，静香和孩子全都死了。”

桑原如同五雷轰顶，难道狐仙也救不了吗?

“桑原，有一种可能，你许的愿不对。刚才我听到你说，保佑你的妻子和孩子平安。有可能孩子不是你的，狐仙才会无能为力！”

桑原傻了！他想到每天打鱼回来，静香强颜欢笑的脸，还有眼角残留的泪痕。

在他和静香结婚后，原本贫穷根本没有贵族会来的村子，大明将军却一反常态经常带着武士来游玩。

他全明白了！

“桑原，有个办法，可以让你报仇！”接生婆在布裙上擦着手上的血，神秘地说道，“你种一颗葡萄……”

十

一对英俊的男子站在早已死去的静香尸体前，默默地看着镜中的景象。

男子一脸冷峻，女子却忍不住地哭了。

“黑羽，这是不是太残忍了！”女子哽咽着。

“月野，这是我们阴阳师的职责所在。”男子走到阳台，抓住葡萄藤，用力拔起，乱发丝一般的根须缠着一个骷髅头。

那个骷髅头原本圆圆的眼眶忽然扭曲着合起，像是一个人在哭泣时眼睛的模样。

“愿你们今生无望，来生相望吧！”男子摸出一张白纸，贴在了骷髅头的颅骨上。

骷髅头忽然动了，忽大忽小地跳跃着，却怎么也摆脱不了葡萄藤的缠绕，抖落着块块湿泥，终于萎缩成一团黑乎乎的东西，挂在葡萄藤的根部。

“会不会是东方株式会社的人下的鬼咒？”女子擦着眼泪，“为了静香的房产。”

“有可能。这株葡萄是前段时间不知道是谁摆在静香家门口的，被静香放到家中养着。咱们还是来晚了。”黑羽把葡萄藤放回盆里，在阳台来回走着，“夜间不要晒衣服啊！也不要忘记及时收回白天晒的被子，否则鬼魂会以为这是招魂幡，附在上面。盖上这种被子睡觉，很容易被‘压床’，梦到前生，穿上这种衣服，白天会感到寒冷，看到许多不该看见的东西啊！”

“东方株式会社竟然会用这么残忍的手段，仅仅为了一套房产！”月野咬着嘴唇，“我一定不会放过他们！”

“没时间了，裂口女去了宫岛，神奈川出现了杰克，很多事情需要咱们分别去做。”黑羽神色黯然，“阴阳师的职责是保护人，而不是伤害人，这种狗屁规矩真叫人无奈。”

第二章 伊东屋ITO-YA回魂夜

在日本，山野间有八十三种鬼，河中住着六十二只妖，城市里藏着二十七个怪，更有“东京十不思议”“校园饭食幽灵”“大阪妖乱十日”“提灯小僧”这些口口相传的骇人传说。

其中最恐怖最不可思议的，就是在日本制造了数十年混乱的裂口女传说。

当你独身一人走在日本的街道时，如果红灯很突然地亮了，切记不要四处看！因为说不定会有一个身着黑衣、戴着口罩的女人就站在不远处。

当发现你在看她，口罩女人就会慢慢地向你走来，用沙哑的声音问道："你觉得我美吗？"

然后摘下口罩……

一

日本，东京，银座。

在这片号称"一个脚印是日本内阁高级官员一个月工资"的土地上，"百年老铺俱乐部"的成员之一："伊东屋ITO-YA"分外肃穆。唯有醒目的红色回形针在灯火辉煌的街道上显得格外奇特，为这繁华到顶点的销金窟平添了几分安静。

本馆共有九层楼，十五万种文具用品，从信封信纸、钢笔、记事本、行事历，到画材、办公事务用品、档案夹等一应俱全，这种惊人的规模又使伊东屋ITO-YA被称为"纸博物馆"，日本动漫迷间也流传着"没有伊东屋ITO-YA的画材，不配当漫画家"。

小川晴历满足地提着刚买下的画材走进电梯，按下了0层地下停车场的按钮。作为日本漫画界新出道的漫画家，刚刚获得了"手冢治虫文化赏"最佳新人奖，所以她也有资格和资金来这里购买价位堪比黄金的顶级画材。

这种成就感让她心里喜悦不已，完全没有注意到购物者众多的本馆只有她独自乘坐电梯。

直到电梯开始运行，钢索和转轴发出轻微的"吱吱"声，患有轻度幽闭恐惧症的晴历才察觉到这个有些奇怪的事情。

"明明刚才有很多人向电梯这里走来了啊？为什么却没有一个人坐电梯？"晴历抬头看着光滑如镜的金属门，映出她瘦瘦弱弱的影子，把画材护在胸前，好像在潜意识里遮挡什么东西的袭击。

电梯的指示灯显示到了8楼，门悄无声息地滑开，外面空无一人。更奇怪的是，明明没有到打烊的时间，8楼的灯居然已经全都关闭了。冷气涌入，晴历全身寒凉，皮肤能清晰地感觉到汗毛一根根竖了起来。电梯里微弱的光斜斜地飘出，使外面的世界显得更加黑暗。

“难道是撞见鬼了？”晴历作为漫画家丰富的想象力勾勒出一个又一个恐怖的画面，偌大一个楼层静寂得只有她一个人，黑暗中仿佛会随时出现一个身着白衣、黑发覆面的女人飘过来。

她着急地摁着合门键，电梯的门像是出现故障，怎么也不闭合。

当她因为恐惧要尖叫时，8层的灯全都亮了。瞬间的强光刺得她双目流泪，模模糊糊中看到人们在选购着文具用品，结伴而来的朋友还时不时交流着……

“难道刚才是幻觉？或许是最近太劳累了吧！给《少年JUMP》交完这个月的画稿也该好好休息几天了。”晴历拍了拍胸口，心有余悸地想。

电梯门也恢复了闭合的速度，晴历向后退了几步，紧靠在最里面，又担心后面会钻出什么东西，回头看了看，还好一切如常。

门缝越来越窄，狭小的缝隙里，她好像看到购物的人们有些不对劲，可是哪里不对又说不上来，直到仅剩窄窄的门缝时，一只苍白干瘦的手插了进来！

电梯门又打开了！

这突如其来的惊变让晴历紧绷的神经彻底断裂，凄声尖叫！

一个女子怀抱孩子呆立在门口，孩子吓得哇哇大哭。晴历回过神，不好意思地鞠躬道歉：“给您添麻烦了！因为自己在电梯里，会有害怕的感觉。”

母亲微笑着点头表示谅解，轻声唱着乡下的民谣，孩子停止了哭泣，含着手指头合上眼睛。

这个画面让晴历觉得很温暖，想到刚才的惊慌失措，吐了吐舌头，歉意地笑着。母亲轻声问道：“看您非常眼熟，好像在哪里见过呢！您是漫画家吗？”

晴历略有些小得意，说出了自己的作品。母亲眼睛一亮：“我的儿子太郎很喜欢您的作品，您可以给我签个名吗？”

说完就把孩子往地上一放，从包里掏出一个记事本。

这个举动让晴历不满地皱着眉头，勉强给母亲递过来的本子上签了名。

“这么破旧的记事本，还是20世纪的东西，看来家庭也不富裕吧。”晴历强掩着心里的鄙夷，脸上带着签名后职业性的微笑。

那位母亲小心翼翼地把记事本收好，才把孩子抱起来。孩子的眼睛睁开了，黑漆漆的大眼睛一眨不眨地看着晴历。

晴历一时心喜，顾不得失礼，捏了捏孩子粉白粉白的小脸蛋。

手指的触觉冰冷坚硬，完全没有体温，小孩更像是一团塑胶制品。晴历吃了一惊，再仔细看，母亲怀里抱着的，竟然是人偶娃娃！

硅胶制作的皮肤几可乱真，硬塑料的眼球漆黑没有生气，嘴角两边有细细的竖线，可以使嘴上下活动。

“哇……”人偶娃娃又哭了起来。母亲忙不迭地唱乡谣，然后哄着：“二郎乖，回家妈妈给你做好吃的糯米丸子。”

晴历彻底错乱了：这个母亲难道是精神病患者，因为死了儿子，而把感情寄托在人偶娃娃上面吗？

可是人偶娃娃为什么会哭？！

恐惧让她血液凝固，胃部抽搐，几乎要呕吐出来。

短短的时间，电梯已经降到了1层，电梯门打开，母亲走出电梯，忽然又转身，对面色惨白、紧靠在电梯里面发抖的晴历鞠躬致谢：“谢谢，给你们添麻烦了。”

一段黑瘦如同木炭的小手从襁褓中探出，挥了挥手告别。

这场景让她险些发疯！

母亲抱着人偶娃娃消失在晴历视线里。她已经双腿发软，忍不住蹲下，望着电梯外面购物的人们。此时她已经没有足够的勇气下到地下一层取车，却又不敢走出电梯！平时备感恐惧的狭小空间现在却成了感觉最安全的地方。

她想到刚才在8层的时候哪里不对劲了！

如此之强的灯光下，所有购物的人们竟然没有影子！而且他们走来走去的时候，双腿不会挪动迈步，像是在地面上飘浮……

母亲唱的民谣在她脑中响起，她终于记起来了，这是乡下出殡的时候才会唱的丧曲！母亲那句话更让她完全失去了控制！

“谢谢，给你们添麻烦了。”

电梯里明明只有她一个人，为什么她却说是“你们”呢？

难道，她背后有人？！

尖锐的刺痛从大脑深处钻出，脑中有什么东西绷断了。

电梯灯灭，门迅速合上，里面传出一声微弱的尖叫。

购物的人们阴冷地笑着，顶灯忽明忽暗。灯光摇曳中，他们都张开了嘴，嘴角的肌肉条条撕裂，直至耳根！两排白森森的牙齿上下闭合着，发出清脆的敲击声。

二

“仲也君，这么晚了还要来这里，不怕遇见鬼吗？”森川嘴里嘟囔着，却兴奋地走进伊东屋ITO-YA。

“森川君，传说中只有到了深夜，著名漫画家们才会戴着口罩来伊东屋ITO-YA买画材啊。说不定可以见到青山刚昌呢！我好想知道柯南的大结局呢。再说只有乡下才有鬼，这里怎么会有鬼呢！”

“我也很期待能偶遇宫崎骏，让他赐我千寻那样的女朋友。”

“你还小啦，等长大了我们可以收集龙珠，召唤神龙许下愿望啊！”

两个孩子兴高采烈地聊着，摁下了电梯按钮。

电梯门打开，一个娇小的女人怀里抱着昂贵的画材，低着头斜靠在电梯角落里。长长的头发遮着脸，隐约能看见她戴着有月野兔Logo的口罩。

仲也和森川对视一眼，想到这个女人可能就是某个著名漫画家，不由仔细地多看了几眼。

忽然，女人抬起头，漂亮的眼睛笑成两条弯月，用悦耳的声音问道：“你们觉得我美吗？”

“美……”仲也觉得女人的眼睛像是一道旋涡，把他的灵魂都吸了进去。

“你觉得我美吗？”女人见森川没有回答，又问道。

森川没来由地打了个哆嗦，只觉得这个女人好像透着说不出的诡异，结结巴巴不知道该怎么回答。

“你觉得我美吗？！”女人凶狠地吼着，眼睛中透出不耐烦的神色。

“美……美……”森川应付着，扯了扯仲也的衣角。可是仲也完全被女人吸引了，痴痴地站着。

“你们都是好孩子。”女人又笑了起来，只是声音从口罩里发出，总是有些奇怪。

森川松了口气，确定这个女人肯定不是什么漫画家，说不定是被毁容了的精神有问题的疯子。

女人把手伸到耳边，慢慢摘下了口罩的挂带：“那这样是不是也很美？！”

三

在银座中央街上购物、闲逛、猎艳、拍照的人们惊奇地发现：号称“永不熄灭的银座”中竟然有一栋建筑物突然停电了！

而作为标志性Logo的红色巨型回形针，在黑暗中显得异常刺眼，“伊东屋ITO-YA”的字牌如同越燃越暗的鬼火，也失去了嚣张的活力，垂死挣扎地闪烁着，终于“啪”地熄灭了。

刺耳的警笛声响彻整条大街，浑然不顾熙熙攘攘的人群，硬生生撕开一条路，随着轮胎摩擦地面、让人牙酸的刹车声响起，四辆封闭的厢式警车整齐地停在伊东屋ITO-YA门前。迅速跳下的警员立刻架好隔离带，分四角站定，维持着看热闹人们的秩序。

停电居然能惊动警方？

敏锐的街拍记者意识到这里发生了大事，拿起相机，闪光灯亮个不停。排在末尾的警车门打开，从里面走出一个五十岁上下、身材矮小精悍、满脸怒容的老者。奇怪的是他没有穿警服，老式和服前襟上面沾着一大片触目惊心的鲜红色。

紧随他下来的一男一女，却引起了围观者的惊叹。

男子大约一米八的身高，一袭黑衣包裹着瘦削的身材。如果不是略带鹰钩的鼻子，活脱脱就是年轻版的木村拓哉，只是斜斜的长发挡住了左眼，苍白的脸色透着冰冷，让人觉得很不舒服。女人戴着无框眼镜，浅棕色的波浪鬈发随意地垂在胸前，五官精致得无可挑剔，就连双腿，也是日本女子中极为少见的笔直修长。

这奇怪的三人组合更是刺激了围观者的肾上腺素，甚至有人吹起了口哨。

老者鄙视地看了看围观的众人，闷哼一声："黑羽君，把这件事情处理一下。"说罢，头也不回地走入伊东屋ITO-YA。

黑衣男子微微冷笑，驻足，很认真地看着隔离圈外的人们。如此持续了大约十秒钟，又傲然地笑着，和长腿女子一起走了进去。

四

"浑蛋！"大川雄二怒不可遏地拍着桌子，"今天谁值班？怎么会出现这种事情！这是日本之耻！"

站在门口的两名伊东屋ITO-YA售货员低着头，不停地扇着自己耳光："出了这等丑陋的事情，我们唯有以死赎罪！请您处置我们吧！"

大川雄二擦了擦胸口的渍迹："这可是我垂涎已久的1974年的拉菲！就这么洒了。"

"扑哧……"长腿女子忍不住偷笑一声，见大川雄二恶狠狠地瞪着她，做了个鬼脸吐了吐舌头："头儿，我这就去尸检。"

"嗯！"大川雄二好像拿长腿女子没什么办法，"黑羽君，你和月野君一起去吧，负责安全。"

月野清衣嘟着小嘴："我才不要和没有情调的人一起工作！"

黑羽绷着脸先一步走出，月野清衣无可奈何地提起尸检包，"噔噔噔"出了门。

"汇报吧！"大川雄二长叹一声，颓然坐在椅子上，好像一瞬间苍老了许多，"为什么今天这里成了恶鬼之所，红色回形针的禁忌失效了吗？那可是阴阳师安倍晴明后人最杰出的作品啊！"

"红色回形针确实失效了。"伪装成售货员的守卫拿起遥控器，打开挂在墙上的巨型电视，“这是监控录像。发现禁忌失效，我们立刻做出了停业整顿的通知，但是疏散购物者的时候太过仓促，还是让两个孩子进来了，以至于发生了不可挽回的后果。”

大川雄二没有理睬守卫的解释，专注地看着监控录像。

画面里，熙熙攘攘的人群中，几个皮肤惨白、嘴唇红艳、眼睛暗黄的白影晃晃荡荡地穿过游客身体向门口走来。被穿身而过的游客会打几个哆嗦，心里奇怪为什么大热天也会突然觉得冷。

当然这些都是普通人看不见的，日本作为拥有世界电子行业顶级科技的国家，制作这么几个捕灵摄像机倒也不是什么难事。

日本几大摄像摄影器材品牌，成立的最初目的就是研制能够捕捉到非物质性生命的电子器材。当然有时会有疏忽，捕灵电子配件会配入普通相机、摄像机中卖至全球各地，如果购买者正好在不干净的地方拍摄，就会在后期拷制过程中发现照片上出现奇怪的东西。

世界著名的十大灵异照片，都是出自日本这几个品牌的拍摄器材。

越来越多的白影出现在画面中，怀里抱着人偶娃娃的“怨娘”，从地下爬出的只有一副白骨的“骨妖”，向门口聚集着。大川雄二忽然跃起夺过遥控器，把画面定格！

在最前方，身材高大的金发外国人，仰头看了看隐藏摄像机，邪邪地笑着，用手做了个手枪的姿势，嘴里“啪”的一声，对着摄像机虚打一枪，把食指放在唇边轻吹了口气……

画面立刻变成雪花。

“就是这个时候，禁忌被解除。”职员小声补充。

大川雄二倒退着视频，反复看了数遍，脸色越来越青。

“啪啦”！

大川雄二手里的遥控器被捏成碎片。

“神奈川‘美神减肥中心’吸尸事件的杰克！”大川雄二狂吼道，“我一定要抓住你，剥了你的皮，用富士山的雪水煮熟蘸着芥末下酒！”

两个守卫面面相觑：大川雄二不愧是号称“日本第一食鬼人”的阴阳师，最大的爱好就是捉到不干净的东西，一定要用顶级的酒庆功！至于庆功宴上吃的是什么，想起来胃里仍然会有呕吐的冲动。

“啊！”隔壁停尸房里传来月野清衣的惊叫！

五

大川雄二冲进临时改装的停尸房。尸床上躺着一具已经被解剖的女尸，脖子至下体笔直地豁开，露出略带弯曲、挂着丝丝血迹的肋骨。女尸嘴角被生生撕裂至耳根，肌肉组织呈破碎的纤维状。

月野清衣拿着手术刀，蹲在墙角瑟瑟发抖，黑羽却悠闲地抽着烟。

大川雄二靠近女尸，强烈的尸臭让他捂着鼻子，脸几乎贴在尸体肋骨上，观察着内脏。紧跟而入的守卫，看到这个场景，忍不住又跑出去呕吐起来。

女士的内脏很完整，没有受到损害。大川雄二发现，心脏和肺上面，出现了两张小孩惊恐的脸。他小心翼翼地用手扳开女尸的嘴，拽出舌头，上面果然也有一张脸，相貌清丽，像是个女人。

“这有什么值得惊恐，不过是裂口女姬吃了人之后的变化！”大川雄二舔了舔手上的血迹，“月野君，你面对尸体时无谓的觉悟到哪里去了？”

月野清衣指着女尸却说不出话。

“这不是女尸的脸，而是她的后脑勺。”黑羽吐了个烟圈。

大川雄二一愣，扳着尸体的脑袋一百八十度旋转，早已僵硬的脖颈发出“咔啦咔啦”断骨的声音，长发覆盖的头颅下面，依稀能看到人的五官。

大川雄二的手竟然有些哆嗦，犹豫地拨开头发，因惊恐极度扭曲的五官赫然入目。那双瞪着几乎要凸出眼眶的眼睛，张大的嘴巴，似乎还能听到临死前的惨叫。

“小川晴历，新锐漫画家。”黑羽漫不经心地解释着。

“畜生！”大川雄二恨恨道，“我还在等她最新一期连载！”

黑羽从随身挎包里拿出平板电脑滑动着：“不过我觉得事情没这么简单。据信息部最新资料显示，小川晴历昨天下午曾与相貌酷似吸尸事件嫌疑人杰克的人在银座歌舞町的一本目主题宾馆入住三个小时。”

“继续说下去！”大川雄二背着手看着天花板。

月野清衣却突然插话：“根据收集的资料，杰克前段时间曾经在泰国清迈大学担任心理辅导师，此人有超强的催眠能力。所以……所以……”

“不要把时间浪费在重复上！”

月野清衣清了清嗓子：“我有个设想：杰克利用催眠，影响了小川晴历的精神，使她潜意识里认为自己就是裂口女姬，在极度惊吓中精神失去控制，隐藏人格，促使她变成了裂口女！”

“小川晴历进入伊东屋ITO-YA时，那些不干净的东西并没有出现。通过电梯里的录像观察，她曾仿佛进入了另一个世界。从她一系列奇怪的举止和表情，甚至对着空气说话都证明当时她处于完全催眠状态。只是我有一点不太理解……”

“哪一点？”大川雄二像是想起什么，一边应着一边从手表上看日期。

“杰克这么做的目的是什么？”

“也许……”黑羽插着兜斜靠着墙壁，“他只是为了好玩。”

“就像我刚认识你时那样吗？黑羽涉。”大川雄二微微一笑。

“我是为了找到哥哥！”黑羽涉的眼中闪过一抹痛苦，“才会那样做引起你们的注意。”

两个人奇怪的对话使得月野清衣有些莫名其妙，一双美丽的大眼睛看看这个、望望那个。

大川雄二忽然“哈哈”笑道：“杰克在泰国做了什么？可以查到吗？有资料吗？”

“这个并不太清楚，但是我在脸书上认识一个朋友，好像这段时间也在泰国。”月野清衣的脸红了红。

“哦？”大川雄二没有注意到清衣的表情，“月野，阴阳师也玩脸书？”

月野认真地鞠躬：“对不起，闲暇时无聊打发时间的。认识月无华也是因为他曾经发了一张照片，出现了一些奇怪的东西，引起我的兴趣，进而结识。他懂得蛊术，对中国风水、五行八卦、命格面相也都懂一些。”

大川雄二看了看清衣和黑羽，欲言又止……

“联系月无华，把资料发给他。”大川雄二摇头苦笑着，“上次碰到如此棘手的问题还是1986年解决‘乌克兰吸血鬼’事件，一眨眼快三十年过去了。时间果然如同富士山的樱花一样落寞凋零，真值得怀念啊！”

“我们日本阴阳师，不需要异族人帮助。”黑羽倨傲地仰起头。

“黑羽，我要纠正你的一个错误。真正的异族，是他们。”大川雄二指了指小川晴历的尸体，“今晚是回魂夜。虽然我不知道这个外国人要做什么，但是在回魂夜做出这么夸张的举动，不容忽视啊。”

“月无华还有个朋友。”月野插口说道，“也邀请来吗？不过他什么都不会，是不是会有危险？”

“哦？黑羽，你先出去，我有事情要和月野谈。”大川雄二摆摆手。黑羽面无表情地走出门，大川雄二望着他关门的背影，眼睛有些微红……

第三章　幽船鬼镜

乘船去日本的游客们可能不会注意到，任何一艘日本游轮，无论游客有多满，总有一间船舱是空的。房号终和“1”有关联，却没有特别明确固定的号码。

其中的原因谁也说不清楚。

如果你住的船舱恰巧挨着空舱，会在月圆之夜，听到隔壁传来“窸窸窣窣”的脚步声、“咚咚”的墙壁撞击声。再细细听，还有劈断东西的折裂声。

当所有声音都消失的时候，隔壁会有“人”走出，敲你的舱门。这时千万不要开门，也不要惊叫，只需用湿冷毛巾遮住额头，拿出打火机，如果能打着，就可以安心睡觉。

到天亮时，会看到两个门口之间，有无数来回走动的脚印。

当然，如果打火机点不着……

一

我和月饼站在月野清衣面前时，我顿时手足无措，可劲地看着这位美丽的日本女人。虽然是晚上十点多，但是我的眼睛在夜幕里精光闪闪、炯炯有神！月饼则淡定得像是面前只有空气，我看见胸前“钓鱼岛是中国的”那行大字，更觉得尴尬不已……

不是不爱国，只是如果上了这艘80%乘客都是日本人的豪华游轮，不知道会不会被乱刀砍死；或者被厨师故意送上盘没处理干净的河豚，一命呜呼也是大有可能。

“我是月野清衣。”月野伸出手大方地说道，“初次见面，比照片还要帅气呢。”

月饼伸手略略碰了一下：“你也一样。”

我不由气结，心说月无华啊月无华，你是情商太低还是不擅表达，就算是网友见面，恐龙遇青蛙，多少也会虚头巴脑地寒暄几句啊。

盼星星盼月亮盼到了月野对我伸出手，还没等她说话，我就一把紧紧握住。顿觉柔荑入手，掌心冒汗，心跳如鼓。

“请你放尊重点！”月野身后走来一人，黑衣，长发遮挡着左眼，“初次见面要保持该有的礼节。”

月饼略显尴尬地咳嗽几声，我才意识到自己确实太失态，抽回手挠着头“呵呵”傻笑着。

月野又不自觉地看了月饼几眼，才摆了个邀请的姿势。这时游轮已经鸣笛，岸上只剩我们。

月饼没注意月野的眼神，倒是对板着副臭脸的黑羽很感兴趣，一直盯着他看。黑羽“哼”了一声，转身上船。

遮挡左眼的头发被风微微吹起，我隐约看到了他左眼位置好像趴着什么东西。我心里一紧，正想仔细看，却只剩下他的背影。

“那个人有点奇怪。”月饼拎起包走上舷梯，“我在想这样一个问题，既然是赶时间，为什么不坐飞机而是坐船呢？”

经月饼这么一提醒，我才琢磨过来。杰克现身日本，造成那么大的影响，本来十万火急的事情，却偏偏坐航速最慢的游轮，算上月野清衣和黑羽涉从日本过来的时间，这耽误了起码一个星期。

难道这里面出现了问题？

人不能多想，一想多了就会往坏的方面琢磨。

再看这条游轮，密密麻麻并列排着的船舱窗户印在船体上，倒像是一个个小棺材，里面睡着一具具尸体……

“上船后，一切小心……”月饼意味深长地说。

二

月野清衣把我们领到船舱门口交代了几句“这几天在船上吃喝免费”“有什么需要可以去隔壁船舱找她”的场面话，就回自己船舱了。

黑羽早她一步进了船舱，我心里略有些酸意：这俩人居然是住在一起的。难怪非要和我们隔着一间船舱住，估计是怕晚上整点事情让我们听到。又琢磨着晚上是不是邀月饼一起去偷偷听墙角。

月饼倒是有些奇怪，盯着月野的船舱一直看。他难道动了凡心？

这时船启动了，轻微地晃动了几下，我立足不稳，差点摔倒，连忙扶着门。舱门虚掩，我这么一推倒是把门推开了，当看到舱里的布局时，我倒吸一口凉气：正对着门，是三张长方形铺着白布的床。

在房屋布局中这是大忌！

在传统的殡葬仪式里，人死后放进棺材，头对灵位脚对门，取自“举头三尺有神明，阴灵抬脚不扰亲”的含义，可以保证阴魂从头顶泥丸宫出窍时，抬头能看见自己的牌位，想起生前的事情，不扰守灵的亲人，直接顺着脚对着门的位置出屋进入阴世。之所以从脚的位置出去，是因为“脚下有黄土”，这个黄土就是古时对黄泉隐晦的称呼。

而这个船舱床位布局，分明是死人的摆法！

“南瓜，出来！”月饼看清了床位，喊了一声。

我正紧张地琢磨着，听月饼一喊，吓得三魂掉了两个半，几乎是跳回了走廊。

“你至于这么紧张吗？”月饼转回头揉了揉鼻子，“这么跳着和僵尸还真像。大晚上要是这么跳着出去，保准吓掉几个日本人的命。”

我这气还没喘匀，听月饼这么说更是一口气憋在胸口吐不出来，老脸涨得通红。

月饼上下摸了摸门框，向里探了一脚又收回，从包里抓了一把糯米撒到地上，目不转睛观察着。

我向里看去，那些糯米好像被什么东西控制住着不停滚动。直到全都停下时，才看清看似杂乱的东一堆西一条地摆出了奇怪的图形。

“看这是什么？”月饼指着那些奇怪的图形。

我仔细看了看，糯米摆出的图形或者是略有些方的椭圆形，或者是葫芦形，还有几堆缠在一起，乱七八糟看不出个所以然。

“像不像脚印？”月饼说道。

我觉得好笑：“看不出月公公你还是个抽象派，这都能看出是脚印？你家脚长成葫芦形？”

说到这里，我想到一件事情，心里一惊！

再细细看去，那个所谓的葫芦形，正是两个脚印前后交叠，而略有些方的椭圆形，分明是把脚后跟去掉的前脚掌形状！

有了这个主观带入，再看那些乱糟糟的形状，是许多脚印叠合在一起形成的。

老宅养阴，入屋前撒糯米，是为了看有没有脚印，判断屋中是否有不干净的东西。如果到了某个新城市，租房子时发现房价低得离谱，先不要兴奋，最好是用这个办法来试试屋子。

难道这间船舱就有？

刚才除了三张床没仔细看别的，再看时我又发现了不对劲的地方！为什么是三张床？我们明明是两个人。当我顺着床的方向往前看去，更是抽了一口凉气。

三张床的床头正对的船壁上面，挂着一面镜子！清晰地映出我们两个人的样子。

“你先别进去。”月饼点了根烟，却不熄灭打火机进了舱。

我的注意力还停留在那面镜子上。模模糊糊中，镜面像水纹似的漾起了波纹，弹到镜框边缘又折了回去，渐渐成了来回冲荡的曲线。而在镜框底部的地方，好像有一团黑黑的类似于头发的东西钻了上来，那分明是一个人头！

紧跟着，我又听到了奇怪的声音，镜子里传出了幽幽的哭声，夹杂着几声诡异的笑声。那团头发继续向镜子外探伸，一双手从中探出，苍白的指尖上长着弯曲的黑色指甲，抠住镜檐，指甲摩擦着镜面，牙酸的“吱嘎”声炸起了我一身鸡皮疙瘩。

终于，镜子里的人头完全探出，在乱蓬蓬的头发下面，是一张布满青色血丝的脸，如同蜘蛛网黏在上面。长发遮挡着右边的眼睛，只剩左眼转动着，眼角流出一行殷红的血泪，对着我微微一笑，青色的牙齿上也同样布满了血丝……

我惊叫一声，那张脸明明就是黑羽！

“你闹什么幺蛾子！”月饼吼了一声，“一惊一乍吓死人不偿命啊！”

我这才清醒过来，奇怪的是我刚才分明在屋外，现在却站在屋子中央，手里还拿着一根烟，已经烧了一半，正冒着烟雾！

再看那面墙上，哪里有什么镜子！

三

“南瓜，”月饼拿着火机正围着屋子走，“你能不能正常点？”

“我……我……”墙上明明什么都没有，我居然看到一扇镜子，里面还有像恶鬼一样的黑羽！

不知为什么，我又想到了黑羽被长发遮住的左眼里趴着的东西。

“火没有灭，烟雾中没有形状。”月饼关了火机，抽了口烟，整个屋子像着了火，白烟凝固在空气里，“这个屋子里面没有不干净的东西。”

我指着地上的糯米，已经被月饼踩得很凌乱：“那这些糯米？”

“只能说明这间屋子曾经有人住过，留下了这些鬼脚印。”月饼盯着我刚才看的那面墙，我才注意到有一块方方正正的形状，颜色比周围略白一些，好像是挂过东西。

难道是镜子？

“你刚才进了屋子就有些不对，像是失了魂魄。”月饼深深地看着我，“怎么回事？”

我的记忆断点是在进屋子前，至于进了屋子做了什么，根本不知道。难道我出现了幻觉？

我结结巴巴把刚才的事情讲了一遍，月饼皱着眉把烟抽完，摸着墙上的痕迹：“鬼镜？月野竟然把我们安排进这样一间七煞血冲的房间。”

我抹了把额头上的汗：“这两个人靠谱吗？你和月野是什么关系？他们别不是杰克的同伙吧。”

“他们都是阴阳师。”月饼微微一笑，“咱们的称呼就是‘术士’，虽然是在网上认识的，不过尽管放心。全世界每个国家都有这样身份的人，当然他们也有一个对外身份掩饰，在灵异网站上，经常会有这类人出没。收集照片，把许多类似谣言或者故事的帖子去伪存真，判定到底有没有出现不干净的东西。我就是因为发了一张照片认识的月野清衣。他们俩的对外身份是警察。没想到吧。”

我还在刚才的幻觉中没有缓过劲，月饼这么一说我多少踏实了些。月饼走到那面墙前面，伸手摸着：“我刚才感觉这里有强烈的阴气。”

月饼把火机举到痕迹的位置，又点了起来。奇怪的是这次只看见火花，却怎么也打不着。

月饼收回火机说道：“这是鬼镜，关于鬼镜的由来有很多，最凶狠的一种是房间里发生凶杀案，冤魂煞气太重，留在屋中不走。而曾经照出凶杀案全过程的镜子就成了冤魂生前记忆的场所，寄居其中。时间久了，冤魂和镜子合为一体，就成了鬼镜。只有阴气重或者八字天生招鬼的人，才能看到它。”

我心头一阵黯然：“月饼，我不知道自己的生辰八字。”

月饼的表情忽然变得很复杂，张张嘴想说什么却又没说出口，良久才说道："我也不知道自己的生辰八字。"

一时间，我们俩谁都没有说话。每个人都有生日，而我们俩却连自己的生日都不知道，想想挺悲哀的。

我努力想了个问题岔开话题："那我为什么从鬼镜里看到了黑羽。难道黑羽是？"

"你忘记了？"月饼取出块红布盖住墙上的印斑，拿出桃木做的钉子把红布固定住，"你看到的人是头发挡着右眼，而黑羽是挡着左眼。不过我还是觉得他有些奇怪。"

说到这里，月饼闭上眼睛，眼角不住地抽动，似乎在回忆一些事情。

经月饼这么说，我心里倒有些释然，鬼镜既然被红布（红在五行中代表火，金火克鬼）盖住，又用桃木钉上，应该不会出什么问题。

在泰国养病期间，我多少跟着月饼学了一些东西，虽然不一定能派上大用场，不过多知道些总比不知道要强。而且那两本古籍我也背得滚瓜烂熟，越琢磨越觉得有意思，不由深深佩服中国人的智慧。

月饼猛地睁开眼睛，头也不回地冲出房间！

四

我跟着月饼出了房间，头等舱里房间并不多，只有六间。由于为了让我们住得舒服，月野清衣上船时就告诉我们，她已经把整个头等舱包了下来。也就是说，这一层只住着我们五个人。

长长的走廊铺着猩红的地毯，廊灯已经关闭。船壁一侧的舷窗透着惨淡的月色，在地毯上烙下一块块白格子。走廊的尽头是一幅巨大的日本仕女图，圆圆的发髻上插绑着红色的绸缎，乍一看像是头发上沾满了鲜血。涂抹得苍白的脸上，五官几乎看不出轮廓，眉毛的位置点了两个黑色圆点，嘴唇涂得血红，地毯正好延伸至仕女图的下巴，就像她吐着长长的舌头，我们就站在上面。越看越觉得她随时会咧开嘴，用舌头把我们卷进嘴里。

月饼阴沉着脸站在隔壁船舱门口，门已经打开。我急忙跟过去，"啊"地喊了出来。

船舱里面，放着一具木棺！

两排蜡烛沿着棺材两边并排点燃，都已经烧了大半，蜡油层层堆叠，像是一堆油腻腻的肥肉，看上去有说不出来的恶心。

也许是门打开带来了大量的氧气，蜡烛的火苗“噌”地蹿高，原本黄色的火焰居然变成了幽绿色。我感到身体里有一丝热气，正沿着膻中穴向外流着。

更不可理解的是，棺材居然是头对门尾对墙，这完全有悖于棺材的放置方向。这种头尾相反，蜡放两排（有兴趣的朋友可以观察一下老村里的葬礼，蜡烛都会放在棺材头位）的布置，分明是断绝了冤魂左右逸出之路。除非是有人故意不让棺材里的冤魂逃掉，想让它永世不得超生，把它牢牢禁锢在这里。

墙上的一块白布无风自动，悠悠飘下，像是有只无形的手将其摘落，露出了遮挡的东西！

镜子！

我刚才在幻觉中看到的鬼镜！

我隐约意识到棺材里是谁了！

忽然，棺材里传出了“刺刺啦啦”的声音，既像是猫爪子挠东西，又像是老鼠半夜啃床脚磨牙。尽管有月饼在，我还是吓得够呛！冷飕飕的感觉从心头泛起，遍体发凉，好像有东西穿过了我的身体，血液都凝住了。

棺材盖轻轻动了几下，从里面传出沉闷的“咚咚”声，里面的东西要钻出来！

月饼冷着脸，忽然扭头就走：“南瓜，快把门锁好！”

我巴不得月饼赶紧说出这句话，麻溜儿蹿出来，锁上了门。

月饼从包里抓了一把石灰粉，往空中一撒。石灰粉强烈的刺激性刺痛了我的双眼，眼泪忍不住地流了下来。棺材盖子跳动得更厉害了，里面的东西马上就要推开棺盖逃出来了！

我真怕里面忽然蹦出个青面獠牙，吐着血舌头的僵尸，也顾不得许多，抢先一步就要跑，月饼很不满地看着我，又恨恨地瞪了月野清衣的船舱。

从刚才开始，我们这么大的声音，月野清衣和黑羽涉却完全没有反应，这根本不合常理！

还没有来得及多想，随着石灰粉在空气中弥漫。走廊无风，石灰粉原本是慢慢落下，可是却像突然有看不见的东西闯入，或者停在空中，或者被吹开少许……

两团类似于人形的东西，在石灰粉的包裹下慢慢出现，飘浮在空中，荡荡悠悠地晃着，随着石灰粉沾得越来越多，那两团东西逐渐成了完整的人形！

这是我第一次真真切切看到！它们就这么在走廊里飘着，撞到走廊尽头仕女图上，扑掉了一些石灰，白色的身体变得残破不全，看上去更加恐怖。

月饼又“哼”了一声：“赶快进屋！再不进来就来不及了！”

我几乎是连滚带爬回舱关上了门。

月饼把一包东西倒进杯子里，递给我：“赶快喝进去。”

眼下的事情容不得我多想，月饼这么做必然有他的道理。我接过杯子喝了一口，月饼喝完擦了擦嘴角：“没想到那个传说是真的！那是具能吸阳气的鬼棺。”

五

月饼这么一说，我才发觉全身冰凉，不知什么时候长出了一条从中指延伸到胳膊肘的黑线。鬼棺在什么时候吸了阳气？难道是刚才打开门，蜡烛突然亮起来的时候？这艘船上为什么会有这么恐怖的船舱？那两个人形的东西是什么时候出现的？月野清衣和黑羽到底是干什么的？

一连串的疑问如同山上坠落的巨石，狠狠砸进脑子里，“嗡嗡”得让我头晕目眩。

“月……月饼……”我结结巴巴说道，“那两个人真的靠谱？什么传说是真的？”

月饼盯着紧闭的门：“现在没时间解释，迎接客人吧。”

“咚咚咚……”敲门声响起，力道极轻，倒像是猫爪子挠门。

“把这个系在左手腕，铜铃对着手上的神门穴。”月饼脸色一变，丢给我两根系着小铜铃的红绳，接头处打着莲花结，“退到东南角面对墙壁，不管发生什么都不要回头！”

我接过红绳，有些犹豫，意识到月饼准备独自解决这件事，心里有种说不上来的滋味：“月饼，我能帮什么忙？”

月饼微微一笑：“杂家还没见到神奈川，怎么能半道崩殂？这件事情没你想得那么凶险。”

“月饼，对不起。”我眼圈有些红，深深地感觉到自己的没用。

“对不起管用的话，要我干吗？”月饼挺了挺腰板，“快按照我说的做，你也帮不上什么忙。”说完整了整衣服，准备开门。

我系上红绳，铜铃摆在神门穴，到船舱东南角面对舱壁站好。我突然觉得，我像是犯了错误，被月饼罚站面壁思过，这时候我居然能想到这些，都哪儿跟哪儿啊！

“吱呀……”开门的声音。

“咦？”月饼奇怪地喊了一声，显然是开了门之后，完全没有想到会是这个“人”。接着是细弱蚊蝇的对话声。

看来没有出现什么棺材里面冒出僵尸，和月饼大战三百回合的场面。倒像是老友相会。我竖着耳朵使劲听，也没有听出个所以然。

这种感觉就像心里面塞了个毛桃，痒得难受。我忍不住想回头看看，反正看一眼估计月饼也不知道，这样对着一面空墙实在是憋屈得很。再说万一进来个什么东西比月饼厉害，把他干掉再偷偷摸摸走到我身后，那岂不是更可怕的事情。

我为这个想回头看看的借口心里有点小羞愧，倒是很快就决定，死也做个明白鬼。这么想着，我猛地回过了头。

这个时候，无论我看到什么都不会觉得奇怪。唯独出现一种情况：那就是什么也没看见！

舱门大开，廊灯光芒映进，在地面上投射出长长的门的形状。可是月饼却不见了！

刚才明明没有听到脚步声，为什么没有人了呢？那敲门的又会是谁？

我傻了。

有什么事情比一个人在你转身之后凭空消失更让你觉得恐惧呢？

正当我惊疑不定的时候，门外传来了“窸窸窣窣”的脚步声。轻微的，急促的，像是蚁群在地面爬行，又像是毒蛇在蜿蜒而行……

一团乱蓬蓬的头发影子从地面上惨黄色的门影中探出，接着是长长的脖子、纤弱的肩膀……

我的瞳孔急剧收缩：“月饼……是你吗？”

没人回答。

到底发生了什么？

我想喊出声，却因为突如其来的恐惧，嗓子嘶哑得根本发不出一点儿声音！

门外那个“人”越来越近，影子已经穿过门影的另一端，露出了身体的影子。肥大的身影晃晃悠悠，似乎走起来很不稳定，好像穿了个袍子，随着走路带起的微风，轻轻摆动着。

我忍不住向后退，撞在舱壁上，发出沉闷的“咚咚”声。

“南晓楼……”门外的“人”在喊我的名字。

我完全陷入了孤立无助的境地，死死咬住嘴唇，好让自己不会失去控制忍不住发出声音。

短短几秒钟，那个“人”终于走到了门口，一袭白色的长衣，头发散乱垂下，透过灯光，能隐隐看到苍白的脸庞。

那个“人”伸出双手，轻轻地拨开了脸上的乱发！

六

“南晓楼？”那个“人”有些着急地问道，“怎么就你一个人在这里？”

我本来已经吓得准备跪在地上了，看清了那个人的模样，心里头一松，双腿一软，还是不争气地瘫坐在地板上。

月野清衣！

我这时候见到她比见到亲人还亲，想着在美女面前好歹应该保持强者的姿态，勉强绷着身体，故作镇定地站起来：“月无华失踪了。”

话虽然说得冷静，但是我心里仍然慌乱得不得了。

不仅仅是因为两个人失踪，还有就是——月野清衣在走过来的路上难道没有遇见那两只被石灰显了身形的东西吗？当然还有一连串的疑问！

“失踪？”月野清衣像是早就猜到一样，并没有多大表情变化，看到三张床才有些讶异，“这几张床是死人的摆法，是你们自己调整的位置吗？是你们中国的习俗吗？”

我几乎跳了起来：“你不知道？这是你们安排的房间，我进来就是这个样子！我还想问你！隔壁的棺材是怎么回事！那个黑羽到底是谁？棺材里躺的是不是黑羽？月饼失踪了，这件事情你怎么解释？”

这一通歇斯底里的大吼让我心里松快了不少，但是想到乱七八糟的事情，又觉得喘不过气来。

这一切发生得实在太突然太诡异了！

月野清衣有些奇怪地看着我：“你怎么会这么失控？不像个男人。”

“你完全可以把我当作女人！”月野清衣淡漠的样子彻底引爆了我的火气，“你最亲的人突然失踪了你还能不失控？是个男人就要六亲不认吗？”

“黑羽也失踪了。”月野的声音里像是裹着一块寒冰。

我一句话噎在嘴里硬是没吐出来，黑羽也失踪了？月野为什么没有失踪？他们都到哪里去了？

我看了看并排的三张床，忽然打了个哆嗦。仿佛看见月饼和黑羽就躺在床上，白色的尸布覆在他们身上，下面是冷冰冰的尸体。

三张床，失踪了两个人，预示着还会有人失踪吗？我？月野清衣？

“我正在洗澡，忽然听见有人喊黑羽的名字。”月野的脸红了红，似乎有些不好意思，“我想可能是你们有什么需要，有黑羽在我也没有着急。但是当我洗完澡出来的时候，黑羽却不见了。手机也关了。我才来你们这里看看是怎么回事。”

我也顾不得月野洗澡后要干什么了：“你在走廊里有没有看到两个人形的东西？”

月野有些诧异，探出头又看了看走廊：“在哪里？”

月野的冷静倒是让我不得不佩服，不愧是阴阳师。我心里安定了不少，也渐渐打消了对她的怀疑："隔壁的棺材怎么解释？"

"隔壁？棺材？"月野的眼睛瞪得滚圆，一脸吃惊，"南晓楼，你是在开玩笑吗？为了防止杰克暗中搞鬼，上船前我们都做了认真检查，隔壁怎么会有棺材？"

疑团一个接着一个，我烦躁地点了根烟，抽了一口就扔在地上，狠狠地踩灭。虽说和美女独处一屋，可当下之事不应该在这里唠大嗑互相培养感情，而是迅速解决问题。

如果月饼他们真的出了什么事情，每一秒钟都比金子还珍贵！

我不由分说冲出门，跑到棺材屋子，运了运气，一脚把门踹开。

"咣当！"门板撞到舱壁上，发出巨大的声响。

屋子里一片漆黑，就着廊灯的光亮，我隐约看到了里面的布置。

月野清衣跟了过来，站在我身后："里面有什么？"

我倒吸了口凉气，眼前的一切让我根本无法承受，我哆哆嗦嗦地向后退了几步，却撞在了月野怀里。

根本没有棺材！也没有蜡烛！更没有镜子！

只是一间豪华客房的布置！

床、桌、椅、沙发、吧台、地毯、吊灯！

我想到一个问题：难道杰克早就在这艘船上，不知不觉对我进行了催眠？或者说，我根本没有上过船，所发生的一切，都是杰克给我设计的思想？

我眼前所看到的到底是真实的，还是意识里虚幻出来的？

转过身，我怔怔地盯着月野清衣，眼睛里露出凶狠的光，一字一顿地问道："你是真的，还是假的！"

七

按照那两本古籍上所学，我给自己偷偷看了相：淡眉怒睛，龙准低而鼻圆，额宽颌尖，颧高嘴阔，天生凶相。八字不全，命格沾阴，心魔滋生，心有鬼祟之人，见到我都会心生怖念。尤其当我专注地看人的时候，这种畏惧感会更强烈。不过也有女人认为这是色狼眼，被我色眯眯地看着心里发毛。这都是那些女人的命格所致，没有办法。

偏偏我笑起来时面相却能产生奇异的变化，看上去毫无心机，简单异常，极易亲近。

月饼说这是天生的十八罗汉中的笑狮罗汉相，还拍着我的肩膀赞叹道："南瓜，你要是不抓鬼除妖，真瞎了这张好脸。"

我记得当时自己默默地看了看月饼帅得无可挑剔的模样，闷头喝了一杯。

都是阴阳二气合出来的，差距怎么就这么大呢？

更可恨的是，月饼顺手搞了个自拍，发微博上去了。没几分钟小粉丝的回复转发就过了百。

我换了个马甲回了两个字："娘炮！"

闲话休提——

"你是真的，还是假的？"我恶狠狠重复着。如果眼前的月野清衣是假的，我现在需要的就是提高精神力，把心魔摧毁，将自己从催眠产生的梦魇中扯回来。

催眠就是把自己的主观意识强加在被催眠者思想里，造成替代性幻觉。最强大的催眠者也不可能把编造出的意识完善到每一个细节，所以无论多真实的催眠，都会有一些地方出现漏洞。就像在睡梦中总会出现一些不符合常识的现象是一个道理。

针对杰克强大的催眠术，我特地掌握了些相关知识。

月野清衣对视着我的目光，不自觉低下头，不安地紧了紧睡衣领子，遮住微露的乳沟，脸色微红，眼神慌乱。

我叹了口气，按照月野的反应来看，估计是从我的眼神中把我当色狼了。看来我并没有被催眠，而是真实世界里发生的诡异的事情。

我渐渐冷静下来，深吸了口气："月野，你帮我分析一下。"

我把这件事情从头到尾叙述完的时候，月野微微仰着头，眉头很好看地皱着，轻咬着下嘴唇。我注意到她的上嘴唇很薄，和下嘴唇明显不成比例，心里一惊：这是天生没有八字的人才会有的面相！

不知道这个看上去冷静、性感的女人，有着什么样的过去……

“你是说这间舱里面放着棺材、蜡烛，还有一面鬼镜？你从镜子里看到了黑羽？走廊里面还有两个人形的东西？”月野轻轻点着额头回头看了看幽幽的走廊，除了我们俩的影子前后叠在一起，哪里还有什么东西，“你确定不是幻觉？”

月野的不信任让我有些着恼：“可是现在月饼和黑羽都失踪了。你就算不相信我，也要相信这个事实。”

月野抱歉地笑着，露出洁白好看的牙齿，犬齿略长而且有些尖，看上去却一点不突兀，反倒增添了几分俏皮。

“你误会了！换作谁做理性分析的时候，都会首先从幻觉想起。”

我承认这话有道理，如果我们俩角色互换，估计我能耐着性子听完就不错了。

“问题应该出现在这间舱里。”月野走进舱内观察着，甚至连床底都蹲下看了看。由于她穿的睡衣很短，我看见了一抹圆润的白，连忙不好意思地别过头。

当她站起身时，从她的表情中能看出什么也没有发现的失望。

我刚想说话，月野把食指放在嘴边“嘘”了一声，从桌上拿起张便笺，左一下右一下折了起来。不多时，一只精致的纸鹤出现在她的手掌里。

她双手捧着纸鹤，轻吹口气，纸鹤竟然扑闪扑闪翅膀，飞了起来。

纸鹤绕着船舱飞了一圈，停在原本挂着镜子的位置，绕着圈上下飞舞……

我看得目瞪口呆，没想到月野清衣居然还有这个本事。

“阴阳师都会。”月野把头发随便盘起，用桌上的笔当作发簪一插，“安倍晴明流的门徒，区区一只纸鹤不算什么。”

我心里好生羡慕：月饼会的东西千奇百怪不说，眼前这个美女居然会叠会飞的千纸鹤。那个黑羽虽说下落不明，但是看那张“天上地下，唯我独尊”的臭脸，估计也是个硬茬儿。我除了会点草药、银针渡穴、乱七八糟的阵法，明显没有拿得出手的招数，到了日本还怎么混啊！

“这里有问题！”月野摸着那面墙。

我凑近了和月野肩膀挨着肩膀站着，她身上那股若有若无的香气钻进我的鼻孔，有些痒痒的。

我敲了敲墙壁，发出“咚咚”的响声，里面是中空的。

“南晓楼，向后退！”月野突然把我向后一拽，我差点摔倒！

“这面墙后面是空的！”我也不好意思跟美女发火，“想办法破壁。”

“鬼镜！”月野轻声说道，声音里带着点颤抖。

我一时没听清楚：“什么？”

月野指着那只飞舞的纸鹤：“这间舱里面有鬼镜！”

话音刚落，那只纸鹤竟然着起了碧绿色的火焰，燃烧到身体的时候，火光猛地一亮，瞬间变成了一缕飞灰。

阴火燃阳？

通俗点说就是人死后，尸体会产生大量的磷，遇到易燃物品，会立刻引燃。不过从玄学角度解释，是人死后阴气不散，遇到阳间的东西，阴阳互抵，会产生火焰。

难道墙后头暗藏着死人白骨，积怨成阴？这倒是可以解释刚才在走廊里出没的人形东西。

刚才屋子里的棺材布局，是阴气造成的幻界？

“在日本有一个传说，是关于鬼镜的。”月野叹了口气，眼睛有点微红。

八

“江户时代初期，那时日本还是人鬼共存的时代，却发生了件关于一面镜子的事情。也是因为这件事情，阴阳师们才把鬼列为最大的敌人。日本的阴阳术都是从鬼那里掌握的，后来却用作猎杀鬼的手段，说起来有些可笑呢。”月野的声音中透着些许无奈。

我很奇怪这个时候月野居然有心情给我讲故事，但是看到她的样子，我又不忍心打断，只得耐着性子做认真聆听状，心里却抓心挠肝好一个着急。

这都什么时候了，居然还讲故事！日本江户时代始于1603年，这几百年讲完，别说救人了，估计我也就急死了。

月野有些不满："你不愿意听我把这个传说讲完吗？如果不知道鬼镜的由来，怎么能够击败它！虽然我不是很了解月无华，但是黑羽作为阴阳师，我却很放心。"

"不过……"月野说到黑羽的时候脸又红了，我发现她很爱脸红，"如果失踪的是你，我们肯定会第一时间把你救出来。因为月无华说过，你什么都不会，本来我们商量是不想让你来日本，可是月无华说把你留在泰国又不放心。所以……"

"你！"我感到自尊心受到了深深的伤害，恨不得用针灸的银针直接戳进她的太阳穴送她归西，不过想想自己也没有飞针刺穴的本事。况且作为阴阳师，随便折个什么老虎狮子，也足够我吃不了兜着走，还是咬咬牙忍了。

月野不慌不忙的个性倒真是让我踏实下来。月野、黑羽，这两个人的组合就算不是无双，放眼整个大日本，也只有圣斗士、奥特曼、一米六的兵长利威尔这些打不死的小强可以媲美了。

"在江户时代，有一对夫妻。"月野清了清嗓子继续讲无聊的江户鬼故事，"他们很恩爱……"

我一边琢磨着故事开头还真是俗套，一边琢磨着月饼他们是不是快把事件解决了。就算帮不上忙，能看到现场也比在这里听什么故事要强。

"妻子非常美丽，每天最喜欢的事情就是照着镜子梳头发。丈夫对她更是宠爱，从不让她下田，虽然这样劳累，可是丈夫看到妻子漂亮的脸，就忘记了疲劳。"

九

以下是月野的讲述——

妻子名叫小朵。

村民们都夸丈夫浩二有福气，能娶到小朵这样漂亮贤惠的老婆。每当这时，憨厚的浩二都会挠着脑袋，"嘿嘿"傻笑。

突然有一天，小朵生了怪病，卧床不起，不但高烧不退，而且日益消瘦。才刚刚半个月的时间，就瘦得皮包骨头，头发大把大把地掉着，美丽的眼睛深深凹进眼眶里，像两颗干瘪的枣仁。

躺在床上的小朵，根本不像一个人，倒像一具只能喘气的干尸。

浩二把方圆数十里的医生全请遍了，但是每个医生看到小朵的样子，都摇头叹气，劝他早点准备后事。

浩二虽然不甘心，但是很绝望。他回到屋里，看着奄奄一息的小朵，趴在床边忍不住号啕大哭！小朵早就不能动弹了，听到哭声，却奇迹般地抬起手，用树皮一样干裂的手帮浩二擦着眼泪。

浩二更加忍不住，哭得整个村都听得见。

村民们也跟着留下了泪水……

忽然，门外有人说道："这是被恶鬼附身，我有办法治好她的病。"

推门而进的是一袭白衣的云游阴阳师。

浩二连忙抬头看，阴阳师气宇轩昂，脸上挂着自信的微笑，一双眼睛如同镜子般明亮！

阴阳师没有多言语，观察着屋子里的布置，让浩二立刻把所有的门窗都用厚实的麻布挡住，不能透出一丝光亮。

一切准备妥当，阴阳师说施驱鬼法事的时候不能有外人，于是浩二避了出去。

大约过了两个多时辰，日头已经偏西，浩二在门外急得几次想进去却又怕破了法事的时候，阴阳师推开门走了出来。

就这么一下午的时间，阴阳师的衣服已经湿透了，额头上排着黄豆大的汗珠，脸色疲惫，眼圈发青，头也不回地钻进柴房呼呼大睡。

浩二冲回屋里，看见小朵脸上居然有了血色，皮肤虽然仍然皲裂蜡黄，但是隐隐有了光泽。

喜出望外的浩二连忙下厨，用鲣鱼做了上好饭团，守在柴房外。饭团也不知道热了多少次，直到半夜阴阳师才醒，摆摆手拒绝了浩二的好意。对他说驱鬼的时候须苦身，这几天是不能食用世间食物，只喝清水就好。

浩二千恩万谢，阴阳师微微笑着，眼睛更加明亮了。

如此过了七七四十九天，小朵不但恢复了往日的艳丽，就连脱落的头发，都奇迹般长了出来，如同乌木般美丽。对浩二甜甜的笑容里，更带着一丝从前没有过的妩媚。

而阴阳师却越来越瘦，这些天像是老了几十岁，眼神也慢慢黯淡了。

浩二心里过意不去，不知道该怎么答谢。在阴阳师驱鬼还剩最后一天的时候，浩二特地去河里抓了条大鱼，沽了老酒，兴高采烈地准备回家烧桌好菜感谢阴阳师。

当他进到院里，正刮着鱼鳞、唱着乡曲的时候，听到了屋里传来的奇怪声音。

那是男女媾和才会发出的呻吟声。

他的笑容僵在脸上，拿着刮鱼鳞刀的手微微发抖！

他踹门而入，看见小朵和阴阳师赤身裸体地交合在床上！被羞辱的愤怒让他红了眼睛，把手中的刀子送进了阴阳师的胸膛！

奇怪的是阴阳师似乎没觉得疼痛，伤口也没有流血，只是对着小朵凄然地笑着，慢慢合上了眼睛……

小朵赤裸着身子跳下床，跪在地上请求浩二的原谅。看着匍匐在地上的小朵，浩二几次举起刀想对着那头乌发砍下去，却始终没有舍得下手。只是长叹一声，把刀丢在地上，流着泪向屋外走去。

他没有看到，小朵嘴角浮现出恶毒的笑容，从地上捡起了刀子！

十

因为小朵曾经的贤良，所有人都相信了她的话。

在驱鬼的最后一天，小朵体内的鬼终于被逼了出来，没想到却附身在突然推门而入的浩二身上，引起了阴阳师和浩二之间的搏斗。

由于连续多日驱鬼，阴阳师的精力消耗殆尽，被鬼附身的浩二用刀刺入了他的胸膛。他拼了最后一口气，趁着浩二破门而逃的时候，拔出体内的刀杀死了浩二。

阴阳师和浩二的葬礼由村里出钱，举行得很隆重。小朵几次哭昏在浩二的灵柩前，村民们也纷纷垂泪。

好好的一对恩爱夫妻就这样被鬼拆散了。

这件事一传十十传百，很快就传遍全日本，成了阴阳师对鬼宣战的导火索。

至于小朵?

她死了丈夫，又曾经被鬼附过身。尽管还是那么艳丽，却没有人敢再娶她。由于没有干过农活，又是个寡妇，平时也不愿意出门，她就把自己反锁在屋子里。

每当村民路过门锁紧闭的大门，都会叹息着把手里的蔬菜、鲜鱼、白米匀出些放在门口。

几个月下来，小朵虽然极少出门，倒也不愁生活。

就是经常有人在夜半路过的时候，听到小朵家里会传来隐隐的哭泣声。

村民们都说，这是小朵在想念她的丈夫。

然而“寡妇门前是非多”，小朵在买盐的时候，被邻村的无赖淄川四郎见到了。回到家里，四郎日思夜想的就是小朵那勾魂的眼神、妩媚的笑容，非缠着父母说不在乎小朵是寡妇，也不在乎被鬼附过身，这辈子一定非小朵不娶。

父母被四郎纠缠得没办法，拿出家里仅有的值钱物件兑换了喜聘，送到媒婆那里说明来意。

媒婆拍着胸脯保证她出马一定没问题后，兴冲冲来到小朵家。她巧舌如簧，口沫横飞地说了大半天，小朵既没有答应也没有拒绝，只是自顾自痴痴地对着镜子梳头发。媒婆自讨了个没趣，索性把喜聘放下就走，看小朵没有推辞，心里觉得可能是寡妇面薄，既然收了喜聘，这门亲事也就成了。

媒婆回到四郎家里报了喜讯，自然是吃喝一番。当媒婆带着酒意出门的时候，天黑没看清楚，被门前一堆东西绊了一跤。当她看清楚那堆东西时，不由酒吓醒了大半!

正是送给小朵的喜聘!

四郎家和小朵家隔着两座山，就是腿力快的小伙子，也要走两个多时辰，小朵一个弱女子，是怎么把这些东西送回来的?

媒婆暗自心惊，仔细看时，发现喜聘上多了一样东西!

一面古色古香的铜镜！

在那个时候，铜镜可是很值钱的物件，足够普通农户人家半年生活。媒婆贪念大起，忘记了害怕，把铜镜揣进怀里，拎起喜聘回到四郎家里，哭丧着脸说刚出门就碰上邻村退喜聘的村民，交代了句小朵不同意这门婚事。

喝得全身酒气的四郎立刻酒醒了，一言不发地回到屋里，任由父母怎么敲门都不打开。

淫邪的火焰在他眼里突突跳动着。

寅时，冷月如钩，挂在洒满碎星残云的夜幕上。山中虫鸣草拂，露珠坠弯了叶尖，颤巍巍地闪烁着凄冷的白月光。

劳累了一天的村民们早就进入梦乡，谁也没有注意到，一道黑影翻进了小朵家的院子里。

四郎喘着粗气，眼露凶光，蹑手蹑脚地蹲在小朵卧房的窗下。邪念冲昏了他的理智，满身大汗被夜风一冷，让他渐渐清醒下来。

如果被抓住，可是会有被活活剥皮挂在山顶被风干成腊肉一样的尸体任由野兽、飞鸟啄食的下场啊！

正当他犹豫不决的时候，小朵的屋子传来阵阵呻吟、喘息声。

四郎一愣，心里略带醋意，暗想果然寡妇无贞女，不知让哪个狗杂种捡了这个便宜！难怪小朵退了这门婚事！

他越想心里越怒越妒，好像小朵是他老婆一样，只想冲进去跟偷情的男人拼命！又一琢磨，一丝邪笑挂在他的嘴角：只要抓住他们偷情，那么小朵以后就任他为所欲为了，而偷情的男人那里还可以敲诈一大笔钱。

他食指沾了沾唾沫，化开了纸糊的窗棂，凑上一只眼向里看去：赤身裸体的男人正趴在小朵身上耸动。

忽然，男人像是发现窗外有人，抬头向窗户这里看去。

四郎看到男人的脸，一声凄厉的惊叫响彻了整个村庄！

十一

月野讲到这里，停顿片刻：“有烟吗？”

也许是这个故事过于诡异香艳，而且月野的声音略略沙哑，听上去特别舒服。我竟然一时间忘记了月饼他们的事情，完全听入神了。

直到她问我要烟，我才回过神，连烟带火机一齐递给她。

月野抽了一口，剧烈地咳嗽着，看来是不太会抽烟。我想帮她拍拍背又不好意思伸出手，只好拨了拨她跟前的烟雾："四郎看到了什么？"

"一面镜子！"月野看来对抽烟没什么兴趣，夹在指间任由它冒着白烟。

"镜子？"

"对！是镜子！那个男人的脖子上，是一面镜子！"

我联想到四郎看到的画面，打了个哆嗦。如果换作是我，看到一个人的脑袋是面平板的镜子，估计也会吓得惊叫吧。

"小朵太痴迷于自己的美貌，每天都对着镜子梳头很久。时间久了，她的痴气被镜子吸收，竟连身体里的精气也被吸去，导致她生了重病。镜子吸足了气，渐渐有了灵觉，幻化成镜鬼。想起曾经还是一面镜子时，每天看到小朵美丽的样子，不但爱上了她，还因为自己有了生命而报恩。眼看小朵活不长了，镜鬼化成阴阳师，用驱鬼的借口和她交合，把气还给了她。所以小朵不但恢复了，而且还纳入了镜鬼自身的灵气，变得分外妖娆。然而鬼终究是鬼，纵然有舍身救人的举动，但本身的邪气也进入了小朵体内，使小朵被邪气引发心魔，成了带着妖气的阳人，杀了撞破真相的丈夫浩二。"

"当镜鬼和浩二都死后，小朵每天对着镜子梳头，她居然爱上了镜子里的自己。或许她一直爱着自己，只是原来不知道罢了。镜鬼的妖气让她有了变化的能力，竟然将镜子变成了身体是男人、脑袋是镜子的妖怪，这样她就可以和爱着的自己做爱。"

"当听到四郎的惊叫赶过去时，村民发现四郎已经死在窗下。全身上下完完整整，唯独一双眼睛像被插进了鞭炮，生生爆开。过了好多天，直到媒婆的屋子里传出让人呕吐的尸臭，媒婆才被发现已经死在屋子里。据说媒婆死的时候，一面镜子贴在脸上，脸皮已经和镜子黏在一起了，取下来时，生生从脸上剥离，整张脸皮就这么被撕下来，你能想象出这有多可怕吗？"

我想到那个画面，又打了个冷战，居然没有注意到月野的声音越来越沙哑：“村民冲进小朵的卧房，只看到衣服整整齐齐叠放在床上，墙上那面镜子和小朵一起不见了。”

“据说那面镜子至今还在世间游荡，如果女人超级迷恋自己的相貌身体，每天照镜子超过一小时，连续四十九天，正是体内阳气被吸尽的极限，就会突生大病，镜鬼出现……”

“所以，你看身后！”月野的声音猛地抬高，眼睛放出异光，伸手指向我身后！

我顿时吓得“一佛出窍，二佛升天”，脖子硬得像块石头，赶紧转身。

身后什么都没有！

再转回来时，月野不见了！

十二

我已经连惊恐的感觉都没有了，偌大的船舱只剩下我一个人，寂静中只能听见我猛烈的心跳声。

一个接着一个，所有人都消失了，只剩下我自己。

他们都到哪里去了？

我很想就这么逃了，出了船舱把门一关，随便到哪一层，哪怕是在甲板上喝海风也比在这里感受这种莫名的恐惧带来的压抑要强不少。

那一刻，我真打定主意这么做。

因为这一切实在是太可怕了！

我静静地站在舱门位置，身后的那条走廊，用不了几步就可以走到楼梯；身前的船舱，却藏着可以把人凭空吞噬的镜鬼。

一步天堂，一步地狱！

一念为佛，一念成魔！

“南瓜，遇到危险的时候，别管我，只管自己逃就好。”月饼的话，突然在耳边轰响。

我狠狠地抽了自己几个耳光！响亮，清脆，直到脸颊火辣辣地疼，血液逐渐沸腾起来！

月饼、月野、黑羽生死不明，如果就这么逃了，那么这一辈子我肯定会活在“自己是懦夫”的怨念里。

哪怕只剩下我一人，也要有面对万千邪恶的决绝！

我深深吸了口气，重重地迈进舱门，走到曾经挂着鬼镜的墙前，用手敲了敲。依旧是“咚咚”的中空声音，这面墙后面一定有暗藏的玄机。我点了根烟，深深地吸着，缓缓吐出。尼古丁缓解了紧张的情绪，脑袋里空荡荡的，很舒服。

我开始回忆上船之后的每一个细节，想到月野走到我所在的船舱喊我的名字时，忽然定格！

月野为什么会喊我的名字？

当时她并不知道月饼已经失踪，所以她应该喊月饼的名字！除非只有一种可能，她早就知道船舱里面只有我！

月野……镜鬼……

这两个词在我脑海里飞速转动，时而化成一个人，时而又分成两个截然不同的生物。一个是美艳的月野，一个是披着长长的头发，脸却是一面镜子的镜鬼。

难道月野就是镜鬼？已经和杰克达成某种契约，为了某种目的，在游轮上把我们抓住。那为什么我没有失踪？月饼的凤凰文身，那是披古通家族的特有标志，杰克到底要干什么呢？或者说我根本引不起他的注意？

我苦笑着摇了摇头，心里有些沮丧，吐了口烟，烟雾飘到舱壁上晕开，如同蒙了一层白纱。我心里一动，又想到一个小细节，连忙蹿出船舱，回到我们本来要住的那一间。我敲了敲月饼消失时面对的那面舱壁，果然也发出了“咚咚”的中空声！

刚才因为月饼消失，月野走来时的恐惧，我撞到舱壁，因为太过紧张，竟然没有注意到碰撞的声音。

这两间船舱的舱壁后面，都是中空的！

如月野所说是镜鬼作祟，那么我至今没有见到那个玩意儿。如果月野就是镜鬼，她不可能放过我。

我大概明白了！这件事可能与什么镜鬼没有半毛钱关系！

当我又跑回中间的船舱时，烟雾散得七七八八。我关上门拿着烟围着屋子绕了一圈，观察着烟雾的走向。所有的烟雾像是被磁铁吸引的铁屑，缓缓地向西南角飘去，渗进了墙缝里。

而这间船舱的西南角位置，正是我们那间屋子的东南角！

我凑上前观察着那面舱壁，上面镂刻着稀奇古怪的花纹，看上去杂乱无章。我伸手在那些花纹上摩挲着，指尖带来的触感非常奇怪，似乎有一条很熟悉的纹路正带着我的手滑动。

我从兜里掏出石灰粉（刚才我顺手留了些以备不时之需），从上及下撒落，一个图形慢慢浮现在我的眼前。

八卦图的坤位图形！

西南，坤，二芮，死门！

而八卦图死门正对的方向即生门，正是那面镜子曾经挂过的地方。如果没有判断错，这间屋子是每个方位都会有八卦的位形。

屋子里的两个圆墩椅子，进屋时我还没觉得有什么，现在看看，正巧是八卦里阴阳鱼的鱼眼位置。我把石灰撒在挂过镜子的舱壁上，艮位图形出现了！

东北，艮，八任，生门！

我双手放在生门的两条横杠上面，用力向里一推，舱壁陷进去半寸左右。整面墙轻微地震动着，韵律如同水波向舱壁两旁分散传递，舱壁上按照东南西北方位的坎、乾、兑、巽、坎、离的图形受到韵动的震荡，逐一亮起光芒，最后传至死门坤位！

挂着镜子的舱壁颤动着，从中间裂开一条缝，悄无声息地向两边滑开，一道亮眼的白色光芒从里透出，袭面而来的是阴冷的空气。我忙活了半天，浑身大汗，被阴气一激，汗毛都竖了起来。

眼看着舱壁越扩越大，进入我视线的是：那具诡异的棺材，两旁排成直线的蜡烛，墙上悬挂的鬼镜！

虽然我已经破解了这个不知道谁布下的“八门金锁阵”，但是鬼棺船舱又出现在我面前的时候，我依然感到全身冰冷。接下来该怎么办？

当舱壁完全消失，整个船舱完全暴露时，最右角出现一张小小的桌子，四个人直直地围着桌子跪在地上，中间冒着若有若无的白烟。背对我的那个人，身着一身白衣，及背长发湿漉漉地贴在衣服上，慢慢地向我转过头，手里还拿着一个扁平的黑色东西。

十三

“15分27秒。”

转过身的女人放下秒表，在本子上做着记录。

月野清衣！

本来我已经处于高度紧张状态，脑子里的弦几乎轻轻一触就会崩断，但是彻底看清这四个人的时候，我傻眼了！

月饼举起茶盏，向对面那个五短身材的日本人遥遥一举，放在嘴边沾了沾：“你们日本的‘真玉露’虽说入口清香，柔绵滑舌，可毕竟是蒸青茶（杀青方式是蒸汽杀青的，味道比较自然），说到底还是比不上我们中国的炒茶、初烘、堆积、烘焙这些老祖宗传下来的手艺做出来的茶叶有味道啊！和你们民族一样，缺内涵。”

五短身材举盏抿了一口：“你们中国什么东西都程序太烦琐，哪里有我们日本追求实用？”

月饼把茶盏往桌上轻轻一放：“一个茶道仪式就要老半天，真要是碰上急着喝水的，渴都渴死了。我就没看出来哪里实用。”

“月君，”五短身材似乎有些恚怒，“请注意你面前坐的人具有大和民族的光荣血统！”

月饼噌地起身：“不服气就比画比画，我倒要看看是你们日本见不得人的忍术、阴阳术厉害还是我们中国的方术厉害！”

五短身材拍着桌子直挺挺站起来，鼓着一双快要凸出来的眼睛，满脸怒容地瞪着月饼。黑羽也跟着起身，怒目而视。几道目光在空中碰撞，几乎撞出了火花，“噼里啪啦”作响。

所有人都忽视了我的存在，这到底怎么回事！

我设想过无数种情况，唯独想不到的是——这群失踪的人竟然在棺材旁边喝茶！

“哼！”五短身材一屁股坐下，“年轻人不要太张扬。我的两个手下可是比你朋友要厉害多了。唔，就那个废柴。”

月饼端起茶盏泼了大熊满头满脸：“你要是再嘲笑我兄弟，我保证让你见不到明天的太阳。”

大熊擦了把茶水“嘿嘿”笑着，黑羽遮住眼睛的头发无风自扬，一道淡淡的黑影从袖子里弹出，直奔月饼面门。

月饼向后微微仰身，身体和腰反向折成近90度，再弹身而起的时候，嘴里咬着枚纸镖。

得！这俩打起来了！

我实在忍不住了：“我就问一句话！我是隐形的吗？”

“南瓜，你先别插嘴！”月饼吐出纸镖吼道，“这关乎民族名誉！我就不信忍术、阴阳术还能有多大尿性！我一定要弄死他！”

“都别吵了！”月野在本上子记录完，扶了扶眼镜，厌恶地皱着眉头，“我们的敌人是杰克，至少目前是。”

美女往往是男人战争的起端，不过也有另一个属性——也可能是战争的终端。

比如现在，月野一句话，三个大老爷们儿都老老实实跪回原位，装作没事人一样闷头喝茶。

“你通过了测试。”月野向我伸出手，“日本欢迎你。”

“我可以说我不想去吗？”我终于找到了存在感，略略抹平了心里的失落，不过也难免要傲娇一把。

“南晓楼，生于1987年，八字不详，身世不详。”月野没搭理我，只顾看着资料念，到了“身世不详”的时候微微停顿，好像想到了什么，“后天被下蛊的红瞳，在泰国与月无华共同经历了一系列诡异事件，贡献：无；特长：无；性格：乐观、重感情、冲动、胆小、无上进心；未来展望：堪忧！”

十四

我臊得老脸通红，当着这么多人的面被美女如此评价，显然不是什么愉快的事情，想发火却又不知道该如何张嘴。

“南瓜，你先别急。”月饼看出我快愤怒到极点，难得正经地没有揶揄我，“月野刚才跟你说了，这次来日本太过危险，本来他们是不同意你来的。不过我想你留在泰国更危险，杂家不在你身边，万一你喝多了被人割了肾，或者变了人妖，还不如咱哥俩同生共死的好。不过月野对我提出了个条件，那就是你能接受一次考验。”

“换句话说，”月饼摸了摸鼻子，“这次考验你的表现完全超乎想象。看来杂家对你的担心倒是有些多余。你放心，以后哪怕你跑到尼加拉瓜探访食人族被煮着吃了，我也不会管你。”

心里刚消了气，月饼最后一句话差点又把我憋死：“你皮白肉嫩，估计去了也是你进油锅。”

这句话是玩笑话，没想到后来一段诡异的经历，我还真差点在大锅被活煮，不过不是在尼加拉瓜，而是在广西的十万大山里。

这是后话，暂且不提。

我忽然琢磨过来：“月饼！你老早就知道这件事？”

月饼点了点头，不好意思地笑着：“南瓜，这件事情你不要怪我，如果你不能通过测试，就没有资格去日本。换句话说，这不是为了折腾你，而是为了保护你。”

“月公公，”我心里有些小感动，“要不您老高抬贵手把我送回祖国，万一马有失蹄折在日本，好歹也有个人能把您老的英雄事迹记录下来，发在论坛上，万一火了出版了，您还能名垂千古不是？”

月野清衣又在本子上记录着：“在本次测试中，你通过了视觉恐怖、美女诱惑、漏洞推理、密室失踪、客观误导、正义使命等一系列考察，并且在机关阵法、五行八卦的方面表现出了惊人的天赋。而且还有一件事情需要告诉你，到目前为止，共有七十七人参加了‘鬼镜测试’，两人通过七十五人淘汰，并且你所花费的时间比上一个整整少了2577秒，可以申请世界记录了。”

月饼略有些骄傲：“这就是我兄弟！”并对着我竖了竖大拇指。我这会儿倒有些不好意思，挠了挠头，不过心里还有几个疑点没有解开。

“运气好而已！”大熊很不屑地哼道。黑羽也耸了耸肩，满脸“如果换作是我，比他肯定要快很多”的神态，恨得我牙根痒痒，只想抽他两个大嘴巴子。

“头儿，请抛弃民族荣誉感，客观地看待这件事情。南晓楼作为新人，所表现出的天赋和潜力毋庸置疑。我们在密室里也看到了，尤其是当他心生恐惧想要逃跑，却选择勇敢面对困境，作为普通人，是值得尊敬的。”

“我想问几个问题。”我居然举了一下手，像个上课打报告的学生，“为什么你们会凭空失踪？刚才在走廊里飘荡的恶鬼是怎么回事？还有屋子里的鬼脚印？这个该死的棺材到底是什么！？”

“突然失踪是我们日本忍术中的‘遁身流’。”黑羽难得说话，满脸骄傲，“岂是你区区庶民所能了解的。”

我盯着他面前那杯茶，琢磨着趁其不备扔个七步断魂草进去，药翻他。让他走到六步之后这辈子只能和僵尸一样跳来跳去，坚决不敢走第七步。

“那两个恶鬼，倒是真的有。”月饼指了指棺材，“就是这棺材里面的两具阳尸。”

“阳尸？”我表示不理解。

“所谓阳尸就是死在阳间，怨气太深，鬼魂只能依附在尸体上，不能转世。不过这类鬼称不上恶鬼，它们不会附在别人身上，只认得自己的尸体。同时尸体还会不腐，直到鬼魂转世。”

“之所以会在这艘船上设置这样一个房间，是因为阳尸恋地，如果放到别处或者焚化，那鬼魂就会真的变成恶鬼，危害人间。而且日本还有一个很变态的风俗，每条船都会空一个房间，里面放着棺材和尸体，据说是为了保游轮海航平安，布下的‘鬼镇’。而且房间的门号都会有‘1’，鬼晓得为什么。”

“那是为了纪念我们大和民族的神灵八岐大蛇而布下的‘一目鬼镇’！可以确保游轮在大海里翱翔。”大熊倨傲地抬起头。

“八岐大蛇？我们中国的神灵是龙，你们是蛇。啧啧……”月饼摇了摇头，“说什么也赶不上我们啊！”

“月无华！你……”大熊又拍着桌子站起来，“虽然你在泰国和杰克正面交过手，我们需要你的帮助，但这绝对不是该值得自豪随意侮辱我们国家的理由！”

“天色不早，都洗洗睡吧！”月饼伸了个懒腰，打着哈欠嘟囔着，“日本茶就是没劲，喝了该犯困还是犯困。”

我见大熊脸色酱红，眼看着要迸出血，忍着笑跟着月饼出了门，回到我们的那间船舱。

和月野擦肩而过的时候，我听到她认真说了一句：“你很了不起。”

我是一个很容易被感动的人，平时天天和月饼斗嘴，从小到大更是极少得到别人表扬，月野这句话让我心里面很暖。

有的时候，人与人之间的相知，不一定是要一辈子在一起，往往可能是一句话的共鸣带来的感动。

十五

“月公公，”我躺在床上抽着烟，手上那条黑线渐渐淡去，“咱们身上的阳气真的被吸了吗？”

月饼愤愤道：“知道刚才我为什么一直讥讽大熊吗？这个老浑蛋，竟然利用这个测试，引着咱俩到‘鬼镇’，把咱们的阳气吸了大半，确保‘鬼镇’未来七年守护游轮的传说。”

我恍然大悟，想起刚才的情形，虽然现在已经知道了真相，可是还是有些后怕：“那个棺材里面放着两个人？要不怎么会有两条鬼魂？”

“一个人，双重性格。”月饼又打了个哈欠，“这艘船的名字你不知道？第一次入航的时候，就发生过一起漫画家自杀事件，死状极惨，当时也算是轰动一时的大事。”

“其实双重性格，就是有些人还保存着前世的部分残念，一般都是前世惨死之人的怨念，所以容易精神分裂、变态杀人或者自杀。死后自然是两条鬼魂。”

我刚见到棺材和鬼镜的时候误以为棺材里面是黑羽，经他一说，我立刻记起了1998年那起著名的“漫画家自杀事件”，也想到了她的名字！只是刚上船的时候，觉得船名很眼熟却没往这方面联系。

“我还有个问题。”这个问题和今晚的事情没多大关系，但是我确实很想知道。

“‘十万个为什么’南瓜，”月饼的声音模模糊糊，看来就要睡去，“有屁快放，有话快问。”

“前面那个经过测试的是谁？”

“哦！他啊，台湾一个魔术师，挺有名，名字两个字，自己琢磨去。”

我想到了一个人，难道他也会一些奇怪的本事？

月饼长舒口气：“一开始我也没想到是他。总以为他那些魔术是幻术，没想到有点真本事。”

“对了，还有一件事情，”月饼声音提高后又慢慢微弱下去，看来是要睡迷糊了，“这间屋子曾经死过人，煞气太旺，晚上睡觉难免会做噩梦。如果惊醒，第一件事情千万别擦额头上的冷汗，那是体内阳气逼出来的煞气，万不可动。立刻朝枕头吹三口气，再用手抹三下把枕头翻面再睡，也不要把梦的前后经过跟别人说。别问为什么，有些事情我也不能多说。”

经历了这件事情，本来我已经困顿不堪，可是月饼这么一说，我又困意全消，额头上冒出了一排排黄豆大的冷汗。

第四章 人头灯笼

中国的灯笼起源于1800多年前的西汉时期，每年的农历正月十五元宵节前后，人们都会挂起象征团圆的红灯笼，来营造一种喜庆的气氛，这个传统一直延续至今。而在日本，大多数灯笼都是白色的，也有少数黄色或者红色灯笼，尤其是比较有名的寺院，悬挂的都是白色灯笼，这是一种很奇特的现象。

至于原因，有人说日本灯笼本就是禁锢灵魂的物件，里面“忽忽”跳动的火焰，就是一个挣扎的灵魂（日本人在大量书籍、漫画中所描述的灵魂就类似于一团白色火苗）；也有人说，寺院悬挂灯笼是为了招魂，利用灯笼和灵魂相近的形状，将夜半时分游荡在荒野的孤魂野鬼诱惑而来，进行猎杀。

至于日本人为什么喜好用白色灯笼，也许我和月饼亲身经历的这件事会给出一个答案。

一

从泰国坐船出发到日本需要六天时间，我通过了这个无厘头的测试之后，一路上倒也风平浪静。第二天，我顺手在船舱内摆下阵法，彻底封住了煞气，晚上自然可以高枕无忧。

除了想起身边的船舱里放着具棺材，里面还躺着个阳尸，心里总是有些膈应。万一不小心蹿进去一只猫，从棺材上跳过去，引发阴气，诈了尸可不是闹着玩的。身边也没个黑驴蹄子，总不能靠着一腔热血赤手空拳冲过去和粽子玩命儿吧？

旅程中，我唯一的爱好就是拎着瓶酒到顶层的海水游泳池旁边晒太阳。目标自然是穿着比基尼的各国美女，还时不时拿着手机偷拍几张设为桌面。

人生就是这样，天天为了过去的事情烦恼，还不如欢天喜地地活在当下来得划算。

或许是因为自己的身世，或许是在思考杰克的事情，月饼每天除了和大熊斗嘴，好几次差点把这个矮壮的日本人气得脑血栓突发外，就是拉着我耷拉着腿坐在护栏上，抽烟喝酒望着海水发呆。

其实我实在不愿意陪着他在这里喝海风，傻坐着趁景儿，两个大老爷们儿整得和谈对象似的也没什么意思，有这工夫还不如多找机会接近接近月野清衣更来得实在点。那晚月野说了句“你很了不起”之后再就没搭理我了，每天和黑羽板着扑克脸形影不离，还时不时一起站在船头远眺海风，效仿杰克和露丝做泰坦尼克状。

我看见他们俩心里就酸意直冒，恨不得就着这个醋劲吃个饺子：这哪里是杰克和露丝，就冲那扑克脸就是纸牌里的“K”和“Q”！

时至傍晚，金灿灿的夕阳在海与天的交界处欲走还留，毫不吝啬地挥洒着最后一丝光芒。海风轻拂，海水皱起如同贵妇人华丽裙装般的层叠，映着金光，偶尔有一两只海豚跃出水面，摆动着灵活的身体，在空中画着优美的弧线，又欢快地钻回大海，激起碎玉似的浪花，煞是好看。

我没精打采地晃着腿，抽完最后一口烟，把烟头丢进早喝干的酒瓶里，低头盯着幽蓝色的海面：“月饼，知道我在想什么不？”

“女人心，海底针。”月饼吐了个烟圈，很快就被海风吹散，我听了他的话，心里没着没落的。

“你怎么知道的？”我不知道自己是不是喜欢月野清衣，只知道现在的我的心情很失落，心里如同长满了杂草，乱糟糟的。我告诉自己不要去想，可是偏偏忍不住去想，可是又想不出个头绪。

本来想好了搭讪的词儿，见到她又张口结舌、脸红脖子粗。估计换哪个女的也不愿在我面前多待一会儿。我只能望着月野远去的背影沮丧不已，暗骂自己没出息！

月饼拍着我肩膀：“南瓜，消停消停吧，那不是你的菜。你看那个黑羽，哪点不比你强，还有透着忧郁范儿，小丫头们最吃这一套。不过你要是气不过，小爷我倒是愿意出马，来个横刀夺爱。”

想起黑羽那拽得不可一世的样子、电影明星般精致的脸，我心里又是一阵醋意：“月公公，您说要是没黑羽，那我有没有机会？”

“第一，黑羽是客观存在的；第二，就算没有黑羽，月野喜欢上你的概率也不超过百分之零。”月饼扳着指头认真数着，“第三，你别忘记还有杂家在。不是吹牛，我要出手，月野必须是如来佛手掌心里的孙猴子，想跑都跑不了。”

我差点一口气背过去：“月公公，您老《葵花宝典》都练到第九层了，这份男女之事的春心还是下辈子再萌动吧。”

“南瓜，月野长什么样子你看清楚了吗？”月饼忽然一本正经地问道。

我心说我又不瞎，这时候还有心情和我讨论这玩意儿。

“那你想想她的面相。”月饼拿出根桃木钉把玩着，“那两本书上写的东西都白背了？果然恋爱时智商等于零，暗恋时智商等于白痴。”

“额圆而眉淡，眼大眼角外延，鼻多肉龙准挺直，耳阔且耳垂丰厚，上嘴唇薄，和下嘴唇不成比例，颌骨略宽下巴尖。”说到这里，我明白月饼的意思了。

这是“火中取栗”的面相。有此面向的女人性格好强，遇事能逢凶化吉，事业极顺，一生多友。然而天格欠缺，命中八字不全，主生来无父母，易招女人缘，婚姻应在三十岁以后。

“想到了？”月饼抬头迎着海风，碎碎长发凌乱在直直的鼻梁上，“看她年纪和咱们差不多，你能等上十多年吗？”

我刚想回答“能等”却又犹豫了。

是啊，十多年，说起来就三个字，可是要经历三千多个日夜。在这时间慢慢消失的路途上，缤纷的生命里会经历多少人多少事？是否会有我更喜欢的或者她所迷恋的？

时间，是一把无情的刻刀。既可以在生命中刻上沉重的烙印，也可以轻易地把那条以为永远不会忘记的痕迹抹去。

我沉默了……

不是因为我现在不喜欢她，而是因为我对时间的敬畏。

“也许吧。”我嗫嚅着。

月饼忽然爽朗地笑了：“兄弟！我支持你！当我们决定了一件事情，要独自前行的时候，一切困难、一切挫折都可以抛在身后！可以倔强地微笑，难过地哭泣。可是脚步依然会铿锵有力！鹰，永远翱翔天际；龙，终会狂烈寰宇。你如果真的喜欢，就让什么命格、面相、时间、黑羽全都滚蛋！大胆去追！我命由我不由天！”

我心里阵阵感动：这就是我的兄弟！

虽然我们天天斗嘴，恨不得一句话能把对方噎死，可是到了真正需要鼓励、需要帮助的时候，都会义无反顾地为对方付出一切，包括生命！

我激动得全身战栗，对着大海高声喊道：“我不会放弃努力的！”

少年的爱情总是来得突然，盲目而冲动，却是最真挚的炽热！

“南瓜，我还有一句话。”月饼也高声喊道，“世间不如意十有八九啊！估计你还是没戏！”

“滚蛋！”我终于忍不住，怒捶了月饼一拳。

“这样在背后对一个女生评头论足，就是你们生活的内容吗？”月野在我们背后冷冰冰地说道。

我吓得一哆嗦，要不是月饼眼疾手快拉了我一把，我就直接一脑袋扎进海里了。

我们俩跳下护栏，老老实实站着，像两只斗败的公鸡。

“回船舱，立刻！”月野清衣面无表情地丢下这句话，踩着高跟鞋“噔噔噔”地走了。

二

我们俩灰溜溜地跟着月野回到船舱，还没推门，就听到黑羽和大熊在争吵。

“不要拿前辈的身份命令我，尼泊尔这件事，我一定要去！”

“这件事情太诡异，而且当下要抓住杰克，他们三个需要你的帮助。”

“我凭什么帮助他们两个中国人？”

“黑羽，你说话注意措辞。”

月野把手放在门把手上，又慢慢放下，显然里面的气氛不适合我们进去。

沉默片刻，我转念一想，尼泊尔发生了什么，大川雄二必须要去？黑羽那句话让我从心底里烦得厉害，又凑着耳朵仔细听。

“总之，不为那两个人，你也要考虑月野！”大川雄二的口气毋庸置疑。

“你们三个进来吧。”大川雄二在屋里喊了一声。

月野推开门，只见两个人盘腿坐在茶几两边，兀自气鼓鼓地互相瞪着。尤其是大川，圆滚滚的胖脸又涨成了酱紫色，像是被人劈头盖脸浇了一盆鸡血。

月饼冷笑着瞧着黑羽：“我们也没说一定需要你的帮助。”

“就凭你？”黑羽站起来，“如果不是你和他交过手，掌握了一些资料，我根本不需要你们。我一个人足够了！”

“你大爷！”黑羽这句话让我终于忍不住了，再加上因为月野而对他产生的莫名敌意，张嘴骂了起来，“会折个纸鹤拽什么拽！小爷我高中的时候半个月叠了999只千纸鹤，也没像你这么嘚瑟！”

“据我们收集的资料显示，你高中的时候好像没有女朋友。”黑羽冷笑着。

“我练手叠着玩你管得着吗？”我心里一窘，嘴上不甘示弱。

月饼不咸不淡地说道：“总比眼皮子上面挂个纸飞镖装大尾巴狼要好啊。”

“都别吵了！”大川爆喝道，“尼泊尔的一座寺庙出现了奇怪的声音，每天晚上墙上还会浮现出鬼脸。那边的朋友让我去一趟，虽然不放心你们，但是我相信这也正是对你们四个的历练。”

“历练你个鬼！”我心里暗骂，“有这么临阵脱逃的吗？”不过当时我万万没想到，在尼泊尔发生的“寺院鬼脸”事件，竟然和我们这次日本之行有着千丝万缕的联系。

三

我们四人两两站一起，目送大川上了直升机。直升机披挂着耀眼的太阳光芒，向西方飞去，在海面上留下一道淡淡的黑影，化作天际尽头的一粒黑点，终于消失不见。

我的心情忽然有些失落。虽然对他谈不上熟悉，不过几天的接触，除了强烈的近乎变态的民族自尊心（受到江户时代武士道精神、“二战”时的军国主义思想影响，这个自认为太阳子民的民族，90%的人都具有这样的性格特点），倒真是个好人。

月饼递给我一根烟：“放心吧。”

我接过烟，点着，深吸，吐出。略带腥咸的海风吹过，白色的烟雾瞬间消失在被天和海映蓝的空气中。

就如同人生，那些欲说还休的悲欢离合，终究会随风而逝吗？

我偷偷看着月野，她的长发在海风中自由自在地飞舞，脸庞上镀了一抹金色的阳光，和黑羽并肩站着……

那画面，很美！

那一刻，我懂了一个道理：如果得不到，不如放在心底，默默地欣赏，任由爱恋滋长，独自品味其中的苦和甜，也是一段精彩的人生轨迹。

一段熟悉的旋律响起，居然是邓丽君的歌曲（一开始我还有些意外，后来想起邓丽君生前曾经在日本红极一时，倒也释然）。月野拿出手机听了片刻，脸色越来越凝重，猛地抬起头：“收资料，可能是杰克。”

在船舱里，月野已经从传真机里取出几份资料，递到我们手里。

是一摞照片，均是黑夜拍摄。拍照的相机看来非常先进（起码是佳能无敌三），连路边的细碎沙石都拍得纤毫毕现。

看完第一张，我吸了口气，完全不能理解照片上的东西是什么！

快速浏览完所有照片的时候，强烈的视觉刺激让我由心底产生了莫名的恐怖！

夜幕悬挂着铅块一样阴沉的云，边缘茫着昏黄的月色。空无一人的街道，只有路灯还在孤独地守望，把自己的影子缩成小小的黑团。十字路口，红绿灯的红灯亮着，数字停留在“7”，灯杆的底端被一张白色布帛紧紧包裹着。

再一张照片是红绿灯的近景——那不是一张白布，而是……

我说不上来那是一种什么感觉。

如果要具体的描述，就像是把一个人剥了皮，冲洗干净残留的血肉，暴晒成薄薄的人皮，围成一圈贴在灯杆上。

因为从这张照片的角度看，顶端正是人头位置，上面长着短密的黑发，五官位置是几个黑黑的窟窿，露出了灯杆的底色。手脚部分的人皮，绕过灯杆打了个死结耷拉着。

第三张是人脸的特写拍摄，五官留下的窟窿更加刺眼，紧紧糊住灯杆，我甚至能从崩裂的眼角、撕开的嘴边感受到剥皮时的痛苦。

我闭着眼睛，不自觉想象着一个金发的帅气男人，拿着锋利的匕首，对被捆缚住的人微笑着。

“只有死亡和恐惧，才可以制造出这样完美的作品。”杰克一边微笑着自语，一边小心地切剥着。

我甚至感受到后背一道刺痛，手一哆嗦，照片飘落在地上。

“为什么确定是杰克？”月饼翻回第一张我根本无法理解的照片看着。

月野扶了扶眼镜：“因为在杰克到日本之前，众多诡异事件里，完全没有类似的模板。除了他又有谁会这么变态，把人皮剥了洗干净系在红绿灯下？这种小孩恶作剧似的手法，难道你们还不熟悉吗？况且事发的时候，所有监控摄像头完全失灵，和杰克在‘伊东屋ITO-YA’催眠女漫画家时一样。”

这个解释虽然缺乏逻辑，又带着很强的主观性，但是好像又说得过去。

“我不这么认为！”月饼把第一张照片往桌子上一放，“请问这张照片怎么解释？”

第一张照片完全不像后三张那么清晰，从角度来看，应该是道路摄像头录制的画面截图。

背景和后三张完全一样，唯独不同的是：红绿灯杆上还没有那张人皮，而在路口对面的阴暗街角里，大概在一米五的高度，悬浮着一团圆柱形的白色亮光。更奇怪的是光芒却不扩散，完全没有照亮周围。路灯投射的影子里，一条被拉长的人影映在地上，从身材和四肢看，是一个小孩。

他的脑袋却略有些椭圆长条形！

这根本不是人的脑袋！

“南瓜，”月饼问道，“想象一下，把影子按照比例缩回原来大小，结合那个圆柱形白色亮光，像什么？中国的一样传统东西！”

我静下心，认真地想着，许许多多大小物件在眼前飞速掠过，最终停留在一样让我从小就感觉恐怖的东西上！

还记得小时候看过的一部电视剧《聊斋》吗？

片头是杂草丛生的荒岭，“呜呜”的风声如同鬼泣，树叶摩擦时“窸窸窣窣”的声音撩拨着心中最恐惧的底线，一团亮光突然出现在画面中，飘浮在荒草树林中，若隐若现……

那是一盏灯笼！

这个小孩，头上长的是一个灯笼！

“也有可能是一面镜子！反射的灯光……”月饼摸了摸鼻子，“会不会是镜鬼？”

“绝不是镜鬼！”月野和黑羽异口同声！

月饼冷笑着：“为什么你们会这么肯定？”

一时间屋子里安静得只剩下细微的呼吸声，直到月饼问道：“事情发生在什么地方？”

“广岛！”黑羽淡淡地回了一句，“广岛县西部的宫岛。”

四

宫岛又称“严岛”，是一座位于广岛西南部、广岛湾西部的岛屿，面积并不大，也就三十多平方公里，被称为日本著名三景之一。月野和黑羽的身份是秘密警察，权力居然不小，等了没几个小时，就有快船把我们从游轮上接走。在登上岛之前，我固执地认为这是一个名气大于风景的地方。

直到远远望见宫岛，我才改变了看法。

大片的红绿交错的植物如同油画般绚丽，蓝而纯净的海水如同玛瑙，宁静神秘中悄悄流淌着诱人的光泽，空气里更是透着沁人心脾的甜香。远山上竖立着大愿寺的五重塔，直插云霄，显得分外庄严肃穆。

极目远眺，一座起码十五六米高的红色牌坊矗立在海中，任凭海浪扑打，岿然不动。

来的路上我已经做足了资料准备，这是宫岛的象征——大鸟居。用的是未加工的楠木制成，高十六米左右，上梁为二十四米。完全靠自重立于濑户内海的万顷碧波之上，据说是为欢迎海中诸神驾临岛上而设。

更令我惊奇的是，登上岛之后，我才发现这里的建筑风格明显是唐朝时期的，处处透着古色古香的气息。马路上除了三三两两的游客，本地人并不多，如果不是因为这件事情，倒真是休闲旅游的好地方。

而且，我心中始终藏着一丝疑虑。

当月饼判断出角落里的人影是一个长着灯笼脑袋的小孩或者是镜鬼时，月野和黑羽却坚决不同意这个观点，并且一口咬定是杰克所为。

通过这几天的接触，我也大体了解了这两人的性格。而这件事情的判断与他们俩冷静的性格完全不符合。从他们的言语中，我发现他们似乎有什么事情在隐瞒我们。大川临走前专门嘱托我们要精诚合作，可是他们的态度让我很不舒服。月饼表现得更是夸张，自顾自回了船舱，一直到踏上宫岛，也没有再和他们说一句话。

更让我奇怪的是宫岛的一些奇怪风俗我们俩根本不能理解，月饼从资料里面专门标出了他也觉得困惑的地方：

一、宫岛自古被视为神圣的地方，因此对血、死亡等不洁之物有所避忌。岛上仍没有建造任何的墓地，死者均埋葬于对岸的赤崎。

二、岛上的女性在快要分娩时，会去本州的对岸分娩。分娩后的一百天才会回到岛上。

女性经期时要到特设的町内小屋接受隔离。

三、岛上严禁耕种及织布的行动。而岛上的商家及居民，则有去大鸟居所在的海滨取水清洁屋门的习惯。

四、岛内亦严禁饲养犬只，从日本其他地方来的犬只则要被送到本州的对岸放生。

这些风俗和这件事情又会有什么联系呢？

直到住进了安排好的旅馆，我枕着手躺在榻榻米上苦思冥想，仍然不得要领。

“别躺了，去现场看看。”月饼并没有从正门出去，而是打开了窗户，准备跳下去。

我心里也暗叹：月野和黑羽的做法，确实失去了我们的信任。不过我又不愿意承认月野会瞒着我们什么？也许喜欢一个人，就是一厢情愿地认为她全都是好的，这有什么错呢？

尽管我累得浑身疲惫，不过月饼既然决定这么去做，那我说什么也要跟着。

到达宫岛的时候已经是半夜，原本就安静的小岛空无一人。虽然住的是二楼，但是并不高，也许与日本人普遍偏矮有关系。

凭着资料上面的记忆，事发地点距离我们这里有三条街。由于发生在深夜，警方第一时间就封锁、处理了现场，所以这里的居民和游客根本不知道有人被剥了皮系在红绿灯杆上。

正准备向那条街走的时候，月饼忽然停住了，眼睛直勾勾地看着前方：“南瓜，你看前面是什么？”

我顺着他的目光看去，空荡荡的十字路口，几抹淡雾如同鬼魂，不时地变化着形状，缓慢地飘浮着。四杆红绿灯分别竖在街道的拐角处，海风突然猛烈起来，灯杆颤巍巍地上下摆动，似乎随时都能倒下来。红绿灯不停地变换着数字，倒数着可以通行和停止的秒数，忽而是绿灯里可以行走的小人，忽而是红灯里静止不动的小人。

就像人的一生，绿灯的时候代表生命在不停行走，走进黄昏暮年，埋入黄土，最后成了红灯里面如同火葬般的尸体……

除了这个有些诡异的联想，我并没有发现什么不对。

“现在是凌晨十二点零七分，知道哪里不正常了吗？”月饼把手机放回兜里。

我知道月饼所说的不正常是什么了！

时间！

每个城市的红绿灯，都会由电脑设定好停止运行的时间，直到清晨时分才会重新运行。大多数城市的红绿灯停止运行的时间都设定为夜间十一点至凌晨五点，也有少数超级大都市的红绿灯彻夜不停。

比如经历了“九一一”事件之后的纽约，据说是为了让人们随时能够停止所有活动想起这一惨痛的时刻，红绿灯变成了二十四小时不停止。

可是在这个时间里，宫岛的红绿灯仍然亮着，确实有些奇怪。

“南瓜，来的时候你注意过没？宫岛这样三十多平方公里，几乎没什么汽车的小岛，为什么每个路口都会有红绿灯？这完全不符合常识。”月饼忽然又回头看着，“我总觉得，踏上这座岛，就有什么东西在跟着我们。”

五

这种感觉我也有，明明没有风，却像是被一阵风吹透了身体。走路时更是感到身后始终有“人”在尾随，也回头看了几次，却什么也没发现。

为了以防万一，我还偷偷拿出粽子叶磨成的粉边走边撒在地上，也没有发现鬼脚印，心里倒是轻松了一些，还以为是因为受到那几张照片的影响，心魔作祟。

可是月饼也有这种感觉，那就说明真的有问题！

会是谁呢？或者说，会是什么东西呢？

月饼把袖扣系紧："该来的总会来，想一万遍不如做一遍，小心点就好。"

月饼几句话总是会让我在紧张焦虑的时候感到踏实，也许这就是对朋友的信任吧。

我看着刚刚跳下来的旅馆，月野和黑羽的房间还亮着灯，依稀能看到两条人影映在窗帘上，嘴里觉得发酸。

"想那些没用的干什么？他们就是整个孩子出来也和南少侠没什么关系，对不？"月饼不屑地哼着，"何况从头到尾，他们一直瞒着咱们，完全没有合作的意思。看他们不慌不忙的样子，傻瓜都能猜出来他们掌握着咱们所不知道的事情！"

我甩了甩脑袋，努力把月野的身影甩出记忆，定了定神，才发现不知不觉间，街上竟然起了层层海雾。

最早是淡淡的薄雾，在空旷的街上弥漫着。忽然一阵冷风吹过，雾在瞬间变得浓厚，沉重得几乎要落在地上，隐隐还能听到奇怪的呻吟声。

一种冰冷的压力从头顶的泥丸宫直接贯入我体内，似乎连肺叶都冻得不能活动，胸口沉闷得喘不过气……

雾越来越浓，我只能看见月饼模糊的身影。呻吟声越来越大，像是有无数人在哭泣，又像是一群孩子在欢笑着奔跑，完全确定不了方位！

直至最后，这些声音变成了凄厉的哀号，从四面八方冲进我的耳膜！

这根本不是海雾！

而是阴气聚成的鬼雾！

现在是凌晨十二点多，正是子时！天地间由阳转阴，阴魂肆虐的最后时辰。在这个时辰里，如果某个地方曾经有过毁灭性的灾难，死过许多人，埋入地下而怨气不得释放；如果该方的风水偏巧有"血煞""青厉""白茫"的特征，就会出现子时恶鬼横行、游荡人间的事件。

世界各地的很多古老城市在经历了千年的战乱，死人无数之后，又恰逢怨气聚集，或者新建的建筑物改变了原本的风水格局，也很容易形成鬼雾，这也是"名都多雾"的由来（至于有哪些城市，我就不一一列举了）。

也有这样一句话：“当你走在辉煌的都市中，不要忘记，你脚下的每一寸土地里都掩埋着累累白骨！”

宫岛为什么会出现鬼雾？我想到了在很多年前，那次可怕的浩劫！

那是足够摧毁人类文明信仰的灾难！

就在那么几秒钟时刻，我忽然想到宫岛的地形！这个小岛，被大海围绕，旁边是半月形的半岛，像极了八卦阴阳鱼！而宫岛所处的位置，正是阳鱼里面的阴眼。

那是阳世养阴的最佳位置！

“南瓜？”月饼在我身旁轻声呼道。白茫茫的雾里，我根本看不到他在哪里，只能循着声音伸出手摸索着。

我抓住了一只手！随即那只手紧紧握住我的手掌，掌心传来湿滑黏腻的感觉，我甚至能感觉到手掌上面类似于蚯蚓一样的血管，烂泥似的碎肉。

惊恐之下，我急忙想把它甩掉，却发现它像是长在我手上，牢牢地粘在一起。全身的阳气更像是决堤的洪水，从手掌心向外涌着！

完了！

如果一旦被鬼手附身，想再挣脱，根本不可能！短短半刻钟，我就会阳气耗尽而亡。充其量在雾散的时候，人们会发现街边多了一具木乃伊似的干尸。

我突然很平静，随着阳气的流逝，身体越来越僵硬，眼皮沉得像铅块，根本抬不起来。

一瞬间，无数影像在我脑海中闪现：高墙包围的孤儿院里，一个小孩子傻傻地看着四角天空，很多小孩向他丢着石子：“他是红眼睛，他是傻的，打他。”

“我是不会和红色眼睛的人谈恋爱的！”青涩的少年看着暗恋的女同学远去的背影，默默地把每一张都写着她名字的千纸鹤撒向天空，碎碎扬扬中，零碎了一个少年的心……

“南瓜，那个女孩不错，我看和你有夫妻相，给你撮合撮合？”月饼灌了口二锅头。

“月饼，能靠点谱不？”我没好气地答道，“您看准喽，那是个男的！

不是每个留长发的都是女人，好不好？”

“你很了不起！”月野从鬼雾中走来，静静地站在我面前，抬起微红的脸……

难道我真的要死了吗？短短的时间，我回忆了不到二十年的短短人生。我的意识渐渐模糊：真遗憾啊！为什么我的人生充满了悲剧？没有一件让我快乐的事情？

难道真的世间之事十有八九不如意？

也许，死了就不会遗憾了……

眼前，也许是意识里，出现了一个画面。

我百无聊赖地躺在寝室的床上抽烟，另外两个舍友被我的红瞳吓到，找了个借口跑了出去，依稀听见他们说：“那是个妖怪吧？”

我心里一阵苦笑，宿命给了我一双与众不同的红色眼睛，却带给我备受歧视的孤儿人生。

门“吱呀”一声打开，一道阳光照亮了阴暗的寝室，高高瘦瘦的少年背着旅行包站在门口，逆光让我没有看清他的脸，细碎的长发上闪着金黄色的太阳光芒！

“你眼睛是红色的？”少年把包当作枕头扔到床上，躺了上去，甩手递给我一根烟，“我叫月无华。”

“我叫南晓楼！”我点上烟，吐了个滚圆的烟雾。

“这个好玩！”少年来了兴致，“我也学学。以后就是兄弟了！”

我笑了……

不知道是意识里面在笑，还是将要死亡的身体在笑……

月饼，加油啊！

“南瓜！”月饼的声音似乎很遥远又很清晰，一记重击打在我的侧脸，下巴脱臼，嘴不受控制地张开！

滚烫的液体淌了进来！

六

再睁开眼睛时，月饼正举着手腕，殷红的鲜血一滴一滴落入我的口中。

"你可算醒了！"月饼一脸嫌弃，"怎么跟小爷我学的本事？不知道在雾里面有人喊你名字千万别应腔？浪费了我最少三两三的血。"

我根本说不出话，眼泪在眼眶中滚来滚去，强忍着不落下来："月饼，这是你教得不好！再说，没有三两三，哪敢上梁山！"

"滚蛋！"月饼从衣服上撕下块布，用牙咬着一头用手随便缠了几下打了个结。

我心里一阵愧疚，扶着地爬起来，刚想说几句矫情的话，月饼的身体晃了晃，闷哼一声就要摔倒。

我连忙把他扶住，才发现月饼的脸色苍白，头发湿漉漉地贴在额头上。从撕开的衣服口子里，看到了无数个乌青色的手印。

"月饼！你用不着替我这个废柴挡住鬼手啊！用不着救我这个废柴啊！"我掏出随身带的针盒，把月饼扶好盘膝坐下，捻着针依次刺进了面部的五会、头维、迎香、地仓、四白穴。

子时已过，阳气转盛，鬼雾不知不觉间散清了。月朗星稀的天空，点点星光璀璨明亮。长街，两个少年，用友情交换了彼此的生命！

不多时，月饼的脸色渐渐红润，额头上冒着腾腾白雾，终于睁开了眼睛："你快把针拔掉！生疼！"

我看着月饼满脸插着银针活像个刺猬，一时觉得好笑，又不好意思笑出来，憋着脸把针拔下。

月饼拍拍裤子上的土："走！去现场！"

经历了这件事情，我是真的不想去了："月公公，要不咱们回去小睡片刻，等天亮之后，阳气大盛，再和月野、黑羽等人从长计议，再做计划，我看也不迟。免得先帝创业未半而中道崩殂，长使英雄泪满襟啊！"

"南瓜！你还不明白吗？"月饼指着月野的窗户，"宫岛明明是阴气极重的凶煞之地，他们却不告诉我们。而且我想他们可能比咱们出来得还要早。"

那扇窗户上面，月野和黑羽的影子依然映在窗上，居然和刚才一模一样！

我恍然大悟：以他们俩的折纸水平，折两个假人放屋里糊弄事那是三根手指捏陀螺——根本不费劲！

也就是说他们瞒着我们先行出发了。

“所以一定要去！”月饼活动着肩膀，“他们一定有不可告人的秘密瞒着咱们。”

“抽他丫的！”我想明白这一层，心里顿时怒火中烧，当然想抽的人是黑羽不是月野。

七

三条街的距离并不远，一路上再没什么怪事，我们俩很快就到了事发现场。红绿灯依然在不停地亮着，看起来完全没有停止运行的意思。

不过并没有看到月野和黑羽，现场也看不到什么痕迹，无法确定那两个人到底有没有来过这里。

月饼开始进行现场模拟，把上衣脱下来假想成人皮，认真地系在灯杆上，支着下巴绕了几圈苦思着。

忽然，他又掏出匕首，对着衣服进行了模拟切割。

我就像个局外人傻站着，看月饼这么专注，又不好意思说话，只好点了根烟抽着。想起刚才那惊心动魄的一幕，不免心有余悸。宫岛的风水如此险恶倒也是始料不及的，难道那四个奇怪的风俗就是和这个有关？

至于月野和黑羽，既然不把我们当自己人，那也没必要在乎他们。要是他们真有什么暗招，大不了跟他们玩命！估计那些用纸折的妖魔鬼怪一把火就能烧掉，看来身上还要用竹筒子备点磷，那玩意儿容易燃烧，关键时刻撒出去也算是出奇制胜。

月饼模拟完犯罪现场，皱着眉点着额头：“南瓜，有些奇怪。”

我心说自打到了泰国至今，哪件事情不奇怪了？遇见正常的事情那才叫奇怪！

“从死者被捆绑的角度来看，凶手不是杰克，”月饼望向街角，“也不是那个脑袋或者是镜子或者是灯笼的小孩，身高完全不符合。”

“而且我总感觉没有凶手。”月饼摸着灯杆，抬头看着不停变换数字的红绿灯，“倒像是死者遇到鬼雾，被抽干了精血。”

“那他的手皮脚皮绑在一起又怎么解释？就算精血没了，骨头呢？”我琢磨着估计没有哪只鬼有这么闲情雅致，把人的精血吸干了还绑在灯杆上玩行为艺术。

月饼敲了敲灯杆，把耳朵趴在上面听着：“还有一种可能，凶手是这个灯杆！”

我差点没乐出声：“您看这灯杆是霸天虎还是汽车人？”

“刚才觉得红绿灯不对劲的时候，我就模糊有个印象，想了半天才想起来。”月饼看来也有些不好意思，“每个城市的地下，因为历史战乱、天灾人祸、自然死亡，都会掩埋着累累白骨。而生前怨气太重的人，死后会化成厉鬼作祟。尤其是风水险恶的城市，或者城市里面阴气极重的位置，比如西北角，更是经常会出现闹鬼的事情。”

“直到红绿灯的出现！第一盏真正意义上的红绿灯源自著名的‘雾都’伦敦。英国议会大厦广场因为经常出现马车撞人的事故，而且马匹一到这里就会焦躁不安，引起了市民的恐慌，谣传广场因为作为给犯人执行死刑的场地而受到了诅咒。红绿灯的设计师是德·哈特，他还有个中文名字叫黄冰，也有说叫黄炳，据说有中国血统，精通五行八卦、阴阳术数。五行中金火克阴，水木附阴，土埋阴，红绿灯的原理就是根据这个制成。灯杆中空直插土中，绿灯代表着水木，冤魂厉鬼受到水木的吸引，自然而然地从灯杆里飘到绿灯里，再通过早布下的咒语，将鬼魂送至红灯里焚烧消灭。

“第一个红绿灯高七米，只挂着红、绿两色的提灯，而且是煤气的。有警察拿着长杆牵动皮带转换提灯颜色。但是在第二十三天，煤气灯突然爆炸，值勤警察也当场死亡，原因是地下的鬼魂太过凶煞，根本压制不住，红绿灯这个镇鬼消鬼的方法自然也就取缔了。其实是因为红绿灯有一个缺陷，那就是没有黄灯。

“一直到1918年，纽约市五号街的高塔上，出现了有红黄绿三色的信号灯。设计者也是个中国人，名字叫胡汝鼎。当他把黄灯加入红绿灯时，红黄绿三色正好也代表了金火、土、水木的五行。由绿灯即水木引鬼，送至黄灯即土中安魂，再送至红灯即火金中灭鬼。所以你看每条街上的红绿灯时间长短不一，说是为了便利交通，根据车流量精确计算规定的时间，其实是根据被引入红绿灯的鬼魂凶煞强度、风水凶险程度设定的。

“不过也有过于凶猛的厉鬼，能够摆脱红绿灯的效用，影响过往的司机、行人。所以很多地方的十字路口，即使有红绿灯，也经常会出现恶性车祸。”

我听得目瞪口呆，每个城市都有不同的风水格局，有凶地自然也有吉地，但是没想到红绿灯的实际作用竟然是为了灭鬼。

我终于明白为什么在这个极凶之地，即使在深夜，红绿灯也不停止运行了。绿灯里的小人走向黄灯，最后像尸体一样躺在红灯里，如果把红绿灯放倒平看，倒真像是一个鬼魂由生到死的过程。

“那为什么咱们感觉不到阴气？”我虽然已经相信，但是还是不好接受从小到大天天看见的红绿灯里面竟然全是鬼魂！

“灯杆是金属的，金隔阴气。”月饼又拍了拍灯杆，“你再想想，一个城市的建筑群，像不像旧时墓葬群里面各式各样的坟墓？红绿灯像不像墓地旁竖着的红黄绿三色的招魂幡？”

月饼半蹲着指着灯杆：“你过来看看。”

我走过去一看，只见灯杆上面贴着张大约一寸长短的白色纸人，糊住了灯杆上可能因为腐蚀而出现的孔洞。

“月野来过了？”我伸手想碰碰那个纸人，这分明是她或者黑羽的杰作。这个纸人是为了挡住向外泄露的阴气？

月饼一把拉住我：“别乱动！”

我吓得手一哆嗦，“啵”的一声，那个纸人反倒是被我戳破了，露出里面锈迹斑斑的小洞。

月饼拉着我就向后退，一个立足不稳，两人都坐到地上，紧张地看着小洞，不知道会从里面出来什么东西！

或者阴气吸阳，把我们吸到杆子上耗尽阳气精血，变成那张人皮？

八

事情有的时候就是这么出乎意料，我心里还在为刚才的冒失懊悔不已，做足了最坏的打算，可是却什么也没发生!

这种感觉就像是沿着一条街跑了很久，跑到尽头才发现，原来这条街是圆形的，忙活半天就是个折返跑，心里面没着没落的……

我稍微宽了宽心，歉意地对月饼笑了笑。月饼叹了口气："南瓜，咱能不能做事前先动脑子后动手？"

我自知理亏不好还口，正想找个什么事情岔开话题，街对面亮起了幽幽的灯光。

抬头看去，只见街角完全见不到光的角落里，一盏洁白色的灯笼飘浮在空中，隐隐能看到里面跳动着一团小小的火焰，微弱得似乎随时都能熄灭。每当火焰缩成枣子大小的火团时，又会扑棱棱挣扎着燃烧起来。

那盏灯笼向我们慢慢飘近，地上也跟着出现了长长的影子。一直到它飘出街角的阴影，月光渐渐洒在它的身上，我看清楚了它的模样。

破破烂烂的裤脚上面沾满了湿泥，赤着一双小脚，指甲里全是黑黑的泥垢。红色的上衣已经成了一缕一缕破布条，手臂上满是被烫烂重新长好的伤疤。瘦弱的肩膀上，突出的锁骨像是两根生生插进去的木柴。脖子不但细，而且有些畸形的扭曲，倒像是刚从油锅里捞出来的油条。

而在它的脖子上面，是一盏巨大的灯笼!

这种突如其来的视觉刺激让我忍不住牙齿打战，月饼比我要冷静许多，从兜里摸出了几枚桃木钉，插上了苦艾叶，不慌不忙地夹在手指缝里。

"嘿嘿……"小孩忽然笑了起来，慢慢地转过灯笼脑袋。

我听到它的脖子传出缺少润滑油的机器咬合时才会有"咯吱咯吱"声，一张孩子的脸转了过来。

原来灯笼是他的后脑，他的脸居然和灯笼长在一起!

鲜红色的脸上，刀疤纵横交错，甚至连鼻子都被削去了一半，露出两个黑黑的圆孔。它歪着头，一双天真的大眼睛好奇地看着我们，深蓝色的嘴唇轻轻张开，指着红绿灯，说了几句我们听不懂的话。

我忽然觉得这个形貌丑陋甚至畸形的孩子完全没有恶意，看着他干净得如同婴儿般的眼神，我心里很平静。

月饼犹豫着把桃木钉放回兜里，三个人就这么隔着街站着，用眼神和灵魂交流着。

不知道时间过去了多久，我的心越来越安宁，甚至觉得小孩脑后的灯笼，散发的光芒都那么祥和。

“嘿嘿……”小孩对着我们咧嘴笑着，残缺的牙齿上全是黑色的牙垢。

月饼也微笑着向小孩走去，看来他已经完全相信了这孩子没有恶意。小孩见月饼走近，面色变得惊恐，慌张地摇着头，向阴影里退去。

月饼愣了愣，伸出手：“不要害怕，我们是朋友，我可以帮你。”

小孩反而更加慌了，脑后的灯笼发出了诡异的蓝光，眼看就要完全消失在阴影里。

我心里一疼：是什么样的伤害，让这个孩子变成了这样？对人如此不信任？

月饼迈步追了过去，孩子发出一声恐惧的尖叫，转身就跑。后脑的灯笼变成了耀眼的火红色！

眼看着月饼的背影越来越远，拐过一个弯，消失不见。我才反应过来，现在这里只剩下我一个人了！

“南晓楼……”

身后，有人喊我，女人的声音！

我的心瞬间又绷紧，随即松了口气。

月野的声音。

短短的时间里，经历了太多事情，我的神经已经到了极限。听到月野的声音，甚至忘记了她有事情瞒着我们带来的不信任，应了一声回过身。

九

月野站在十字路口中央，穿着一袭黑色的风衣，长长的刘海遮盖到眉毛，垂发遮脸，随着海风吹过，露出了嘴上一样奇怪的东西。

红色口罩!

我心说这是你们阴阳师的打扮还是忍者的打扮？执行任务还要戴上口罩？不过想到之前的事情，心里面又有些怒气。

“南晓楼……”月野向我走过来。

“有事就说。”我没好气地答道。

月夜下我看不清楚她的模样，直到她越走越近，来到我身前一米的距离，我才发现自己认错人了!

女人比月野略矮几厘米，由于口罩挡着脸，看不到长什么样，不过眉宇间又和月野惊人地相似。

我立刻警惕起来，向后退了两步，这个陌生女人为什么会知道我的名字？同时心里又暗暗叫苦，月饼追灯笼小孩去了，小爷孤家寡人一个，万一这个女人是个妖怪，跑都不赶趟儿!

今天晚上怎么这么倒霉，坏事接二连三地发生，估计我的命格和宫岛的气相克。

“你看我美吗？”女人抬起头，眼睛中透着迷茫无助的神色。

我头皮麻了，在这个诡异的气氛里，女人说什么做什么或许我都不会吃惊，而她偏偏问我“美不美”。

我看着那张戴着口罩的脸，很精致。可是不知道口罩下面会是什么？难道她被毁容了，精神受到刺激变成了疯子？

不对！疯子怎么知道我的名字？

我已经不想多停留，又退了几步，准备“三十六计跑为上策”！

“你看我美吗？”女人的声音开始变得急促，透着些许烦躁。

我打定了主意，正准备扭头就跑。女人的眼睛忽然起了变化，瞳孔从中间裂开，变成了两个半圆形，又像遇热的蜡块慢慢融化，最终变成了两个瞳孔，并排长在眼睛里……

我这才发现自己的身体完全不受控制，一条无形的线把我牢牢捆绑住了。

“你看我美吗？！”女人眼中的瞳孔向眼角滚去，又滚了回来，声音凄厉地喊道。

我使劲挣扎着身体，可是还是不能动弹，只得一咬牙：“美！”声音干涩得我自己都不敢相信！

“哈哈！”女人仰着头笑着，“我本来就很美。”

我对着月饼远去的方向吼道：“月饼！风紧！”

“这样也美吗？”女人收住笑，冷冷地摘下了口罩，手里面不知什么时候多了把剪刀。

她的嘴，从两边嘴角完全撕裂至耳根，碎棉絮状的肌肉纤维还上下相连，沾着也不知道是口水还是体液的东西，两排青色的牙齿清晰可见，暗红色的舌头随着笑声上下弹动着。

如果不是身体不能动，我已经当场吓晕过去了。这是一个妖怪！我急得想大声喊，可是却发不出声音了！

女人举起泛着寒光的剪刀，分开刀刃，很认真地撬开我的嘴，探至嘴角：“昨天一个，今天又一个。”

冰冷的寒意从我的嘴里传到心脏，心脏几乎停止了跳动，几乎要瞪出的眼睛把眼眶挣得撕裂般疼痛，就这么眼睁睁看着她握着剪刀的手微微用力，嘴角就会立刻被她剪开，直到耳根！再趁着我还没有死的时候，从脊椎划下，把我的皮剥下来。

我知道那张人皮是怎么回事了。

“他是田中的朋友。”从拐弯处远远跑过来两个人，其中一个人喊道。

女人犹豫着，疑惑地望着我：“田中？他还好吗？”

我发现我能动了，立刻弯曲膝盖，双脚踹在女人肚子上，向后仰头跃起，不过尖利的刀刃还是划破了我的嘴角，我重重摔在地上。

这一脚我用了吃奶的力气，可那个女人不但没有被踹倒，反而厉声喊着：“你不是田中的朋友！”她跳过来压在我身上，举着剪刀向我刺来。

我抓住她的手腕，没曾想女人的力气出奇地大，我差点没撑住，刀尖已经碰到了我的眼睫毛，我的眼球甚至能感到刀尖迸出的寒意。

女人咧着嘴不停喊着“你不是田中的朋友”，口水哗哗地流了我满头满脸，全是黏黏的腥臭味道。我咬着牙死死攥着她的手腕，用膝盖猛地顶她的腹部。

“坚持一下。”那两个人越来越近，但是听声音起码还有几十米的距离。

我心里的倔劲上来了——等你们过来小爷早被剪刀扎个对穿了！一边心里骂着，一边运足了力气，双手向上猛地一抬，把女人的手推高了十几厘米，趁着这个空腾出左手，从兜里摸出刚才给月饼扎针的盒子。

我手忙脚乱地摁开盒子的暗扣，摸出两根银针，对着女人的双眼分别刺了进去！她的眼睛像是被刺破的肥皂泡“噗”地响了一声，眼液混着鲜血，直接喷进我的嘴里，就像打破了调料店的酱缸，又腥又苦又臭。

女人仰起头哀号了一声，我趁机蜷膝把她蹬了出去，惊魂未定地喘着气。她双手胡乱挥舞，剪刀脱手不知甩到哪里了，向后退着，撞到了红绿灯。

绿灯突然暴亮，灯杆由上及下韵律着奇异的金光，那个被我戳破的纸人后面的小洞里像是装了台巨大的抽风机，响起了猛烈的风声！女人拼命挣扎着，裂开的嘴张到了极限：“放开我。”

可是身体却被灯杆牢牢吸住，根本不能动弹。

“砰”，血花从女人背后飞出，还夹杂着几块白森森的碎骨。“呜呜”的抽风声几乎刺穿我的耳膜。只见女人的腹部开始凹陷，嘴里发出刺耳的吼叫，持续了几秒，身体就像被扎破的气球干瘪了。

绿灯越来越亮，放出了太阳般的光芒，把所能看到的一切都蒙上了一层碧绿色纱布，甚至连天空都绿了起来。

灯杆里传出“咯噔咯噔”碎骨摩擦金属杆的声音。绿灯里面的小人完全不像平时那样缓慢地走着，而是快速奔跑着，最后化成了一团白色的影子。数字飞快地倒数，从77秒直到0秒，复又跳回77秒。黄灯亮起，同样是耀眼的光芒，接着是红灯亮起，如同燃烧着滚烫的火焰，白色的小人静静地躺在里面。我听到了一阵阵凄厉的惨叫，隐约还听到一句不断重复的话：“他不是田中的朋友。”

一张白色的人皮从灯杆滑落，软软地堆在地上。

远处两个人终于跑来，是月野和黑羽。

我全身瘫软，彻底地松了口气，仰面躺在地上，看着满天闪烁的星星，觉得很疲惫……

“南瓜！”月饼也从远处跑回，“你还活着不？”

“小爷要是等你回来那才真不活了。”我懒懒地回了一句。

十

“我知道这件事情使我们失去了你们的信任。”月野满脸歉意，为我们泡着茶。

回到住的地方，我洗了个澡，又想到嘴里刚才流进的液体，不由又是一阵恶心。直到差点把牙刷得和纸一样薄，牙花子都快出血了才算罢休。

不过嘴里面依旧有股怪味儿，越想心里越膈应！

月饼等我从浴室里出来换好衣服，我们两人气冲冲地去兴师问罪。

黑羽叉着手靠着墙，一副无所谓的姿态。倒是月野正准备着茶道，见到我们还深深鞠躬道歉，我们俩这才略略消气。

我偷偷看了看，这间屋子是个套间，看来两人不是睡在一张床上，心里也不知道是醋意还是安慰，总之是百味杂陈。

“如果有兴趣，我可以把这件事情原原本本解释清楚。”月野将茶盏推到我们面前。

以下是月野的叙述——

宫岛在古代，一直是作为安葬因战争而死的武士而存在。那是除了送葬人没有人敢接近的被武士的鬼魂统治的小岛。直到明治时期，这个岛上的鬼实在太多，连周边海里的鱼都受到影响，附近海域的渔民误食了沾着鬼的鱼，都会离奇死亡。

日本集合了全体阴阳师，利用地形建造了这个岛上的建筑物，其实是封鬼的结界，又设立了大鸟居（矗立在海水里的红色楠木）作为镇鬼器，才勉强压制了恶鬼。为了保持这里的阳气，强行迁徙了居民居住，维护着宫岛的阴阳平衡。但是仍然有少数厉鬼可以突破结界，危害居民。

直到专门用来灭鬼的红绿灯出现，才彻底解决了这些问题，据说红绿灯是中国人设计的。

（月野说到这里，我和月饼略有些小得意。）

宫岛的禁忌（前文有过记录，这里就不多赘言）里，明文规定埋葬者、分娩或经期女性必须离岛，居民必须海滨取水清洁屋门，不饲养犬类。不埋葬是怕破坏了阴阳平衡，妇女分娩必须去外岛是因为担心婴儿沾上阴魂，女性经期体内阴气最重，会引出不干净的东西。至于海滨取水清洗屋门，是为了取大鸟居的镇鬼之水来确保不受恶鬼夜扰，而犬类尤其是黑狗，能看到鬼，所以不能养在岛上。

裂口女靠恶鬼之气生存，裂开的嘴就是为了吞噬阴气。哪里的鬼气重，她就会出现在哪里。当我和黑羽看到这张照片时，就已经知道了问题所在，这种杀人手法是裂口女惯用的方式。

我们之所以一口咬定这件事是杰克做的，而不想你们知道，里面的原因说起来有些无奈。

因为街角的“提灯小僧”！

如果世界上只有一种善良的鬼，那这个鬼的名字必定是“提灯小僧”。

在日本远古时代，就有提灯小僧的出现。容貌近似十二三岁的男孩，脸色鲜红，后脑是一盏灯笼，那里面亮着的不是火焰，而是他纯洁的灵魂。

但是他的容貌实在太过吓人，而且在夜间，当人走在街道上的时候，他常会突然出现，在行人面前来回奔跑，往返跑几次之后就会消失不见。

他之所以会出现，是在告诉行人即将有生命危险。也就是说，提灯小僧出现的地方，肯定会发生死人的事情。

所以一传十、十传百，提灯小僧反而成了邪恶诅咒的化身。于是在他出现的地方，人们会用各种方法驱鬼。

无论阴阳师如何解释，人们对提灯小僧的看法已经根深蒂固，完全无法改变。

甚至有些懂点捉鬼法术的人曾经抓住过他，刀砍、油泼、火烧……

我不想多说这些酷刑，你们应该能想象到。人类对伤害别的种族，对同族实施酷刑的兴趣完全是变态而又极富想象力的。

（我想起提灯小僧伤痕累累的身体，暗自叹了口气。）

可是提灯小僧纯洁的灵魂，让他在每次遭受酷刑后，很快就忘记了人类对他的伤害，依然不停地在即将发生危险的地方出现，善良地提醒着……

只是虽然忘记了人类的凶残，潜意识里却拒绝人类接触，看到人类走近，他就会逃走消失。

虽然他容颜丑陋，但是内心却比什么都纯净。

我们俩之所以不告诉你们，是因为对你们不了解。不知道你们是不是像欧洲的“范赫辛”家族那样，只要是鬼和妖怪，就一定要猎杀。

我们这么做是为了保护提灯小僧。

至于昨天被裂口女杀掉的那个人，刚才我和黑羽去调查了他的住所，在他家后院发现埋着一具女尸，根据腐烂程度起码死了一个月以上。

女尸下葬破坏了阴阳平衡，引来了裂口女。而凶手心魔作祟，体内阴气极重，正好是裂口女吞噬阴气的目标。而他破坏了阴阳平衡，走夜路会被恶鬼附身，红绿灯设下的禁锢，会把他当作恶鬼，吸干变成人皮。

如果不是你们俩的冒失和对我们的不信任，我们完全有能力把事情圆满解决。不过还好，事情解决了，大家都安然无恙，也算是幸运的。

十一

听完月野的讲述，一切疑团都解开了。

黑羽冷哼着：“如果以后擅自行动，死了我也不会插手。”

“别忘记裂口女是我兄弟解决的。”月饼抿了口茶回击道，“我刚才还在奇怪，为什么会把那个孩子追丢了。”

“运气好而已。”黑羽干脆看着夜景。

“世界上没有运气好的人，只有愚蠢的人。”月饼捏着杯子，看来有些动怒。

我懒得和黑羽争什么，他估计就是见了天皇也这个德行。喝了口茶，又想起裂口女眼珠里的液体，顿时觉得茶水比黄连还苦。

“我希望咱们能够精诚合作，一起把杰克抓住。”月野对着我们伸出手，很诚恳地说。

月饼微笑着没有伸手，却暗中推了我一下。

我看着她又小又白的手，柔柔嫩嫩得很好看，经月饼提醒才反应过来，丫这是给我制造机会呢。

我连忙伸手在衣服上擦了两下，哆哆嗦嗦握了软玉温香，口不择言道：“一定鞠躬尽瘁，死而后已。”

“这是你们中国《出师表》里的话吗？”月野侧头想了想，居然没有抽回手，“放在这里说好像不太吉利吧？”

“田中是谁？”月饼忽然问道。

“据说田中是裂口女的丈夫。”月野抽回手随意地拢了拢头发，“所以如果见到裂口女，说我是田中的朋友，她会犹豫不决，可以趁机逃跑。”

我入神地望着月野，忽然想到一件事情，心里一惊。

我竟然忘记了，裂口女眉宇间为什么会和月野清衣如此相似。

当然，作为唯一见过裂口女的人，我会把这件事永远放在心里，不说出来。

绝不。

就如同提灯小僧，尽管长相丑陋，受尽了人类的凌辱，可是他的灵魂，依旧是纯洁的白色……

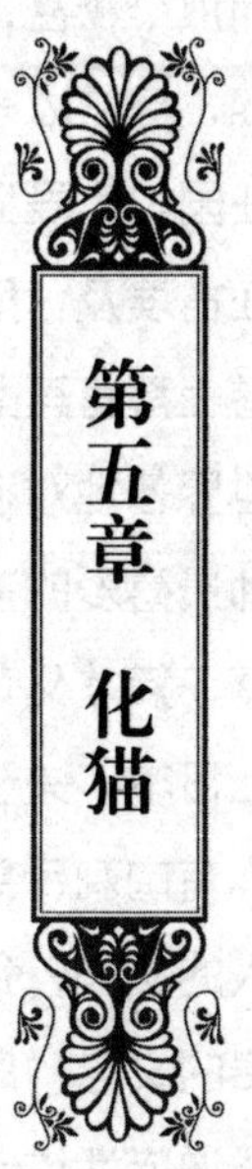

第五章 化猫

宫崎骏的动画片风靡全球，凭借精湛的技术、动人的故事和温暖的风格在世界动漫界独树一帜，自然也拥有无数拥趸。他的动画作品大多涉及人类与自然的关系、和平主义及女权运动。迪士尼称他为日本“动画界的黑泽明”。

我曾经和一个朋友聊过宫崎骏，当我说超爱宫崎骏的作品，尤其是《千与千寻》和《龙猫》时，她很不以为然地对我说：“亲，宫崎骏的动画不光你一个人爱看好不好？很多人都喜欢的。”

我沉默了……

有些事，我是无法告诉她的。

正如同每个人心中都有一个秘密，是不能够拿出来与别人分享的，只能在夜深人静独自一人的时候，慢慢品味。

而那个秘密，是关于猫的！

猫，自古以来就是一种神秘可爱、温驯独立、优雅慵懒的动物。

在国内，爱猫人士称之为“喵星人”，可见对猫的喜爱。

在古埃及，猫被奉为“月神贝丝”的化身，现存几千年前的古埃及墓碑和纸卷上都有其图形和文字记载。

世界各地对猫的看法褒贬不一，欧洲中世纪曾经疯狂地消灭黑魔法，作为巫师最喜爱的猫，也难逃被屠杀的命运。直到出现了差点毁灭欧洲的霍乱和鼠疫，猫才又有了生存的理由。

在日本，关于猫的传说更是数不胜数。喜欢舔舐男人每一寸身体，长着猫一样有肉刺舌头的“尝女”；为了女主人甘愿牺牲、又化成猫鬼报复伤害女主人的丈夫，名叫“秋子”的灵猫；用灵魂和鬼做交易，换取主人一生荣华富贵的义猫“岛川”。

据说猫活过十九年后，就会拥有变成人类的本领，成为“化猫”。

当你有一天上班或者上学时，忽然发现身边的同事朋友，变成了猫，向你打招呼时，你会觉得恐怖吗？

一

清晨七点四十分。

神户，MOSAIC休闲广场，“千叶の魂”主题宾馆。

樱井雪奈赤裸着身体来到洗漱间，匆匆洗了澡，一边欣赏着精致的身体，一边用吹风机吹着湿漉漉的头发。

一滴滴闪烁着灯光的水珠，在她雪白色的胴体上轻轻滚动，弹奏着青春性感的节奏。雪奈叹了口气，用拔毛贴糊在腿上，轻轻撕扯着长出的白色汗毛。

真讨厌呢！为什么汗毛长得这么快！每天都要处理！

收拾完毕，画了一个精致的白领妆，雪奈对着镜子噘起红嘟嘟的小嘴满意地亲了一下，随手拿起手机，半遮着胸部自拍了一张，发到了Twitter上。不多时，评论和求交往的关注信息就过了上百条。

雪奈大略看了看，没有私信，略有些失望，不过很快就微微一笑，开始穿衣服。

Loewe的裙子，Diesel蕾丝镂空上衣，Christian Louboton的鞋子，一件件穿在身上，遮挡了诱人的身体，却展现了奢侈品堆砌的虚荣。

她厌恶地瞥了一眼床上还在熟睡的肥胖男人，抓起一大摞散乱在桌上的日元，塞进包里，头也不回地出了房间。

一个公司小职员，如果要买这些别人羡慕的东西，就要有把自己的身体献给男人换来财富的觉悟呢。

走出主题宾馆，眯着眼睛看阳光时，她慵懒地伸了个懒腰，心里喜滋滋的。

“喵……”一只又老又丑的黑猫从树上跳下来，跑到她身边，蹭着雪奈粉嫩的小腿叫着。

雪奈皱着眉头，厌恶地一脚把猫踢开，像锥子一样尖锐的鞋跟刺进了猫肚子里。那只猫腹部流着血，叫声越来越凄厉，幽蓝色的眼睛睁得滚圆，却并不逃跑，反而怯怯地往雪奈身边慢慢挪动着！

“浑蛋！”雪奈终于忍不住了，疯了般地对着黑猫又跺又踢，直到黑猫血肉模糊地横在地上，被鲜血糊住毛的肚子急促地上下抽搐，尾巴微微颤抖，声音越来越微弱……

“姐姐怎么可以伤害猫呢？”路过的几个小学生背着书包，跑过来围着猫，一个小女孩掏出手帕，擦着猫身上的血，心疼地把它抱在怀里，几乎要哭出来了。

雪奈彻底发狂了：“你知道吗？这只猫缠了我整整十九年了！十九年了！从我很小的时候，它就一直跟着我！你知道晚上睡觉的时候，忽然有个毛茸茸的东西舔你的脸，睁开眼睛看到这只黑色的猫，它放着光的眼睛是多么吓人吗？你知道在洗头的时候，闭上眼睛冲掉洗发水，睁开眼发现它在窗户外面蹲着看你有多么可怕吗？你知道和男朋友吃饭的时候，它突然出现跳上桌子，把一桌子美食搅得乱七八糟是多么尴尬的事情吗？它不是猫，它是我的恶魔！”

“也许它在保护你呢？”小女孩眼中滚着泪珠，“总之伤害猫是不对的！”

雪奈兀自生着气，伸手拦了辆出租车，上车后擦着鞋跟上的猫血，气愤地把卫生纸丢出车窗！

再做一年应召女，攒够了钱，一定要开自己喜欢的花店！走进公司大门，雪奈暗自下了决心。

“雪奈今天好漂亮啊！”男同事色眯眯地看着她深V上衣里若隐若现的乳沟说。

“哎呀！雪奈你换了最新款的LV包呢，要很多钱吧？我们这些普通人只能有眼馋的份儿喽。”女同事酸酸地说道。

雪奈脸上挂着标准的职业微笑，微微鞠躬，谦虚地说着：“哈依！请多关照！今天又是努力的一天。”

心里却鄙夷着这些人：哼！一个普通职员还想打我的主意？哈！也不照照镜子看看自己的样子，根本没有本钱得到名贵的东西啊！

也许是早晨的黑猫让她心里有些气愤，也许是昨天晚上应召过于激烈。当电梯到达公司那一层时，雪奈忽然觉得很疲惫，全身痒得厉害。

想到那只黑猫，雪奈更是愤怒！

肯定是它把身上的跳蚤带到了自己身上！如果死不了，下次见到时喂它毒药罐头好了。

公司没来几个人，雪奈习惯性地向一个办公格子看去。

“清和君，早上好！”正在看文件的清和是她喜欢的类型，虽然清和已经结婚，但是她不介意和他发生免费的一夜情。

身体越来越痒，像是有许多小毛刺扎着皮肤。雪奈有些后怕，难道昨天晚上那个老男人有传染病？

清和抬起头应了一声，忽然像是见到了鬼，指着雪奈，嘴唇不停地哆嗦着，喉咙里发出“咿呀咿呀”的怪叫！

“清和君，你怎么了？”雪奈心想刚才猫血溅到腿上了，正准备低头看。陆续走进公司的同事，本来还有说有笑，却突然尖叫起来！

“尾巴……尾巴……”

尾巴？雪奈不知所措地站着，感觉屁股上好像有什么东西在动！她歪头向后看去，三条长长的尾巴竟然从她的裙子里伸了出来，来回摆动着。

就像是猫尾巴！

这是怎么回事？雪奈彻底傻了，伸手想抓尾巴，却发现自己的手，变成了巨大的猫爪。白色的、毛茸茸的、带着尖利的指甲，兀自蠕动着……

雪白的腿上，也开始起了变化……

刺痒感已经到了无法忍受的程度！大片的汗毛从皮肤里用肉眼可见的速度飞快钻出生长着，很快就覆盖了两条曾经美丽笔直的双腿。脚渐渐缩小，骨骼和血管像是被烟头烫了的蚂蟥，缩成一团，变得滚圆，弯曲的指甲从脚趾中探出。

“啊！我这是怎么了！”身体可怕的变化让雪奈尖叫着，可她耳朵里听见的却是“喵喵”的声音。

凄厉、恐惧、绝望！

就像刚才被她虐待的黑猫。

清和已经晕倒在地上，在同事们的厉声尖叫里，她慌乱地在办公室里四处乱撞，身体从未像现在这么轻盈灵巧，明明就要撞到墙，却下意识地扭身躲了过去。

就像一只猫！

直到她撞到玻璃前，看到了自己的模样！

雪白的猫，穿着人的衣服，张着嘴“喵喵”嗥叫着，舌头上的肉刺根根竖起！

“嘭！”玻璃被撞碎，一道白色的身影从七楼飞了出去，在空中张牙舞爪地扭动着身体，重重落在了地上！

血肉，迸溅！

肢体，残碎！

血泊里，尸体已经看不清楚原本的模样，碎骨茬子如同荆棘，从全身刺出……

“喵！”在小女孩怀里的黑猫挣扎着跳到地上，一瘸一拐地向远处跑去，在马路上留下一串串血迹。

“好奇怪呢？”小女孩歪着头问同学，“你们听到了吗？那只猫好像在不停地喊'雪奈'。"

同学们笑了："稚子，不要乱说啦！猫怎么会说人话呢。倒是你，对猫有些太溺爱了呢。家里收留了那么多流浪猫，身上天天都沾着猫毛。"

"讨厌，那不是猫毛！我汗毛长得快嘛！"

二

"月公公，你说这日本地方虽小，可也是人海茫茫，到哪里去找杰克？"我灌了口清酒，满嘴的蒸馏水味儿，着实不好喝，"他的催眠术那么霸道，要是偷偷出境，或者猫个地方藏起来，那真是比大海捞针都难！"

"你就不能消停会儿？"月饼不耐烦地合上书，"不说话没人把你当哑巴。有本事见到月野滔滔不绝口若悬河去！在我这里撒什么欢儿。"

我枕着胳膊躺在床上，飘窗附近小床上的阳光总是让我感觉惬意舒适。不过月饼说喜欢靠窗睡的人都缺乏安全感。我没好气地回了句："鬼都是从窗户钻进来的，要是半夜看见一只鬼贴在窗户上，估计能把您月公公吓死！也就我这天生横练胆子的人才敢睡在窗户边上。"

推开窗户，吹着海风，欣赏着宫岛的风景。远山碧水，渔民撒网收网，肥嘟嘟的鲜鱼在网里活蹦乱跳，溅起的水珠如同珍珠晶莹，深红色的大鸟居像慈祥老人一样笑呵呵地守护着岛上的子民。

抽着烟喝着酒，烟是日本的名烟"七星"，清酒更是石川县的"天狗舞"。不过我抽起来总觉得有股子捂了好几天的被子的味道，酒更不愧是清酒，喝起来和蒸馏水没什么区别，只能解解渴。

远不如国内的"红将军"抽起来给力，也不如二锅头那种霸道的辣劲儿让人热血沸腾。

"你就是个下贱命。"月饼看我愁眉苦脸的表情，下了结论。

话是这么说，可是既然入了乡就要随着俗，而且这个"七星"烟里面的"七"大有讲究。"七"在日本的文化生活中是一个吉祥的数字，民间把每年一月七日专称为七日正月，并在家里布置七福神等吉祥装饰物，祷敬诸神以祈福祉。估计这个牌子刚创立的时候起这个名字，也是为了行大运买卖兴隆，看来开店、生孩子起个好名求个平安吉祥，对亚洲人来说都是传统。

不像欧美人，大街上喊声“杰克”“露丝”，肯定有十个八个回头应声的。

“你看什么书呢？”我自己喝酒喝得无聊，月饼拿着本破书翻了半下午也不吭气，我闷得都快发霉了，“不好好养精蓄锐和杰克决一死战，捧着本书玩什么命！”

月饼估计被我吵得够呛，把书丢了过来，我接过一看——《日本妖怪大全》。

“这书上的事情你也能信？”我哭笑不得，“等将来有时间，我把咱的经历也写写，不比这个真实过瘾。”

月饼拿了根烟在鼻子上闻着：“多准备些资料也是好的，这本书里面有些东西估计不假。我刚看到‘化猫’这种妖怪，讲的是佐贺藩的名门锅岛家的一个家臣，名为小森半太夫。他经常对一只猫施暴，不断虐待它。于是这只猫怨气丛生，吃掉了本家的爱妾，然后变成爱妾的模样报复。”

“化猫的妖变过程写得也很详细，和咱们国家传说里的妖变大同小异，知道‘猫脸老太’的事情吗？”

“猫脸老太”这四个字让我泛起一股寒意，那是在我还没有出生的时候发生的诡异事件：某寒冷城市，上班的人们忽然发现路上冻死了一个人，由于是趴在地上，只能从花白的长发和身形来看，是一个老太太。

当警察赶到，验尸官准备将老太太翻过身时才发现，她的脸已经牢牢冻在马路上，只好用酒精一点一点化开。当把尸体翻转过来后，也许是因为冰冻造成的肌肉收缩和血液沉淀，验尸官发现那个老太太竟然长了一张猫脸！

而据报案者说，曾经有一只猫从老太太身上跳了过去。

后面的事情我就不太了解了，只听闻猫脸老太的尸体在停尸房神秘失踪。在随后几年，经常有学生晚自习放学时看到有个长着猫脸的老太太在街上游荡，嘴里还不停地喊着：“回来吧……回来吧……”

这件事情曾经给当地造成了极大的恐慌，甚至学校为此取消了晚自习，就连傍晚放学也要有家长来接。

也许是谣传不攻自破，又过了几年，这个“猫脸老太”的传说才渐渐被淡忘，也再没有人看见过她。

“那是传说吧？”我擦了擦冷汗。

月饼扬了扬眉毛：“传说不一定是假的。我曾经听都旺说过，猫脸老太被抓住了。”

没想到这竟然是真的！而且都旺是主要参与者，难道是抓来炼蛊？我的好奇心又起来了：“月饼你怎么就不知道多问问！”

“你以为我不想知道？不管我怎么问，都旺就是不说！”月饼有些遗憾，“他说这不是我所能承受的事情。”

“月野今儿会做什么好吃的伺候南少侠？”月饼故意岔开话题。

听到这句话，我就头疼。

解决了“宫岛人皮”事件之后，由于杰克那个杀千刀的暂时没什么风吹草动，月野索性让我们在这里休养几天，欣赏欣赏风景，好好放松一下。

我本来还想拿着相机拍几张照片发发微博，可是每次走到街上，想到这里曾经是武士埋身之所，地下全是碎骨茬子和冤鬼，又因为裂口女的出现心理上也有了阴影，看见红绿灯就浑身不自在，干脆猫在屋子里喝喝酒抽抽烟，和月饼扯扯皮，算是宅了。

月野可能是因为感谢，又有些愧疚，每天倒是变着法做些日本特色的饭菜给我们送过来。像我这种一日无肉不欢的主，饭量自然也是极好的。偏偏饭团还不如小孩拳头大，配上几片紫菜、菠菜，切成片的四分之一个鸡蛋，根本不能填饱肚子。

好不容易看见点鱼肉、大虾、蚝类的海鲜，还是生的，据说还是黑羽捕的！

想到黑羽摆着臭脸挽着裤腿拿着渔叉站在海里的模样，我就忍不住想笑。

生海鲜蘸着芥末吃的时候更是冲得鼻子只想打喷嚏，而且我还有些海鲜过敏，吃了之后浑身起疙瘩。

但是按照月饼的话说：“南瓜，为了爱情，别说是过敏，就是过命，你也要把它吃下去。”

于是只能每天看着笑眯眯的月野，慢慢地把寿司吃完，摸着肚子挤出满足的笑容：“谢谢，我吃饱了。今天的寿司真好吃，辛苦你了。”

然后到了半夜估计月野睡了，才偷偷泡上方便面，一边挠着疙瘩，一边和月饼偷偷补充能量。

正琢磨着呢，门被推开，月野闯了进来。

这与平时礼貌地轻轻敲三下门截然不同，一定出了什么事情。

“神户出现怪事，请协助我。”月野简明扼要地说道，“请两位收拾东西立刻出发，路上给你们资料。”

我忽然有种奇怪的感觉：“和猫有关吗？”

月野正准备回屋收拾东西，讶异地问道：“你怎么知道？”

这么巧？我也说不上来为什么会知道，只是好像看到月野，我就知道她在想什么。而通过这几天的接触，我发现我们俩之间存在许多惊人的默契。

其实每个人都会有这样的感觉，会和一个人异常默契。说什么想什么做什么都惊人的相似，甚至在不认识之前，也曾经做过许多完全一样的事情。比如给宠物或者别的东西起同样的名字，比如曾经在某天发过类似的微博，比如在同一个值得纪念的日子里很有感触。

大家会把这些统称为“缘分”，其实完全是因为两个人的命格相同或者相似。拥有此类命格的人，一生中无论早晚，迟早都会遇到，并且还会继续交集一生。

虽然我不知道自己的生辰八字，也不知道月野的生辰八字，本着“卦不算己，相不看亲”的规矩，拜托月饼根据两人面相、气色还有出生年月（这个是知道的）进行了简单的演卦。月饼虽然这方面不如我通过那两本书上所知道的掌握得熟练，但是靠这个行走江湖吃口饭的水平还是有的。他推演了半天才说：“南瓜，你和月野的命格很奇怪，都是天生有地无天，命里缺一，而且确实很相似。”我窃喜之余，倒也没忘记给他封个红包消消演卦带来的天命灾。

“黑羽呢？”月饼收拾着背包，“为什么你只说了协助你？”

月野有些不好意思，脸又红了：“黑羽不听劝阻，先行出发了。”

月饼愣了愣，冷笑着应了一声。

我心里暗骂：这个畜生，自从我误打误撞，有些侥幸地把裂口女解决了之后，他就一直不服气。估计是心里不爽，感觉把他压下去了，这次要单独行动证明自己的能力。祝福他被猫妖大卸八块吃了才好，最好连骨头渣子都不剩！

“黑羽自己去是不是有些危险？”月饼看来是消了气，反而关心起黑羽。

我心里暗叫一声惭愧，估计这辈子都练不出月饼的博爱境界了。

“所以希望快点出发。”月野的焦急之情溢于言表，“我收拾东西准备资料，楼下见！”

我又是一阵不得劲儿，磨磨蹭蹭，故意丢三落四半天，才不情愿地出了门。

三

神户是日本的国际贸易港口城市，兵库县的首府，位于日本四大岛中最大的岛——本州岛的西南部，西枕六甲山，面向大阪湾，已有千年历史，号称是日本最美丽、最有异国风情的港口城市。

从风水上看，神户地处绿茵葱郁的六甲山国立公园和碧波荡漾的濑户内海之间，背山面水，倒是上佳的“腾龙潜水”之兆。

神户和宫岛都在濑户内海，距离不远，交通工具依然是改装后的快艇，速度自然没得说，感觉也就几根烟的工夫（当然也没那么夸张）就穿过了神户标志性建筑“明石海峡大桥”。

“二战时期神户的城市建筑和港湾设备都受到了严重破坏，到处是残垣断壁，破烂不堪。原本一百多万人的城市仅剩三分之一人口。你们今天所看到的繁荣，都是重新建造发展起来的。就连六甲岛也是从1966年到1981年，挖运了土石八千万立方米，移山填海形成的人工岛。”月野站在快艇船头，猎猎海风把衣服紧紧贴在她的身上，展示着她的完美的线条。

月野自豪的情绪跃然脸上，我却沉默了。

战争，只是少数统治者为了满足膨胀欲望而发动的毁灭性灾难，无论最后是否取得胜利，为之埋单的永远是人民的生命和泪水。偏偏战争又是推动人类文明、历史快速发展的催化剂，它就像天使和魔鬼的结合体，让人为之疯狂的同时又产生着极度的厌恶憎恨！

“六甲岛是人工岛？”月饼的注意力显然没有放在对战争的思考上，“设计师是谁？”

“小川平一郎。”月野倒是很坦诚，“阴阳师，已经过世了。战后神户死人太多，为防止恶鬼扰民，所以跟政府申请，不惜耗费大量物力人力，建造了这个岛做符镇。据说六甲岛还藏着阴阳师安倍晴明的一根臂骨，压制着恶鬼。”

“南瓜，如果没有六甲岛，你看这里的风水。”月饼走回船舱，“风太大，我进去抽根烟。”

我很是感激，月饼这是给我创造和月野单独相处的机会，顺便让我展示自己的特长。

“风水？”月野好奇地问道。

那一瞬间，我的脑子比日本富士通制造的运算速度世界第一的巨型计算机“computer”运行得还快，脸上却是一副“这算什么”的淡然表情，故意压低了嗓音显得成熟地说：“关于中国的风水说来话长。风水起源于道教，而道教的始祖是老子，在中国……”

“请直奔主题！”月野皱着眉头不耐烦地说，“我们时间不多。”

我老脸一红，很有些“想弹个名曲结果还没找对谱，听众偏偏还要急着听完吃晚饭”的失落：“如果没有六甲岛，神户前后环水，按照风水上是‘孤坟弱水’之兆，是仅次于血煞之地的凶境。而现在是‘腾龙潜水’的格局，看来小川平一郎对中国的风水也有一定研究。这种风水格局里，如果有死人，会产生尸变、妖变。”我心里隐隐一动，有了个很模糊的概念。

“尸变我懂得，中国称之为‘粽子’，也就是僵尸。妖变是什么？”月野飞快地记录着。

我忽然想到一件事情，全身冰凉：“月野！你们阴阳师是靠什么施术？”

“这有什么问题吗？”月野似乎不想回答这个问题，“你这样问很失礼。”

对于阴阳师，月饼曾经和我谈起过。阴阳师与中国的术士最根本的不同之处在于，中国道术注重的是先天之气，通俗点说就是修炼体内的气，注重

"先天""元婴""阴阳调和"。而阴阳师却另辟蹊径，利用自然之气（动物、植物这样的外界之气）提高自身能力。月饼说日本阴阳师的修行，就和日本民族的发展一样，不注重内在积累，只求快速提高，一切都是"拿来主义"，追求实效而失去了基础。

"你能联系上黑羽吗？"我近乎失控，因为有件事情太过可怕。

月野察觉到我的反应过于激烈，也意识到不对："联系不上，他一个人独来独往惯了。"

"妖变……妖变……"我重复着这句话，"月饼，是妖变！"

雪奈化猫的视频我们在船上已经看过，每个细节都进行了推敲，依然觉得不可思议。

如果像"猫脸老太"，尸体上曾经跑过一只猫，因为阴气作祟化猫倒还说得过去。可是一个人活生生变成了猫，这实在太叫人费解。

雪奈是个孤儿，虽是普通公司职员，暗地里却做着应召的生意，月野所隶属的警方已经对嫖客石井进行了提审。石井的背景和社会关系并没有任何问题，他是看到了雪奈Twitter上的自拍照，私聊达成的交易。石井回忆，雪奈的舌头非常粗糙，舔起来让他觉得非常兴奋，而且叫声特别像猫。

剩下一些细节叙述，由于月野在，我虽然很想听，不过也很无奈地关掉了录音。

月饼甚至推测雪奈是不是如同我在泰国昌龙塔经历"佛蛊之战"后，陈昌平讲述的巴颂中了狼蛊变成人狼一样。从而联系到杰克身上，认为是他暗中作怪。

经过刚才偶然的几句话，我明白了里面的原因。

孤坟弱水之地，即使经过风水改造变成吉地。但是风水一旦被破坏，镇住的凶煞之气会立刻漏出，影响到阳世之人，形成妖变。

刚才路过的明石海峡大桥横贯两岸，正好应了"横拱"之相（家中装修时，吊顶切勿在进门位置横挂），断了"腾龙潜水"的布局，吉地转为凶地！

神户还有个别称——"猫城"。猫在这个城市随处可见，传说中猫最易沾染阴气，更有猫有九命的说法。

到了夜间，猫会很精神地游窜于大街小巷，眼瞳变得滚圆，发出蓝绿色的幽光，到了白天眯成一条线，懒洋洋地晒着太阳睡觉。

这是猫在为人类抵抗、吸收着阴气。猫眼的光芒吸引游荡于世间的鬼魂，眼瞳是把鬼魂纳入体内的窗口，每条猫一晚上只能纳入九条鬼魂，白天把瞳孔的通鬼之门关闭，利用太阳的阳气消化掉体内的鬼魂。

当夜间走路，面前突然出现一只猫，直勾勾地睁大了明亮的眼睛看着你，或者擦着你的身体跑过时，千万不要害怕，也不要伤害她，那是你沾了阴气或者被鬼魂跟上了，猫在为你清体。

当体内阴气重的人、心思邪恶的人接触了还没有消化干净鬼魂的猫，就会受到猫体内的阴气影响，中邪、发疯、鬼上身，甚至变成人猫。

想到这个景象，我紧紧攥住拳头，指甲几乎掐进肉中。

这是一场根本无法挽回的浩劫。

而阴阳师黑羽全靠自然之气，更容易吸收猫身上的阴气，最早成为人猫。

四

到达神户时，是晚上八点多钟。

月野在船上听我讲完，虽然有些将信将疑，但是职业素质不允许她不重视，她立刻拨通了电话，命令对所有街道进行全面监控，一旦发现化猫立刻控制（通过这件事情，我意识到大川、月野、黑羽的权力不小，甚至有些羡慕。凭什么日本的阴阳师这么受尊重，可以有这么多特权）。

事情变得越来越紧急。

月饼拍了拍我肩膀：“我去找黑羽，你们去雪奈家调查。”

这次绝对不是为了给我和月野创造什么机会。黑羽如果真的变了猫，也就只有月饼能够制住，而作为第一只变成猫的雪奈，她家必须进行调查。月野不能靠自然之气施展阴阳师的招数，可是长期的训练应该可以应付相对安全的入屋调查。我虽然是废柴，不过阵法、风水方面通过这段时间的苦学，倒也算得上精通，也可以从雪奈家里发现端倪。

这一瞬间的安排，显示了月饼过人的判断力、决断力，同时他又把最危险的事情压在了自己身上。

“你小心。”我根本没心情开玩笑，很认真地说道。

“我死不了。”月饼弹身跃上屋顶，按照刚才监控室给的信息，向黑羽最后出现的三宫中心街跑去。

那是神户最繁华的街道之一，如果黑羽在那里出现猫变，后果不堪设想。

“你有一个很好的朋友。”月野叹了口气，“他很优秀，会是无数少女的梦中情人呢。”

我奇怪都这个时候了，月野居然还有心思说这个，难道她对月饼有想法？他们俩，怎么看都是天造地设的一对。不过我心里居然没有醋意，还觉得很自豪。最好的朋友被夸奖，我也觉得很光彩。

“但是太过完美就不真实了。”月野笑着说，“女孩真正着迷的，不仅仅是这个人的优点，也会喜欢上他的缺点，没有一个女孩希望自己的男朋友像神一样存在着。南晓楼，一会儿我们要全力合作。”

“嗯。”我认真地点点头。

“如果我不小心利用了自然之气，真如你所说变成猫人，请杀了我。”月野拢起头发，露出雪白的脖颈，“每个阴阳师都有一个致命的弱点，我的在左耳垂下方两厘米的脖子上，我会保留最后一丝意识，给你足够的时间。请不要手软。我不想变成妖怪，伤害无辜的人。你能答应我吗？”

我犹豫了……

“算了算了，你是中国北方人吧？应该很直爽，怎么婆婆妈妈的，是不是男人？”月野钻进了车里，“上车。”

我坐在车上，任凭月野风驰电掣，只是紧紧抓住门把，一句话也不想说。

一个男人，如果在女人面前变得不直爽，说话吞吞吐吐，完全不是原来的样子，那是因为他太在乎这个女人的感受，所以犹豫，所以小心翼翼。

他爱上了那个女人。

我偷偷看着月野专注开车的模样，精致的鼻子微微上翘，衬托着美丽的侧脸，心里暗暗发誓：我不会让你有事情的，哪怕是用尽我的生命。

浓浓的铅云随着海风滚滚而来，笼罩在神户上空，如同我现在的心情，阴沉压抑。

电话响起，月野接了电话听了几句，脸色突变："你说什么？雪奈的猫尸不见了？"

五

距离雪奈家还有几十米，月野就停下了车，示意走过去。此时正是家家户户的晚饭时间，每一扇窗户里都透出宁静祥和的温馨，唯独雪奈的庭院小屋，没有一丝光亮。

我们翻墙而入，蹑手蹑脚地推开房门。因为雪奈猫尸失踪，使得本来并不复杂的调查变得诡异起来。

这是间普通的屋子，风水格局上并没有什么问题，也看不出有什么阵法、封印之类的布置。但是我握着手电筒的掌心不断出着汗，心"怦怦"跳得厉害，总觉得会有不好的事情发生。

客厅除了沙发和电视，只有一张小小的茶几，月野展示出了专业的素养，对每一样东西都做了仔细的观察记录，整整忙了十多分钟。

并没有什么异样发生，我心里才略略松了口气，又开始担心月饼。

月野推开木格纸门，示意去别的屋子里做调查。两道笔直的灯光在狭窄的走廊里晃来晃去，凭空增添了些许紧张气氛。

到了卧室，我抢先一步拉开门，随着手电的照射，无数只猫整齐地趴在床上。我手一哆嗦，手电落地，凌乱的手电光在屋子里四处扫射，所能看到的视线范围里，竟然全是大大小小的猫！

猫眼反着光，在黑暗中如同小灯笼，幽幽地放着明亮的蓝光。

我急忙向后退，脚后跟绊在门槛上，连忙双手撑着墙，竟然摁到了开关，"啪"，卧室的灯亮了。

终于看清楚了屋里的情形，我才松了口气。

雪奈的卧室里，放了起码五十多个猫玩偶。

“换作是我也会害怕的。”月野安慰道。

我自嘲地笑了笑，忽然想到为什么雪奈会买这么多猫偶放在家里。这些猫偶实在是太过逼真，虽然屋子里没有声音，可是我隐隐听到猫们在“喵喵”叫着。

难道雪奈化猫并不是受到了阴气袭体，而是形化？

“形化”是一种很奇特的现象，类似于“夫妻脸”。两个人一起生活久了，在气质、容貌上都会出现很多相似的地方，经常有人会对夫妻说：“你们俩越长越像了。”

而过于偏执地喜爱一样东西，比如猫、狗，在一起久了，也会从习惯、爱好上和猫狗接近。常年养猫的人晚上不习惯早睡，白天又特别懒床，性格懒散悠闲；养狗的人警惕性和戒备心强，对朋友忠诚，对气味特别敏感，就是这个道理。

还有一种极度偏执的人，会潜意识里把自己当作猫狗，这种意识类似于自我催眠，又接近于人格分裂，会产生极可怕的外形变化。

丹麦就出过一个类似的案例，名叫托亚的女人因为过度喜爱狗，甚至模仿狗的一切生活习惯，最后干脆由丈夫给她套上狗链，爬着上街。邻居们惊恐地发现，托亚全身竟然长出了三四厘米长的狗毛。

还有狼孩、猴孩、鸡孩，这些被丢弃的婴儿，由动物抚养长大，完全失去了人性，外形也会产生兽化异变。

月饼的结论是：这是因为受到了气的影响。

但是像雪奈这种突变，又似乎不太可能。

“南晓楼，”月野拿出莱卡相机，“警方下午已经来过一趟，我记得图片资料里面显示雪奈的卧室里面好像没有这些猫偶。”

我也看过资料，刚才被这些猫偶突然吓了一跳，竟然忘记了。再一回忆，这间卧室里面确定没有猫偶玩具。

这些猫偶是哪里来的？和雪奈变成猫又有什么联系？

我顺手拿起一只观察着：光滑柔顺、饱含油脂的皮毛，棱角分明的骨骼，肉嘟嘟的粉色小鼻子，一双眼睛在灯光的照射下，由滚圆渐渐缩小，眯成了一条线。

“喵呜。”猫偶张开嘴叫了一声。

这不是猫偶，而是活猫！

“喵呜”“喵呜”“喵呜”“喵呜”，所有猫都叫了起来！

“啊！”月野一声惊叫，缩在我的怀里。

猫眼放出的光芒聚集在卧室右边的空墙上，亮起了绿油油的光幕。

我们俩目瞪口呆地看着……

六

光幕中闪出一连串影像，在这足足五六分钟的时间里，我们好像停止了呼吸，眼睛越睁越大，都不受控制地抖动起来。

直至影像结束，猫眼中的光芒渐渐黯淡，终于失去了所有光泽，那些猫又变成了一只只毛茸茸的猫偶玩具。

月野捂着嘴跑了出去，卫生间里传出撕心裂肺的呕吐声。如果不是在泰国经历过一连串事情，我恐怕也会被刚才所看到的画面恶心得呕吐不止。

那是一幕幕虐猫的画面！活煮、钉脑、腰斩……原谅我不想用更多的文字和语言进行描写！

猫，如此可爱的动物，每天在夜间出没，默默地守护着人类，让人类避免受到阴气的侵扰，却受到了这样的虐杀！

而虐猫者却是一只白色的人猫！

雪奈！

是什么样的变态心理，让她如此憎恨猫。为什么她变成人猫，却对自己的同类下这样的毒手。而从影像上看，她完全不知道自己变成了一只猫，甚至还在虐杀完毕时，悠然地对着镜子伸出舌头，舔着爪子上的血迹，嘴角带着一丝残忍的微笑。

“喵呜……”猫偶们的叫声中带着悲凉和安详，完全听不出仇恨。一道亮光闪过，所有的猫偶都冒出了白色的火焰，跳动着、欢快着，聚成一团巨大的光芒，从屋子中央升起，慢慢消融在天花板里。

光芒的中心，我好像看到了一只长着翅膀的猫。

或许那就是天使的模样。

“资料显示，雪奈在出宾馆时，曾经虐待过一只猫。”月野眼中含着泪，“雪奈到底是猫还是人？”

“人类自相残杀时所使用的各种变态酷刑，和雪奈变成猫对待同类又有什么区别？”我抽了抽鼻子，胸口发酸，“也许她本来是一只猫，变成人之后，被人类的欲望吞没了本性。”

我们沉默了。

当人类拽出在笼子里瑟瑟发抖的狗，吊在树上举起屠刀剥皮，只是为了一顿号称能够大补的狗肉火锅；当人类用各种方式虐待流浪猫，仅仅是因为它蹭了自己的裤腿一下，沾了些土；或者根本不需要理由，只是为了好玩发泄，可曾想到——猫狗是人类最忠实的朋友。

它们为人类看家护院、捕猎、救主、抵挡阴气，却最后换来被人类虐杀的结局。

可是它们仍然把人类当作最好的朋友。

人类，到底在做什么！？任何一种生物，都不能拥有除了生存需要，随意剥夺其他生物生命的权利。

我突然对人性产生了深深的失望。

很深……很深……

“扑……扑……”后院传来阵阵沉闷的掘土声，把我和月野带回了现实。

沿着后窗看去，阴冷的夜色中，佝偻的老人正在挥着锄头挖土，嘴里不停地说着：“回来吧，回来吧。”

在他身边，平放着一具和人差不多大小、通体雪白的东西。

那是雪奈的猫尸。

我和月野猫着腰走到窗前，探着头向外看去。

那个老人的后背几乎弯成弓形，很费力地挥舞着锄头。终于，他扔掉锄头，发疯似的用双手刨着土，哭喊着：“雪奈，回来吧。”

土屑纷飞，落在老人身上，落在雪奈白色的猫尸上，斑斑点点，隐约看到了血红的颜色。

老人的手，已经刨出了血。

“回来吧……回来吧……”老人的声音越来越凄厉，渐渐成了猫在夜间哀号的声音。

凄厉，无助，恐惧，对世界充满了警惕。

阴云已经散去，月色下，我看到了老人投映在地上的影子……

肩膀上面，几根胡须横着长出，尖尖的耳朵，毛茸茸的脸部轮廓看上去很圆，鼻子和嘴连在一起，向前突出着。

“看他的影子……”我悄声对月野说道。

月野已经失去了平时的镇静，看清楚老人的影子时，她忍不住“啊”地惊恐了一声。

“谁？”老人转身回头，他是一只巨大的黑猫。肚子上的血洞，淌出了白花花的肠子，纯黑色的猫毛已经被干涸的血迹结成了绺，左后腿很奇怪地向前歪着，像是断了半截的木头。

“终于捕捉到你了。”墙头跃上一个黑发男人，冷冷地说道，“妖怪是不能存活于世上的。”

黑羽。

人猫“嗷”地号叫着，弓起背，黑毛乍起，从衣服中钻了出来，恶狠狠地盯着黑羽。

黑羽不慌不忙地从袖子里甩出一张纸，吹着口哨叠着，我看到他身边的气流隐隐流动，向他体内涌进。

我暗叫“不好”，月野抢在我前面站了起来：“黑羽，不能用阴阳术。”

猫人吃了一惊，半截断了的尾巴垂下，挣扎着爬到雪奈尸体旁：“你们可以杀了我，但是请放过雪奈的身体。”

“喵呜……”站在墙头的黑羽，发出了一声猫叫。

接二连三的事情发生得实在太快，在注意猫人的时候，我竟然没有注意到使用了阴阳术的黑羽，吸收了附近猫灵的怨气，变成了猫。

七

一只巨大的猫蹲在墙上，厉声叫着，屈膝跳下，与猫人纠缠厮打在一起。两只猫人都是通体黑色，一时分不清楚谁是黑羽、谁是老人。

月色下的小院子里，两只人一样大小的猫在搏杀，旁边还躺着一具猫尸。我看得浑身冷汗，这种感觉已经不是用恐怖诡异能形容的了。

在猫叫声的交杂中，一只黑猫向外滚了开去，背脊上已多了一道血痕，由断尾能看出是那个老人。

两只猫人对视片刻，又立刻滚在一起，黑羽立即向前扑出，张开口向老人咬去。几乎一百八十度地张开的嘴里，锐利的牙齿刺了出来。老人的利爪又抓出，可是黑羽已经一口咬了下去。

眼看脖子就要被咬到，就在那一刹那老人却猛地向旁边一闪，身形完全没有受到身体重伤的影响，挥起爪子在黑羽脸上狠狠抓下，鲜血洒在墙上。

“他不是坏人。”月野吸了口气，“南晓楼，不要忘记我说的话。”

月野这句话分明是说那个老人，而且她说的是“人”，看来她从心里面没有把老人当作妖怪。

不过后面一句话却让我费解：“哪句话？”

月野笑了笑，跳出窗子：“我的左耳朵。”

我明白她要做什么了，她要冒着自己变成猫人失去控制的危险使用阴阳术，阻止两只猫人的搏斗。

而我也突然意识到，刚到神户时，她就把致命的弱点告诉我了，这是百分之百的信任。

我热血上涌，跟着跳出窗户：“月野，你滚开。老娘们儿边儿去，这里不需要你，我能处理。”

“还有我呢。”月饼翻墙而入。

“一人一个。”我也不知道哪儿来的豪气，对着一只猫就冲了过去。至于怎么解决它，我还没想好。

管他呢！

一辈子能有几次英雄救美的机会？

月饼“哈哈”笑着，揉身冲进战团，双手撑住猫人扑下来的爪子，侧翻把猫人压在身下。

我面前那只猫人“嘶嘶”吼着，巨爪向我抓来，我有样学样地握住他的爪腕，也想侧翻把他压在身下，结果……

没顶动……

猫人头上的猫毛特别长，垂下挡住了左眼。

我心里暗骂：真是点背到家了。刚才看准了是冲着老人去的，结果是黑羽。他都变成猫了，还对我暗中喜欢月野的事情念念不忘，这是有多大的怨念啊。

我奋力向上撑着，奈何黑羽的劲儿真不小，张嘴对着我喉咙咬下来，我忙一侧头，他结结实实地咬了一嘴泥巴。

慌乱中自身难保，也顾不得丢不丢人：“月饼，点子扎手。”

“我没空儿。”月饼那边也是一阵手忙脚乱的打斗声。

“左眼，黑羽的弱点是左眼。”月野喊道。

我心说他的弱点是左眼也要给我腾出手的空儿啊！眼看着黑羽又抬起猫头，张嘴就咬，我心一横，顶着脑门向他嘴巴撞去。

“咯噔”一声，估计他的牙让我顶断了，脑门上热乎乎的，不知道是他的牙血还是我的血，只听他“喵呜”一声惨叫，我趁着这个空，又向他左眼顶去。

这次是结结实实顶了个正着，只听见“咕叽咕叽”的声音，也不知道把他的眼球顶爆没有，反正手上觉得死摁着我的猫爪没了力气。

我趁势把他压在身下，本着“有仇报仇没仇练拳头”的原则，对着黑羽的左眼一顿猛击。

眼看黑羽气若游丝，月野喊着：“别打了。”我装作没听见又打了几拳，才浑身脱力，气喘吁吁地翻到一旁，吐着舌头喘气。

而月饼那边，我居然看到了更不可思议的一幕。

老人化作的黑猫，安静地躺在月饼怀里，月饼正含着眼泪，抚摸着他的头。

“他死了。”月饼有些哽咽，“刚才很奇怪，我脑子里突然听到了他说的话，他叫新田成一。”

八

下面是月饼讲述从老人那里获取的信息，为了记录方便，我用第三人称的方式做记录。

“新田，我们什么时候能变成人呢？”雪奈从垃圾堆里抬起头，雪白色的毛脏乱不堪，“每天晚上要收集鬼魂，白天消化，还要防备不明真相的人类袭击，做猫真的好辛苦呢。”

新田好像没听见雪奈的话，埋着头在垃圾堆里找着，终于兴奋地叼着一条变质的鱼放到雪奈脚下：“秋刀鱼呢，雪奈，这个好吃。”

雪奈生气地跳到一边：“你每天就知道吃吃吃！难道你从没想过变成人吗？”

“保护人类是猫的使命啊。”新田又叼起鱼送过去，“为什么一定要变成人类呢？能吃上美味的秋刀鱼，可是最大的享受呢。”

雪奈厌恶地看着新田：“如果变成人，每天都可以吃好吃的秋刀鱼，还可以吃更多好东西，穿漂亮的衣服，用最好的香水，让所有人都为我着迷。”

新田跳上墙头：“雪奈，我觉得还是当一只普普通通的猫好。你看人类那么虚弱，连鬼魂都抵挡不了，每天还要晚睡早起，赚不到钱就会变成露宿街头的流浪汉。哪里像咱们，可以每天悠闲地晒太阳呢。”

“我就是想做人，我恨自己是一只猫！”雪奈“喵呜”一声，飞快地跑了。

新田摇了摇头，叼起秋刀鱼追了过去。

九

“新田，我做好决定了。这辈子哪怕只做一天人，也没有遗憾了。”雪奈坐在树上舔着爪子洗脸，尾巴晃在空中甩来甩去。

新田从树叶中钻出，把一只知了送给雪奈："可是我们必须活十九年才可以拥有变成人的本领啊。"

"如果你愿意帮我呢？"雪奈蹭着新田的脖子。

新田舒服地闭着眼睛："我当然愿意帮你啊。可是真的那么渴望做人吗？"

"我不管啦，我就是要做人。你可以把你的生命分给我几年，我就能变成人啦。"雪奈舔着新田的耳朵轻声说。

"那样我会很快变老的。"新田打了个激灵，"也许不会再活几年，以后就不能陪着你了。而且你变成人之后，会忘记猫的记忆，你也记不住我啦。"

"新田，我恨我是一只猫。只要我变成人，我会好好照顾你，等你也变成人的那天，好吗？"雪奈的声音里充满了诱惑，"我们可以结婚，可以买房子，可以开一个花店，有自己的孩子，每天我都会给你做秋刀鱼寿司。"

璀璨的星光下，当人类还在为明天的生活烦恼时，谁也不曾想到，一只无忧无虑的猫，却宁愿放弃安逸的生活，去做永远奔波劳累的人。

"你爱我吗？爱我就帮我好吗？"面对新田的犹豫，雪奈柔声说道。

"你真的会记得我吗？"新田动摇了。

"我可以忘记所有，但是怎么能忘记从小就保护我、陪伴我的新田呢？"雪奈依偎在新田怀里，"我也爱你。"

"雪奈，生命给了你，我就会又老又丑。"

"我还是会爱你，直到你也变成人的那一天。"

"那我答应你。但是你要记得哦，变成了人，千万不能伤害猫，要不然会出大事的。"

十

月饼讲完的时候，月野已经泣不成声。

我只觉得鼻子发酸，有些愧疚地扶起还在昏迷、已经变回人形的黑羽。

“那为什么雪奈背叛了新田？”月野仰起泪眼，东方已经泛起鱼肚白，新的一天到来了。

熟睡的人们也该从甜美的梦境中醒来，为生活继续奔波了吧。

忙碌了一晚上的猫们，也该回家，或者躺在屋顶，安逸地晒太阳了吧。

做人，做猫？

这个选择题，答案很简单，又很复杂。

“因为她从心里就鄙视自己是一只猫。”我知道说实话很残忍，可是还忍不住说了出来，“她忘记了前生新田对她的爱，反而因为保留着恨猫的记忆，对猫咪进行虐杀。她忘记了诺言，新田却一直守护在她身边，甚至看着她虐杀曾经的同类，为了虚荣出卖身体，却依然爱着她、保护她。直到自己苦苦熬了十九年，变成又丑又黑的老头，依然保留着前世爱的记忆，偷出了雪奈的尸体，想把她复活。”

我们都沉默了。

如果恨，真的可以仇恨前生今世吗？

如果爱，真的可以爱着她的全部吗？

旭日初升，金色的阳光给月野精致的脸庞笼上了一层轻纱，就像一只美丽纯洁的猫。

如果我是新田，月野是雪奈，我可以做到吗？我默默地问自己。

“南瓜，”月饼摸了摸鼻子，扛起还在昏迷的黑羽，“你会做到的。因为你是个很看重感情的人。”

“你们在说什么？”月野擦了擦眼泪，“不好意思，刚才我修炼很久的心，竟然有些动摇呢。”

“没说什么。”月饼检查着黑羽的伤势，“黑羽没有大碍，我们先把他们俩埋葬了吧。”

十一

处理完毕，月饼故意背着黑羽先出去，我和月野并肩走着。

出了门，我看到街上的人们脸上都带着清晨特有的朝气和活力，满怀信心地迎接着新一天的挑战。

他们的眼睛里，都透着希望和梦想的光芒。一只只可爱的小猫“喵呜”“喵呜”地叫着，伸着懒腰准备晒太阳休息。

几个小学生背着书包蹦蹦跳跳走着，很快乐，很单纯……

“稚子，你的汗毛长得真的好快哦。”

“讨厌啦，再说我就不理你了哦。”

“哈哈！话说你昨天救的黑猫呢？”

“不知道呢？后来它跑掉了，真叫人担心啊！”小女孩忧伤地说。

“那你前几天收留的流浪猫呢？”

“那只猫咪好可爱哦，嘴上那块黄色的毛好像吃了东西没擦干净。而且我看到它就特别喜欢，好像前生就认识一样。”

“那你前生一定是一只猫喽。”

“也许是呢。当猫多好啊，每天不用上课，不用写作业，很舒服呢。”

我忽然豁然开朗：只要充满善心，充满希望，会感恩，记得爱自己的那个人，不管做人还是做猫，又有什么区别呢？

“南晓楼，”月野微笑着看着小学生远去的背影，“我要跟你说两件事。第一，我不是什么老娘们儿！虽然我是日本人，但是我知道这句话在你们中国是骂人的！第二，谢谢你！”

“谢什么谢，”我点了根烟，“别跟我矫情。”

其实我心里在说：我想做你身边的一只猫。

而且我还想通了一件事情：神户的风水根本没有被破坏。传说中阴阳师安倍晴明的那根臂骨，一直在守护着这座美丽的城市。

远远看去，明石海峡大桥不就像一根臂骨吗？

万物有灵！

第六章 烟鬼

当我们从烟盒中拿出烟时，“吸烟有害健康，尽早戒烟有益健康”这两行字总是触目惊心，但又备感无奈。如果能戒，早就戒了，何必要等到每次抽烟时看到这两行字的提醒呢？

烟草中的尼古丁对中枢神经系统具有刺激作用，在“奖赏回路”内作用尤为明显。它能通过激活相关神经来释放更多的多巴胺。人的清醒程度、注意力就更为集中，从而更能缓解忧虑、忍耐饥饿。所以，尽管全球死于肺癌的人数逐年递增，但是仍有人迷恋于尼古丁带来的快感。

如果，在做X光的时候，你突然发现肺部长了因为抽烟导致的黑斑，而那块黑斑却偏偏是一张人脸，你会害怕吗？

除了吸烟室，还有什么地方常年被烟雾萦绕？

一

我伸长了脖子，好让卡在嗓子眼的牛肉顺进食道，喘了口气：“老板，再来两斤！”

月野轻轻咳了一声：“神户牛排都是以克计算的。”

“那就再来两千克！”我难得能把换算单位搞得这么清楚。

我舔着手指上的肉油，满足地拍了拍肚子，把杯子里的葡萄酒一饮而尽，大呼痛快。

“月饼，再走一杯。”我顺手又倒满举起杯子。

“南瓜，知道这是什么酒吗？”月饼晃着高脚杯，动作优雅得像欧洲贵族，“这可是价格最低也要一千美元的Romane Conti，属于勃艮第红酒。你闻闻是不是有股酱油香、花香和甘草味，再看看色泽，沉默得像不像深红色的宝石？你这么一口就下去了，暴殄天物。”

“看不出你还对红酒有研究。”月野大感兴趣。

我心说月饼你天天和我灌二锅头，什么时候变得这么高大上了？要不是吃多了神户牛排，口干得慌，我才懒得喝这种酸不酸甜不甜的红酒。也不知道谁定的规矩，吃牛排一定要喝红酒，号称是“红肉配红酒”，这样才能把肉味完全勾出。还不是这些老外不会正经做饭，半熟的牛肉还要靠红酒勾兑味道，换到国内，随便找个街头大妈，给她两斤牛肉，回家立刻能烹、炒、炸、煮出好几样下酒菜。

榻榻米的门轻轻被推开，身着和服的女侍把牛肉木盘高举过头顶，向前微微探伸，一点一点跪着挪到桌前，低着头把木盘放好，双手合拢放在地上，额头轻轻点触手背：“久等，给你们添麻烦了，请多多指教。”才又跪着闪出榻榻米，如法炮制地鞠躬合门。

这套繁文缛节整完，我的肚子早就不客气地雷鸣如鼓，哈喇子流了满嘴都能刷牙了。

据说用来烹制神户牛排的牛，从小就不吃草，而是喝啤酒促进血液循环，还有人专门按摩，才能使牛肉达到雪花状肥瘦相间，纹路美丽的似大理石，吃起来不油不腻，入口即化，一口咬下，感觉牙齿都融化在牛肉里，浓浓的肉香把舌头包裹着，顿时满口生津，让人回味无穷。

更不可思议的是，月野介绍说这些牛居然每天还要定时听世界名曲，我立刻想到了春秋时期鲁国著名音乐家公明仪野游时吃饱了撑的没事干，对着田间公牛弹了一曲《清角之操》，也自此有了“对牛弹琴”的典故。于是我展开联想，说不定公明仪因为公牛听不懂他的曲子，大怒之下，把牛买回家，天天给它弹琴。结果费了时日发现公牛该干吗干吗，不为所动，杀而烹之，发现牛肉出奇地好吃。

搞不好这就是神户雪花牛肉的由来。

就这么一晃神的工夫，桌上的牛排已经下了大半，这会儿月饼也不装什么欧洲贵族了，干脆用手拿着牛排啃，嘴角油亮。

我一看急了，当下也不客气，加入牛排争夺战。

或许是我们俩半辈子没吃过好东西的吃货相太过难看，月野拿手帕擦了擦嘴：“看你们俩这么吃，好有食欲呢。”

“好吃的就是要抢着吃才过瘾。”我胡乱往嘴里塞了块牛肉嘟囔着，“你也试试？”

月野连忙摆手：“不了，我去趟洗手间。”

又一轮饕餮结束，我打着饱嗝，懒洋洋地往榻榻米上一靠：“月饼，你从哪儿学的红酒知识？”

月饼举着盘子端详半天，用手沾了沾肉丁子送进嘴里：“我哪里懂这个。刚才想着万一月野聊起红酒，咱要是一问三不知不让人笑话嘛，就偷偷把酒名度了个娘，临时抱佛脚。”

我一听乐了：“月饼，你这心机可够深的啊！不愧是潜伏在我身边多年的前蛊族特务。”

月饼这段时间最忌讳我说这个事，眼看着脸上红一块白一块要发火，我连忙岔开话题：“咱们在这里红酒牛排，黑羽在医院里挂盐水。哎，真是天堂地狱就在一念之间啊。”

“化猫事件”解决后，我们把黑羽送进医院，医生看了大惊，连忙追问这是被多少人群殴才能打成猪头模样。直到月野亮出了警官证，医生才很职业地住了嘴。

虽然黑羽被我打得不轻，但是事发突然，月野也不好说什么，联系了几个警察陪床，又安排了New Oriental酒店（新东方酒店，位于新神户站上方，下了地铁就可以直达饭店，号称懒人一族入住神户的最佳选择），等我们沐浴完毕，提议请吃神户牛排作为感谢。

本来我对这种半生不熟的东西一直不感冒，偏偏实在是太好吃了。何况黑羽还在医院躺着，我心里更觉得爽，吃得自然是有滋有味。

酒足饭饱，我们三个人逛着神户夜景，有美女做导游自然惬意无比，海风吹过，浑身说不出的舒服。神户是一个风景宜人的国际贸易港口城市，由于曾受到西方文化的影响，所以充满了东西合璧的风情。从高处鸟瞰，整个神户大大小小的房屋都密密地安插在六甲山起伏的山冈中间，显得错落有致。与国内高耸的居民建筑不同，这个城市的房屋虽然相隔较密，但少有林立的高楼，所以显得和谐而精致。

而且神户居民与日剧中总是在拥挤的街道里行色匆匆的人不同。这里的街道上显得很是寂静，路上遇到的行人也都流露出几分悠闲。几乎每户人家都会在房屋的边角处种上各类花草，街道上也有许多不知名的花在风中摇曳。正因为如此，日本人渴望的生活轨迹一般是——在东京起步、在大阪赚钱、到神户定居。

听月野介绍着神户的种种趣闻，在这种最适合谈恋爱的城市里漫步，我只恨月饼在身边当电灯泡。

“明天，请你们去六甲山洗温泉。”月野把我们送到房间，鞠躬道别时说道。

温泉！？

我关上门，脑子里还在不停地重复这两个字。

“月……月饼！她……她说温泉！”我结结巴巴地说道。

月饼懒洋洋往床上一躺，点了根烟：“我听到了，至于这么激动吗？”

我汗都出来了，也不知道是紧张还是激动：“听说日本温泉都是男女同浴！”

“哦。”月饼拿着手机开始充电。

“男女同浴啊！”我强调。

“所以我才给手机充电啊！”月饼不耐烦地看着我，“免得明天手机没电了，想给月野偷拍都没机会！”

我这才转过筋来：刚才过于兴奋没往这方面想，敢情不是我们俩单独洗。还有月饼呢！同时我又想到一个很严肃的问题：还有好多陌生人也一起洗？这玩笑开大了，我的女神就这么被免费看了？

带着这种矛盾的心情，我忐忑了一宿没合眼，直到第二天坐上月野的丰田，还直打瞌睡。

“没睡好？”月野穿着和服（日本人把洗温泉作为生活中很神圣的一件事情，所以都会隆重地穿上和服），长发盘成圆圆的发髻，别有一番风情。

“估计是昨天吃多了撑的。”月饼似笑非笑地看着我，晃了晃手机。

二

六甲山位于神户北部，东西绵延三十多公里。远远望去，山势不高，红翠相间的绿色植物如同彩缎把山脉层层环绕，山腰缓缓飘动着几朵白云，与碧海蓝天相映生辉。

香车美女，异国风情，我自然是心情大好，早把瞌睡扔到了爪哇国。不过煞风景的是月野和月饼两人一路上却一直在讨论关于杰克的问题。月饼把泰国的经历详详细细说了一遍，甚至连自己跟着都旺学了许多年蛊术，一直在暗中保护我这个被下了蛊变成红瞳的菜鸟，身上有披古通家族特有的凤凰文身这种事情都抖搂个干净，真是没把月野当外人。

月野倒是没有什么异样的表情，听到我是被下了蛊才变成红瞳时，歪头看着我笑了笑：“没想到你的身世还挺复杂。”

这句话刺到了我的痛处，顿时也没什么兴趣继续听下去，便侧头看着窗外的风景。

月野可能觉得自己失言，慢悠悠说道：“日本阴阳师、中国术士、泰国蛊人、韩国萨满师、印度僧侣本来就是各国古老宗教发展而来，这没什么奇怪的。不过月君我有些好奇，既然你被选定看护南君，为什么还要偷着学中国方术呢？”

月饼拿着根烟放在鼻尖轻轻闻着：“我不想提那段过去。”说完也学我一心看风景了。

接连碰了两个钉子，月野也觉得尴尬：“那你们分析过杰克这么做到底为了什么？”

这个问题我想过很多次，得出的结论就是：杰克脑子有病，吃饱了撑的，没事干。不过答案肯定不会像我想的那么简单。月饼轻轻敲了敲车玻璃：“他在搜集阳气。”

月野的脸红了红：“在泰国他利用美甲店搜集阳白，在日本他利用减肥中心收集阳液（在此之前的交流，我们已经知道杰克这个变态让那些家庭主妇喝的是什么玩意儿了，当时就把我恶心得想吐），月君这么分析倒也有道理。”

我琢磨着难道杰克搜集那么多阳气是为了复活藏在什么地方的僵尸大军，统治地球？不过这种美剧中的恶俗桥段也就是想想，完全不靠谱。

忽然，我脑海中冒出了一个奇怪的想法：“宫岛裂口女事件”时，月野一口咬定非杰克所为，可是那些诡异的红绿灯杆是为了吸收阴气而存在，当阴气全都吸完的时候，那么宫岛就只剩下阳气了！这不正是杰克所需要的吗？而且，为什么月野和裂口女长得如此相似？

我偷偷看着月野，越想越觉得裂口女的出现没那么简单。但是让我根据这些蛛丝马迹推出结论——很抱歉，我不是柯南。

所有的真相，只能在杰克出现之后才能知晓。不过杰克的蛊术已经完全丧失，只剩下了催眠能力，就算他的催眠能力逆天了，我到时候闭上眼睛还不信他能把我精神控制了。

这么想着，心里面又是一松，摇下车窗，准备点根烟。

“这条路上，是不能抽烟的。”月野依旧专注地开着车。

我讪讪地把烟夹在耳朵上，月饼悄悄把火机放回兜里。

“这座山的名字叫六甲山，”月野忽然来了兴致，“知道它的由来吗？”

我和月饼互相看了一眼，我动了动嘴唇没出声：“赶快百度。”

月饼摇了摇头回了个唇语：“刚才刷微博没信号了，可能山上有屏蔽。”

完了，这次丢人了。

“这么问你们确实不好回答，毕竟你们不是日本人。”月野转动方向盘躲过一块拳头大小的山石，“六甲在中国代表什么？”

这个我倒是知道，连忙抢着回答：“在中国的中医理论中，甲子、甲寅、甲辰、甲午、甲申、甲戌六个甲日，是妇女最易受孕的日子，所以女子怀孕为身怀六甲。”

“这也是六甲山的由来。”月野的眼神忽然很虔诚，“传说中，一望无际的大海上，只有一座孤零零的山峰，每天仰望太阳，在太阳的感召下，有了生命。终于有一天，她喷出了滔天的火焰，把体内孕育的生命铺满大海，形成了四个大小不一的巨岛，被称为‘四神子’。四神子继承了母亲的志愿，又衍生出许许多多大小不一的岛屿，而我们日本人，就是从这些岛屿上诞生的。所以我们大和民族是太阳的子民，六甲山是全日本的母亲山。”

我和月饼对视一眼，都是一副不以为然的表情，看来和我想到一块儿去了：一个火山爆发都能整出个神话故事，偏偏山名还山寨了中国词，可见你们日本人想象力多么贫乏。哪有我们中国的“女娲造人，仓颉造字”那么气势磅礴。

不过出于对美女的莫名尊重，我们俩还是装出恍然大悟、无限神往的样子。

月野哪想到这么神圣的民族神话被我们如此腹诽，她指着远处山的顶端说道：“你们看到那一团团烟了吗？我们日本所有生灵，包括日本岛，都是六甲山上的烟雾形成的。所以在这里，不可以抽烟。”

“六甲岛的烟雾是神圣的，如果这里出现凡间的烟雾，会引起烟雾的守护者——烟鬼的憎恶，把放烟的人毫不留情地吃掉。”

我对这种缺乏逻辑的神话传说实在无语了，正琢磨着怎么找个词应付几句，“砰”的一声巨响，窗外炸起耀眼的火花。

三

我吓得一缩头，看到一辆改装的花里胡哨的AE86从一侧呼啸而过，车窗里不时伸出几个彩花筒，“砰”“砰”向天空炸着烟花。几个穿着打扮花里胡哨、头发染得像彩虹的男男女女疯狂地吆喝着，从车窗里探出半个身体拍打着车门，还对着我们吹口哨。

月饼皱着眉：“南瓜，咱国内管这种人叫什么？”

“脑残级杀马特。”我又好气又好笑。

月野轻轻说了一句：“糟糕！他们在抽烟。”

团团烟雾从车窗里刚刚飘出，就被车速带起的风一吹而散。从车里又扔出一张废纸，车窗关上，那张纸被风一刮，又贴回车窗，扑打扑打的，始终没有被吹跑，还时不时展起边角，像是在拍打车窗，央求着要进去。

这情景很像是被丈夫赶出家门的怨妇，靠在门上敲门央求着要回家。

从科学角度很好解释这种现象：车内外因速度引起的空气对流，无形中对整个车体形成了挤压性屏障。在空气与车体中间，始终有静止与动态相互摩擦形成的气缝，纸的宽度符合气缝宽度，边角没有被对流层形成的风吹起，等于被空气和车体两个物体牢牢夹住，贴在了车上。

“看到那张纸了吗？”月野狠踩了一脚油门，试图追上AE86，“纸从车里扔出来，沾了车里的烟气，已经感受到了烟鬼的憎恶，所以要拼命躲回车里。”

“月野，我很尊重你们的民族信仰，可是这……”月饼都听不下去了。

“你们根本不懂得阴阳师对纸的尊重，也根本不明白烟鬼的可怕！”月野少见的生气，又加大了油门。

我被突然提高的车速推得脖子撞到了靠背上，还没有反应过来，就看见前面的山路出现了奇怪的一幕。

一大团洁白的湿气从山体中涌出，迅速包裹住飞驰的AE86，几块巨石从山上滚下，横挡在车前三四十米的距离。

刺耳的刹车声响起，我和月饼的脑门撞到前椅背，再抬起头时，只见那辆AE86猛地撞上了巨石。

随着“轰”的巨响，车尾向天空翘起，车头却狠狠扎在巨石上，向车厢内凹陷。碎石、玻璃碴儿、金属残片、连接管受到碰撞的挤压，瞬间迸飞。整辆车略略停顿，车尾已经直立九十度竖向天空，前后摇晃几下，终于翻转过巨石。

而这一切，都是在月野刹车过程中所见到的。也就是说，我们的车还在前行，如果不能够及时刹住，那么也会是同样的下场。

眼看那几块巨石越来越近，我紧紧抓住门框把手，整个身体绷直向后努力靠着，耳膜几乎被轮胎与地面的摩擦声刺破。月野猛打方向盘，离合、刹车、油门不停地变换，车头忽然九十度摆向，车身横向马路中央，向巨石撞去。

而车身对着巨石的方向，正好是我坐的位置。我这会儿连思想都没了，就知道瞪着眼睛，死死盯着越来越近的巨石。

“吱！吱！吱！”轮胎的摩擦声越来越响，车厢里满是胶皮烧煳的焦臭味，车速越来越慢，终于，在距离巨石还有一米的时候，车停了下来。

我的神经瞬时崩溃，全身早被汗水浸透，这时才发现，月饼半边身子不知道什么时候挡在我侧面，脸色煞白地大口喘着气。显然在最危险的时候，他准备用自己的身体帮我承受这重重一击。

“对不起，让你们受到了惊吓。”月野匆匆道歉，提着和服下了车。由于穿着木屐，和服又很不方便，月野干脆踢了木屐，把和服下摆随便挽了挽盘在腰间，露出两条浑圆性感的大腿，攀过巨石。

“你没事吧？”月饼扔了句话也下车攀石救人。

“除了胆子吓破了再没什么大事。”我心急车里的脑残杀马特们，没好气地回着话。

刚才被巨石挡着视线，看不到车里的情况，翻过巨石后，我才吸了口凉气。

周围十多米的范围，迸飞的血浆到处都是，本来白绿相间的山路，如同下了场血雨。AE86已经烂得不成形状，透过被压瘪的车厢，能看到几具挤压的尸体，断裂四肢和残躯乱七八糟地黏在一起，根本分不清谁是谁的。

一阵风吹过，腥咸的海风使得车祸现场更加腥臭不堪。

“都没救了。”月饼神色黯然地低下了头，细碎的长发遮住了眼睛。

月野双手合十，吟诵了一段类似于咒语的话，良久才睁开眼睛，对着群山深深鞠躬。

“要小心了，我们受到了诅咒。”月野咬了咬嘴唇，“凡间的烟雾激怒了烟鬼，它已经开始行动了。”

这一连串惊变不由我不相信，抬头看着远山的山顶，一团团温泉冒出的水汽冉冉升起，聚在空中，幻化成张着巨口，两颗獠牙从下颚探出，空洞的眼眶阴森森地看着我们……

我揉了揉眼睛，那团团水雾被风卷散，消失得无影无踪。

“我们并没有制造烟雾，为什么要小心？”我别过头，不想再看车里的惨景。

月饼指着我们刚刚停下的那辆车，山路上留着一道起码三十多米长的黑印，轮胎还因为高温摩擦冒着烟：“这是我们制造的。”

难道烟鬼的传说是真的？

正当我因为这种巧合而逐步相信烟鬼的存在，脚踝处忽然被握住了。低头看去，茂密的草丛中伸出一只皮肉翻转、暴露着青筋碎肉的手，紧紧抓住我的脚踝！草丛里，又探出一张被油烟熏的乌黑的脸，上嘴唇从正中豁开，向两边撕裂，露出残缺了门牙的牙床，鼻子上斜插着一根树枝，从右腮贯穿而出！

“我……我在哪里？”

四

神户医院，抢救室门口，月野，我。

车祸时，有一个年轻人幸运地被甩出车外，撞在岩石上，落入草丛中。他抓住我的脚踝时，我着实吓了一跳，发现是名车祸受害者，当下也顾不上温泉洗浴了，三个人手忙脚乱地把他搬上了车，直奔神户医院。

我和月饼倒也没闲着，止血、包扎、心脏起搏这些急救手段都用上了，直到伤者猛地咳嗽，吐出一口黑汪汪的血块，我们才放下心。郁结在胸口的淤血吐出来，说明内脏运转正常，没有受到太严重的损伤，这个人也就算是有救了。

我松了口气，月饼往裤子上抹了抹手上沾的血，掏出烟想抽，想了想又塞回烟盒里。月野紧绷着脸，时不时地回头看我，又看看远山的缭绕烟雾，表情里透着股说不出的奇怪。月饼随便问了几句，她也就“唔”了几声，不知道在想什么。有几次还因为走神差点把车开进山谷里，好在月野不属于“马路杀手的凶残程度与美貌成正比”的范围内，凭着车技化险为夷，不过也让我们真实感受了一把什么是“速度与激情”。

归途中也没有因为我们产生了凡间的烟雾而遇到什么危险，倒让我坚信车祸纯属意外。在有温泉的山上，经常会出现山体裂缝中喷出水蒸气的现象，山坡落石也不是什么稀罕事。何况我还想到一点，如果真像月野所说，那么汽车尾气也应该算是烟雾，这么说起来，但凡开车上山的人，都会受到烟鬼的诅咒被杀掉。

如此一想，心里除了担心那个年轻人的生命安危，早把烟鬼传说扔到脑后了。到了医院，还没等我们走正规程序，大厅服务人员见到伤者，立刻推来担架床，急诊医生、护士、救护人员迅速到位，点滴、镇静剂、氧气罩在推进急救室前就分工明确地安装、注射。一位护士采了血样，急匆匆走了，估计是验配血型准备输血去了。

“专业！”月饼赞叹着，“我去洗洗手，一会儿回来。”

我看着一手的血，还有脚踝上被伤者摁下的血手印，心里别扭得不得了，刚想跟着月饼去，他对我使了个眼色，又看看月野，我才明白他这是给我们制造单独在一块儿的机会，竖着血淋淋的手指摆了个剪刀手。

小心翼翼和月野并排坐下，我反倒没了刚才的摆剪刀手的豪气，肚子里想了一堆话，却又觉得这句不合适、那句不恰当，只好很无聊地盯着急救室门上“立ち入り无用（禁止入内）”几个字发呆。

月野皱着眉，几次要对我说什么，话到嘴边却又咽了回去。我心里面不上不下难受得不得了，终于苦巴巴等到一句话：“南君，你有什么不舒服的感觉吗？”

我心说这不是废话嘛！出车祸的又不是我，全身上下没少什么零件，怎么会不舒服？不过脸上还是摆着很感激的表情，认真地回了句：“谢谢关心，我很好。”心里在暗骂自己虚伪。

月野的表情倒像是不太相信我的话，目光像扫把一样上下打量着我，直到看到我脚踝上的血手印，才轻轻惊呼一声，起身急匆匆走了。

我纳闷不已，难道是看见我血呼呼的心里不舒服，跑洗手间吐去了？再看那个血手印，连指纹和掌纹都异常清晰，正好把脚踝完全包住。如果这个手印是在别人身上，光是这种诡异的视觉感，也能让我立刻联想到“血咒”“鬼手印”之类的事情。

我看得心里厌恶，正琢磨着找点什么东西把它擦掉，月野手里拿着东西几乎是跑了回来，不由分说蹲在我膝前，把手里的东西往地上一放，是瓶酒精和一大团药用棉花。

月野用棉花蘸着酒精，摁住我的腿：“南君，请不要动。”然后就擦拭起来。

这突如其来的关心让我幸福得有些飘飘然，心说哪好意思让她帮我擦，忙不迭推辞。可是月野却非常执着，非要替我擦，我拗不过，只好别别扭扭地坐着，又觉得这个场景很尴尬，索性抬头看天花板。月野擦得很仔细，棉球摩擦皮肤的感觉痒痒的。可能是心理作用，也有可能是酒精的刺激，我觉得脚踝滚烫，皮肤还有些刺痛。本来不是多么复杂的事，可是月野对那个血手印像有什么深仇大恨，擦得越来越快，估计吃奶的劲都使了出来，我只觉得脚踝火辣辣剧痛，皮都要擦掉了。

我这才觉得有些不对了，急忙缩脚想挣脱，却发现月野紧紧抓着不放手，很诚恳地抬头看着我：“南君，现在没有时间解释，我刚才疏忽了，也许还有办法补救。”

这话说得我脑子嗡嗡直响，难道我真的中了什么“血咒”？那个伤者是谁？怎么会给我下咒？

月野变戏法似的摸出一张《聪明的一休》里一休妈妈亲手做的、悬挂在寺庙院落的人偶一样的纸偶，贴到手印上。“噗”，一团火焰蹿起，蓝汪汪的火苗瞬间把纸偶燃烧殆尽，化作几片灰色的纸灰，飘了起来。

奇怪的是我根本没有感觉到脚踝有烧痛感，反倒是一股凉丝丝的气体好像从体内钻出。我稳了稳心神：“我出了什么问题？”

月野托着下巴，认真地看着血手印：“希望这张纸偶能导出你体内的咒怨。”

咒怨？我正要继续问，忽然彻骨的灼烧感从脚踝传来，随着“吱吱”的炙烤声，手印像烙铁一样，冒着淡淡的灰烟，深深烙进血肉里，而且越勒越紧，几乎要把我的骨头勒断。脚掌因为血脉不通，顿时变成了青白色。

我咬牙抵抗着这种疼痛，心头像是被人一锤一锤地重重敲着，根本喘不过气，全身顿时被冷汗浸透。血液更是不受控制地向脚踝涌去，手印由红色转成黑色，瞬间膨胀起来，又狠狠勒下去，几乎触到了骨头，变成了诡异的紫色。

我疼得连话都说不出来，月野摁住我的肩膀："南君，振作点！不能让烟鬼的咒怨进到肺里！深呼气，快速吐出。"

剧烈的疼痛让我感觉脑子里有无数钢针刺来刺去，根本做不到月野所说的，只能双手攥拳，死死地抵抗着痛感。

月饼头发湿漉漉地回来时，微微一愣："南瓜，你怎么了？"

我指了指月野，心里想着由她解释，月饼却会错了意："你对他做了什么？"

月野有些失神，不小心碰倒了地上的酒精瓶子，空气里弥漫着浓郁的酒精味道……

"不是我做了什么，而是，烟鬼！"月野凝视着急救室，"很快就有答案了。"

月饼这才发现我脚踝的异常，连忙摸出瑞士军刀，竖着把手印割开，一股黑血迸射而出，喷了他一脸。奇怪的是，虽然皮肉被割开，但是手印依然好端端地留在脚上。这种描述很抽象，可是我看到的确实是这个样子，脚踝的皮肤上有一条划开的伤口，从伤口里，可以看到手印牢牢地附在肉里面，倒像是从体内长出来的。

"血咒？"月饼用刀尖挑开划开的皮肉，探进去点了点手印。

这一下疼得实在是太彻底了，我倒是全身激灵着一哆嗦，闷在胸口的浊气忽地吐出："月饼！你有点人性不？不想着怎么帮我解咒，拿刀子戳我很好玩吗？"

月饼却没有理睬我，像是看到了什么，刀子往伤口里一探再挑出，连带着一团白乎乎的东西。我心里大骇，别不是把我的脚筋挑断了吧？我猛地跳起，却发现刚才不能动的脚居然有了知觉，而且脚踝上的紧勒感也消失了。

“不要这么做！”月野听见我的呼喝，才发现月饼的举动，惊呼着阻拦，却晚了半步。

还没等我看清挑出来的那团东西是什么，只听见那团东西发出“嗤嗤”的声音，化作一团灰色烟雾，依稀像一张人脸，顺着我的鼻孔钻进了我的体内。

略带腥气的辛辣感从鼻黏膜沿着鼻腔滑进肺管，不多时，肺部有种热辣辣的感觉。时而紧缩时而膨胀，像是有只手在一松一紧地捏着我的肺叶，但是一点也不疼，反而有种轻飘飘的舒适感。

“晚了……”月野懊恼地跺着脚，“烟鬼的咒怨开始了。”

急救室的门忽地被推开，医生摘下口罩，脸上满是不可思议：“请你们看看这个。”说完又转身进了急救室。

月野却在椅子上坐下，早被扯破的和服根本裹不住她性感的身材，倒引来远处不少人的目光。月野咬着嘴唇：“我知道那是什么，不需要看了。月君，南君，你们进去吧。我要静一静，时间不多了。”

我摸了摸胸口，除了肺部的松紧感，没有什么异常。月饼意识到自己的举动闯了祸：“月野，我们需要你的解释。”

月野摇了摇头，长发盖着半边脸：“你们先进去看看吧。”

自从认识月野，我从未见过她如此沮丧的表情，也意识到自己一定出了问题，和刚才那团人脸烟雾有关，但是偏偏感觉很舒服。

进了急救室，医生和护士们都一动不动地盯着一台显示器，那是伤者肺部的透视影像，在被香烟焦油浸黑的肺叶上，赫然映着一张苍白色的人脸!

我以为这是错觉，揉了揉眼睛再看去，才发现那确实是一张人脸，纵横斑驳的肺部褶皱勾勒出一个老婆婆的模样。

那张人脸的眼睛原本是微微闭着的，像是察觉到我的到来，猛地睁开，混浊的白色眼仁空洞地瞪着我，咧开嘴笑了笑。伤者忽然剧烈地咳嗽着，肺部紧缩着又立刻膨胀起来，嘴里冒出一团团血泡。

我好像听到了老婆婆对我“呵呵”笑着，自己胸口也响起了奇怪的笑声。

“烟鬼！”不知道谁喊了一声，急救室里的所有人像是中了邪，捂着鼻子，发了疯似的跑了出去，只剩下我和月饼并排站着，还有病床上贴着各种线条的伤者。

“走吧，路上解释。”月野静静地站在门口，“月君，因为你冒失的举动，南君已经被烟鬼下了咒怨，十二个小时内赶到六甲山的白骨温泉，或许还有救。”

五

“月饼，小爷哪有那么容易就死了。”我坐在车里，故意拍了拍胸脯，却引来一阵剧烈的咳嗽。摊开手掌，手心里一团黑血，我不想月饼看到，连忙假装系鞋带，在鞋底擦掉。

“我看到你脚踝缠着一道灰气，以为是阴气附体……”月饼狠狠地捶着座椅。我感到肺上有个什么硬硬的东西开始生长，紧扒着肺叶，每呼一口气都会有剧烈的疼痛感，看到月饼自责，倒也不怪他。虽然有时候好心会做错事，但是绝对不能用责怪为朋友的好意埋单。我努力挤出微笑，尽量使语气平稳，可是肺上带来的撕裂感却怎么也掩饰不住，下意识地皱了皱眉，额头上布满了黄豆大小的汗珠。

还好月饼低着头没有察觉，月野却从后视镜看到了，叹了口气：“月君，也不能怪你。南君中了烟鬼的咒怨，还是我的疏忽。”

“传说中六甲山诞生的生命烟雾分为灰烟和黑烟两道，分别代表着烟鬼和烟婆。他们结合孕育，形成了日本各岛和岛上的生灵。”

我心说这明明就是中国阴阳二气的说法，不过胸口越来越疼，肺叶活动也越来越僵硬，再加上月野说的传说和我性命攸关，也没心思多想，只得耐心地听着。

“烟婆在不断繁育生灵的时候，烟鬼耐不住寂寞，围着日本岛四处游玩，在出云（地名）的乡间遇到一位女子奇稻田姬，被她的美貌吸引，抛弃了神的身份，化作英俊的武士，对她展开追求。田姬早就心有所属，虽然心上人在云游历练，多年未曾回家，但田姬根本不为烟鬼所动。没想到烟鬼却是个痴情种子，在田姬家旁边结庐而居。每天早晨，田姬家的水缸里都是满满的清冽泉水，农田更是耕耘得井井有条。如此半年，田姬心上人还没回来，村里所有人，包括田姬的父母，都开始劝她嫁给这个痴情的武士。而田姬总是笑着摇头，如果心上人不回来，她宁可一生不嫁。

“或许是等待的时间消磨了烟鬼的热情，或许是田姬的冷漠熄灭了烟鬼的爱焰，在一个风雨交加的夜晚，他悄悄离开了。

“而从他离开之后，出云下起了连绵数月的大雨。房屋尽毁，农田全涝，村里的百姓只能躲在山上，靠野果和小兽度日。也有人说，是因为田姬的执拗伤透了武士的心，老天施下雨灾惩罚她。

“在一天清晨，村民冒着大雨在山上采摘野果的时候，忽然看到山下峡谷的洪流中发生了奇异的变化！一条巨蛇在水中时隐时现，时不时蹿出水面再落下，惊天的波浪甚至能震散天上的云彩。当村民认为这是龙王显灵时，巨蛇张开大口，把洪水全都吸进腹中，村民才看到巨蛇的全貌。

“它的眼睛像红灯笼果，拥有八个头，全身分为八个叉，身上长着青苔、桧树和杉木，巨大的身体能把八个山谷和八个山冈填满。肚子血淋淋的，像是糜烂了似的，在每条山谷都留下了鲜血和掉落的碎肉。直到现在，出云地区的山上，溪水是红色的，还经常发现红色石头，人们说这是那条巨蛇的鲜血和残体。”

“八歧大蛇？”我和月饼异口同声说道。

月野有些奇怪：“你们怎么知道的？”

月饼老脸一红没有吭气，我心说我们俩天天在宿舍玩《拳皇》，八歧大蛇的故事自然知道。

“当村民正在为见到神灵而参拜时，八歧大蛇开口说话了，如果要彻底消除水灾，就要每年吃一个女孩作为献祭，惶恐的村民自然唯命是从，而深得村民憎恨的田姬自然成了第一个祭祀品。

“田姬抗争不过命运，在祭祀那天，唱起了忧伤的《樱花》，遥望着远方，期待心上人带着武士刀来解救她。就这样一直唱着，直到把眼泪唱成了血泪，落在樱花上。从此以后，出云的樱花都是红色的。

“直到八歧大蛇出现，即将享用祭品时，爱慕田姬的烟鬼化身武士和八歧大蛇搏斗了三天三夜，终于将之斩杀，并在它的尾部发现了天丛云剑（三神器之一的草薙剑）。武士也身受重伤，眼看性命不保。

“田姬终于被感动，悉心照顾了半年多，直到武士身体康复，红着脸答应了武士的求婚。

“婚宴非常盛大，武士喝得酩酊大醉，在村民的搀扶下进了洞房。村中小孩偷偷躲在窗户下面听房，到了半夜时，却听见屋子里传出凄厉的惨叫。等到村民赶到，踹开房门时，被屋里恐怖的一幕惊呆了！

“屋子里全是大片的血迹，在红色的喜房中更显得触目惊心。床上躺着一具无头男尸，一个青面獠牙、长着一双长长犄角的鬼头落在地上的血泊中。田姬悬吊在横梁上，长长的舌头从嘴中吐出，一直耷拉到下巴上。草薙剑上沾着血迹，掉落在床角。

“村民们把田姬埋葬，又请僧侣诵经，把已死的恶鬼火烧，灰尘撒入山谷，永世不得超生。”

月野停顿片刻，绕过一道山弯：“你们谁知道这是怎么回事？”

我听得入神，胸口都没有那么疼了，接口回道：“八歧大蛇变成恶鬼来报复？”

月野没有说话，又看向月饼。

“这就是烟鬼咒怨的由来？”月饼扬了扬眉毛，“八歧大蛇的真身是田姬的心上人？被烟鬼寻找了半年，下了诅咒，变成吃女人的凶残怪物。心中仅存的一点对故乡和田姬的爱恋让他回到了出云，却忘记了原来的一切。烟鬼趁机化成救美的英雄，既杀掉了田姬的心上人，又俘获了田姬的芳心？”

我的眼睛瞪得滚圆，心说月饼你不写小说真是可惜了这变态的想象力。

月野倒是大感兴趣：“月君请继续说下去。”

“可是烟鬼没有想到，八歧大蛇最后的怨念化作草薙剑，在新婚夜晚斩杀了烟鬼，并让他变回原形。田姬见到夫君居然是鬼，不知道她是否觉悟到其中的原因，但是心中自然羞愤难当，上吊自杀了。”

“那你刚才说烟鬼咒怨是什么意思？”我承认月饼分析得虽然匪夷所思，倒是有模有样，干脆再顺带着捧他一句。万一小爷我真就剩下十来个小时的活头，归拢月野这件大事就只能交给月饼了，绝不能让黑羽那小子近水楼台先得月。

"很简单，烟鬼的骨灰在山谷中，四处飘散，被村民吸入肺里，滋生怨念。至于到底是不是这样的，我也只是顺着传说猜测。"月饼摸了摸鼻子，忽然拍着我肩膀，"我想到了！"

"想到了什么？"月野难得微笑着问道。

月饼望着六甲山的雾气："我刚才忘记了一个人，对吗？"

"你确实聪明。"月野踩着刹车绕开一个小坑。

我听得丈二和尚摸不着头脑……

六

"烟婆终于发现烟鬼失踪了，又得知他为了一个凡间的女人失掉了性命，嫉妒又怨恨，四处寻找烟鬼报复。而残留在村民体内的烟鬼骨灰，附着生前的怨念还有对烟婆的羞愧。所以世代相传的村民后人，都会口口相传坚决不能靠近六甲山一步，更不能在山里产生烟雾。一旦这么做了，肺里的烟鬼之怨会随着烟雾飘入山中，唤醒烟婆，引来生命危险。"

月野把这段话讲完，不知不觉天色将黑。我这才发现车子已经行驶至一处人迹罕至的林间小道，在坑坑洼洼的路面颠簸着，肺部又是一阵剧烈的疼痛，我只好靠在椅子上，大口喘气。

"我有几个问题不明白。"月饼紧紧锁着眉头，"第一，如果刚才那个伤者是村民的后代，为什么还敢来六甲山？第二，他为什么要在临死前抓住我兄弟？第三，咒怨到底是什么？第四，白骨温泉是什么？第五，伤者肺上为什么会有一张老太婆的鬼脸？"

月野没征兆地踩住刹车，我的脑门生生撞到靠背上，还好是真皮座椅，倒也不怎么疼。不过月饼问出了我想问的话，虽然一路上我尽量装作轻松，又是插科打诨又是听故事，其实在我内心深处，早因为这个所谓的咒怨和十二小时的生命而恐惧不已。

只不过我不想表现出来罢了。

"往前走大约一百米，再左拐走三百多米，就可以看到白骨温泉。"月野熄火下车，帮我拉开车门，"我尽量长话短说。由于年代久远，这个传说早已变成真正的传说，村民的后代都不以为然，还有许多人偏要来六甲山证明这仅仅是个谣传。烟鬼之怨是不会死亡的，当带着咒怨的人即将死的时候，一定会抓住身边某个人的脚踝，当然是身边如果有人的前提下，把活下去的咒怨通过血液传给下一个人。在医院里，我通过纸偶已经吸住了烟鬼咒怨，却因为你的冒失，擅自把它从南君体内赶出，变成烟气进到南君肺里，反而是南君成了新的怨体。白骨温泉是烟婆对烟鬼失望的眼泪化作的温泉，常年雾气萦绕，据说雾气都是烟婆的怨恨。被烟鬼咒怨附身的人，都会来到白骨温泉。据说只要得到烟婆的原谅，就可以解除咒怨，活着回来。否则因为在六甲山施烟唤醒烟婆导致的生命危险，绝对不会解除。那个伤者将咒怨转到南君身上，现在和南君是生死一体，南君如果不亲自解除诅咒，那么伤者死的时候，也就是南君死的时候。至于肺上为什么会有一张老太婆的鬼脸，相传是因为烟鬼死后才发现自己真正深爱的仍是烟婆，出于对烟婆的羞愧，聚集在肺上的怨念化作了烟婆的脸，表达深深的思念。”

我忽然很滑稽地想到一句话：我想把你变作一根烟，吸进肺里，这样你就永远在我身体里了，不会分开。

“需要我们怎么做？”月饼挽着裤腿，“既然是我的失误，我一定会弥补。”

“我们？”月野苦笑着，“白骨温泉，只有身带烟鬼怨念的人才能进入。月君，你和我只能在车里坐等。”

本来以为有这“双月组合”护驾，我此去虽然危险，不过也一定能化险为夷，所以心里面即使紧张，但是没觉得活不下去。可是听到月野这句话，我才反应过来，敢情这次不是组团行动啊！这玩笑开大了！

“我绝不会让我兄弟自己去白骨温泉。”月饼没有放弃坚持。

月野指了指前方的树林：“没用的，只有南君能听到那里的召唤，对吗？”

“南晓楼……南晓楼……”树林里传来极其魅惑的女子声音，“快来吧，我在这里等你很久了。”

我甩了甩头，发现除了我，“双月组合”根本没有听见什么声音，难道这就是月野说的召唤？

白骨温泉里到底有什么？

被野草覆盖的地面上，悠悠升起团团白色烟雾，被草叶划成无数缕烟丝，又聚在一起，幻化成一个朦胧的女子形象，对我招了招手，精致的五官勾勒出美丽的笑脸，悄悄隐没入林中。

"月饼，你看到了吗？"我不知道眼前看到的是不是幻觉。

"看到什么？"月饼警惕地向林中望去。

月野走到我面前，认真地注视着我，忽然用力把我抱住："南君，对不起，我和月君的疏忽，却要让你独自面临险境。但是，为了活下去，也只能独自面对，不是吗？"

这突如其来的一抱，让我心潮澎湃，热血沸腾，全身充满豪气，脑中闪过几个大字：起码36C！

"月饼！"我挺直了腰板，轻轻把月野推开，"你放心，小爷绝对活着回来，最多几分钟，就能英雄相见了！"

月饼勉强挤出一丝微笑，拍着我肩膀说："小心。遇到解决不了的事情，记得快跑。"

我"哈哈"一笑："英雄都是从战场里慢慢走出来的。"

耳边又响起女子召唤我的声音，丝丝白雾不停地从地里冒出，沾在草叶上，冷却成一粒粒晶莹剔透的小水珠，沿着叶脉滚动，汇聚成一滴，在叶尖摇摇欲坠。

我嗅着野草的清香，郑重地迈出第一步，踏入了白骨温泉的领域。再回头看去，我已经被白雾团团罩住，根本看不到他们俩在哪里，只能按照月野所说的位置，笔直地向前走着。

忽然，耳边响起了奇怪的声音，空灵中带着一丝凄厉的寂寞，像是飘荡在都市上空的鸽子哨，又像是夜半思春的野猫嗥叫。

在这些声音中，我隐约听到了他们俩的对话。

"月野，白骨温泉是什么样子的？"

"不知道。因为进去的人从来没有出来过。"

我差点一个踉跄摔到草丛里。

七

“敢情这是有去无回啊！”我心里一哆嗦，后悔这个决定。只要那个受伤的哥们儿没什么事情，我也就能活得好好的，何必要去什么白骨温泉？不过想想万一那哥们儿将来再有个溺水、火灾之类的三长两短，我岂不也跟着一命呜呼。生命掌握在别人手里的感觉确实不好受，说什么也要进去看看。

这么想着，心里多少踏实了些，才发现一个走神的工夫，白雾已经越来越浓，稠厚的雾气几乎静止不动，每走出一步，都能感觉到雾气像是凝固的牛奶，我如同掉进了一个巨大的牛奶缸里。

除了雾气什么都看不见，踏在草丛里，“咯吱咯吱”的碎裂声从脚底响起，这种感觉既像是瓷片被踏碎，又像是满地都是人的骨头被我踩成碎屑。

我蹲下身，摸索着捡起一块被踩碎的东西，圆圆长长的，稍微用力一捏，就变成了一团碎碴儿，略带石灰味道的粉末钻入鼻腔，刺得痒痒的，我忍不住打了个喷嚏。

刚才捡起来的东西，应该是一截骨头。想到这里，透过浓雾，我仿佛看到了遍地都是白森森的人骨，乱七八糟地堆放着，掉了一半脑壳的骷髅头敞着空洞的颅腔，黑漆漆的眼眶里“窸窸窣窣”爬出一只猩红色蜈蚣，又从鼻洞里钻了进去。

可怕的联想让我犹豫了，我停住脚步，正琢磨着是不是要原路返回，忽然听到了急匆匆的脚步声。

“南君。”白雾深处闪出一道模糊的身影，月野跑了过来。我松了口气，又向她身后看去，月饼不在。

“凡到来者，赤身入泉，心恶者亡，心善者生。”

八

我仔细琢磨着这句话，很明显，如果心中有恶念，自然就变成了亡魂，反之才能洗掉烟鬼怨咒，活着走出去。

可是恶念和善念的定义是什么？

正犹豫间，随着“窸窸窣窣”的脱衣声，我看到月野居然从容地脱下了衣服，赤裸着丰满性感的身体，一步步走进温泉。

“既然是到来者都要洗，我也不能例外啊。”月野踮着脚尖轻轻试了试水温，又快速缩回，终于走进去，“水有些烫呢。”

修长的小腿，美丽的大腿，浑圆的臀部，腰间完美的曲线，慢慢蹲下，长发在水面上浮起，从水中探出手对我招了招，水花中偶尔露出胸前一抹圆翘的白。

“南君，下来吧。”

活色生香的画面让我喉咙发干，我使劲咽了口吐沫，喉间发出“咯咯”的声音，全身燥热难耐。

“你们中国人是不是不习惯在别人面前脱衣服？那我转过身好了。”月野像条美人鱼，划开泉水，游到对面背过身。

我还在犹豫着，胸口却又感觉到那种被紧攥后的疼痛，有个什么东西似乎要从肺里脱离，冲进泉水中。我疼得捂着胸口，摸到奇怪的凸起。连忙解开衣服一看，我的胸口竟然长出了一张模糊的人脸，抬头看着我，咧嘴一笑，又缩了回去。

身体异变的恐惧让我忘记了羞耻，手忙脚乱地脱了衣服。虽然月野看不到我，但我还是捂着该遮住的地方，扭扭捏捏走进温泉，离她远远地坐下。月野轻轻捧起泉水，微扬着头，泉水顺着额头滑过脸庞，沿着细长的脖子流回泉中，洁白的皮肤腾起盈盈蒸汽，晕出一团团柔软的粉红色。

月野全身没入水中，又忽然跳起，赤裸的上身颤动着致命的诱惑：“不知道会发生什么呢？”

我实在不敢看下去了，老老实实坐在温泉里，眼睛不知道往哪里搁，只好低头看泉水。黑色的温泉水一点没有阻挡住我的视线，我清晰地看到了泉底的景象！

这无比恐怖的一幕让我终于明白了白骨温泉名字的由来！

在泉底，满满的都是白森森的完整骷髅，每一个骷髅都大张着嘴，颌骨和上颚的角度几乎突破了人类肉体的极限，显示着死前忍受着多么大的痛苦！

我立刻想到，这些骷髅上的血肉，一定是融化在温泉里。也就是说，我正在一锅人肉汤里面泡着！

正当我手忙脚乱往岸上爬的时候，泉水产生了奇怪的变化，从泉底的骷髅缝隙中，大片的水泡涌出，在水面聚集，“啵”地爆裂，水温骤然升高，烫得我几乎无法忍受。我抓住岸边的石头，正要挣身跃上，忽然想起月野还在泉中！

静静的泉水飞快地升起人形烟雾，又带着凄厉的惨叫被吸入骷髅中，我根本看不到月野在哪里！

“月野！”我着急地吼着。而此时泉水急速沸腾，高温带来的痛感让我全身麻痛，血肉都要被烫掉，融化在泉水里。我心中大骇，正不知道该怎么办才好的时候，忽然腿被抓住，把我拖进了水里。

泉水带来的浮力让我的身体不由自主地向上漂着，可是脚下拉扯我的力道偏偏越来越大，直接坠到泉底。身下全是触目惊心的骷髅，我呛了几口水，勉强睁开眼睛，泉水的温度已经达到了我所能承受的极限，我拼命向上挣扎。

而此时我也看清楚了，拽着我的腿的，是一个血肉模糊的人！全身已经被泉水烫烂，根本看不清楚模样，但是那头长发，还有脖颈处仅存的一块完整皮肤上的那颗小痣，让我立刻想到这是谁了！

我根本不知道到底发生了什么，用力蹬着湖底，踩碎了几具骷髅，脚底好像还被碎骨碴儿子扎破，一缕鲜血漂在水里。不过我倒是借助这蹬力重新跃出水面，大口喘着气，抓住岸沿拼命地爬上岸，全身已经被泉水烫得红肿。我瘫坐在地上，看着湖底那个血人，脑子如同刀割般疼痛。

月野被烫烂了？

“月野！”我几乎疯了般吼道，爬到温泉边上，向泉底望着。

“哗啦！”伴随着巨大的浪花，月野从泉底站起，皮肤完全被烫掉，爆裂的血管不停地涌着暗红色鲜血，一条条青筋像蚯蚓紧紧扒住肌肉，而她的脸，已经被烫成只剩下残留着几块碎肉的骷髅。

“你爱我吗？”她慢慢向我走来，眼眶中淌出一汪混浊的黄色液体，眼仁缩成了花生大小。

“如果爱我，可以陪我一起留在这里吗？”她又走近了一步，肌肉一块块地掉落，“我们可以摆脱生命的限制，就像他们一样，永远在一起，这不是很好吗？”

这个恐怖的场景让我胃部抽搐，忍不住想吐。可是月野的声音中偏偏透着让我无法抵抗的诱惑。

也许，只有死亡才是永恒。我点了点头，声音干涩：“我愿意。”

“那就下来陪我吧。”血人对着我招了招手，手指只剩下几根青筋相连。

我如同被催眠一般，不受控制地站起身，一步一步又踏进了恐怖的温泉中。

奇怪的是，这次我没有感觉到一丝热气，温泉瞬间变得冰冷，激得我起了一片鸡皮疙瘩。

血人似乎奇怪我的举动，反而怔在泉水中央，喃喃自语：“真的有人愿意和心爱的人一起死吗？那为什么他要抛弃我，甚至藏到许多人的肺里，躲着不愿见到我呢？”

我忽然灵台清明，看清楚了眼前的一切！站在我面前的，根本不是月野，也不是什么血人，而是一位老得不能再老、头发都掉光、满脸肿胀着丑陋皱纹的老太婆！

她弯着腰，脸几乎贴到水面，不停地咳嗽着，每一声咳嗽，都会吐出一股白烟，挣扎着向水中钻去，却又被她一把抓住，塞回嘴里，伸长了脖子咽下。

“我找了你这么多年，终于快把你找全了。怎么可能让你再逃走？”老太婆“桀桀”笑着，白麻布的衣服紧紧包裹在身上，勾勒出她身上一张张人脸！

那些脸虽然表情不一，有的极度痛苦，有的拼命挣扎，有的在苦苦哀号，但是我看得分明，那都是同一个人的脸。

一个老头的脸。

我的胸口又开始剧痛，皮肤绷得紧紧的，有个什么东西像是要从胸膛中钻出。低头看去，那是一张和老婆婆身上一模一样的脸！

“这是最后一个了。”老婆婆号啕大哭，“须佐之男你终于想起我，你终于回来了！我会让你重新活过来，我们说好了要一辈子的！”

“我不要！”在我胸口的人脸忽然说话了，带着无比的抗拒和愤怒！

老婆婆恶狠狠地瞪着我：“你是逃不掉的！你要陪我！就像从前你对我的承诺那样，陪我一辈子。”话音刚落，老婆婆张开嘴，嘴角几乎裂到耳根，拼命地吸着气，四周的空气像是被抽干了，带着“呜呜”的声音卷入老婆婆腹中。

老婆婆的肚子立刻大得像一面鼓，而我胸口的人脸却突然对我说道：“快带我离开这里！求求你了，我可以给你所有你想要的，包括那个女人。就让我安心躲在你肺里一辈子吧。她早就变得又老又丑，再也不是我当年喜欢的人了。你也看到了吧，你会允许你喜欢的人变老、丑得你看一眼都会呕吐吗？”

我低头看着胸口挣扎的人脸，心中说不出的厌恶：“既然你对她做了承诺，就要承受时间在所爱的人身上留下的伤痕。”

人脸忽然停止了挣扎，从我的胸口探出，认真地看着我：“你的心，很干净。”

“砰”，我胸口的毛孔里，忽然冒出了无数条细弱蚕丝的白烟，飞进了老婆婆的腹中。

“须佐之男你终于全部回来了！”老婆婆声音高亢，又渐渐微弱下来，“我们再也不会分开了。”

一边重复着这句话，一边从温泉中走出，上了对岸，渐渐消失在茂密的树林里。

阵阵凉风袭过，我全身冰凉，打了个哆嗦，这才发现不知道什么时候，所有的烟雾都散开了。满天星星闪烁着，让无边的夜幕变得生动起来。

听说每个人死后，前生的记忆会在天空变成一颗星星，静静地守望着最爱的人。

不知道，属于我的星星是哪颗？我最爱的人是谁？

“南瓜！”月饼的声音远远传来。

“南晓楼……”月野焦急地呼唤着。

隔断白骨温泉与尘世的白雾已经散尽，我又闻到了久违的青草香气，这一切结束了。

我经历了考验，成了到过白骨温泉唯一活下来的人?

心里有些自豪，我向树林中望去，月饼和月野急匆匆地跑了过来。

“月饼，小爷还活着！”我“哈哈”笑道。

月饼突然停住脚步，疑惑地看着我：“你怎么没穿衣服。”

“啊！”月野看到我赤身裸体，满脸通红，急忙转过身。

我心里大窘，一时间竟然忘记自己是一丝不挂了，这人算是丢大了。我干脆“扑通”一声又跳进温泉里：“月饼，帮我拿一下衣服，在那边。”

九

回医院的路上，月饼似笑非笑地看着我，月野目不转睛地开着车。

我臊得满脸通红，结结巴巴把事情讲了一遍。这件诡异的事情多少分散了他们俩的注意力，三个人却又没有分析出个所以然。

我身边出现的月野是谁？是老婆婆幻化的吗？老婆婆又是谁？难道真的是传说中的烟婆？烟鬼为了躲避烟婆的寻找，逃进了许多人的肺里？那些泉水里的骷髅，又是怎么回事？都是受到烟鬼许诺诱惑，想带着烟鬼逃掉的人吗?

其实我心中已经有了答案，关于爱情和承诺的答案，可是我不想说出来。

“仁者见仁，智者见智吧，”月饼伸了个懒腰，“我们都还活着，这就是最好的结果。”

一丝曙光从远远的山峦中笔直地探出，给大地镶上了几条金灿灿的直线，万物苏醒，鸟儿叫，小兽闹，新的一天，开始了!

“知道斩杀八岐大蛇的武士叫什么吗？”月野微笑着问。

“须佐之男！”

对于我来说，这已经不重要了!

毕竟，生命的精彩在于生命的存在。我最信任的朋友在身边，我偷偷暗恋的人在身边，还有什么比拥有这些更快乐的呢?

“南瓜，”月饼摸了摸鼻子，“你该减肥了。王八壳一样的八块腹肌现在只剩下一块脂肪了。”

“滚蛋！”我怒骂。

十

回到医院，伤者已经脱离危险，肺上的奇怪人脸也消失了，月野和警方的人录了事故现场的供述，为以防万一。月饼逼着我做了个全身检查，除了肺上斑斑驳驳的焦油阴影，一切正常。

“你说咱是不是该戒烟了？”月饼拿着X光片忧心忡忡，“我倒真希望你肺上有月野的模样，拿给她看绝对能秒杀。”

我想起在白骨温泉见到月野赤裸的身体（当然在归途描述中，我把这一段故意忽略不提），有些面红耳赤：“估计烟是戒不了。已经伤了心，就不怕伤了肺。”

“你怎么这么矫情了？”月饼皱着眉做呕吐状。

“近朱者赤近墨者黑而已。”我隔着玻璃遥望着六甲山，不知道那个神秘的老婆婆怎么样了？尽管她找回了心上人，可是她真的会幸福吗？

就这样过了几天，黑羽那个浑蛋的恢复能力惊人，居然好得七七八八出了院。在没有杰克消息的日子里，我原本很快乐的心情又莫名增添几分醋意。

当然还有一件事情不得不提：我们还真去洗了一次温泉。可是让我备感失望的是，居然不是男女同浴！我和月饼两个大老爷们儿泡在温泉池子里，场面实在够尴尬。倒是黑羽悠然自得，从温泉上漂着的木盘里端起温好的清酒，有滋有味地喝着。

垂头丧气回到宾馆后，我们坐在阳台晒太阳抽烟，有一搭没一搭地闲聊着，懒洋洋得几乎要睡过去了。

门，突然被推开！

月野拿着一摞照片走了进来，黑羽紧跟在她身后。

“有杰克的线索了！”月野把照片递给我们。

富士山，满山盛开的白色樱花，花瓣如雪飘落着，一个金发男人，站在樱树下，陶醉地仰着头。

“终于可以见到他了。”月野居然红了脸，很兴奋地说。

月野这种奇怪的反应让我没反应过来，倒是月饼问道：“月野，你说的他是谁？”

“拍这组照片的人，”黑羽手叉胸前斜靠着墙，“全日本最有名的摄影师，被称为‘鬼畜之影’的吴佐岛一志！”

月野拢了拢长发，露出好看的脖颈，我看到了一颗圆圆的红色小痣……

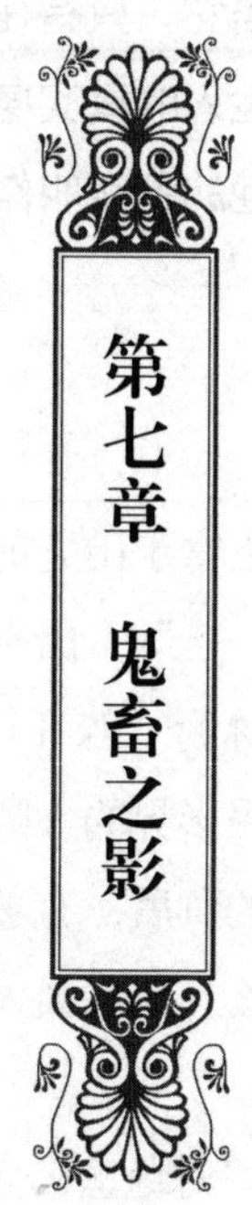

第七章　鬼畜之影

“鬼畜”在日语中原意指像魔鬼畜生一样残酷无情。一般指有心理变态、性虐倾向的流氓或淫棍，具备四种不道德的性取向，且有浓重虐待倾向。

“鬼畜”还有一个更深层的含义，是泛指世间一切不干净的东西。被称为“鬼畜之影”的人，会在世界各地用相机捕捉灵异画面，向世人展示不为人知的诡异世界。

进入21世纪，世界上只有一个人被称为“鬼畜之影”，并且没有人能够有信心说：“我比他厉害很多。”原因很简单，近十年的“世界十大灵异图片”，其中有七张是他拍摄的画面。

有人说，他本身就是“鬼畜”；也有人说，他有一双能看到“鬼畜”的眼睛；更夸张的说法是，他拥有一台世界上独一无二的可以捕捉到“鬼畜”的相机，他是阴阳师。

当然，只有在“鬼畜”摄影界他才被冠以这么至高荣誉的称号，而他展现给世人的真实身份，则是全日本最受争议、最著名的摄影师。

他的名字叫作——吴佐岛一志！

一

去富士山之前，我们回到宾馆收拾东西，我忍不住在百度栏里输入“吴佐岛一志”，出乎我意料的是，居然有几百万条相关搜索，更想不到的是这个被称为“躲在镜头后面的淫秽摄影者”的人，粉丝多得无法想象，更被无数摄影界的大师、新秀们追捧：“逐渐感觉到在视觉感观被泛‘性’影像填鸭的背后，有着更深远的景观。”“我在日常淡淡地走过去的顺序中感觉到什么。”“吴佐岛一志的‘迷色’正代表了对女性身体痴迷到变态的艺术巅峰。”

“月野怎么会把这种人当作男神？”我举着手机，看着吴佐岛一志的照片，感觉天都塌下来了，“一个拍色情照片的猥琐老头居然还能有这么大的名气，真是岛国特色。”

月饼只看了一眼，便忍不住“哈哈”大笑起来：“南瓜，你来趟日本，暗恋个女孩本来也挺正常，但是为什么情敌都这么奇葩，难道你天生命犯天煞孤星？”

我哭笑不得地挠了挠头，这个吴佐岛一志长得确实太闹着玩了。

看模样也有五十岁上下，一派老不着调的形象，穿着图案花哨的无袖背心，还是深V会闪光的那种，戴着颇似麻将牌中“二饼”形状的墨镜，发际线很高，头发理成一边一小撮的“两只猫耳”模样。就这么个玩意儿，居然能让月野兴奋得五迷三道，而且听说暗恋这个老不正经的女人能从静冈县排到山梨县（富士山横跨这两县）。

我虽然不如月饼那么玉树临风，可好歹是个人模样，而吴佐岛一志连个人样都没长利索，难道拍些流氓照片比英俊潇洒、温柔体贴、善解人意还要好使？

这都是什么世界！

“你们收拾好了吗？”月野在门外匆匆喊着，“咱们要尽快出发。要知道，能见吴佐岛先生一面可不容易呢！黑羽，别磨蹭。”

“哈哈！”月饼喝了口水差点没呛出来，“我们这就好了。”

我十个不服八个不忿地收拾着衣物，顺手把吃了能拉肚子的巴豆粉塞在背包最外层，寻思着他要是敢给月野拍个什么变态裸照，就把药下到他的水里，包管他按快门的时间就能拉上三五趟。

“不过，”月饼还在翻手机，“吴佐岛先生还是有些真材实料的，单就这张灵异照片，不仅仅需要拍摄时等候时间的耐心，更需要非同一般的胆量。这个人不简单。”

我接过手机看着图片：满天乌云如铅块压在天幕，残月勉强从中探出一点光芒，锋利地划开了阴森的光线，使得天空透出了让人寒战的凄冷。废弃已久的古宅房门打开，半截门扇脱落了门轴，斜垮垮地垂落着，一株掉光落叶的枯树孤零零矗立在宅前，树身上有一张模糊的人脸，破烂得只剩下伞骨的红色雨伞丢弃在不远处的老井旁。从古宅的一扇窗户里，能看到一个身穿红衣的小女孩静静地站在宅子里，长长的头发垂到胸前，苍白的脸上，一双如同黑夜般深邃的眼中透着沉沉死气，怀里抱着残破的人偶娃娃。

“绝对PS的！”我很不屑地把手机塞进包里，“国内随便找个郭美美级别的，都能做出这样的效果图。”

月饼推开门自顾自向外走去：“你忘记了前几年日本火了很久的一部恐怖片了吗？这个画面像不像？你再看看拍摄日期。”

古宅、枯树、老井、小女孩、人偶娃娃……

这些影像让我立刻想到了那部看了会全身发冷的恐怖片，我连忙看了看拍摄日期，居然是恐怖片上映前一年。

难道那部恐怖片里演的一切都是真的？只是最后把灵异回归于现实，是为了掩饰真相？

“吴佐岛一志是那部恐怖片的影像顾问。”月饼的声音在走廊里回荡着。

我又想到一个很可怕的问题：那个小女孩被拍下来之后呢？她去了哪里？难道是被……

二

一路上，月饼和月野都在聊着关于吴佐岛一志的事情，月野来了兴致，滔滔不绝地讲着。我和黑羽支着下巴看风景，谁也没插话。

当月野说到“只有吴佐岛先生那么强壮的男人，才能把深V服装穿得那么有型”时，我和黑羽都面露不屑，捎带着挺了挺胸膛。我心里还腹诽，他长得和《铁臂阿童木》里面的茶水博士一个德行，跟强壮能靠上边儿才活见鬼了。

神户市至静冈县，由西向东途经大阪、奈良、津市、名古屋这四个比较有名的城市，说起来挺远，其实也就不到三百公里。

日本这种东西短、南北长的地理构成，也间接影响了日本人的“气”。从风水上讲，“东气西归”，简单点说就是每天东方的阳气随着日落归于西方，这个过程越长，所处环境中的人们就越能受到阳气影响，心胸豁达开朗，也会有更加乐观向上的处世态度。而整个日本岛偏偏东西窄，这种气也造就了日本人心胸狭隘、做事刻板的性格。由于阳气不足，阴气过旺，更增添了强烈的攻击性和原始欲望，这从大和民族历来好战、又充斥着各种色情文化中可见一斑。

大到国家，小到楼房建筑物、居家环境，东西方向的距离至关重要，这是闲话，暂且不提。

倒是日本岛的城市划分，有必要多说几句。日本的行政区划是都、道、府、县。共有一都、一道、二府、四十三县。

一都是东京都，是日本的政治、经济和文化等的中心。一道是北海道，这里的开发比日本国内其他地方晚一些。二府是京都府和大阪府，是关西地区的主要地方，是关西的历史和经济的中心地带。

日本的县相当于中国的省（当然面积要小得多），共有四十三个县。所以日本的行政区划一共有四十七个。除了北海道，都、府、县以下分成两个系统。

一个是城市系统，有市、町（街）、丁目（段）、番地（号）；另一个是农村系统，有郡（地区）、町（镇）、村。所以在日本是县大市小（这和国内完全不同）。唯独北海道没有县，只有区和市。

富士山所处的静冈县从行政角度来说，比兵库县首府神户市要高一级。

听自己喜欢的人夸别的男人自然是一件很无趣的事情，所以虽然一路上风景不错，我闷闷地看了不多会儿，就睡过去了。

可能是想得太多，睡觉时乱七八糟做了不少梦，时而是杰克一刀砍在我的脸上，连舌头都劈成了两半；时而是那个小女孩抱着我的腿，“呜呜”直哭。还好我秉承的睡觉原则是“不管做什么梦，就当是看电影”，倒也睡得口水直流。

直到梦见月饼突然变成了吴佐岛一志，拉着月野要进摄影棚拍照片，才感觉全身一空，猛然惊醒。

车子不知道什么时候停下，除了我，其余人都不见了……

我顿时清醒过来，隔着车窗向外看去，车子停在一片半人高的野草丛旁边，草丛中间位置的野草乱糟糟向两边分开，尚在颤动的树叶显示刚有人从这里走过。草丛对面，一棵早已丧失生命活力的枯树张牙舞爪地遮挡着阴暗的天空。傍晚的凉风吹过，树枝“吱吱呀呀”晃动着。从树端至根部，一道被闪电劈中的焦黑色裂缝延伸而下。一口长满苔藓的古井被杂草掩盖了半截，孤零零地遥望着一座古宅。

宅子没有院落，可以清楚地看到大门微掩，两侧窗户在屋檐的阴影中如同怪兽眼睛，深邃而空洞。

这个场景异常熟悉，我似乎在哪里见过。忽然，我想起出发前看到的吴佐岛一志拍摄的“鬼畜之影”照片，正是这个地方。当时看照片只觉得恐怖，可是看到真实的场景，我才发现这个屋子的五行风水布局，很有问题。

东是枯树为木，西是古井为水，中是古宅为土，如果是这样，那么照片上的红伞在南为金，而那个红衣女孩，却是在北为火。这是五行相克，有死无生的“聚阴地”。

回国后我和月饼在一次诡异的旅途中，曾经在火车上遇到过“养尸地”，倒是和“聚阴地”有异曲同工之妙。

“聚阴地”不但招鬼，而且常年居住此地的人，也及容易被鬼上身附体。

我凭着对照片的记忆向红伞和女孩的位置看去，空空如也。或许，被埋在地下了？为什么月野会来这里？为什么又把我独自扔在车里？难道他们出了什么意外？

也许是心魔作祟，我好像看到了红衣女孩站的位置，泥土渐渐翻拱破开，从里面探出一只白森森的手。

这种奇诡的感觉看着漫长，其实只有短短几秒。我摸出烟想抽一根稳稳神，古宅的灯突然亮了。昏黄的灯光将两扇窗棂的影子映在地面，划出两个巨大的方块，恰巧框住了伞和红衣女孩的位置。

有道人影在窗户上一闪而过，“吱呀”，一只手把窗户推开……

三

“你可算是醒了。”月饼撑着窗户四处看了看，“就没见过你这么能睡的，居然还说梦话。别杵那看风景了，估计你也看不出什么名堂，还不快进来。”

我心说月饼你怎么就知道我看不出名堂，按照那两本书上讲的，这分明就是个“聚阴地”，不过没有伞和女孩，倒也形不成真正的风水格局。看月饼气定神闲，不像是有什么大事发生，我心里踏实了，点了烟往屋里走。

走到门口正要推门的时候，我忽然有了个模糊的概念，屋里灯光所笼罩的地方，是照片中伞和女孩的位置。这是不是太巧了？阳气（光）出现在南金北火之地，只有一种可能，那就是地下必然有东西，而且见不得人，需要靠阳气的滋养维持这种风水格局。

我又琢磨了一下月饼刚才那句话，心里顿时亮堂了。月饼也看出这是“聚阴地”，他推开窗户不仅仅是为了喊我进屋，而且也是在观察开灯后的室外风水，并且暗示我注意这里的格局。我忽然想到“聚阴地”好像还有一个特殊的地方，但是却一时想不起来，这种不上不下的感觉让我非常不舒服。

“请进。”正当我杵在门口胡思乱想的时候，门被打开了。

开门的是一个中年男子，短发，深褐色皮肤，方脸，下巴微宽，鼻子短而直，眼角略向下耷拉，一圈几乎肉眼看不见的微红色眼皮围着眼睛绕了一圈，使得整个面相不但没有显得不精神，反而因为这种男人中难得一见的桃花眼，而透出阴鸷的迷人锐利。

这个人是谁？

“吴佐岛一志。”中年男子礼貌地伸出手，“在神圣的富士山下熟睡可是有灵觉的人才能泰然做到，所以没有打扰您的清梦。另外三人正在屋内品茗，请赏光寒舍。”

我顿时糊涂了，看照片上明明是个邋遢猥琐版的茶水博士，怎么突然化身成熟稳重大叔了？

吴佐岛一志微微一笑：“我对外的身份是摄影师，自然需要通过化妆来掩饰真实相貌，否则因为区区一点知名度无法正常开展鬼畜摄影工作。你们中国有句俗话‘树大招风’说的也是这个道理。”

这句看似谦虚实则无比嘚瑟的话让我着实厌恶，不过面上还是堆着笑，和他握了握手：“您的作品我看过不少，拍得不错！听说您和苍井空女士挺熟悉？”

“南君，在著名的‘鬼畜之影’吴佐岛一志先生面前，请你要有尊敬的觉悟。”月野在里屋带着怒意说道。

“哈哈！”吴佐岛一志倒是很好相处的性格，用力握着我的手，“南君幽默的性格我很喜欢。我不但和苍井空很熟悉，波多野结衣、宝生琉璃这些可爱美丽的女孩子也都和我保持着长期的合作关系。”

我也跟着“哈哈”笑着：“吴佐岛先生真是个实在人。”心里却骂着：加藤鹰别不是这个老不正经化妆假扮的吧。

想到化妆，我突然想到了一个人：杰克！

久未遇见的杰克，不也擅长化妆吗？

我不免多看了吴佐岛几眼，脸颊、脖子、耳朵、额头这些地方的纹理很自然，不像是戴了什么面具。

吴佐岛一志哪里会想到这么个工夫我琢磨了这么多事情，转身进了左侧屋：“富士山上的积雪烧制的水，一定要控制火候。烧制五分热后加雪烧到八分热，再加雪烧至十分热，才可以用来冲泡全日本最有名的‘静冈绿茶’。”

神经病！要是在沙漠里渴得嗓子冒烟，别说五分热了，估计见到骆驼尿都喝得干干净净。一个鬼畜摄影师，在这“聚阴地”里装什么小资？

何况灯光照的屋外两处地方，明明就有问题，万一真是埋了个红衣女孩，那小爷可就不管他名气多大，包里的巴豆算是派上了用场。

进了右边屋子，月饼正摆弄着博物架上的小物件，黑羽盯着天花板发呆，满脸都是担心天花板掉下来的表情，只有月野端端正正蜷膝跪坐着，认真地翻着画册，时不时眼睛一亮，崇拜之情溢于言表。

手机响起，我摸出一看，微信提示——月公公：看出来了吗？聚阴地！

再看月饼正对着博物架一只手不停地动着，显然在给我发微信。还没等我回信息，又一条微信发了过来：聚阴地只能住两种人，死人、阴人，而且所需要的阴气必须靠尸体养出来。如果真是这样，我一定要查清楚这件事情。

我终于想起刚才在屋外死活想不起来的事情，能够生活在聚阴地里的只有死人或者阴人。

吴佐岛一志显然不是死人，但如果这里真是他长期居住的地方，那么他早已是阴人！

阴人，就是长期生活在死人多的地方（墓地、火葬场、太平间）的人，身体不自觉沾染了死气，天长日久，体内阳气被阴气代替，变得怕光。入夜，经常能看见不干净的东西，平常人靠近时，会觉得浑身冰冷，心里面莫名恐惧。

如果真是这样，吴佐岛一志能拍出各类“鬼畜之影”倒也不奇怪了，因为他本来就能看见。

可是他为什么要把自己变成阴人呢？

他，知道不知道这件事情？

“水来了。”吴佐岛在我身后阴森森地说着。

我打了个激灵，下意识地回头看去，在灯光的照映下，他的大半边脸藏在阴影里，只有那双眼睛，更加阴气逼人……

左边屋子的门还没有闭合，我隐约看到有个人在地上爬着，伸出手抓着门，探出半边脸向我看着。苍白色的脸上，一双漆黑的完全没有眼白的眼睛，流出了两行红色的泪水，是那个红衣少女！

“咣当”！门自动合上，把我从不知道是错觉还是现实的恐惧中惊回神，吴佐岛一志依旧是满脸微笑：“南君，请进屋饮茶。”

我边答应边向屋里走，又回头看了看，左边的门纹丝不动，也没有什么动静，刚想松口气，我却看到门缝里，有什么东西在动。

一缕头发，从门缝里慢慢地抽回屋子，一丝丝湿漉漉的印记如同杂乱的蜘蛛网残留在地面上。

“月饼！”我几乎走了音，一把掐住吴佐岛一志的脖子，把他死死按在墙上。

“咣当！”吴佐岛一志手里的茶壶落地破碎，沸水在冰冷的地面上“嘶嘶”作响。

月饼从右屋冲出，见状微微一怔，我来不及解释：“红衣女孩，在屋子里。”

“你能看见？”吴佐岛一志没有抵抗，反倒是满脸诧异，看到月饼掏出了一把糯米往门上撒去，才拼命挣扎，“请住手！”

我手上用力，卡得他喉间“咯咯”作响，再说不出话，只是用哀求的目光看着我。

月野从屋里慌乱地跑出，抓住月饼的手：“月君，住手！”

糯米此时已被月饼撒出，那扇破旧的木门像是一块磁铁，把糯米牢牢黏附住。月饼冷冷瞥着吴佐岛一志：“这是聚阴地，我想你不会不知道吧？”

吴佐岛一志如同被闪电劈中，没了神采，我松开手，他软瘫瘫地靠着墙慢慢坐到地上，双手捂着脸：“这是我家，我怎么会不知道。”

黑羽站在右屋里没有出来，冷冰冰地说道：“他是鬼畜，他自然知道。”

“既然你们都知道，为什么不告诉我们？”月饼瞪着月野，此时糯米在门板上开始融化，融成一粒粒米浆，渗进门板里。

我再次有种不被信任的被欺骗感，月野和黑羽，始终对我们有所保留。带我们来吴佐岛一志家的目的，仅仅是了解杰克的行踪这么简单吗？

月野正要说什么，屋内传来凄厉的叫声。我实在无法形容这种声音有多么痛苦，就如同一个人正在洗澡，忽然热水器的水温失控，瞬间升到一百摄氏度，整个人被滚烫的沸水兜头浇下，头发脱落，皮肉烫起无数个巨大的透明泡泡后，痛苦而恐惧的叫声。

这正是糯米克制不干净东西时才会出现的效果。

在中国，北方吃面南方吃米，看似无意间的事情，却蕴含着阴阳调和的奥义。

北阳南阴，久居之人，体内阴阳二气难免失调，这就需要用主食中和。做面粉的小麦旱地生长，取土中水分，性属阴，食之抑阳滋阴；做米的水稻水中生长，取水中土分，性属阳，食之抑阴增阳。

糯米可以补虚、补血、健脾暖胃、止汗，其实是祛体内过多阴气。南方一些风俗中，有在下葬时在死者嘴里放上几粒糯米，也是为了防止地气变更导致阴气过多引起尸变。

中国自古以来孩童间盛行的打沙包，最早沙包里面装的就是糯米。每年端午、中元节，孩子们容易碰上不干净的东西，大人们会让孩子们拿着糯米沙包互相抛打，或者踢来踢去驱邪，后来演化成打沙包、踢沙包。所以在游戏中，能接到沙包踢到沙包的留下，被击中或者踢不到的出局。

但是有些小孩却从来不玩沙包游戏……

我已经确定屋里的小女孩或者身上沾着不干净的东西，或许她本身就是，但是惨叫还是让我忍不住想捂上耳朵。

月饼皱了皱眉，眉宇间带着一丝后悔。没想到这糯米居然会有这么强的效果。

“雪子！”吴佐岛一志挣扎而起，一把推开门！

“你们，犯了大错。”月野眼睛微红，抽了抽鼻子，“或许是因为我顾忌太多，没有坦诚地告诉你们‘鬼畜之影’的由来。”

我正想看看屋里有什么，吴佐岛一志却狠狠地关上了门，我只从将要关上的门缝中，依稀看到一抹红色的裙子。

月饼的表情有些黯然，点了根烟：“这种情况下，我很难做到理性判断。如果是我的错，我承担。”

“你承担不了。”黑羽冷哼着。

“去那间屋子好吗？”月野摸着紧闭的屋门，表情凄楚，“让他安静一会儿。我会告诉你们，这是一个很长的故事。”

四

我和月饼并肩坐着，像是两个做错事的孩子。虽然我们不知道错在哪里，可是月野的表情清楚表达了一个信息，我们闯了大祸。

“日本有一个恐怖至极的传说，雪娘鬼婆。”

隔壁传出吴佐岛一志的哭声，月野思索片刻，开始了她的讲述——

在德川幕府时代，德川家康的手下大将荒木川吕有一个可爱的女儿雪子。荒木川吕一直无子，于是把雪子视若珍宝，呵护备至。雪子的母亲雪娘，也并没有因为没有生出儿子而失宠，于是更加感激荒木的大度，悉心把雪子抚养成人。

雪子在十岁的时候，身患奇病，请遍全日本最有名的医师也无法治愈，眼看就要活不成了。

看着雪子日益憔悴的身体、荒木川吕渐渐苍白的头发，雪娘天天以泪洗面，暗中派仆人外出四处打探能够治病的偏方。在半个月后，荒木家机灵的仆人长谷川带回来一颗药丸，偷偷告诉雪娘，这颗药丸是从寺庙里求来，但只可以保得雪子十年寿命。如果要痊愈，必须在十年内用孕妇的新鲜肝脏做药引才行。

然而在战乱年代，每一位大名（一方领土的诸侯）都非常重视人口数目，每一位孕妇都会得到专门的照顾，而伤害孕妇更是会犯下株连九族的死罪，要得到孕妇的肝脏谈何容易？

雪娘知道其中的艰难，对女儿的爱让她不告而别，外出独自寻找孕妇的肝脏。她走遍了荒木的封地，却根本无法对守卫森严的孕妇下手。直到她来到皑皑白雪覆盖的富士山脚下，在一片荒草丛中，搭建了一座木屋，为了防止被认出，她用刀划烂了美丽的脸庞，每天靠编草鞋卖钱为生，并在木屋外支起粥锅，施粥济人。

如此等待了七年，丑女菩萨的名声一传十十传百，过往路人都会顺道路过此地，喝一碗粥，扔下或多或少的钱财再上路。在他们称赞丑女菩萨的善行时，却没有注意到她越来越恶毒、越来越失望的眼神。

一天深夜，雪娘正在熬粥，听见有人敲门。开门一看，是一对年轻夫妇，妻子正好怀有身孕！

得知两人是出来寻找失散的亲人，走得久了错过了住宿的地方，雪娘把两人招呼进客房，又端出两碗粥。

夫妻俩感激地喝了热粥，不多时就昏昏睡倒。雪娘手持剪刀，刀疤纵横的脸抽搐不已，终于一咬牙，剪刀刺入了孕妇腹中！随着剪刀的咬合，热腾腾的鲜血流了满床，被迷药迷昏的孕妇在剧痛中醒来，刚好看到了如同魔鬼般的雪娘手里捧着热腾腾肝脏。

孕妇用仅存的一口气告诉雪娘，她的名字叫雪子，是大名荒木川吕的女儿，这次和丈夫出来，是为了寻找失踪多年的母亲。她的脖子上，挂着母亲的信物……

雪娘如同五雷轰顶，摸索着解开孕妇的衣领，看到一枚红绳编的燕子，正是她临走前亲手给女儿做的护身符。

屋子里血腥味越来越浓，雪娘万万想不到，她竟然杀死了亲生女儿和未出生的外孙。而这一切，却偏偏是为了救女儿。

她捧着手里的肝脏，长号一声，又把剪刀刺入了女婿的胸膛里……

极度的刺激和强烈的恐惧让她变成了鬼婆。自那天起，施粥的“丑女菩萨”消失了，木屋也日渐荒废。不过也有人说，经常会在半夜，看见木屋灯亮了，窗上有一道头发乱蓬蓬的影子，拿着一把剪刀，慢慢地剪着头发。

五

过了一年多，少年安倍晴明周游列国历练，经过静冈县时，天色已晚，在荒山中寻找下山的路时，却发现不远处的树影中，有一个小木屋亮着灯。

安倍晴明敲门借宿，开门的老妪把他吓了一跳。老妪的瞳孔几乎淡得看不出颜色，灰蒙蒙泛着死鱼肚的苍白色。头发如干枯的柴火，乱蓬蓬地长在脑袋上，手里还拿着一把锈迹斑斑的剪刀。

老妪上下打量着安倍晴明，安倍晴明虽然心里发毛，却仍壮着胆子请求借宿。老妪犹豫了一下，点头同意了，只是要求安倍晴明不可以到左边的房间。

这时正是夏天，屋外炎热难当，安倍晴明进了屋子，才发现屋里凉爽异常，门窗明明关着，却能感到一阵阵冷风从左屋门缝中吹出，桌上的油灯忽闪忽闪几乎要熄灭。

老妪默不作声地从左屋里端出一碗肉汤，香气扑鼻，漂浮在汤上的油珠晶莹剔透，引得安倍晴明食欲大振。老妪放下肉汤，拿起剪刀走出屋子，对着一块石头，“嚓嚓”地磨起了剪刀。

她奇怪的行动让安倍晴明产生了警惕，荒山老屋，老妪行将就木，家里怎么可能有肉汤？他端起碗仔细看着，发现在汤里居然有卷曲的毛发，像是人的体毛。

安倍晴明大惊失色，透过窗棂偷偷看去，老妪一边磨着剪刀，一边从放在脚旁的盆里拿出东西丢到嘴里“咯噔咯噔”啃着，还不停地嘟囔着：“第九十九个了，到了一百个，雪子就可以复活了。”

安倍晴明立刻推开了左边屋子的门，一股浓烈的尸臭味熏得他差点晕倒。等到他看清楚这间屋子的时候，身体止不住地哆嗦着。

屋子里堆满了青白色的骷髅，还有几具尸体正在腐烂，蛆虫在烂泥一样的腐肉里面钻来钻去，成群的苍蝇“嗡嗡”地飞着。屋角的大锅里面，肉汤“咕嘟咕嘟”冒着泡，内脏在汤里上下翻滚着。

安倍晴明的胃部强烈地抽搐着，退到门口时，他才发现老妪不知道什么时候已经站在那里，手里拿着剪刀，嘴里还叼着半截手指。

“既然来了，就不要走了。”老妪皱巴得像枚核桃的脸忽然变得很狰狞，眼睛突出，鼻子塌陷进脸中，举起剪刀向安倍晴明刺来。

安倍晴明忽然心有所感，拿起随身带的记录游记的纸张，贴在老妪脸上。烫焦皮肉的声音从老妪脸上响起，随着一抹黑烟，老妪惨叫着倒在地上，挣扎着，抽搐着，最终变成了一架白骨骷髅。

他惊魂未定，左屋却传来“哇哇”的哭声，他走进去一看，墙角居然有个女婴，但是已经死了很久了。奇怪的是尸体却保存得很完好，栩栩如生。

生死历练让安倍晴明通晓了阴阳师的能力，他用纸折了大小相同的纸人，披在女婴身上，把她复活了。

女婴爬到一副骷髅旁哭得更厉害了。安倍晴明依样折了纸人复活了骷髅，是一个成年男子。

男子自称是女婴的父亲，向安倍晴明讲述了“雪娘鬼婆”的故事，这个传说也就由此被安倍晴明记录在《大和妖物录》里。

为了让父女俩保持生命，安倍晴明在屋外布置了从中国僧人那里学来的五行阵法。作为对重新赐予女儿生命的回报，父亲成了全日本第一个鬼畜，替安倍晴明寻找不干净的东西。最早是用纸笔画下，再由信鸽送到他手里，交由安倍晴明消灭。后来随着科技的发展，慢慢发展成了用相机拍照，网络上传，让隐藏在日本的阴阳师知晓……

每次寻找到一个，按照他和安倍晴明的契约，女儿就能多十年的生命，并且身体能够生长一个月。到了女儿长成十八岁的身体时，这个契约就会解除，父亲和女儿会变成正常人重新生活。

六

月野讲完这个故事，轻轻闭上眼睛：“你们从这个故事里面得到了什么觉悟？”

我和月饼面面相觑。

这个吴佐岛一志到底是什么玩意儿？难道是个活了千年的纸人老妖怪？不过“鬼畜之影”的由来，我们俩倒是明白了几分。

但是我不能接受的是，月野怎么可能喜欢上一个千年纸妖？这口味也太重了吧！

黑羽早就听得不耐烦：“月野，我早就说过，鬼畜不应该留在世上。阴阳师是靠自己的能力去历练，而不是靠鬼畜提供的信息。”

“黑羽君！”月野轻轻捶着桌子，显示心中对黑羽这句话的不满，“你没有感觉到这是多么伟大的父爱吗？何况……何况我本人也是个摄影爱好者！”

黑羽脸上的怒气一闪而过，我倒乐得看黑羽碰一鼻子灰，心里有些幸灾乐祸。

“月野，我想了解一下。”月饼逐字逐句地斟酌着说，“吴佐岛先生和女婴的父亲有什么联系？”

“当然是……”黑羽刚要接话，却被月野打断。

“月君，南君，并不是我们对你们不坦诚，而是涉及日本阴阳师的秘密，有些事情，我们是不可以说出来的。请尊重我们的原则。”

既然月野这么说了，月饼倒也不好再追问，摸了摸鼻子：“我们刚才做的事情，是在不知道情况下的应急反应，如果酿成了不可补救的后果，请你们原谅。”

这几句话不卑不亢，既说明了这件事的起因是月野的不坦诚，也间接道了歉。

“没关系的。”左侧的屋门推开，吴佐岛一志苦笑着走出，“这件事情确实不能责怪你们。况且，后果也没有你们想象的那么严重。”

“吴佐岛先生。”月野的关心之情溢于言表，“你……”

吴佐岛一志摆了摆手，显然不想继续这个话题：“我发现杰克是在富士山下，后来他独自上了山，我立刻给你传了照片。”

原本生闷气不说话的黑羽却突然像被蛇咬了一样跳了起来：“你说他上了山？”

“嗯！”吴佐岛一志认真地点了点头。

“啊！”月野捂着嘴轻呼，像是想到了什么。三个人互相看着，又看看我们，再没有说过话。

气氛又变得很微妙，他们很明显是想到同样一件事情，偏偏谁也不告诉我们。

“刚才谁说要坦诚的？”月饼不满地站起，“南瓜，我们走吧。看来这里是不欢迎我们的。”

我虽然心里也觉得很不爽，可是又舍不得和月野在一起的机会，略有些犹豫。月饼哼了一声，背起包就要走。

“月君，请等等。”月野咬了咬嘴唇，像是下了很大的决心，“请你们保守这个秘密。”

“樱花盛开，缤纷飞舞的花瓣，美丽的富士山中，恶鬼之火再次燃烧，布都御魂降临人间，众鬼觉醒。”

这段类似于“日本俳句”的话让我摸不着头脑，月饼微微一怔：“你是说布都御魂在富士山里？杰克是要找它？”

“我们要赶在杰克之前，阻止他拿到布都御魂。”月野拢了拢长发，扎成马尾。

吴佐岛一志鞠了一躬：“那就辛苦你们了！这件可怕的事情，请不要让它发生。我去为你们泡送行的静冈绿茶。杰克是我作为‘鬼畜之影’寻找的最后一个，契约解除了，我想，我要做该做的事情了。”

当他推开左屋门的时候，透过闪身的缝隙，我看到一个两三岁的小女孩，穿着红色的小衣服，坐在床上，天真地折着纸鹤。

她忽然抬起头，对着我很甜很甜地笑着，扬了扬手中的纸鹤，充满稚气的大眼睛里有点可爱的小炫耀。

第八章 妖狐山姥

曾经在网上流传过这样一个段子：有个女孩无论身材还是相貌都是一等一的美女。不过上帝总是公平的，在他赐予你一种天赋的同时，也会给予你致命的缺点，使人类永远达不到神一样的完美。而这个女孩的缺点就是天生毛孔粗大，当她露出密密麻麻全是小坑的脸求职或者相亲时，没有人能够承受这样的视觉冲击。

无论是“光子美白”还是“胶原嫩肤”对她都完全不起作用，甚至连全球最著名的韩国整容大夫见了她也是直摇头……

她和她的家人为此非常困扰，她甚至一度对生命失去了希望。后来有人告诉她母亲一个偏方：在浴缸里放上玫瑰花瓣和芝麻沐浴，持之以恒，毛孔会收缩成正常人的状态，并且身上还能散发出玫瑰香味。

母亲自然欣喜若狂，买了玫瑰花瓣和芝麻就回了家，一切妥当，催促女儿沐浴。

女儿进了浴室，却迟迟没有出来。母亲足足等了一个多小时，觉得不对劲，敲门也没有应声。母亲担心女儿出事，用尽全身力气撞开了浴室的门。在水汽缭绕中，她看到了可怕的一幕：女儿正在用牙签挑着全身毛孔里的芝麻……

有密集恐惧症的朋友可以想象一下“芝麻女孩”当时的场景，不过我要偷偷告诉你，这件事情是真的。

而告诉这位母亲偏方的人，正是月无华！

那天我们俩闲得没事逛商场，看到了毛孔密密麻麻异常粗大的女孩，月饼按照那两本书上所学的，把这个方子告诉了女孩的母亲。

后来……

经过半年时间，“芝麻女孩”终于摆脱了毛孔粗大的困扰。而且凭借着出众的身材和相貌，在演艺圈混得风生水起，并在几年前接拍了几部清宫戏一炮而红。

很多人想知道我和月饼手里那两本书到底叫什么名字？在这里我不是不想说，而是不能说，因为这两本书世人根本没有见过，但是很多对历史有研究的人却都知道本应消失在历史中的这两本书。如果一旦说出来，牵扯的事情实在太多太大……

闲话休提，之所以想起“芝麻女孩”，是因为如果在炎热的夏天，丈夫回到家中，却发现家中窗户紧闭，空调电灯都没有开，妻子在严严实实的蚊帐中坐着，丈夫怎么喊也不应声，只是从蚊帐中伸出一只手……

你猜，丈夫会看到什么？

一

辞别吴佐岛一志，四人上了车。可能由于是心理作用，我始终觉得那盏久负盛名的静冈清茶有那么一股子人肉味儿（虽然我没有吃过人肉）。本来想打个“哈哈”不喝，看到月饼他们喝得挺起劲，也就勉强喝了下去，反正感觉怪怪的，很不舒服。

至于吴佐岛一志的身份，和屋内的红衣女孩，月野和黑羽没有兴趣说，我也不好多问。

还是月饼想得开："南瓜，先有鸡还是先有蛋？"

我："不知道。"

月饼："所以很多事情不要刨根问底。既然并没有因为咱们的举动导致不可挽回的后果，那就从心里把这些事情放下不是更好吗？"

我承认月饼的话有道理，但是人总是有该死的好奇心，越不想偏偏越要想，越想越没有答案。这种感觉只可意会不可言传。

由于来的路上我一直傻睡，也没搞清楚身处何地，直到月野开着车拐出树林，重新回到公路上，我才惊觉原来就在富士山下！

远眺而去，被日本人民誉为"圣岳"的富士山恰似一把悬空倒挂的扇子，高耸入云，通体藏蓝色，山巅白雪皑皑。山下绿树成荫，如同给富士山围了一条绿色围巾，琥珀色的湖水倒映着整座山的全貌，浑然天成的画面不由让人忍不住赞叹大自然的鬼斧神工。日本诗人曾用"玉扇倒悬东海天""富士白雪映朝阳"等诗句赞美它。

在日本古代诗歌集《万叶集》，有许多与富士山有关的文学作品，其中山部赤人的短歌最为著名：田子の浦ゆ，うちいでてみれば，真白にぞ，ふじの高岭に，雪は降りける。（出门来到田子の浦，抬头仰望远方，看到那雪白的富士之巅，那儿正积着皑皑白雪。）

想到一头金发的杰克有可能正在这座美丽的富士山上，我就手心冒汗，心中既紧张又兴奋。

他为什么要寻找"布都御魂"？宫本武藏临终前那句谜语一般的话到底是什么意思？

月野和黑羽这次倒是很坦诚，老老实实地回答了三个字"不知道"。

在阴阳师的传说中，没有人真正能够从富士山中取出"布都御魂"。而且"布都御魂"一旦再次降临人间，将会有最可怕的灾难发生。

当我问到"布都御魂"在什么地方时，黑羽难得带着期待的微笑，遥指富士山最高的一座山峰："名剑，自然是在富士山最高的那座山峰里，剑峰！"

由于天气原因，按规定一年中只有夏季的一段时间可以登富士山，一般为每年7月1日的“山开”到8月26日的“山闭”之间。能通峰顶的登山道，静冈县一侧有富士宫口、[illegible]炘口、御殿场口，山梨县一侧有吉田口。

此时已经过了“山闭”，日本民族对富士山的尊重和性格里面的刻板，所以即便月野的特殊身份也不能网开一面。

月野有些不高兴地挂了手机，把车停在富士宫口，只是简单地说了一句：“下车，登山。”

我和月饼哪里想到看张照片，居然还要牵扯到登山，自然没带什么装备。出乎意料的是，月野倒像是有备而来，打开后备厢，冲锋衣裤、帐篷（双层高山帐）、防潮垫、睡袋、高山登山鞋（冰爪），安全绳索、升降器、保暖帽、保暖手套、保温水壶、登山墨镜（防风防雪盲）、登山挂扣、双手杖这些东西一应俱全，而且还不止四套。

分配好每个人的装备，月野才解释道：“作为阴阳师，随时需要应付各种环境，所以装备自然会多一些。”

我看着地上大堆小包的物件，有些纳闷：“月野，咱们去剑峰找杰克又不是玩攀岩，带这些东西干吗？”

黑月摇了摇头：“你知道剑峰的海拔是多高吗？3776米！根本没有一条路可以通到剑峰，只能通过攀岩装备爬上去。”

我心说敢情找这个该死的杰克还要挑战户外极限运动啊！爬山这玩意儿，沿着山道边走边看看景儿还行，要说在悬崖峭壁上和猴子一样爬上蹿下，一个疏忽那可就见山神去了。

这么想着心里有些发毛，苦着脸望了望富士山，又看了看月饼。没想到月饼也苦着脸：“南瓜，我恐高。”

月野无奈地笑着：“黑羽，需不需要联系他？”

“山鬼？”黑羽像是听到多么可笑的事情，居然笑得很开心，“他不是刚结婚没多久吗？”

二

“月饼，你说日本人说话怎么没边没际的？”我蹲在草丛里面拔着野草，“就是个登山的居然还号称‘日本史上最强登山者’，还起了这么个‘山鬼’的外号，听着就膈应。”

月饼小心地下着绳套：“你天天这么纠结干吗？日本人说话一向夸张，随便什么人做个屁大点事就能和‘国宝’‘史上’挂上钩，福原爱不还号称‘国宝级’乒乓球手吗？”

我琢磨着也是这个理儿，不过心里还是不爽：“你到底会不会逮兔子？下了十多个绳套，这都半天了，也没看见有兔子上套。难道要守株待兔吗？”

月饼拍拍手上的土，满意地看着刚布下的绳套：“南瓜，你那点小心思我还看不出来？还不是因为月野和黑羽扎帐篷，你让我拉着来抓野味儿心里不得劲？”

“有吗？”我色厉内荏。

“南瓜，你会扎帐篷不？”月饼似笑非笑。

“我一个学医的学扎帐篷干吗？”我一下子没整明白月饼葫芦里卖的什么药。

月饼摸着鼻子：“你在那里笨手笨脚的碍事，给我老人家丢人不说，让月野笑话你没本事可是影响两国联姻的大事。我这可是救你于水火之中。”

月饼这话虽然是开玩笑，可是细细琢磨也有道理。在暗恋女生面前维护“高大上”的形象那是一个男生必备的基本觉悟。正想回几句话连挖苦带感谢一并还给他的时候，他又来了一句：“你还当真了？其实主要是我自己出来下套逮兔子没人陪我抽烟斗嘴，闷得慌。”

我被这句话噎得生生半天没喘过气，正要撂几句狠话，距离我们五十多米远的地方传来“嘣”的声响，林子里的树枝上下跳动，惊起一片飞鸟。

“逮住了！”月饼眼睛一亮，“我还担心网上教的绳套做法不好用呢？”

我们蹿过去一看，吊在半空中的绳套上，跳跃着一团火红色，不停地发出“吱吱”的叫声。绳子在它的挣扎下，时而绷紧时而上弹，如此几分钟，它耗尽了体力，终于不再挣脱，软塌塌地被绳子悬挂在空中。

一只火红色的狐狸。

我从来没有见过这么漂亮的狐狸。通体火一样鲜艳的皮毛，油光水滑，每一根毛尖上似乎都能泛出油珠。颈部到腹部，一抹菱形的白毛如同富士山顶的雪那么纯净，尖尖的小耳朵倒垂着，几根柔软的绒毛微微颤抖，一双圆滚滚、晶亮的小眼睛可怜兮兮地看着我们，轻声叫着。它的右腿，因为绳套勒得过紧，磨破了纤细的皮毛，露出粉嫩的肉，绳子上还沾着丝丝血迹。

“没想到逮着一只狐狸。”月饼挠了挠头，“南瓜，剥了皮做个围脖送给月野，绝对给力。”

我点了点头：“嗯。脖子上面围着一张尸皮，是很有带感。”

“一无所获岂不是很没面子？”月饼掏出瑞士军刀。

我摸着脸：“反正我的面子早就不值钱了。”

“那……南瓜，你说……”

“矫情什么？赶紧放了。”

我小心翼翼地捧着小狐狸，生怕月饼把绳套割断把它摔伤：“月饼，你小心点，别割绳子用大劲把它伤着。”

月饼一脸严肃，拿着刀比绣花还仔细：“别打扰我！这个绳套谁想出来的，真结实。”

看着小狐狸像个孩子似的怯怯的眼神，掌心搏动着它温暖的心跳，我的心也很暖。

不仅因为它，而且因为我的朋友——月饼。

人，总是善良些好。

绳套终于断了，我们俩捧着它放到地上，小狐狸蜷缩着舔着伤口，又看得我们一阵心疼。

终于，它哆哆嗦嗦站了起来，试探着走了两步，腿微瘸，却无大碍。抬头对我们叫了几声，也许是错觉，我好像从它眼中看到了笑意。

直到小狐狸没入草丛里，我们才长舒了口气。

“这次捕猎以失败告终。”月饼下了结论，却向着与营地相反的方向走去。

“你干吗去？”我有些奇怪。

“我去把那些绳套解了。”月饼点了根烟，喷出长长的烟柱，“南瓜，我想以后我就只吃草了。你陪我不？”

“小爷用了几十万年进化到食物链最顶端，可不是为了一辈子吃草的。”我义正词严地说。

月饼背对着我没有转身，不过我能想到他失望的表情。

“话说有个最好的朋友陪着，吃一辈子草倒也没什么大不了的。反正也退化不到食物链的最底端。”说完这句话，我扭头就跑。

果然不出所料，月饼转身，甩臂，掷出！半截树枝准确地钉在我刚才站的地方。

“有种你别跑！”月饼喊道。

“这不是有种没种的问题，小爷挂了，谁陪你吃一辈子草？”我跃过一条小沟。

什么是朋友?

答案我不知道。

但是，我知道，我和月饼，是朋友。

真正的朋友!

三

把所有绳套解开，捎带手挖了几颗野土豆，采了几枚果子，也算是给正在安营扎寨的月野有个交代。

沿路返回时，看了看手机，已经是二十一点二十七分。离月野联系那个号称“日本史上最强登山者”、绰号“山鬼”的南野浩时已经两个多小时了，算算时间也应该到了。

我们俩有一搭没一搭地闲唠，月饼这些年跟着都旺学东西还真不是白给的，给我讲了不少民间灵异传闻，倒是我听的大呼过瘾，又觉得后背发凉。

正当讲着“几个盗墓贼在深山里发现一个古墓，挖进去撬开棺材一看，发现尸体居然长了一张黄鼠狼的脸，猛地睁开眼睛”的时候，月饼忽然不说话了。

我正听得头皮发麻，他这么一不说话，再加上半夜深山的环境，更是让我吓了一跳。

再转头看月饼，他直直地站着，目不转睛地看着右边那片树林，手已经放进兜里。

我顺着往那个方向看去，什么也没有，才松了口气：“你能不能不要这么一惊一乍好不好？”

月饼满脸疑惑：“你听到什么了？”

我仔细听了听，除了“呜呜”的山风吹动草叶的“簌簌”声，就只有几只猫头鹰“咕咕”的瘆人叫声。

“难道是我听错了？”月饼甩了甩头，“我好像听到有个女人在喊我名字。”

苍白的月色下，山风越来越猛烈地刮着，那片草丛乱糟糟地忽动着，倒真像是有什么东西在里面，眼看就要钻出来。

“月……月饼……”我感觉舌头都不利索了，“鬼吓人，不死人；人吓人，吓死人。拜托自家兄弟就不要玩这种恐怖桥段了。”

“不对！”月饼脸色一变，侧着头认真听着，“确实有人在喊我！”

我顿时全身僵硬，一动不敢动。月饼忽然直勾勾地看着我，嘴慢慢张开，一脸不可思议的表情。

“怎……怎么了？”我低头看看脚下，只有一条影子，说明身后没有什么东西。但是转念一想，鬼是没有影子的！立刻又是一身冷汗。

“南瓜，不管我说什么，你要相信我，好吗？”月饼努力把表情调整得镇定，很认真地说。

我心里一阵发毛：完了，看来我身后绝对有什么奇怪的东西。有了这个念想，我再也不能保持镇定。慌乱间，我看到脚下，多了一条影子，慢慢地融入我的影子，又在影子肩膀的位置探出了一团乱蓬蓬杂草一样的东西。

“别回头！”月饼吼道。

但是已经晚了，这道影子成了压垮心中恐惧的最后一根稻草，我还没等月饼说话时，已经“嗷”的一声转过了身！

我，看到了，一张脸，紧紧贴在我面前。我的鼻尖抵着她的鼻尖，眼睛正对着她的眼睛！

四

“你害怕了？”那张脸咧嘴笑着，露出森森白牙，“你在想我是谁？你在想让你的朋友帮助你？”

我闻到了令人作呕的腥臭，慌忙向后退着，一个踉跄摔倒了，大口喘着气，心里却在不停地想一个问题：“她怎么知道我在想什么？”

月饼从我身边跃过把我挡住：“南瓜，快跑。”

站在我们不远处的，是个面容极其丑陋的老太太。满脸的皱纹像枚皱烂的苹果，沾满树叶的长长白发一直垂到腰间，偏偏如铁丝般坚硬，任凭山风怎么吹，纹丝不动。而她的嘴巴，却像鸟一样尖尖地突出，张口说话时，露出嘴里细细密密的牙齿。更诡异的是，她居然穿了一件新娘婚礼时才会穿的崭新的艳红色裙子。

“不用跑，我不会伤害你们。”老太太笑了笑，尖尖的长嘴裂开，像是在满脸皱纹上划出两道伤口，“我寻找的不是你们。而且……”

她想说什么却停了片刻，只是佝偻着身体转身没入草丛里：“如果有危险，记住，上树去。”

又是一阵山风刮过，草丛“簌簌”作响，那个老太太再没有出现。

她就这么莫名其妙地消失了。

她说的那几句话，却让我更加恐惧。

她在寻找谁？会有什么危险？为什么要上树？

月饼抬头看了看天：“南瓜，今儿是秋半月啊。”

四季中由春至夏，正是天地间阳气生长阴气消退之时，万物复苏生长。过了阴历六月，由夏入秋进冬，却是世间阳气衰阴气盛的转换月份，万物衰败枯萎。

中国的老话“春困夏燥秋乏冬眠”很形象地描绘了四季之气。春为阳气初生，万物苏醒却因一冬的阴气，困顿不堪。夏天阳气最足，自然燥热。到了秋季，阴气慢慢多了起来，开始疲乏。而冬季则是阴气最强阳气最弱的季节，万物又开始因为阴气过多，昏昏欲睡。

月亮升于夜落于晨，阴气自然最盛。当季节由夏至秋，天地阴阳两气互转，月阴之气盛起，在入秋第一个月的满月之时，正是阴气最强的时候。在那一晚上，阴气之物苏醒，充斥天地之间。

在中国有个专门的节日就是指这一天：阴历七月十五中元节，俗称“鬼节”！

当秋月的月亮是半月的时候，阴阳驳斥，常出现的不干净的东西，则有影有形，不同于鬼，多为妖、怪、精、魅。

我们刚才碰上的老太太，多半就是游荡在山野间的妖怪精魅。

“你不觉得她很像一只狐狸吗？”月饼紧了紧背包，“快回营地，今晚会很不寻常。”

一路上我们俩心事重重，遇到老太太的地方距离营地并不算远，隔着几道草丛，已经能够看到篝火燃起，两个人在小小的营地里来回走着，看动作似乎在剧烈地争吵。一个人在篝火上架着一根木头转动，贯穿着什么东西炙烤着。

在营地的帐篷支架上，挂着一张薄薄的皮子，随风轻摆，活像一面招魂幡。

我闻到了一阵烤肉的香味，还有，浓浓的血腥味。

五

也就两三个小时的工夫，原本是一片略微平坦的山地居然让月野和黑羽弄得有模有样。围着营地方圆十米整齐地撒着一圈硫黄，帐篷里亮着灯，篝火旁一个身穿冲锋衣的男子在翻转着木架子烧烤着某种动物，时不时拿刷子往上面抹着油。架子旁悬挂的野营壶里“咕嘟咕嘟”冒着热气，营地中央一盏防风灯挂在狼爪三角金属架上。

烤着食物的人应该就是“山鬼”南野浩，而黑羽和月野还在激烈地争吵。

“这件事情，就算你不能忍受，也要有服从我命令的觉悟！”月野气鼓鼓地说道。

“我们阴阳师是靠自然之气，而这种伤害自然的做法，我根本无法忍受！”黑羽冷冰冰地回应，收拾着登山装备，“我无法容忍队员中有这样残忍的人存在，哪怕他是‘日本史上最强登山者’。没有他我一样可以爬上剑峰！”

“黑羽！”月野顿着脚，却看向南野浩，显然希望他打个圆场。

“狐狸肉虽然很少有人能接受，觉得味道极为臊臭，不过如果抹上野生芥末，再佐以墨鱼酱，实在是美味。”南野浩的声音极其沙哑，如同嗓子里吞了一块炭，“这只狐狸居然能咬断猎人下的绳套，正巧让我碰上了。这种上天赐予的美味，我怎么能放过？何况它的皮毛实在是太美丽，正符合我妻子萝拉的心意。”

我心里顿时像堵了块石头，难道真有这么巧的事情？被我们放生的小狐狸偏偏被南野浩逮住，而火上烤的就是它的尸体？月饼闷哼一声，显然愤怒至极，几步跑进了营地帐篷前，看着那张狐狸皮毛。

我紧跟着跑过去，南野浩依然专心地烤着狐狸肉，月野见到我们，连忙说道：“月君，南君，你们劝劝黑羽！”

支起帐篷的木架子上，钢钉钉着红蓬蓬的尾巴尖，一张血淋淋的狐狸皮倒挂着。整张皮是从嘴巴一直豁开到尾巴根，附在内皮上的肉膜流淌着残存的血迹，形成蜿蜒的曲线，汇聚在尖尖的狐狸嘴，慢慢滴落。

地上，一泊血窝随着血滴颤巍巍波动着。

那张狐狸皮的右腿上，还留着一道被绳子勒伤的印痕，早无生气的耳朵上，那丛可爱的绒毛耷拉着。

“咚！”月饼一拳砸在木架上，架子应声而断。走到篝火旁，一脚踢翻了水壶。壶里的热水溅在南野浩脸上，瞬间燎起了几个透明的水泡，他捂着脸惨叫着。月饼提膝踹向他的腹部，他又是一声惨叫，像虾米似的蜷缩着，脑袋撑地，不停地抽搐。

“月君，你这是怎么了？”月野显然没有想到局面会变得如此失控，看看黑羽，望望月饼，目光最后停在我眼中，满是不解和求助。

那张狐狸皮落在土中，原本美丽的皮毛蒙上了一层灰蓬蓬的泥土，空洞洞的眼窝里，透出被剥皮的痛苦和沉沉的死气。

黑羽已经扎好登山装备，一言不发地没入森林中。月野高喊了一声

“黑羽”，无人回应。

“月野，”我从未想过我的声音如此冰冷，“难道你认为在这个世界里，只有执行任务的觉悟，而没有对生命的怜悯吗？”

“我们也走吧。”月饼把篝火上的狐狸尸体轻轻捧起，炙烤的高温在他的手掌中烫出“吱吱”的声音，他却像不知道疼痛般，专注地看着，两滴泪，落在尸体上，升腾起两团白色蒸汽。

圆圆的，像小狐狸的眼睛。

我点了点头，收拾着装备。去他的“日本史上最强登山者”，和这种虐杀生灵的人站在一起，我自己都觉得脏。没有他我还不信我爬不上剑峰！

“呵呵……”南野浩忽然笑了，愈发沙哑的嗓音在此时显得格外阴森，“怜悯？我们人类吃的任何一种食物都是生灵。你现在怜悯这只狐狸，可是你吃的猪肉、牛肉、羊肉，甚至各种植物，难道它们不是生灵？当你为一道美食啧啧赞叹的时候，有没有想过，盆子里面盛放的，都是各种生灵被煎炒烹炸的尸体？人类生存的基本条件，就是建立在吞吃别的物种尸体的基础上的！”

“可是……”月饼想反驳，却只说了半句话，再说不下去了。

南野浩的一番话，确实让任何人都无法反驳。我不得不承认，他说的是有道理的，而且让我对生命、对人类，有了一种所谓想到过接触过的概念。但是我又觉得话里有个致命的漏洞，至于这个漏洞是什么，我却想不出来。

“人类，会为了生存而选择进食，把生命建立在别的物种死亡基础上，是世间万物的自然规律。”月饼冷冷地笑着，“但是，绝不是建立在为了口舌之欲或者变态的心理快感而对生灵进行虐杀上！”

“虐杀？”南野浩“哈哈”狂笑，眼神涣散，眼看处于精神崩溃的边缘，“如果这种虐杀是为了活下去的希望呢？”

我根本没有理解他这句话的意思，但是隐隐感觉到话里有话，隐隐包含着一种奇怪的怨念。

“南君，月君。”月野轻咬着嘴唇，“作为阴阳师，肯定不容许虐杀大自然生灵的事情发生。可是南野浩先生的做法，是得到了大川雄二的许可的。虽然我并不知道其中的原因，但是能够得到大川先生的认可，必然有我不能理解的觉悟。”

“嗷……”正当我们各怀心事、沉默不语的时候，山林中传来凄凉的动物叫声！

山风吹过，空气中隐隐传来一股淡淡的臊腥味。

“嗷……”

“嗷……”

“嗷……”

叫声此起彼伏，从四面八方响起，像是有大批动物正在向营地云集。林中树枝乱摇，惊起一群群飞鸟，“叽叽喳喳”飞向半空，遮云蔽日，却忽然在空中停止了飞翔，如同断了线的风筝，直直地掉进林中。

一道飞影从林中蹿出，步伐踉踉跄跄，大吼道：“火！把火烧旺！”

黑羽！

六

黑羽跑得极快，眨眼工夫就跑进营地，脸上和手臂上满是被树枝划破的血口子。他狠狠地瞪了南野浩一眼，冲进帐篷，一条看着无比奇怪的影子映在帐篷上，清晰地看到他摘下了悬挂在帐篷里的酒精灯。

再出来时，他一手拎着酒精灯，一手拿着根一米多长的细细的窄条物体，跑到篝火旁，把酒精灯砸进篝火！

“砰”，篝火瞬间掠至三米多高，蓝汪汪的火焰中，映着黑羽因恐惧而极度扭曲的脸。

“嗷……嗷……”声音越来越近，黑羽双手紧握手中的物体，用力一甩，竟然甩脱了一截。

我这才看清，那是一柄雪亮的武士刀，甩出去的是刀鞘。

“都靠近篝火，聚团！”黑羽紧张地盯着丛林深处。

“狼群？”月饼的脸色也变了。

我虽然没见过狼群，但是从电影、小说里面都见识过狼群的可怕，如果一旦被狼群包围，那只能寄希望于这团篝火不灭，还有月野和黑羽两个阴阳师加上月饼的战力组合是强于狼群的硬茬。

不过看黑羽的神态，似乎情况并不乐观。

“不是狼群。”黑羽握着长刀的手微微颤抖，刀尖晃出一炸耀眼的光，“是狐狸！山狐妖来报复了。”

风中的腥臊味越来越浓，就着昏黄的月色，山林边缘潮水般涌出一大片狐狸，迅速向我们包围。无数双幽蓝的眼睛如同晃动的灯笼，在空气中残留下一道道蓝影，转瞬不见。

“背靠篝火，一人一角！”月饼站到狐狸数量最多的东边，我和月野慌忙站定。

篝火“扑扑”地燃烧着，烫得我后背刺痛，但是眼前的一切，又让我全身发凉。

数百只大小不一的狐狸蹿至距离我们三十多米处，反而停下了脚步，就这么静静地看着我们。红色的、灰色的、白色的……有的像犬一样蹲坐在地上，悠闲地吐出舌头绕着唇边舔舐；有的却懒洋洋地匍匐着，把脑袋搁在爪子上；还有几只红色巨狐足有哈士奇那么大，探着头露出獠牙，喉间“呜呜”作响，脖颈上的毛根根竖起。

“嗷……”狐狸群后又传来叫声，狐狸们竖着耳朵，抬起鼻子在空气中嗅着，往前挪动了三四米，又停了下来。

我的腿已经软了。从未想过在任何小说、动画片里都是以狡猾的弱者出现的狐狸，数量大到一定程度时，居然有这种摧毁心理防线的气势。而那种特有的狐臭味，更是熏得我头昏脑涨、站立不稳。

“南瓜，顶住，骨头硬一些。”月饼平静地说。

我背对着他点了点头，这仅仅是出于对月饼的信任！

又传来叫声，狐狸群又向前走了几步停下。从它们的眼神中，我看到此刻我们已经不是它们的猎物，而只是几个毫无抵抗力的玩具。

说实话，这种滋味并不好受。与其这样看着狐狸群一点点逼近，任由恐惧把心理防线一点点摧毁，还不如它们一冲而上，进行一场人狐之间的殊死搏斗来得痛快！

宁可壮烈地死，也不愿窝囊地等！

无数只狐狸，无数双灯笼般的蓝色眼睛，令人作呕的腥臊味，奇怪的叫声，让我实在忍受不了，忍不住狂喊起来。似乎只有这样，才能解除心里的恐惧。

“哦？想不到你还有战斗的意愿。”黑羽挥着长刀在空中猛劈，“如果这次死不了，我一定请你喝日本最烈的‘刀鬼’之酒，那是真正的男人才敢喝的猛酒。”

月饼从腰间抽出腰带，把瑞士军刀顺着腰带扣的空隙塞过去，卡住刀柄又打了个结，制作了一个简单的甩刀：“你们日本最烈的酒也不如我们中国的二锅头霸道。我看还是算了吧。”

“哈哈！”黑羽豪气地笑着，“那看谁能活下去吧。”

月野变戏法似的从袖子里抽出两张窄长的纸条，折了几下，居然变成了两把纸剑：“没有找到杰克前，谁也不准死！如果我没有猜错，他可能已经得到了布都御魂，山间的妖物感受到了他的召唤，在阻止咱们顺利通过。”

我心说你们三个这是玩群口相声呢？都什么时候了还有心思唠大嗑，看着每个人手里都有了家伙，自己赤手空拳不太像回事，我只好从篝火里拾起根手腕粗的木棍应景儿。

“那个人怎么办？”黑羽用刀尖指向傻子一样瘫坐的南野浩。

“不能让他死。”月野轻声说道，“对吗？”

“嗯。因为他虽然虐杀生灵，但是本身也是生灵。”月饼叹了口气，“或许他说的是对的。我们过一会儿，不也要为了生存而大开杀戒吗？”

“吧嗒！”我手里的木棍烧断了半截，只留下尺把长的一小段。

正对着我的狐狸群此时忽然又动了！这次并不是向前移动，而是向两边分开，从狐狸群最后面，走出来一只巨大的狐狸！

站在我们两三米外的距离，深深地盯着我。

如果不是火红色的皮毛，狐狸特有的蓝色眼睛，还有那蓬毛茸茸的尾巴，我甚至以为这是一匹马！

另外三人也纷纷转身，四个人并排站着，和巨狐毫不相让地对视着！

虽万人吾往矣！我忽然觉得心中满是豪气！我们四个人，从合作初始，相互之间就夹杂着不信任、彼此之间的不服气，可是现在却并肩站在一起，为了“生”的愿望，共同应对一触即发的人狐之战。

巨狐昂起头抬起前爪，指了指南野浩。我从它的脖颈处，看到一蓬雪白的长毛。

我越看越眼熟，脸上老皱的皮纹，白色的长毛，红色的皮子，像极了刚才遇到的老婆婆！

“你是为了找他？”月野轻声问道。

巨狐点了点头，指了指南野浩，又指着我们，向富士山峰望去。

“得到他就会放过我们？”月野猜测着，“我们可以继续做我们要做的事情？”

巨狐又点了点头，似乎微笑着赞赏月野的聪明。

这是一次生的权利，只要交出一个人，我们就可以毫无危险地生存下去。

世间没有什么比这种诱惑来得更直接，来得更让我们无法拒绝。

月野：“怎么办？”

月饼：“我无所谓。”

黑羽：“我也无所谓。”

三个人看向我，从他们的眼神中，我明白了其中的含义！

“我更无所谓！”

月野：“值得吗？”

月饼：“没有什么值得不值得！只是因为……”

黑羽：“他是一个人啊！”

我笑了，从心里面笑了。

我们宁愿一起死去，也不愿意为了活下去，而献出同伴的生命。虽然我们不齿他虐杀生灵的行为，却又要站在人的角度，为了保护他而杀戮他刚刚虐杀的动物。

“那就战吧！”月饼暴烈地挥着甩刀，“南瓜，站我身后，保护我的后方。”

我骂道：“你以为是洗澡捡肥皂呢？小爷我从小打架就没有说是殿过后！”

“战完英雄相见！”月饼冲到南野浩身前！

“英雄相见！”我们三个异口同声喊道！

血，慢慢燃烧起来！

“还有，”月饼指着巨狐，“你的好意我们心领，但是我们绝不会在危险的时刻，躲在树上！”

月饼也知道这只巨狐是谁了！

七

巨狐全身的毛都竖了起来，眼中闪出愤怒的火焰，仰天长啸着，慢慢退到狐狸群后。

狐狸群动了！

窒息感扑面而来，所有的狐狸都露出獠牙，嘶吼着向我们冲来。

在那一刻，眼前所有的动作都变慢了，我清楚地看到一只白色的狐狸慢慢张开嘴，獠牙上的寒光慢慢闪烁，慢慢露出尖爪，慢慢向我扑来！周围很安静，我只听到了胸腔中狂躁的心跳，还有战斗的怒吼！

木棍挥出，断裂，白狐被击中脑袋，落下，嘴角渗出一丝鲜血，抽搐……第二只扑上，双手扳住狐狸张开的上下颌，用力分掰，骨裂声，落地。

第三只已经跳到肩膀上，利爪深陷肉中，毫无疼痛感，侧头，躲过利齿攻击脖颈的致命一击，抓住狐狸后腿，用力扯拉，臂膀的血肉跟着利爪被拽出，血涌，狐狸甩出。

第四只形如鬼魅蹿至半空，向我的脑袋落下！正要举臂格挡，左右又跃过两只，扯咬着我的袖口，根本腾不出手。

完了！我心里一凉。一只胳膊横横伸出，挡在我面前，生生挨了一口！

甩刀擦着我的耳朵飞过，准确地刺入狐狸脑壳。

“你临死还拖累我！”月饼顾不得胳膊上极深的伤口，又替我挡下另一只侧面偷袭过来的狐狸。

我的眼睛根本看不见其他人的情况，只是机械地挡、躲、闪、杀。狐狸血溅了一身，脸上随时都是被血滴迸中，微麻火热的刺痛感。强烈兴奋产生的大量肾上腺素的作用开始消退，我渐渐感觉到了全身伤口的疼痛，动作慢慢迟缓，肌肉劳累产生的脱力感，使得骨头的酸痛更加明显。

耳边除了狐狸的惨叫，就是他们三人挥舞武器的风声，我心略安，还好大家都还活着。

面前堆满了狐狸的尸体，这似乎激起了狐狸的残暴，反而更加疯狂地猛扑！

我就像孤零零站在岩石上的渔夫，眼看着怒啸的海浪即将把我吞没！

我终于，想要放弃了。

虽然我的脚始终牢牢地钉在地上，但是我的心，已经崩塌了。

一道雪亮的刀光从身旁炸起，黑羽单手挥刀，在刀光的包裹中，冲进狐狸群。另一只手显然受了不轻的伤，软塌塌地垂着。随着几只狐狸的断体残肢飞起，刀光越来越远，终于消失在山林中！

我愤怒不已！

黑羽，竟然逃了！

这反而激起了我的血性，一拳捣向直扑而来的狐狸脑壳，指缝间响起骨骼碎裂声，忽然背后传来强烈的撞击。

没空暇回头，但是被风掠起飘至我鼻尖的长发让我明白，月野受了伤，靠在我后背勉力支撑。

甩刀飞舞，月饼瘸着腿，脸冷得像块冰："南瓜，把月野照顾好！"

"我不需要你们照顾！"月野愤怒的呵斥，纸刀再次舞起，却不如刚才那么有力。显然因为黑羽的突然离去，她备受打击。

而坐在我们三人中间的南野浩，除了身上沾着的狐狸血，却是安然无恙。

我觉得，自己很愚蠢，我们很好笑。我们居然在保护一个自己非常憎恨的人！

这么做，到底是为什么？

终于，我再也承受不了肉体和精神的双重压迫，膝盖一软，跪倒在满是狐狸尸体的血泊中。

"南瓜，爷们儿点！"

"南君，振作啊！"

不想再战了。

就这样，死吧。

山林中，巨狐再次嘶吼着，只是这吼声里，夹杂着痛苦的哀号，而且越来越远！

狐狸群像被定格一样，突然停止了攻击，竖着耳朵歪头听着，落潮般地退走了。

一瞬间，这块山林中的空地，除了铺了一层的狐狸尸体，只剩下我们四个人。

林中，缓缓走出一个人。

遮住左眼的碎发，手里拎着半截狐狸腿，向我们遥遥举着。

黑羽！

"擒贼先擒王吗？"月饼咳嗽着，吐出一口黑黑的血。

"黑羽！"月野手中纸刀满是厚厚的血层，软软地落下。

我舒了口气，生死一线的感觉使得快要断裂的神经终于能够松缓片刻。

黑羽远远站着，再没走出半步，身体前后晃着，终于全身一软，仰面摔倒。

"黑羽！"我们三人喊着，奋力跑了过去！

八

"他怎么样？"月野半跪在草地上问道。

我摸着黑羽的脉搏，又用手探了探脖颈处的动脉，翻开眼皮看了看，摇了摇头。

"啊！"月野捂着嘴，泪花滚滚。

我连忙说道："我摇头的意思是他没事情，都是皮外伤。"

"你……"月野柳眉倒竖，张嘴呕出口鲜血，显然她也受了不轻的内伤。

我慌了神："月野，你怎么了？"

月野脸色煞白，摆了摆手："精力消耗太大，不要紧。"

看了看仍然瘫坐在狐狸尸堆里的南野浩，我忽然心头火起，几步蹿到他面前，抓住他的头发，狠狠地甩了两记耳光。

我对着他红肿的脸吐了口唾沫："如果不是你，我们也不会出事。你告诉我，那只老狐狸为什么要找你！虐杀狐狸时很有快感，对吗？你想过会有这种报应吗？偏偏我们都受了伤，你还好端端的。我现在就弄死你！"

"我带走了她的女儿。"南野浩迟缓地四处看着，如梦初醒般惊着，"你们，都受伤了？"

我让南野浩这句话噎得差点背过气，一时间倒没注意他说的上句话。

"你说什么？"月饼走过来问道。

黑羽不知道什么时候醒了，捂着胸口咳嗽着搀着月野跟了过来。

南野浩又垂下头："秋天的半月过去了，下次，要等到明年了。如果相信我，那就跟我走吧。在我家休养几天，我再带你们爬上剑峰。"

"给我们一个相信你的理由。"月饼拿着瑞士军刀把玩着，"你抢走了谁的女儿？"

"你们救了我和萝拉，我不会害你们。而且大川雄二先生的信任还不足够说明问题吗？"南野浩突然失控般跪在地上，疯狂地磕头，额头上满是狐狸尸体的血肉，"谢谢你们！谢谢你们！"

月饼用目光咨询着月野和黑羽，两人点了点头。我发现经过这次生死存亡的奋力合作，我们之间的许多隔阂消除了。

"我家就在山的那边。"南野浩恢复了冷静，指了指不远的山头，"萝拉还在等我啊。"

这种歇斯底里的状态，让我真的很担心他随时会疯掉。

九

除了南野浩，我们四人或多或少都受了伤，好在山路还算平坦，走起来倒也不是很费劲。绕过山头，远远看到一栋典型的日式双层木屋建筑，二楼卧室的灯还亮着，依稀看到一道人影映在窗上。

南野浩眼睛一亮："萝拉还没睡。我就知道，我不回来她睡不着的。"

"南野先生，"一路上月野始终一言不发，脸色白得吓人，这会儿她突然问道，"您和妻子新婚有三个月了吧？听说是您攀登剑峰时救下的登山爱好者？"

南野浩像突然遭受电击，跳了起来，指着月野，眼珠子几乎瞪了出来："你怎么知道的？你还知道什么？"

一路上我已经冷静地想过，南野浩说"我带走了她的女儿"，"她"是谁？"女儿"又是谁？难道他虐杀的狐狸中，有一只是巨狐的女儿？巨狐之所以换身成老婆婆提醒我和月饼，是不是因为它要寻找南野浩报仇，而它的女儿就是我们放生又被南野浩剥皮的小狐狸？

可是还有一个问题：南野浩怎么会知道那只小狐狸是巨狐的女儿？这根本说不通，所以我也一直为这个逻辑上的矛盾而头疼。

看到他现在的反应，我忽然意识到：问题也许不是出在小狐狸身上，而是南野浩的妻子，萝拉！

"江户时代，红狐化身美丽女子，"月野虚弱地说着，"嫁给了从山熊口中把她救下的猎户，又为他生了孩子。那个孩子后来成了全日本最著名的阴阳师，号称'妖物藏马'。20世纪90年代日本一名著名漫画家还曾经把他当作原型作为一部漫画的主人公之一，我记得他俗世的姓名好像是南野秀一？"

南野浩嘴角抽搐着："你知道得很多。我一直以这个光荣的家族姓氏而自豪。进屋吧，我会把告诉大川雄二先生的原原本本告诉你们。以此感谢你们救了我和萝拉。"

十

"萝拉，我回来了。"南野推开房门，用力揉着脸，勉强挤出一丝笑容，"今天来了几位客人，登山时受了伤，要在家里休养几天呢。对不起，没有事先通知你，请见谅！"

我实在受不了日本人这种虚伪的客套，皱着眉打量着屋子。黑羽扶着月野在蒲团上坐好，月饼捂着胳膊上的裂口，抽了抽鼻子：“屋子里怎么有这么重的狐狸味儿？”

南野向我们鞠躬致歉，已经进了内屋。我指着墙上挂着的大大小小的狐狸皮：“这个登山爱好者，看来还是个出色的猎户，捕杀了这么多狐狸，味道肯定小不了。”

“你说什么？”月饼疑惑地看了看墙，又看了看我。

我也纳闷，那么多张狐狸皮挂在那，月饼却好像没有看到，这是在唱哪出？可是当我看到月野和黑羽的表情时，才意识到不对劲！

他们看我的眼神，分明是我在呓语。我心里有些慌乱，转头看看墙上的狐狸皮，好端端挂着，不解地问：“你们没看见有狐狸皮吗？”

“南瓜。”月饼走到墙边，伸手摸着，我看到他明明摸到一张白狐的皮子，可他偏偏说：“你说这面墙上挂着狐狸皮？月野，黑羽，你们俩看见了吗？”

两个人摇了摇头。

“你们……”我掐了掐脸，生疼！几步走过去，从墙上拿下那张狐狸皮，光滑柔软的皮毛轻得几乎没有重量。我捧着狐狸皮：“这明明是张狐狸皮，墙上还有很多啊！你们看不到吗？”

月饼做了一件让我匪夷所思的事情。他伸出手居然从狐狸皮中穿了过去，虚抓了两下：“南瓜，我现在没有心情开玩笑，你手里确实什么都没有。”

我低头看着手里的皮子，忽然心里很恐惧。难道我因为刚才的“人狐大战”产生了幻觉，精神上受到了刺激？但是皮子触手的真实感和阵阵腥臊味，又让我觉得不可能有这么真实的幻觉。

“月饼，你不相信我？”我把皮子向他脸上一摔。皮子明明打到他的脸上，可是月饼却像没事人一样。

从我的视觉里，月饼正顶着狐狸皮，就像是一只巨大的狐狸。从月野和黑羽的眼神中，月饼脑袋上什么都没有。他们看我的眼神倒像是看一个疯子。

一时间，我也判断不出到底是我出现了幻觉，还是只有我能看到这些狐狸皮了。

“萝拉！”南野浩在内屋凄厉地惨叫着，“不……不……不……怎么会是这样！”

十一

突变让我们无暇顾及这件事，前后冲进了内屋。南野浩蜷缩在墙角，瞳孔完全扩散，脸部极度扭曲着，嘴里不停地惨叫。在靠窗的床上，一袭蚊帐笼罩，里面端端正正盘腿坐着一个人！

这个场景异常诡异，我甚至没有胆量观察床上那个人。月饼掀开蚊帐，那个人背对着月光，看不清楚模样，但是我依然从心里泛起凉意。

借着朦胧月光，我看到她的脸上，长满了根根竖起的毛，密密麻麻地从皮肤中刺出，像是一张人脸上扎满了刺猬刺儿。

奇怪的是那个人依然一动不动，好像已经死了……

“啪”，黑羽把灯打开，屋子里顿时透亮。再看那个人，我终于忍不住叫了一声！

一只巨大的狐狸，端坐在床上。一双尖尖的耳朵从长长的红发中钻出，脸上满是狐狸针毛，长长的鼻子下是一张露着两颗獠牙的嘴巴，尖尖的下巴上还有几撮胡须。裸露在衣服外面的皮肤上，长满了火红色的狐毛，放在膝盖上的手，分明是狐狸爪子。一条巨大蓬松的尾巴，从腰部位置长出，围着腰绕了一圈，盘在大腿上。

而狐狸的左小腿，却被生生砍断，伤口上的血液已经凝固。

“啊！”月野惊恐地向后退，撞开了内屋衣柜的门，一堆堆鸟兽的骸骨从柜子里滚出，居然还有人的头骨和臂骨！

“这个人怎么会变成狐狸？”我全身哆嗦着，猛然想起神户“化猫”事件。

“这是狐狸变成了人。”月饼居然伸出手摸了摸狐狸的脖子，“已经死了。”

“死了？”南野浩喃喃自语着，如此重复了几遍，猛然醒悟般吼道，“不！怎么会！萝拉怎么会死了？”

“你！是人，还是狐狸？”月饼一字一顿地问道。

“我？”南野浩伸出双手放到眼前认真看着，“我是人啊！我怎么会是狐狸？”

可是在灯光下，我分明看到，他产生了奇异的变化。脸上汗毛越来越长，鼻头变成了红色，双眼向鼻梁靠近，嘴巴越来越大。眼看着他就要变成狐狸，忽然又恢复了南野浩的模样。

“我？我是南野浩。”他傻傻地环视着我们，“我拥有‘妖狐藏马’光荣的姓氏，我是人类。”

但是他的脸，却一会儿变成狐狸一会儿变成人脸。声音也是时而沙哑时而尖锐。这种诡异的气氛，不身临其境很难体会到。

“我知道了！”月野捂着嘴，泪花滚滚流下，“他们是‘妖狐山姥’！”

“不要说出来！”黑羽急忙制止，但是已经晚了！

南野浩突然静止了，背过身，头顶着墙壁：“妖狐山姥？妖狐山姥？好熟悉的名字啊！嘿嘿……嘿嘿……吱吱……吱吱……”

一条红蓬蓬的尾巴，从他的腰间慢慢长出。笔直的双腿慢慢打弯，两只狐狸爪子，从鞋中长出。脖颈处，一蓬蓬红毛雨后春笋般疯长而出，耳朵向头顶生长着，变得越来越尖……

在转过身时，一只人狐，站在我们面前！

“小心！”月饼闪身站到最前面。

“不用了，他不会伤害我们。”月野悲戚地说，“原来，‘妖狐山姥’真的存在。”

人狐幽幽地看着我们，眼中充满了困惑和迷茫。我的腿脚已经不听使唤，皮肤上起着一片又一片的鸡皮疙瘩。

直到人狐的视线停留在萝拉那里，忽然“吱吱”叫着，想走过去，却立足不稳摔在地上。继而用变成狐狸腿的四肢慢慢爬了过去，探着鼻子嗅着，认真地、轻轻地嗅着。时不时用脑袋碰碰萝拉的狐尸，喉间发出“呜呜”的悲鸣。

终于，人狐确定萝拉已经死了，仰头悲鸣，咬住狐尸的后颈，四肢奋力，破窗而出！

山野间，一只穿着人衣的狐狸，叼着另一具狐狸的尸体，费力地蹒跚前行。走一会儿，就把狐尸放下，用鼻子碰碰，用爪子挠挠，似乎希望狐尸能够活过来。然后又叼起，继续前行。

就这样，慢慢消失在密林中。

"妖狐，山姥。"月野依然抽搐着，"千年爱恋，几世轮回的诅咒，今生才得以解脱。"

"他们本来就不应该在一起。"黑羽叹了口气。

"没有应该不应该。只有想或不想。即使是死亡，也不能阻挡下一生的重逢。"月野擦了擦眼泪，"南君，月君，你们有兴趣听吗？"

十二

以下是月野的讲述——

作为狐妖与猎人的儿子，南野秀一并不知道自己的身世，除了木讷的父亲，他唯一的朋友就是美丽的母亲。因为惹眼的红发，村中的孩童都把他当作怪物。

每当山风吹过，琥珀色的红色头发总会遮住他的眼睛，翠绿的群山也因此晕上一层夕阳般的落寞。农夫在田中犁耕，鞭子在空中清亮地响着，老牛奋力地拖着犁子，坚硬的土地破开一道道乌黑油亮的沃土。

"妈妈，他们为什么要辛苦地消耗体力和汗水呢？"南野秀一微仰着头，强烈的阳光让他眯起了晶亮的大眼睛。

"秀一，天照大神赐予世间万物的能力是不同的。普通人只拥有微弱的力气，所以他们要耕田劳作。山妇们细心手巧，她们就学会了纺织、做饭。会游泳的人们成了渔夫，而拥有勇气和智慧的人，成了……"美丽的母亲脸微微红着，拢了拢及腰的红发，"成了像你父亲那样出色的猎户。"

"哦。"秀一似懂非懂地点了点头，靠在妈妈怀里，"那我会成为什么样的人呢？”

妈妈摸着秀一的小脑袋，心里一阵酸楚，脸上却笑得很灿烂：“你是我们可爱的孩子啊，这就足够了。”

秀一灵巧地跳开，麻利地爬上一棵大树的顶端，树枝乱摇中，少年的汗水晶莹得如同珍珠，落在妈妈的掌心。

“秀一，要小心啊！不要这么调皮。”妈妈跺着脚，虽然明知道儿子是妖狐，可是仍免不了担心。

“哈哈，妈妈，今天晚上我们吃鸟蛋好不好？”秀一踩着树枝，从树顶立起身体，手里拿着几枚鸟蛋。

“秀一！我们不可以伤害生灵！快把鸟蛋放回去。”妈妈生气了。

秀一拨弄着手里的圆滚滚的鸟蛋：“可是，爸爸是猎户，每天都要捕捉生灵啊。要不然我们怎么生存？”

“秀一，乖，下来吧。”妈妈张开臂膀，生怕儿子一不小心摔下来，“我们为了生存，必须要吃不同的生灵。但是我们不可以因为游戏或者好玩而伤害他们。”

“哦。”秀一似懂非懂地点了点头，小心地把鸟蛋捧回窝里。“啪”，蛋壳裂出一条缝隙，慢慢像蜘蛛网似的蔓延着，尖尖的鸟嘴从壳中探出，粉红色的小脑袋顶着一片蛋壳，好奇地四处张望，对着秀一“咿呀咿呀”叫着。

鸟儿出生了！

“哈哈！真可爱呢。妈妈说得对。”秀一摸了摸小鸟的脑袋，手指头被啄得痒痒的，歪着头天真地笑着，然后从树上跳下。

“你又乱蹦乱跳。”妈妈假装生气，拍着秀一屁股，“罚你今晚砍柴。”

秀一揉了揉鼻子：“妈妈。我知道我会成为什么样的人了。我要成为保护生灵的人。”

“有目标的秀一很了不起呢。”

“嗯！”

夕阳在远山挂着半边身体，赤红色的余晖穿过层层树叶，洒在母子俩的长发上，如同滚烫的鲜血。

他们没有注意到，在密林深处，一双阴冷的眼睛一闪而逝。

十三

“秀一，秀一……”一个糯米团子打在秀一脸上。

秀一懒洋洋地枕着胳膊：“昭子，再让我睡一会儿吧。”

昭子从窗户外探出头，明媚地笑着，两颗小酒窝荡漾着孩童的天真：“别睡啦。今天祭山神呢，快陪我去看。”

“我不去，你的哥哥们看到我会骂我‘妖怪’，还会用石头打我。”秀一闷闷不乐地坐起身，盘着腿吃着糯米团子，“昭子做的糯米团子的味道能让人感动到哭呢。”

“快点吃完，我等你哦。”昭子吐了吐舌头，坐在柴火上唱起了乡谣。

秀一的嘴角还沾着几粒糯米，慢吞吞地说道：“昭子，我真的不想去看祭山神呢。除了你，所有人都把我当作妖怪，还骂我的妈妈。”

“你可以打他们啊。”昭子抱着膝盖，轻轻摇着身体，“上次你带我去深山里，遇到恶狼，你可是几下就把它赶跑了呢。”

秀一挺了挺胸膛：“我要做保护生灵的人，怎么可以因为区区辱骂而伤害别人呢？”

“哈哈！秀一很了不起呢。”

“我妈妈也这么夸我的。对了，我背着你去剑峰看火山好吗？”

“好啊。”

黏稠的岩浆“咕嘟”着赤红色的气泡，缓缓推向岸边，炙烤出丝丝白气。

“哇！真好看。秀一，如果没有你，我一生都不会看到这么美丽的东西呢。”昭子小心翼翼地拉着秀一的手，踩着岸边的岩石，灿烂地笑着。

忽然，岩石松落，昭子立足不稳，向岩浆中倒下！

秀一紧紧抓住昭子，把她拉回，拥在怀里。

“秀一，你会保护我一辈子吗？”

“会的！我还会带你看遍全日本最美丽的景色。”

"好啊，我等着那一天。这是我们的梦想，对吗？"

"只要努力，梦想都会实现的。"

鼻尖轻轻触碰，彼此，呼吸了彼此的呼吸。

两颗无猜的心，交融。

十四

"南野一郎这个畜生，居然能娶到这么美丽的老婆！"左眉延伸到鼻梁的刀疤旁边的人，眼神贪婪恶毒，"美丽的红色长发，真叫人迷恋啊。"

"哥哥，我听说她是狐狸变的，对狐仙产生妄念，会被山神降怒啊。"

"我自然有办法。"刀疤森森笑着，"就算是真的狐仙，也是有弱点的啊！把她玩够了，再卖到江户，可以赚一大笔钱。"

屋外，清冷的星光。孤室里，邪恶的欲望，肆无忌惮地滋生。

那株陪着秀一长大的樱花树，也已进入暮年，树上的鸟窝早已不见，英俊的少年和美丽的少女，在树下紧紧相拥。

"秀一，我父亲终于答应了咱们的婚事呢。"昭子娇嫩的脸庞晕起两坨晚霞。

秀一折了根树枝，咬在嘴里："可是我不想去村里住啊。他们都把我当作怪物，我不想你也跟着我受欺负、被嘲笑。"

"如果没有忍受这些的觉悟，"昭子咬着嘴唇，"怎么是真的爱你呢？父亲答应了，我跟你住在山上。再说，本来就应该妻子跟着丈夫住呢。"

"山上很苦的。没有好吃的大米，没有新鲜的鱼，没有漂亮的布帛，只有粗糙的野味和麻布做的衣服。"秀一指着不远处的小木屋，"妈妈心甘情愿守着父亲一辈子，直到父亲死去，依然眷恋着父亲住过的地方，不愿搬走……"

"秀一，从今天开始，我就是你的妻子了。我会像妈妈对父亲一样，好好爱你一辈子。"

"我南野秀一以此树立誓，一辈子疼爱昭子，带她看最美丽的风景，给她做最好吃的料理，永远不会伤害她。如果我做不到，就让我受到永世得不到真爱的诅咒。”

十五

“妈妈，我好紧张呢。”秀一搓着手，远眺着山的那边，送亲的队伍还没有来。

“孩子不要着急。哪里像个新郎？”妈妈微笑着，岁月没有在她的容颜上留下一点点痕迹，她依然是二十岁出头的模样。

这也是狐妖的一种能力吧。

“如果你爸爸能看到今天该有多好。”妈妈眯着眼睛，在她的视线里，是茂盛的树林中，一只小红狐绝望地蜷缩着，山熊的巨掌正要豁开它的肚子。

“嗖……嗖……”连续两箭，准确地射进山熊的眼睛。山熊咆哮着挥舞着巨大的熊掌，把碗口粗的樱花树生生拍断。强壮的猎户端着劈刀，悄悄靠近，对着山熊柔软的肚子捅进去。

小红狐痴痴地看着山神般的猎户：我要嫁给他。

喜乐声由远及近，把母亲带回现实。亲家公带着好多人，穿着喜庆的衣服，抬着大坛的美酒，喜气洋洋地来了。

“昭子呢？”送亲队伍里并没有花轿，秀一有些奇怪。

妈妈拍着他的脑袋：“傻孩子，亲家先送酒祝贺，新娘要到午时才能来啊！”

“嘿嘿。”秀一不好意思地挠着脑袋，火红的长发闪耀着期待的幸福。

喜庆的日子自然少不了痛饮，妈妈早已准备了几桌好菜，觥筹交错中，烈酒碗碗入喉，连从不喝酒的妈妈，也经不住亲家劝酒，喝了好多碗。

秀一的视线渐渐模糊，说话也不利索了，摇晃着身体，酒劲上涌，大脑迟钝起来。

忽然，他看到了奇怪的一幕。

昭子的两个哥哥，拿着绳套，圈住了他的脖子，把他绑在椅子上。也许这是醉酒后的错觉，可是当他看到昭子的父亲和叔叔，对着妈妈撒出网，把喝醉的妈妈罩在网里，拖到树旁，绕过树枝挂起来的时候，他才清醒过来！

到底发生了什么！？

“哈哈！就算她是狐妖，也逃不过僧人下了符咒的雄黄酒啊！”昭子父亲脸上的刀疤因为酒精的作用，红得发紫。原本慈祥的脸此时分外狰狞！

妈妈！狐妖？南野秀一愤怒地吼着：“你们干什么！”

“嘭！”一拳击中他的脸，鼻梁酸痛，头晕目眩。

昭子的哥哥揉了揉手背：“哼！妖怪的儿子居然想娶我妹妹！”

秀一拼命挣扎，但是猎户的绳套，是越挣扎越紧的。

“我不是妖怪的儿子！我不是！昭子呢？”秀一眼中流出了血。

“你不是？”昭子父亲眼中色欲大炽，“那我就让你看看！”

中了符咒烈酒的妈妈依然沉睡在悬于空中的网子里，柔软的身体勾勒着曼妙的曲线。昭子的父亲伸手抓着妈妈的乳房，狠狠地捏攥着，许久才松手。他拿出一枚木制的铃铛，系在妈妈的手腕上。

一阵耀眼的红光，妈妈全身长出了红毛，变成了人狐。

“僧人说只要把四肢都系上桃木铃，她就任我摆布了。”昭子父亲“嘿嘿”淫笑着，“果然是一只狐狸啊！世间的女人怎么可能一生容颜不老。”

第二枚木铃系上时，人狐忽然醒了。当它看到自己变回原形时，惊叫着想要挣脱网子的束缚，却被昭子父亲一棍子击中脑袋，昏了过去……

“你们……你们……”秀一怒吼道，“我要杀了你们！”

“哈哈！”所有人都指着秀一笑了！

“杀了我们？你这个妖怪的儿子有这个本事吗？”

“你的妈妈不也马上成了我们的玩偶吗？”

“干脆刺瞎他的眼睛，让他当瞎狐狸吧。”

“如果没有昭子，事情还不会进行得这么顺利。”

什么？昭子？！昭子早就知道这件事情？她是为了让自己的父亲抓住妈妈，才骗我要结婚的吗？秀一的眼睛变得血红，眼中的世界，也变得血红！

“蓬！”一团烈火从秀一身上腾腾燃起！烧断了绳索，烧光了尘世间的衣服，美丽的火狐出现在火焰中！

“我要……”火狐仰天悲鸣，爪子上迸射着耀眼的火光，“杀了你们啊！”

“秀一，不可以伤害生灵！”妈妈在网中苏醒，声嘶力竭地喊着，“你会受到天照大神的诅咒！”

火狐刚踏出半步，停住了脚步：“可是，妈妈，他们……”

一把利刃，插进了妈妈的腹中。昭子的父亲在慌乱中，竟然穷凶极恶地杀死了妈妈！

“你们受死吧！”火狐豁开了昭子哥哥的脖子，疯狂地撕咬着！

南野秀一，成魔！

妖狐藏马，诞生！

十六

两年后……

美丽的富士山，多了一只妖怪，时而化作清秀的少年，时而变成燃烧的火狐。遇到上山的人，就会毫不留情地杀掉吃了，再把人骨放回受害人的家门口。

养育了日本子民的富士山，在这两年时间里，变成了谈及色变的人间地狱！

全日本最好的阴阳师、僧侣、忍者上山除魔，无一例外，都化作了山谷间的累累白骨。

但是奇怪的是，这只火狐，从来不伤害山上的任何生灵。仿佛他的仇恨只是针对人类。

也有人远远看见过，在月半时，火狐会站在山顶，悲哀地嗥叫着。

已经许久没吃过东西，藏马（南野秀一）走在林间，尽管肚子饿得“咕咕”直叫，但他绝不会伤害任何生灵。这是曾经作为人的时候，妈妈留下的执念。

可笑的是，为什么人类都传说他在吃人呢？

忽然，他闻到了苍老的人味！顺着味道找去，一棵树旁，一个白发苍苍的老太婆，“呜呜”地哭着。

那棵树，好熟悉。藏马好像回忆起什么，但是却想不起来。

“秀一，你在哪里？”老婆婆的指甲又黑又长，里面满是泥垢，“我找了你两年，你为什么一直躲着我？你现在是什么模样？为了找到你，我变成了丑陋的老人。那些想上山伤害你的人，都被我杀死了。”

秀一？这个名字似乎在哪里听过。藏马歪着脑袋仔细思索，老婆婆却发现了身后有人，猛地转身！

老婆婆身材高大，满脸皱纹，眼角上吊，嘴巴开裂到耳边，长长的白发如铁丝般坚硬，在山风中纹丝不动。

“你是谁？”老婆婆凶狠地问道。

藏马沉吟着，心中不停地问着自己：我是谁？

“我读不懂你的内心。”老婆婆探出双手，“你也是来伤害秀一的吧！”

山风大作，两人相撞，老婆婆的爪子探进藏马的胸膛，藏马的利爪割断了她的喉咙。

凝望，直到藏马变成秀一、老婆婆变成昭子。

“秀一，是你？”昭子软软地瘫倒在地上，“你终于来了。我就知道，你在找我。你能原谅我吗？”

秀一抱着昭子渐渐冷却的身体，点了点头：“我从未责怪过你，又何来原谅？”

“那就好。”昭子缓缓合上眼睛。

自此，日本多了一位面容清秀的阴阳师，游走于山间，善良地救助着受难的生灵。每到一个风景秀美的地方，他都会拿出随身携带的竹筒，倒出一小撮灰白色的灰，随风飘散。

“昭子，你看这里风景美吗？”

十七

月野讲完这个传说，屋子里久久没有声响。

“我来告诉你们吧。”黑羽打破了沉重的气氛，“昭子在出嫁前就怀上了秀一的孩子。她后来因为相思之苦，在山间变成了山姥，据说能读懂人心、生吃人肉。而孩子却早在她上山寻找南野秀一的时候，就被托付给农家抚养。但是南野家族也因为南野秀一违背了永远保护昭子的誓言，受到了永远得不到真爱的诅咒，就像刚才发生的事情一样。在极度的刺激下，妖狐之血燃烧，南野浩变成了原本的模样。”

“那他伤害狐狸是为了什么？”月饼问出了我想问的话，“而且他还说，萝拉喜欢狐狸皮。这不矛盾吗？”

“既然南野秀一的妈妈以狐狸的身份报答猎户，萝拉为什么不可以呢？你们中国不也有很多这样的传说吗？”黑羽自从和我们共同经历了惨烈的战斗后，话多了不少，态度也不像从前那么冷冰冰的了，“不过狐狸变成人之后，需要大量的狐狸皮来维持人形，等于是为爱背叛了自己的族类。这也是个诅咒，如果没有按时换皮，就会变回原形死去。所以那只巨狐要抓南野浩，也要寻找回她的女儿。”

一切似乎很明了，我还想问几件事，但是话到嘴边又咽了回去，而大家似乎也心照不宣地忽略了这些问题。

为什么唯独我能看到那些狐狸皮？

我和月饼在山间遇到的老婆婆到底是山姥还是巨狐？

抬头看向窗外，远山黝黑，山顶似乎有一只巨大的狐狸在对着山哀号。

这些问题，或许有答案，或许没有答案，就像南野家族的诅咒，总会在不知不觉中悄悄地出现。

第九章　尸螺河童

中国美食甲天下，估计全世界任何一个国家，都没有中国有如此品种丰富、口味各不相同、历史源远流长的美食。别的不说，单是吃遍“鲁菜、川菜、粤菜、闽菜、苏菜、浙菜、湘菜、徽菜”八大菜系，就是吃货们的终极目标。

除了“八大菜系”，各地小吃、大排档、烧烤更是成了夏天街头火爆诱人的食肴，其中有一种美食，虽然各地称呼不同、做法不同，但是主料大名鼎鼎，那就是小龙虾。

有这样一则新闻，一名十九岁女孩超爱吃“口味虾”，几乎达到了一日不吃不欢的状态，直到身体出现各种不适，去医院检查时，才发现体内几乎被寄生虫侵占。仅仅过了一周，女孩便香消玉殒。

尸检解剖时，连经验丰富的法医都忍不住呕吐。女孩的肌肉里长满了密密麻麻大米大小的白色寄生虫颗粒；五脏六腑已经被钻食得千疮百孔，成了各类寄生虫生长的乐园；大脑里更有无数条白色、黑色的须状小虫钻来挤去，被搅得像一团混浊的豆腐脑。

尽管有这样活生生的例子，但是人们对小龙虾的热爱依然不减。

在日本，小龙虾又被称为“螺”。但是，日本人，从来不吃螺……

一

静冈县国立医院。

失去了南野浩做登山向导，贸然登上剑峰显然是不理智的行为。况且“人狐大战”时，黑羽为了斩杀巨狐，虽然没有伤到骨头，但是体表创口像一道道闪电，实在是惨不忍睹。

月野和月饼也多少受了不同程度的伤，行动极不方便。几个人商议决定，在医院休养生息几天，顺便对攀登剑峰有更深入的了解。时间上或许会耽误一些，不过“磨刀不误砍柴工”，眼下都元气大伤，贸然行动只会失败。

结果，我是四人中受伤最轻的。于是，我顺理成章变身“奶妈”，每天穿梭于医院和超市、食档之间。

想着三个人躺在病床上晒着太阳唠大嗑，我心里就不平衡。只恨“人狐大战”的时候没有英勇受重伤，要不也可以像大爷似的躺着等人伺候，那感觉就像穿越到旧社会当地主老财家的大少爷……

想归想，医院里还有三个人等着我送口粮。月野还联系了“鬼畜之影”吴佐岛一志，我寻思着这种关键时刻，让他抢了先博得好感可不是小事，只好叹了口气，看着就近一家面馆，进去买便当。

日本人生活节奏非常快，一般来说，早餐在家吃完，出门带上装满午餐的便当盒上班上学。午餐都由家庭主妇在早晨准备好，由于日本女人在结婚后，99%都选择不工作在家忙碌家务，生活极为乏味，作为唯一不多能对外展示的机会，研究便当的质量和口味就成了她们每日最大的乐趣，精致的便当更是能获得丈夫和子女的朋友们的尊重。许多公司和学校还会定期举办

“便当大赛”，以此衡量员工、学生的家庭幸福指数。

我走进食档的时候正是中午十一点多，大多数人都会选择拿出随身携带的便当进餐，只有少数单身汉（女职员会自备便当）才会选择来这种食档随便吃几口就急匆匆回去上班。所以没看到几个人也并不觉得奇怪。

我琢磨着点了两份乌龙面、两份荞麦面（故意没给吴佐岛一志要便当）。

日本人对于面食的钟爱近乎狂热，全日本人养成几乎三餐中必有一餐是面食的饮食习惯。

我点的这两种面是日本传统面食。乌龙面原料是面粉，荞麦面原料是荞麦粉；前者是关西人的最爱，后者是关东人的专属。夏天吃凉面、炒面，冬天吃汤面，再加上原本传自中国、经日本人加工后又出口的“拉面”，以及加工制法传自中国的“素面”（龙须面），倒使这个“舶来品”国度的面食种类异常繁多。

而用面粉和水加工制成食品的制法，在公元8世纪奈良时代便自中国传入日本，历史最久的正是素面。素面又分两种，一种是比较细的，另一种则是比较粗的。二者均为凉面，味道差不多，只是面条有粗细之分而已。乌龙面正是由素面演变而成。

荞麦则由于在瘠地、寒冷地区也能生长，因此日本自古以来便有荞麦料理，不过古代人用热开水泡荞麦粉吃。战国时代的丰臣秀吉非常喜欢吃这种荞麦料理，现在日本某些荞麦面老铺子也仍会提供这道老面食。

荞麦面在国内很少见，记得我和月饼曾经在河南火车站的面摊吃过一次，味道一般，但是日本人喜欢吃。两份荞麦面就是给月野和黑羽准备的。

坐在柜台的长桌旁，看着做面的老爷子在热气腾腾的老汤锅前半弓着身子，熟练地舀着加了各种酱料的猪骨汤倒入面碗，透亮的红汤上漂着一颗颗圆润的油花，浓郁的香气顿时钻进鼻腔。嫩白中略带金黄色的面条活泼泼从面锅中捞起，宛如一挂粉雪的琼脂。落到碗里，顿时汤、面红白相映，再撒上翠绿的葱叶，玉珠般晶莹的蒜球，铺上几块炖得透烂的牛肉，两三根鲜嫩白菜，直看得我食指大动、口水横流。

估计老爷子眼神不太好，低着头从汤锅里舀着老汤，脑袋离汤锅越来越近，很煞风景。

“叫你快吃你就快吃！吃完了还要回村！”

旁边一名中年男子的怒吼引起了我的注意。

二

刚进食档时，几个职员装扮的人已经吃完结账走人，就剩下这父子俩一人一碗面地吃着。

中年男子脸上带着一层厚厚的红晕，这是海边人常年吹海风所留下的特有标记，身前那碗面倒还剩了大半碗，显然是没什么兴致吃。

对面的孩子十二三岁的年纪，穿着破破烂烂满是油渍的校服，乱蓬蓬的头发一绺一绺地纠缠着，显然好久没有洗头了。孩子一双大眼睛泛着黯淡的死气，身体更是瘦得吓人，骨骼几乎要挣破皮肤，活像一张人皮披在骷髅身上。

孩子捧着比脸还大的汤碗，把残汤舔得干干净净，咂巴咂巴嘴，一脸的满足：“爸爸，我还想吃一碗章鱼烧。”

爸爸不耐烦地把面前的大半碗面往孩子面前一摔，汤油溅了半桌，拍着孩子脑袋骂道：“天天就知道吃吃吃，又不会赚钱！你要是女孩，我还指望着你将来做个应召赚钱，偏偏是个男孩，养着有什么用！”

孩子猝不及防，被爸爸一巴掌拍得半边脸浸入半烫的面汤里，我看着都觉得疼。

奇怪的是孩子抬起头，脸上满是油汤，眉毛上沾着一根酱菜，却像是觉不出疼，可怜巴巴地望着爸爸：“自从妈妈死后，好久没有吃到这么好吃的料理了。爸爸，我真的好想吃一碗章鱼烧。”

爸爸勃然大怒：“把这半碗面吃完就回家！别想什么章鱼烧了！要不是邻居告诉我你天天在沟里抠螺吃，丢了我的脸，我根本不会带你来这里吃饭！”

孩子撇了撇嘴，似乎想哭，却又直勾勾地盯着半碗面，狼吞虎咽地吃了起来。

对于失去母爱没有父爱的他来说，爸爸能够带他吃一碗面，已经是很卑微的幸福了。

我看得心头火起，却又不知道该做什么。打那个男人一顿？只能解决我的愤怒，对孩子来说，却于事无补，回到家中，他还会得到更狠的毒打。

当我们能不满足于现状，想尽办法透支钱财购入代表虚荣的奢侈品；当我们对着一桌美食大流口水，山吃海喝却剩下大半桌；当我们为了什么情调，走进咖啡屋点一杯昂贵的果子狸咖啡（猫屎咖啡），只为了获得所谓的蓬勃情欲（据说猫屎咖啡可以激发强烈的情欲，故受到热恋男女、情人间的追捧。印尼巴厘岛所产的猫屎咖啡达到了五百美元一公斤，在美国更是被炒到了一千一百美元的天价）时，可曾想到，有个孩子，仅仅为了一份章鱼烧，被父亲喝来斥去！

我掏出钱："再来一份章鱼烧，给那个孩子。"

老爷子把钱往回一推："鸟山君，一郎这碗章鱼烧算我送的吧。"

"嘿嘿……"鸟山像是受到了极大的侮辱，拎着一郎的脖颈，对着后脑勺用力拍下，"那还不如把章鱼烧换成钱送给我啊。"

一郎正狼吞虎咽地吃着，被父亲拍得一大口面全吐在碗里，脖子里发出轻微的"咯噔"声。

"爸爸，面不能吃了。"一郎木然地抬起头，眼中的死气更浓了，脸上没有任何表情。

"那就回家吧。"鸟山踹了一郎一脚，从兜里掏出一把满是鱼腥味的钞票，手指蘸着吐沫数了几张，扔到桌上。

我目送父子俩掀开厚厚的布帘，心里说不出是什么滋味。

"唉！一郎的最后一顿饭也不让吃饱，死后会下地狱的。"老爷子叹了口气，将面装进便携食盒里，"你的面好了。"

我想到一郎眼中的死气，追问道："您刚才说什么？"

"哦！"老爷子突然醒悟过来，连忙摆了摆手，"没什么，没什么。"

这句奇怪的话让我疑惑不已，我拎着食盒，出门上车，正好看到父子俩坐上一辆送鱼的小货车，慢吞吞开走。

从医院出来的时候，手机忘在月饼的病房了，我估摸了一下时间，还是踩下油门，跟着小货车出了城。

三

静冈县东临太平洋，渔业资源丰富，不但盛产鲣鱼、金枪鱼、鳗鱼等海鱼，淡水养殖产业也很发达，也是全日本最大的淡水鱼产地。静冈县周边许多村落，都以捕鱼为主业。

跟着小货车没有多久的时间，就来到了一处淡水湖边。我把车远远地停在树林里，徒步走进，隔着草丛望去。

鸟山从厢货里拖出一面大网，对着一郎训斥了几句，又打了他几个耳光，才拉着锚绳，把距离湖边三四米的渔船拖到岸边，摇摇晃晃上了船。一郎擦了擦鼻血，跟着鸟山到船上，笨拙地解着网子。

我越看越觉得不对，一郎远远看去，动作异常僵硬，头越来越低，几乎要垂到网子里。

鸟山大概是觉得一郎动作太慢，骂了几句，又对着他的脑袋狠狠拍了一下。

“咕咚”，一郎失去重心，摔倒在船上再没起来。不过我好像看到，一郎的脑袋和他的身体分离了！

忽然，鸟山一声惨叫，胡乱地挥着双手，向后退去，却被船栏绊倒，仰面摔进船舱。一大片黑色的东西从船舱中跃起，涌向鸟山摔倒的位置。鸟山立起上身拼命地撕扯着衣服，隐约能看到他的皮肤上面有东西在不停蠕动，随着他挣扎得越来越激烈，扯动了网子缠住身体。鸟山猛地站起，在网子里胡乱挣脱，却越缠越紧，直挺挺又摔进船舱。

船体震荡，激起大片水花，终于恢复平静，随着湖面轻微摇摆，荡漾着一道道波纹，父子俩再没有起来。谁能想到就在刚才那一瞬间，发生了如此诡异的事情。

我愣了好一会儿才反应过来，穿过草丛跑向那艘小船。

距离越来越近，依稀能看到船舱里有东西在窜动。当跑到岸边，彻底看清楚船里的景象时，我根本无法承受的视觉恐惧让我再也忍受不了，背过身呕吐起来。

四

强烈的呕吐使胃部抽搐得剧痛，直到吐得没有任何东西，我才擦了擦嘴角，大口喘着气，努力使心情平复，转过头再次看向船舱。

一郎的身体在舱底平躺，脑袋早已脱离脖子滚落在网中，由于刚才鸟山的挣扎，人头被网子层层包裹，那双充满死气的眼睛罩了一层灰蒙蒙的颜色，透过渔网的窟窿，茫然地看着天空。大堆大堆的水蛭、寄生虫正从脖子和脑袋的断口处向外钻着，密密麻麻搅在一起，挤出无数冒着小泡泡的黏液，向鸟山的尸体爬去。

鸟山保持着临死前惊恐的模样，眼角撕裂了两条血口子，巨大的眼球完全暴露在空气中，任由恶心的虫子咬开眼肌钻进。他的身体上更是堆满了虫子，撕咬着皮肤，顺着伤口向身体里挤着。最让我受不了的是，有一条水蛭，顺着鸟山的耳洞向里钻着，肥大的身体无法通过，只能在耳洞外甩着半截身子，抽打着耳廓，夹杂着淡黄色液体的鲜血，不停地向外淌着。

我用力揉了揉太阳穴，努力使意识保持清醒。一郎的脑袋怎么会被鸟山随手拍掉？为什么他的身体里全是寄生虫？既然是这样，他应该早就死了，怎么可能还活着吃面，帮父亲捕鱼？

我想到了一件事情——阴虫寄体！

常年以腐肉、尸体为食的生物，体内会积累大量的尸气，就是俗称的“积尸气”。受到“积尸气”侵蚀，存活在此类生物身体里的寄生虫会因为沾染过多尸气变成阴虫。长期吃这种生物的人，体内阳气会被阴虫吞噬，当尸气胜过阳气时，虽然看上去和常人并无不同，但是肤色苍白、双目无神、头发稀疏，即使再热的天气，也是手足冰冷，很少出汗，一年四季只喝冷水，其实早就变成了活尸。

尽管大多数人对此并不了解，但是这类生物天生带着一种死气，让人见了就不寒而栗，更谈不上去捕食。中国的乌鸦、非洲的土狗、美国的秃鹫这些以腐尸为食的生物，即使在最饥荒的时候，也绝没有人敢去捕捉充饥。

一郎是个小孩没有捕捉它们的能力，那他到底是吃了什么，导致自己变成了活尸？

我回想着鸟山父子的每一句话，忽然想到鸟山骂一郎时说的“要不是邻居告诉我你天天在沟里抠螺吃，丢了我的脸……”，我立刻醒悟！

螺！也就是小龙虾！

一郎常年吃不饱肚子，就到沟里抠小龙虾充饥，而小龙虾最喜欢吃的就是腐尸！

刚想到这里，我突然为自己的推断不寒而栗！

腐尸，是从哪里来的？

一阵湖风吹过，已经被汗浸透的衣服紧紧贴在身上，在正午的阳光中，我还是感到全身冰凉。

寄生虫仍在相互碾压，“咕叽咕叽”的搅拌声让我觉得牙根发酸。忽然，我觉得裤脚被“人”拽了一把，身后响起“踢踏踢踏”的声音。

五

如果换作是一年前的我，可能这会儿早就跳起来或者根本不敢回头看。但是经历了这么多事情，虽然本事没练出多少，胆子却多少涨了几两。

传说有一种冤死鬼，会趁人不备的时候拽住行人的腿，遇到这种情况，一定要目视前方，把胸口的浊气全部吐出，狠咬舌尖，再将嘴里的唾沫连续咽三口，先抬左腿后抬右腿，就可以摆脱冤死鬼打脚。

守着两具爬满寄生虫的尸体，我依法炮制做完这些事情，抬起腿时，却发现不对劲。

那个“人”不但没有松开腿裤，反而抓得更紧了，抬腿时能清楚地感觉到“它”拽着裤腿向地面坠。“踢踏”声越来越响，好像有更多只手抓住了我，这次不单单是裤腿，连脚踝、鞋子都被紧紧抓住。

我这才慌了，顾不得许多，低头看去。一只起码有二十厘米长的小龙虾正举着一对大螯，狠狠夹着我的裤脚。

距离我三四米的地方，野草长得分外旺盛。更多小龙虾从那里钻出，触须在空中不停探摆，在对着船的方向停住，挪动着细细的包裹着硬壳的腿，向船体爬去。

几只夹着我的小龙虾，也松开了大螯，“咔嗒咔嗒”开合着，加入了爬向渔船的虾群。

这种东西要是摆在大排档的餐盘里，经过滚油爆炒，再加上辣椒、酱汁、葱、姜、蒜，倒是油光光、红通通分外诱人。可是这么多灰褐色的活的小龙虾从脚边爬过，显然并不是什么愉快的事情。

我厌恶地抬起脚，狠狠踩下。“咯吱”“咯吱”，立刻有几只被我踩爆印在泥土里，一堆肉酱从甲壳缝隙中挤出，只有螯和尾巴还在神经性地抽搐。

我狠狠地又跺了几脚，但是仍阻挡不了小龙虾往船上爬。我这才反应过来，这些小龙虾要吃乌山父子的尸体！

再往船舱里看去，父子俩的尸体上已经爬满了丑陋的小龙虾，锋利的大螯深深钳进肉里，猛地撕扯下来，送到嘴边快速咀嚼着。不到半分钟工夫，尸体已经被啃掉了一小半，露出大螯夹不断的白骨。

眼看父子俩的尸体就要被这些小龙虾吃干净，我来不及多想，转身跑回树林，从后备厢里拎起装着汽油的备用桶，跑到渔船边把汽油一股脑儿倒上点着，火苗蹿起，阵阵黑烟中，空气里弥漫着烤熟的肉香味和小龙虾特有的香味。

想到刚才面馆的父子俩，仅仅一个来小时的时间，就和他们赖以为生的渔船一起化为灰烬，作为唯一的见证人，我摇着头苦笑着。

难道这就是不可抗拒的命运？

我心里有些意兴阑珊，随手把汽油桶扔到钻出小龙虾的草丛里，准备用残余的一点汽油把草丛点着。当举着打火机要点火时，我却发现了更不可思议的事情。

这片草丛的叶子上，居然长着头发！

六

这是一丛两米见方、长得异常繁茂的野生芦苇，油嘟嘟的枝叶碧绿得像翡翠般亮着光泽，但是从嫩芽叶子尖里面，竟然长出了几根头发。我折断一根芦苇，发现茎秆中有几根头发和芦苇脉络生长在一起，向着顶端延伸。

两截折断的芦苇被头发连着，这个场景无比诡异。藕在折断的时候，会有藕丝相连，可是芦苇怎么会长出头发？光天化日下我倒不担心这丛芦苇会突然变成什么妖女把我吃了，我用打火机一点，“刺啦”一声响，发出一股难闻的头油味，头发被烧断卷曲。

我拿着半截芦苇，忽然又发现了奇怪的地方，连忙跑到旁边的芦苇丛比较起来。

两丛除了繁茂程度看似完全一样的芦苇丛，果然有一个完全不同的地方。

我的手微微哆嗦着，因为这丛长着头发的芦苇，让我想到不久前听月野随口讲起的恐怖的传说。

在江户时代，有一位名叫小驹的美丽姑娘居住在本所。在她家附近，住着一个叫留藏的男人，留藏为小驹的美貌所倾倒，狂恋着小驹，曾一而再再而三地骚扰小驹，但每次都被小驹冷淡地拒绝了。于是，留藏怀恨在心。一日，小驹因事外出，留藏便悄悄跟在她的身后，尾随至人迹罕至的隅田川岸边之时，他跳出来杀死了小驹，切下了她的一手一脚，然后把尸身和残肢扔进了隅田川中。

从此以后，隅田川边生长出了奇怪的芦苇，它们都无一例外的，只长了单侧的叶子……

而这丛长了头发的芦苇，只长出了单侧的叶子。一阵风吹过，那些芦苇好像被砍去一手一脚的人，摇摇晃晃地站着。

我从心底泛起一阵寒意，只觉得一阵头晕目眩，连忙喘了几口气，才慢慢镇定下来，脑子却在飞速运转，无数个画面像破碎的镜片，在脑海里来回穿梭，刺得大脑生疼！

鸟山，一郎，寄生虫，螺（小龙虾），头发，单叶之苇，小驹……

所有的画面最终拼在一起，呈现出一张陌生女人的脸！

片叶芦苇下面，埋着一具尸体！

因为尸油的滋润，芦苇才会长得异常茂盛，毛发不会跟随尸体腐败，却被芦苇的根茎吸入，或是在苗芽发育时就纠缠在一起，才会出现芦苇长出头发的异象。腐尸吸引了大量的螺（小龙虾），一郎常年吃不饱，又发现了这里的小龙虾异常肥大，就抠出来充饥。结果造成了刚才所发生的惨剧！

那么最后一个问题：这具尸体会是谁？难道真的是江户时代的小驹？

我跑回车里，拿出登山镐，对着片叶芦苇丛一下一下地刨着。

我完全可以一把火烧掉这片芦苇，这么做的原因并不仅仅是因为我的好奇心。一把火烧不掉深埋地下的腐尸，用不了多久，又会有大量小龙虾寻食找到这里。我不想再有一郎这样的可怜孩子，误食了小龙虾变成阳尸！

七

湖边的泥土潮湿黏性强，还有芦苇的根茎缠绕，很难刨动。我如同着了魔，狠命地挥着登山镐，拔扯着芦苇，连带出盘在根茎上的大丛头发。

不知过了多久，片叶芦苇已经让我拔得干净，土坑越挖越深，泥土不再是黝黑色，每一镐下去，从土里都会挤出黏稠的暗红色液体，像是人的血液！

我站在坑里，衣服上已经被红色液体迸得斑斑点点，浓烈的尸臭气熏得眼睛生疼。如果这个场景被路人看到，说不定会当场吓昏过去。

“噗！”登山镐深深插进土中，我使劲拽了拽，却没有拔出来，镐尖卡进了坚硬的东西里，我忽然明白卡到的是什么了！刚才被各种莫名的情绪充斥着头脑，让我多少有些失去理智，而这次挖掘时的意外停顿，终于让我冷静下来。

如果没有猜错，我挖到了那具腐尸！

四周静悄悄地，我站在土坑里，周围全是横七竖八根茎缠着头发丝的芦苇，看着全身的斑斑血点、牢牢插在泥土里的登山镐，再望着四周的格局，我害怕了。

以土坑为中心，东边是湖（水），南边是芦苇（木），北边蜿蜒的土路（土），西边是悬在半空中的太阳（火），登山锚插在土坑中（金），在风水中，这是极为凶险会引起尸变的“血煞”之地！

点了根烟，深深吸了口气，我强压着心头的恐惧，静静地看着脚下，生怕突然伸出一只挂满烂肉的手，或者是钻出一个掉光了头发、爬满了蛆虫的脑袋。“血煞”之地须配五行才能激起尸变，最后所欠缺的金正好让登山锚配上，如果真是这样，那么不出半个时辰，地下的腐尸就会尸变！这是巧合，还是埋尸体的人精通五行，故意布下这个局？

目的是什么？是为了藏住掩埋在泥土下的真相吗？

我喊了一声，心里的狠劲冒出来，反正距离尸变还有一个小时，这段时间里我怕什么！

抓着登山锚把手，我手脚用力，鞋子深深陷进泥土里，被四周涌出的血水浸透，鞋里面“咕叽咕叽”得像是踩着团烂肉。

登山锚被慢慢从土里拽出，“喀拉”，一样东西被拽断，带起大片泥土。我收势不住，向后摔在土坑边上，在纷纷落下的土屑里，我看到了登山锚带出来的东西。

一样我无法理解的东西！

八

如果拔出来的东西是一截骨头，即使上面爬满了尸虫，我都不会觉得恐怖恶心，可是这样东西却完全出乎我的理解范围。

土红色，坚硬的骨质外壳，成年人胳膊那么长，小孩手腕粗细，分成长短不一的三截，登山锚正好钉入中间一截，从创口里淌出了脂肪油状的暗黄色膏液。最顶端的一截非常短，又分成了两个叉，上面长着锯齿，每一截的连接处长满了黑红色粗硬短毛。

这不可能是人体任何一个部位的骨骼，我越看越觉得眼熟，突然想到一点，这是小龙虾的腿！

土里面埋的，是一只真人大小的龙虾？

就在我惊疑不定的时候，地面漾起了像水面扔进石头荡出的波纹，在土坑另一头，泥土泉水般向上翻涌。黑的泥巴、红色的液体、白色的泡泡，直到两根细细长长的触须伸出……

此时我已经爬到土坑外面，目瞪口呆地看着这不可思议的一切！

地下响起金属撞击时才会发出的“喀拉”声，泥土翻涌得更加凶猛，泥屑像跳跃着的细小水珠，恐惧地颤抖着，地面如同被煮开的沸水，翻滚着巨大的水泡。土坑中间，慢慢鼓起巨大的土包，一股土柱如喷泉般向上涌着，越来越高、越来越宽……

终于，一只龙虾从地下钻出！

曾经有人把许多极小的两栖动物用电脑特技放大了数倍，视觉上带来的冲击让众多观看者大呼恐怖。而现在在我面前的，却是一只真实的成人大小的龙虾！

在龙虾右侧身体上，有一处创口淌着液体，正是被登山锚钉住，让我拽断了的一只脚的位置！龙虾两只大螯，上下咬合着，锋利的锯齿随便一闭合，就能把我轻轻松松地拦腰夹断。

我牙齿打着战，全身不停地哆嗦着，起身想跑，却发现双腿发软，完全没有力气。这种对庞然大物的恐惧，已经抽走了我全身的力量！

就在这时，更让我不可思议的一幕发生了！

龙虾昂起头，我才发现，在它脑部的盔甲下面，竟然是一张长着花花绿绿条纹的人脸。

天真的眼神，长长的睫毛，粉嘟嘟的脸庞，无邪的笑容，这分明是个孩子！

龙虾探着头看了看我，两只大螯搭着土坑边缘，爬了出来，腹部的鳞甲一开一闭地起伏咬合着，露出里面白色的肉，还有浓烈的腥臭味。

它挪动着爪子，爬到我的身边，我瘫在地上，喉咙因为过度恐惧，不受控制地发出“咯咯”声。两根长长的触须在我脸上划来划去，冰凉黏滑的触觉让我几乎发疯！

两只和放大了几十倍的火柴一样的眼睛从盔壳里探出，直勾勾地伸到我的面前，来回转动仔细打量着我。

我根本不知道要做什么，也不知道它要做什么。忽然，巨大的龙虾探起身体，用扇状尾巴撑着地面，两只大螯高高举起。我心里一凉，索性把眼睛一闭：这次完了！

“谢谢你。”童稚的声音在耳边响起，干净单纯得像清晨第一缕阳光。

“谢谢你。”声音再次响起，但是距离我似乎远了一些。

我纳闷地睁开眼睛，却看见那只巨大的龙虾，已经爬到了湖边，身上还背着一具枯骨。

这是怎么回事？

龙虾似乎发现我在看它，转过身又竖起身体，盔甲下的孩子脸对我微笑着，我清晰地听到它说：“谢谢你，我和妈妈终于自由了。”

它挥着大螯向我摆了摆，倒退着潜入湖水里。水面划起长长的波纹，荡漾到岸边，复又折回，几道波纹来回激荡着，错综成蜘蛛网状的水痕。

终于，湖面恢复了平静，倒映着金黄色的阳光，波光粼粼。鸟儿叫，青草香，虫豸鸣，一切就像从未发生过。

我自己都无法判断，刚才的一幕到底是真实存在的，还是因为吸入了大量的尸气，导致脑部产生了幻觉！

目光移到土坑里，硕大的龙虾腿还在，翻涌的泥土中，半掩着一张照片。

我跳进坑里，拿起那张照片，擦干净上面的泥水，是一张全家福。空白处写着——“鸟山村 鸟山杏子 鸟山一郎 幸福快乐。”

九

换了身衣服，驱车回静冈县的路上，我还在为刚才的异遇苦苦思索。

那只巨大的龙虾为什么会长着一张人脸？它背的枯骨是谁？如果按照它所说，那是它的妈妈，那么按照照片上的线索，应该是鸟山杏子，难道那只龙虾是鸟山一郎？

可是我看到的变成阳尸的一郎是谁？

这些问题让我头疼欲裂，完全找不到答案！

我想到了一个人，狠踩油门，驶向静冈县！

面馆老头！

他的那几句话，分明是知道些什么，如果找到他，应该可以问出真相。

按照记忆，我转到超市旁边的面馆前，却愣住了。

这里根本没有面馆，只有一座祭祀用的小庙！

下了车，我环顾着四周，超市周围没有一家面馆，我更加确定，这座小庙就是刚才的面馆！

我头皮麻了，难道撞见鬼了？

走进那座小庙，摆满黄瓜和香烛的祭台后面，供奉的却不是雕像，而是一幅奇怪的画像。

湖泊岸边，站着一只体格与小孩子大小相仿的怪物。身体为红绿色，头上顶着个盘子，里面盛满了河水。尖尖的嘴巴，背部是坚硬的甲壳，躯干上对称着长着几对肢爪，怪物的手没有五指，反倒像是虾螯，长着一对肉钳。

画的右边写着两个字：河童。

越看，越觉得河童长得像刚才我所看到的巨大龙虾。

我心里有些失落，又有些堵得慌，回到车里，听到车后座传来“窸窸窣窣”的响声。

回头一看，刚才从面馆带出来的便当盒在不停地动。打开便当盒，里面哪里有什么面条，满是烂泥、水草、蚯蚓，还有好几只小龙虾……

第十章 姑获鸟

日本某些地方有个奇怪的风俗：家中长辈会在即将分娩的孕妇产房外放一只蘸满鸡血的人偶……

一

我开车回到医院，已经是下午五点多钟，把便当盒扔进垃圾桶，又四处去找肯德基、麦当劳之类的快餐店。日本是个对外来文化吸纳性很强的国度，早期的中国文化、“二战”后的美国文化对日本的影响辐射异常深远，形成这个国家独有的既严苛又现代的特有文化。走在日本街道，可以更加鲜明地感受到两种不同文化交融所带来的奇异感觉。尤其是饮食文化，传统的面馆、寿司店与肯德基、麦当劳、必胜客、星巴克毫无违和的交集，倒也是一种风景。

远远瞅见街道拐角KFC老大爷顶着满头白发满脸乐呵呵，我停车拐弯上了人行道。天空阴暗，下着绵绵细雨，路上行人不多，我竖起衣领挡着风。“尸螺河童”这件事情整整耗去一下午时间，我始终觉得眼睁睁看着父子俩死去而无能为力是一件很愧疚的事情，心里很不痛快。路口等红绿灯时，一只鸽子大小、通体漆黑的鸟落在灯杆上面，“咯咯”叫着，脑袋探进翅膀梳理着羽毛，时不时警惕地伸着脖子四处张望。

我看了几眼，不是乌鸦，说不出来是什么品种，也许是日本特有的鸟类。绿灯亮了，我想起宫岛“裂口女”事件，注意力有些恍惚，横穿人行道的时候没注意到一辆响着急促笛声的救护车飞速冲过来。

行人们“啊”的惊叫，我才发现救护车已经到了三四米的距离，仓促间我看到司机扭曲变形的脸，肩膀顶着车座，轮胎与地面发出刺耳的摩擦声。我连忙向旁边一闪，救护车几乎擦着鼻子横着滑出，险些撞到马路牙子。

司机定定地目视前方，额头密布黄豆大小的汗珠，显然还没缓过神。车里传出痛苦的女子惨叫，车门推开，几个医护人员抬出担架车，腹部高高隆起的孕妇躺在担架上，双手死死抓着担架横梁。紧跟着下来两男一女，看年龄像是孕妇的丈夫和公婆，丈夫瞪我一眼，满脸惶急地帮着推担架，向医院匆匆跑去。

我愣了几秒钟，连忙追上，一边用日语道歉，一边帮着推担架。孕妇满头汗水，头发湿成绺贴在额头，脸色苍白，咬着嘴唇，忍受着巨大的痛苦。孕妇亲人没再说什么，反而都感激地对我点点头，我更过意不去，要是真出点什么事，估计这辈子心里面都过不去这个坎儿。

还好医院距离路口不远，进了医院，医护人员推着担架车去了产房，我才松口气。刚想摸出烟，想起这是医院，又溜达到门口。日本是个控烟很严格的国家，街道几乎没有人抽烟，许多咖啡厅都设有抽烟区满足烟民需要。

我站了一会儿，把烟放回兜里，准备去买肯德基，饿死黑羽倒无所谓，月饼和月野的温饱问题一定要解决。

“请问您有时间么？”孕妇的婆婆穿着传统和服，满头大汗，不失礼仪地深深鞠躬。

这段时间跟着月野多少学了些日本话，简单的交流不成问题。婆婆有些不好意思地说道："牙子临产在即，走得匆忙，家中有许多东西未拿。您如果有车，可否载我一程，回家取东西呢？"

我没有拒绝，医院那三个病号只好再饿一会儿。

婆婆跟我上了车，两人聊了几句，知道我是中国人，婆婆更是礼貌。

按照婆婆指引，大约二十分钟的路程，我拐到一排两层小楼的住宅区。停了车，婆婆下车又是深深鞠躬，请我在门口等等。

雨停了，天色已经大黑，我下车透口气，住宅区很安静，每个门口挂着户主的姓氏的木牌，婆婆这家木牌上写着"远藤"。二楼灯亮了，不一会儿熄灭，看来婆婆拿好东西下楼了。为了不耽误时间，我先发动车等婆婆出来。

"啪！"一只鸟停在车前脸上面，歪着头往车里看着。

我心说也就是在日本，要是在中国，你敢这么肆无忌惮地不怕人，估计早成晚饭的一锅好汤。这么想着，我不由笑了，再看那只鸟，和红绿灯上面那只一模一样，长着一双暗红色的眼睛。我顿时来了兴趣。正准备掏出手机拍个照，回去研究研究这是什么鸟，婆婆从楼里出来，怀里抱着一个扎得紧紧的包裹。

黑鸟扑棱扑棱翅膀飞走，顺手给车玻璃留下一坨奶油状的鸟屎。我哭笑不得，转着雨刷子扫着玻璃，婆婆抱着包裹上车，又点头道歉说了几句诸如"久等"之类的客套话。

我有些不习惯日本人这种客气劲，不过入乡随俗，也跟着客套了两句，踩了油门就走。

开到路口等绿灯的时候，夜空飞过一道黑影，盘旋了几圈落在灯杆上面。

这次，我觉得有些奇怪。

又是那只黑鸟。

它歪着头，一双暗红色眼睛像两枚燃烧的香点，默默地注视着我。

婆婆一声惊呼，脸色一变，包裹没有拿稳，落在车厢里。缠着的裹布散开，车厢里顿时充斥着淡淡的血腥味，一个沾满鲜血的小孩从包裹里滚出！

婆婆盯着那只鸟，嘴角不停抽搐着，眼中目光涣散，似乎被那只鸟勾了魂，完全不顾滚在地上的小孩。

“哇……哇……”小孩突然哭了起来。婆婆这才如梦初醒，急急忙忙收拾着包裹。

我目瞪口呆地看着这诡异的一幕，冷汗浸透衣服。

二

婆婆抓着孩子腿倒拎起来，血从孩子嘴里汩汩冒出，流了一脸，顺着小脑袋滴在车厢里面。我这才看清，这是一个仿真度极高会发声的人偶娃娃。

日本人偶业异常发达，并不仅仅只存在全球闻名的“充气娃娃”。高仿真的婴儿、小孩是许多还未生育的家庭挚爱，据说可以排解夫妻之间的压力，提前培养养育孩子的耐心。之前路过人偶店的时候，月野介绍时我挺不理解的，国家与国家之间文化不同，也就没有多问。

但是眼前这一幕我实在理解不了，儿媳妇要生孩子了，婆婆居然回家抱着一个灌了血的人偶娃娃来医院，难道这里面有什么禁忌?

婆婆包好娃娃，歉意地看着满车的血。我看婆婆全身上下没什么能装钱的地方，再加上处处透着诡异，也没当回事儿。一会儿给医院里两位爷一位少奶奶送了饭，找地儿洗个车就好。

黑鸟忽然飞到车前，紧贴车玻璃，暗红色眼睛放着幽光，飞快地啄着车玻璃！婆婆惊恐地驱赶着黑鸟，嘴里不停地喊着：“你别过来！你别过来！”

我知道这里面肯定有些什么奇怪的事情，婆婆的状态非常不稳定，急忙问道：“婆婆，到底怎么了？您没事儿吧！”

婆婆根本没听见我的话，也没了礼仪风度，拉开车门向医院门口跑去。潮湿的空气灌进车厢，混着鲜血味道，说不出的难闻。我捏捏鼻子，正想跟出去，却看见婆婆蹲在医院旁边的花池子，双手像两柄铲子掘着土，泥点迸了满脸，满头白发散乱，看上去异常狰狞。

更让我不理解的是：来来往往的路人和病号，居然对婆婆的奇怪举动视而不见，该干吗干吗。偶尔有老年人路过，双手合十喃喃自语的鞠躬，从兜里掏出硬币丢进土坑。婆婆自顾自地挖着土，坑旁的泥巴越堆越高，远远看去只有一个沾满泥屑的脑袋在土堆里忽上忽下。我好奇心起，下车走过去，那只黑鸟不知道什么时候飞走了。我琢磨着难道这种鸟就像国内的乌鸦，看见了不是什么好兆头，于是布些法门祛邪破灾？转念一想这好像不太符合逻辑，婆婆回家抱人偶娃娃并没有出现这只鸟，可能是另外某种奇特的风俗也说不定。

在中国湘西某些山村，孕妇生产时必须由丈夫把提前进山捕捉的公野鸡生生剁掉脑袋，用鸡血绕着产房洒一圈。孕妇生育时是身体阴气最重、阳气最弱的时刻，按照当地民俗，鸡血绕屋可以阻阴煞祟，保母子平安。

想到这层我心里有些释然，日本是崇尚鬼神妖怪的民族，乡间的民俗禁忌更是五花八门、层出不穷。东京南部的川崎，每年四月第一个星期天，这里的民众都会举行Kanamara祭。在这个节日里，人们膜拜男性生殖器的图腾，祈祷神明带来好运气，并保佑自己的生育能力。像这种奇葩的民俗，估计也只有日本才会有。

走到近前，我才意识到不对劲，婆婆跪在坚硬的花池沿子上，和服的膝盖位置已经渗出血迹，指甲缝里塞满了泥土，几乎挤进指甲肉里，还有一根细木枝插进了指甲。我的手指一阵肉疼：“婆婆，您没事吧？”

婆婆摇了摇头，土坑挖了一尺见方，她这才如释重负，双手在和服上随便一抹，把人偶娃娃头南脚北放入土坑，摸出几枚硬币，分别放在娃娃的双肩、丹田、脚踝位置。包裹娃娃的血布叠成小方枕，垫在娃娃脑下，又双手合十念了一段经文，才哆哆嗦嗦地捧着土埋了起来。

忙活了半天，婆婆把虚松的土拍实压平，起身对我鞠躬说道：“让您受到惊扰了。家乡的生产风俗，请您不要奇怪。”

婆婆迈着小碎步进了医院，我依然没有从震惊中缓过劲。拍实的土面印着凌乱的手印，像是一个个鬼手，从土里凸显出来……

这根本不是什么生产风俗，而是“煞局”！

煞局分很多种，无非就是通过风水布局，诅咒对方财运、气运、体运，轻则破财，重则性命堪忧。中国自古以来，各行各业的手艺人都多多少少会布局。说来好笑，这些煞局原本是手艺人在帮人干活时，如果受到欺负，克扣工钱，用来诅咒东家的法门。一般是师徒单穿，一辈儿只有一人会，后来居然发展成了专门收钱替人下咒的行当。

最常见的有木工厌胜术、伶人梦鬼术、船家水泽术，而婆婆所布置的，极为罕见，是失传已久的《青囊书》里记载的“医蛊缠阴术！”这种术极为偏门，把受术者的生辰八字写在血布上面，把蟾蜍、蛇、蜈蚣、蝎子、蜘蛛这“五毒”放进瓷坛，槐树根泡制的水浸泡，用无根土封住坛口，过三七二十一天，取出五毒阴干磨粉，倒进做好的人偶。寻对头家宅西北角阴气最重的地方，按照刚才婆婆的方法埋入人偶。不出一月，对头家人必然会百病缠身，不治而死。如果家中正好有人生育，家人不会生病，所生的孩子天生阴体，命格极为阴缠，能看见不干净的东西，一生多灾多难，运势颓废，但是家人财运旺盛，体健气正。

婆婆进了医院早没了身影，我使劲揉着太阳穴，她到底要干什么？为什么要把这种术下在自己的孙辈身上？

我忽然想到了一件事：难道她知道，这个孩子不是家族的孩子，而是儿媳妇偷情怀孕？

为什么路过的老年人丝毫不觉得奇怪，反而要往坑里放置助术的百家钱呢？

我脑子一片混乱，既想把医蛊缠阴术破了，又担心万一不是，坏了婆婆家里的风水布局。

三

站了一会儿，我理不出头绪，决定先去肯德基买了快餐，给月饼他们送过去，顺便问问月野这到底是怎么回事。

我刚转身走了没几步，忽然感觉有个毛茸茸的东西扫过脖子，耳边传来“扑棱扑棱”的声音。这段时间的经历让我多少具备了应变能力，我没有回头，而是快速向前一跃，半空转身朝后看去。这样既可以第一时间摆脱危险，也有足够的时间看清情况及时防备。

身后，什么都没有。

我摸着脖子，刚才残留的酥麻感还在，说明不是因为过度紧张产生的幻觉。就在这时，我看到那只黑鸟停在埋人偶的地方，一蹦一蹦啄食着泥土，仰脖叫了几声，振翅飞走，和漆黑的夜色融为一体。

这一切实在是太诡异了，我胸口憋得几乎透不过气，索性什么也不想，还是先去买了肯德基回医院再说。空荡荡的街道没有行人，和刚下班本应人很多的时间段很违和。我拿了根烟凑在鼻子前用力嗅着，淡淡的烟丝香味多少让神经缓和了许多。再次走到红绿灯前，恰巧又是红灯，我心烦意乱地等着，无数只飞蛾绕着路灯飞来飞去，地上投出一个个模糊混乱的黑影。

"能帮我抱抱孩子么？"身后传来低沉沙哑的女人声音。

不知道为什么，我突然感到全身发冷，转身看去，一个女人半低着头，潮湿的长发像两块湿布，垂在脸颊两侧，遮挡住大半边脸，只露出薄薄的嘴唇和尖长的鼻子。

寒冷的感觉更加强烈，我小心地问道："你说什么？"

"抱一抱这个孩子！"女人的声音更加刺耳，双手伸得很直，把手里的襁褓递到我的面前。

我的心脏"怦怦"跳个不停，冷汗往外直冒。女人的脑袋垂得更低了，看上去就像被拧断脖子，只剩一层皮把脑袋和身体相连。

我突然想到了来的路上，月野随口讲的一件事：

据说，雨天入夜时分，正是日本百鬼夜行之时。如果有奇怪的女人抱着孩子，递给路人，请求帮着抱一抱，一定要拒绝。如果路人不明所以，抱了婴儿，那么婴儿会突然张口，咬断路人脖子。

这个奇怪的女人就是姑获鸟的化身！

姑获鸟原本是居住在东京的一个普通女孩樱子，她爱上了公司同事福泽，可是福泽已经结婚多年，贤惠的妻子给他生了个漂亮的女孩，两人正计划再生一个孩子。

樱子长得并不漂亮，从小到大，情人节都没有收到过礼物。福泽对她展开追求，展示了成熟男人的风度和内涵，她轻而易举地被俘获了。她对福泽一直怀有感激之心，如果不是福泽，她可能永远感受不到爱情的滋味。所以，她义无反顾地投入福泽怀抱，哪怕没有名分，哪怕福泽和她做爱之后抽根烟就匆匆地洗澡穿衣服回家，把她留在冰冷的小出租间，她也觉得是幸福的。

女人得到爱情，不在乎时间早晚，在乎的是爱得热烈。

直到有一天，她发现怀孕了，她想生下这个孩子，哪怕只是她自己养育！福泽阴沉着脸抽了半夜的烟，温顺的樱子第一次如此强硬，坚决不同意把孩子打掉。福泽没有办法，只得同意了。

为了躲避闲话，樱子在福泽的劝说下辞了职，安心在家养胎。临产时，福泽请了一天假，送樱子进了医院。躺在病房的樱子羊水破了，呼唤着福泽的名字，虽然身体疼痛，却掩饰不住即将为人母的喜悦。福泽忽然觉得很恐惧，如果孩子生下来，他的事业，他的家庭，已经怀孕三个多月的妻子，还有他的家乡父母……所有的一切，都会消失。

福泽握着樱子的手，吻着她满是汗水的额头："樱子，我们的孩子就要出生了，你再坚持一下，我去叫医生。"

樱子眼中闪着新的光芒，目送着福泽出了病房。她没有注意到，福泽吻她的时候，偷偷拔下紧急呼叫器，又反锁了房门。

七个月后，福泽从医院赶回家拿衣服，妻子大概是当晚分娩，提前做好准备在医院过夜。他打开抽屉，取出一个红布宝裹得严严实实、前段时间去寺院求来的平安符塞进口袋，拿了件随身衣服，准备出门。

突然，他看到衣服的衣领位置，有一个淡红色唇印。樱子难产，母子双双死在病房，但是他清晰地记得，这个唇印，分明就是樱子嘴唇的形状！

福泽把衣服扔进洗衣机，又拿了件衣服，衣领位置居然也有唇印！福泽惊呆了，他神经质般翻着衣服，所有的衣领，都有唇印！

他瘫坐在墙角，大口喘着气，手里紧紧捏着平安符，"扑通"跪在地上："樱子，我知道错了！我一时懦弱，抛弃了你和孩子。但是，请放过我！你不能眼睁睁地看着即将出生的孩子和她的母亲没有人照顾！樱子，我知道你是善良的女孩，给我一次机会，我用下半生陪着你。"

说来奇怪，唇印消失了。

福泽松了口气，急忙往医院赶去。夜已经深了，天空飘着毛毛细雨，过红绿灯时，马路对面走过来一个女人。长发覆面，怀里抱着一个孩子，走到福泽身前，双手僵硬地伸直："能帮我抱抱这个孩子么？"

昏暗的路灯映在女人低垂的脸上，额头一个男性的唇印分外刺眼！福泽听出了女人的声音，和樱子在产房里呼唤他的声音一模一样，痛苦而沙哑！

他惊叫一声，推开女人，疯了般跑到医院！急诊室的挂钟正好敲过午夜零点，他赶到产房，接生医师正摘着口罩走了出来。

"医生，请问我们家产妇怎么样了？"福泽压着心头的慌乱问道。

医生张了张嘴，什么也没说，摇摇头走了。

福泽怔住了，他意识到妻子出了问题！

"福泽，这是咱们的孩子，可爱么？是个男孩呢。"就在这时，妻子居然抱着婴儿从产房里走了出来。

福泽眼睛瞪得滚圆，吃惊地望着妻子："你……"

"你看他可爱么？眼睛和你好像。"妻子的手指点着婴儿鼻子，慈爱地笑着。

"是么？快让我看看！"福泽喜出望外，走到妻子面前准备接过孩子。

妻子突然伸直了胳膊，把孩子塞到福泽面前，低垂着头，嗓音异常沙哑："抱一抱这个孩子吧。"

福泽下意识地接过孩子，襁褓中，是一具皮肤泛着死黑色，皱巴巴的死婴！

死婴睁开眼睛，黑洞洞的眼眶淌出黑色血液，张嘴咬向福泽的脖子！

从此，日本的都市多了一种妖怪——姑获鸟。

它会在雨夜化身女人，抱着孩子乞求路人抱一抱。奇怪的是，她只会在滋贺县南部出现。据说，那里是福泽的故乡。

四

那个女人执着地把婴儿递给我，用沙哑的嗓音重复着"抱一抱这个孩子吧"。夜风吹过，我的血液几乎都冻住了！

"对……对不起，我赶时间。"我向后退了几步。

"如果你不抱，孩子就会死。"女人突然抬起头，直勾勾盯着我，"他真的很可怜，被狠心的父母丢弃，埋在土里。我刚把他挖出来，求求你，抱着他送去医院，否则他真的会死。”

路灯照亮女人的脸，我看清楚了她的模样！脸瘦长得异常夸张，嘴唇嘬成一团，尖尖的像鸟嘴，眼睛没有上眼皮。一双暗红色的眼睛像两颗腐烂的红枣安在眼眶里。最可怕的是她的脸皮，生长着许许多多鱼鳞状的细纹，把整张脸割裂成无数小块，倒像是蹩脚的美容医生用不同的皮肤拼凑出的一张脸。

“请相信我，救救这个孩子吧。”女人眼中流出两行殷红的鲜血，渗进皮肤的裂纹，如同一条条小蚯蚓蜿蜒着爬到下巴，“他是多么可爱的孩子，不能就这样死去。”

女人哼着小曲，吻着孩子的额头，汇聚在下巴的血流进孩子嘴里。我几乎要吐出来，突然想起一件事，回头看去，医院门口埋着人偶的地方，果然被挖开，堆着一抔乱土。

这个女人，是那只黑鸟！

婴儿，是人偶娃娃！

这就是姑获鸟化人后的样子！

但是，我丝毫感觉不到姑获鸟的敌意，从她的表情和眼神中，我看到了对孩子的爱。

“他……他是假的。”我尽量稳定情绪，控制着声音的节奏。

姑获鸟歪着头奇怪地看着我：“他怎么会是假的呢？你看，他长得多可爱啊！就像我和福泽的孩子太郎一样可爱呢。如果你再不救他，真的会死去的。相信我好么？我不能去医院，会被当作妖怪抓起来。只能靠你了，拜托了！”

我彻底糊涂了！

姑获鸟樱子那张脸虽然恐怖，但是那种发自内心的母爱是无论如何也装不出来的。我心里不忍，终于伸出手，接过孩子。

“小心。”樱子把孩子轻轻放到我怀里，简单地笑着，“你是个好人呢。都市里有很多我的传说，没有人敢接过我怀里的孩子。他们都怕被孩子咬了这里。”

樱子用手指了指自己的喉咙。

我抱着人偶娃娃，终于相信，姑获鸟樱子绝不是和裂口女一样可怕的妖怪，她是保护孩子的天使。

“谢谢你，拜托了！”樱子鞠着躬，长长的头发又遮住了大半边脸，“我要走了，都市里有很多被丢弃的孩子，我要救他们。”

“我会照顾好他的。”那一刻，我甚至真的相信，怀里抱着一个有血有肉的孩子。

“我相信你。”樱子渐渐融进漆黑的夜色。

远处，一道耀眼的白光疾射而来，贯穿了樱子肩膀，带出一篷血箭！

樱子一声凄厉的惨叫，弯腿向空中跃起，又是一道白光，穿过了她的膝盖！一阵让人胆寒的碎骨声响起，樱子痛呼着瘫坐在地，左腿被斩成两段，脚掌反折到大腿的位置。

“终于找到你了！”苍老阴冷的声音从黑暗中传出，“福泽，我的儿子。今天妈妈会为你报仇。”

埋下人偶娃娃的老婆婆，换了一身黑色紧身衣服，从街角慢慢走了出来。她的身边，一左一右两个男子，穿着同样的装束，腰挎武士刀，甩手又丢出两道白光！

樱子拼命挣扎的身体突然一顿，两枚尖利的钢刺贯穿了她的肩膀！

“你的首级就是福泽的祭品！”福泽母亲拔出武士刀，竖举于右肩之上，身形一矮，探着头冲了过来！

我把人偶娃娃往福泽母亲身上一砸，纵身挡在了樱子面前。福泽母亲完全没有刚才的惶急失措，侧身闪过，一刀劈下。我死死盯着刀光闪痕，手掌贯力，映着刀光拍去，准备趁着刀势还未聚集到最强，双掌合十把刀身夹住。

刀光在空中画了个“之”字，一阵凌厉的刀气迎面而来，刀尖停在我的额头前两寸的距离。我的眼睛被刀气刺得生疼，额头传来轻微的割裂感，几根头发从眼前飘落。

“伊贺流忍者从来不杀计划外的目标！”福泽妈妈双手牢握刀把，低声吼道，“滚！”

我面不改色，心却跳得厉害！刀尖眼看劈到脑门的时候，我差点没给吓死。直到这会儿还膝盖发软，强撑一口气一动不动。

更让我觉得扯淡的是，这个老婆婆居然是忍者！

樱子身下汇聚着一汪鲜血，越来越多，已经昏了过去。如果再不救治，恐怕就用不着为子报仇的忍者妈妈出手了。

“婆婆……有话好好说，没有过不去的坎儿。”我实在憋不出词儿，居然冒出这么一句。

刀尖急速颤抖，忍者妈妈握着刀柄的指节因用力过度泛着青白色：“呵呵，如果是你的儿子被害死，你会怎么做？”

这句话把我噎得干脆接不上话，生怕忍者妈妈一个控制不住，小爷我这辈子也就算是交代在日本忍者手里了。

那两个男子走了过来，正是送孕妇进医院的父子。

“妈妈，为我哥哥报仇的觉悟不能有丝毫怜悯！为了引出姑获鸟，我放弃了多年忍者苦修，娶妻生子，否则怎么能靠区区血人偶引出她！”儿子缓缓抽出长刀，刀刃滑过刀鞘，“嘶啦”作响。

我恨不得抽这哥们儿一个大嘴巴子，一看就是情商、智商都是负数，练忍术把脑子练坏的二百五。

“忍者也不能不讲理啊！”我也顾不得脑门上面还有一把武士刀了，“你们家福泽在外面把樱子肚子搞大了，又丢下待产的樱子不管不顾，一尸两命，丧尽天良！就凭这个你们居然还有脸来报仇？”

“她不应该化成妖怪杀死我们的儿子。”福泽父亲看来多少还明白点事理，态度不是很激动。

“福泽那种陈世美，就算樱子不化成妖怪，也迟早遭报应！懂么？知道什么叫报应么？”我也豁出去了，想到什么说什么。

福泽母亲似乎从未想到过这个问题，思索了片刻，问道：“陈世美是谁？”

我无语。

“妈妈！别管陈世美是谁！只有妈妈亲自动手，才能血洗忍者被杀的耻辱。”儿子太阳穴的青筋都快迸裂了。

“福泽……福泽不是我杀的。”樱子虚弱的呢喃。

“妖怪怎么可能说真话。”儿子冷笑着。

“你不插嘴能把你憋死是不？你是忍者还是说相声的？”我真心讨厌这个脑残忍者，忍不住吼道！

“让她说完吧。”父亲收起刀，“她跑不了。”

樱子苦笑着：“你们听到的传说，并不是真的。我不是难产死的，是被福泽的妻子，纪子杀死的。福泽爱上我，是因为纪子太强势，根本没有自由！纪子早就发现了我们的关系没有点破，直到我要生产的时候，福泽去叫医生，她溜进病房，用枕头把我憋死了。福泽深受打击，一直以为是没有陪在我身边出了意外，天天情绪低落。纪子得不到福泽的爱，怨恨越来越重，在都市散布着关于我的恐怖传说。她在生产前，把家里所有的衣服都按上唇印，故意指使福泽回家拿衣服，让他心神不宁。又花钱聘了小演员，冒充我站在路口，把福泽的心理防线彻底吓崩溃。至于在医院里，那是她故意装作要生产，进了产房，趁着医生劳累的时候，抱着人偶偷偷溜出来。已经神志不清的福泽产生幻觉，被活活吓死。福泽死后，她也疯了，咬烂了福泽喉咙，把自己活活噎死。”

福泽妈妈收起了武士刀：“你说的是真的？”

“我已经要死了，何必骗你们。”樱子咳出一口血。

“母亲，你不能相信……”

“住嘴！”福泽妈妈吼道。

“快去医院吧，我已经听到了婴儿的哭声，你的儿子出生了。”樱子抬起丑陋的脸，目光温柔地望着医院，“要好好对待孩子啊。”

“对不起，再次让您受到了惊扰。”福泽妈妈归刀入鞘，“今天的事情，请您忘记。至于她说的是不是真话，我会弄明白。”

樱子一番话，我听得心里七上八下。

仇恨是什么？

生命又是什么？

难道因为仇恨，真的可以漠视生命？

原谅一个人，真的很难做到吗？

我站了很久，眼睛明明能看见东西，却好像什么也看不见。

等我彻底缓过神儿，樱子、福泽的父母和弟弟早已不见。不知什么时候，路上行人多了起来，熙熙攘攘来来往往，情侣们手牵着手有说有笑。

路灯明亮，月朗星稀……

第十一章 面膜人偶

有一个奇怪的说法，千万不要在午夜敷面膜，也不要戴着面膜入睡。再累再困，也一定记得把它摘下。

原因，无人知晓。

如果你的朋友或者恋人，敷着面膜背对你睡着了，绝不能喊醒她摘下面膜。

否则，当她转过身时，你会看到……

一

我拎着肯德基回到医院时，已经是晚上九点多钟。“尸螺河童”“姑获鸟”整整耗去了我一下午和半晚上时间，在医院外换衣服时，我就打定主意，这两件事不会跟任何人说。

进了病房，月饼枕着胳膊躺在床上盯着天花板发呆，黑羽包裹得像个木乃伊，莫名的喜感让我心里多少轻松些，又觉得很温暖。

“你找应召小姐开房去了？”月饼打了个响指，似笑非笑，“买个午饭买到消夜才回来，还换了身衣服。南瓜，要洁身自好啊！可不能被资本主义的腐朽思想污染了你那本来就不干净的大脑啊！”

我把袋子往月饼身上一砸：“嗯。胸大腰细屁股翘，3000日元没白花。”

“全日本最便宜的应召也要5000日元一个钟头，南君一下午才花了3000日元，不知道是哪个社的应召这么有觉悟。”黑羽冷不丁冒出一句话。这几天黑羽也不像以前那么冷冰冰地，时不时也和我们聊几句，经常还冒出几句颇为雷人的冷幽默，一时间气氛很好。

如果不是有杰克这个始终看不到却又能随时感觉到的敌人，这段时间算是来日本后最轻松的几天。

我忍不住笑了，阴霾的心情也跟着活跃起来——有朋友的地方，永远都不会寒冷。

“你干吗去了？”月饼看出了我心情不佳。

我摆了摆手不知道该怎么说，找了个借口给月野送干粮，逃了出来。

“南瓜，你等等，我有事跟你说。”月饼扭伤了脚踝，肿得和馒头一样，下不了地，在病房里喊着。

除了我，月野受伤倒是最轻的，几处皮外伤影响不大，就是元气损耗过巨，静养一段时间自然就能恢复了。

推开病房门，床头柜上插着一束红玫瑰，给白色的病房增添了不少生气。

月野对着窗侧躺着，看来是睡着了。我有点尴尬，正想退出掩上门，她软软地问：“你回来了？”

从未听到月野用这么温柔的声音对我说话，我的心脏猛地跳了几下，有点酸酸的甜蜜，脸涨得通红，意识微微有些晕眩。

可是当我的目光再次停留在那束红玫瑰上时，我忽然意识到，月野的这句话、这种温柔，并不是对我说的，而是对那个送玫瑰的人！

在床头柜上，还有一盒吃干净的便当。

月野斜撑着身体，长发瀑布般散落，闪着夕阳的余晖，映出好看的光晕，优雅地转过身。

我酸楚地傻站在门口，着迷地看着她。

当我看到她的脸时，胸口仿佛被打了一锤。

那张脸，不是月野清衣的！

二

“南君，怎么会是你？”明明是月野的声音，可是她的脸实在是太吓人了。除了鲜红的嘴唇，整张脸苍白得毫无血色，眉毛颜色淡得像是没有从皮肤中生长出来，五官的轮廓极为模糊，像是被一层薄薄的肉膜覆盖住了。

见我惊恐的样子，月野忽然明白了什么，不好意思地笑了笑，从脸上揭下一层面膜：“刚才敷了个面膜，忘记摘了，抱歉吓到你了。”

我哑然失笑，最近神经绷得太紧，有点风吹草动就胡思乱想，刚才心情又复杂，仓促间竟然没有发现那是一张面膜。

“南君，我需要的东西带来了吗？你怎么这么晚才来？发生什么事了？”月野用湿巾擦着脸，接连问了几个问题。

我愣了一下，忽然想起买的卫生巾还在车里，心里暗骂“该死”，嘴里说着“忘车里了，这就去拿”，急匆匆就往楼下跑。

拎着一大包卫生巾跑回医院，这个场面倒也颇为壮观，过往之人纷纷对我行注目礼，我也顾不得许多，气喘吁吁地跑到月野的病房门口。

正要推门时，隔着玻璃，我看到病床前坐着一个男人，月野脸上挂着羞涩的笑容，正拿着一台数码相机，认真看着屏幕上显示的照片。

男人轻轻握着月野的手，耳边低语，月野的脸上晕起两坨绯红，放下数码相机，捂着嘴轻声笑着。他不知道又说了几句什么，月野的眼神变得湿漉漉的，流露着茫然朦胧的色彩，微微仰起头，抬起柔嫩的嘴唇。男人捏着月野的下巴，轻轻吻了一下，摸着她的脸，把手插进乌黑的长发里，揽进宽厚的胸膛。

他有意无意地向我看过来，我手一松，卫生巾和肯德基碎落满地。我心里，好像也有一样东西，发出了碎裂的声音……

“鬼畜之影”，吴佐岛一志。

月野仍依偎在吴佐岛一志怀里，微闭双目，嘴角挂着甜蜜的笑容。吴佐岛一志对我眨了眨眼睛，食指放在嘴唇上摆了个“嘘”的口形。

床头柜上，是一束魅惑的“蓝色妖姬”，还有冒着热气精致的寿司便当。

我不知道怎么回到了月饼和黑羽的病房，心里空荡荡的，意识完全停止了运行，眼睛分明能看到东西，却又像是什么都看不见。

为什么女人喜欢的男人永远不是喜欢她的男人呢？为什么崇拜带来的迷恋远比一起打打闹闹的感情更容易让女人向往呢？为什么一包能够解决真正生理问题的卫生巾永远比不上满足心理虚荣的玫瑰花呢？为什么能填饱肚子的肯德基永远比不上只是看着好看的寿司便当呢？

我找不到答案。所以，我像个死人，慢慢感觉着灵魂离体的绝望。

“叫你不要过去你偏不听。”月饼瘸着腿勉强下了病床，坐在我旁边的椅子上，递给我一根已经点着的烟。

我机械地接过烟，狠狠地抽了一口，剧烈地咳嗽着。

肺不疼，心却疼……

“南君，就算没有吴佐岛先生，月野也不会对你有感觉的。”黑羽费力地撑起身子，“月野清衣是个孤儿，可能是因为缺乏长辈的关爱，所以她喜欢成熟稳重、能给她带来安全感、有岁月沉淀、比她年龄大的中年男子，她对吴佐岛先生仰慕已经很久了。你，肯定不在她考虑范围内。”

“你们什么时候知道的？”我声音酸涩得近乎嘶哑，烟燃烧了大半，烫到了手指，却有种剧痛的快感。

“吴佐岛一志中午来探望月野，”月饼摸了摸鼻子，“一个来小时，月野就挽着他的胳膊过来看我们，给你打电话才发现你手机落病房了。”

我玩命地抽着烟，烟头已经烧到过滤嘴，嗓子里全是海绵的焦煳味儿，刺啦啦地疼。

“天要下雨，娘要嫁人，由她去吧！”月饼拍着我的肩膀，“再说我本来也没看好你能找个日本老婆。”

"滚！"我把烟头狠狠扔到地上，仿佛那就是天杀的吴佐岛一志的化身，恶狠狠踝了半天，才一脸杀气地向门外走去。

"你干吗去？"月饼扯了我一把没扯住。

"送卫生巾去！"我整了整衣服，"趁着月野大姨妈拜访，生米没做成熟饭，有机会坚决不能放过！"

"你要是快递员，我坚决给你好评！"月饼打了个哈欠。

"好评？为什么要给好评？你们中国的传统吗？"黑羽纳闷地问道。

"南君好精神啊！"刚拉开门，吴佐岛一志和月野就挽着胳膊走了过来。

"吴佐岛先生邀请我看歌舞伎。"月野羞涩地低着头，"你们照顾好自己。"

我一听头都大了，这看完歌舞伎下一步就该开房了，一时间也忘记了月野的身体不适。

"月野，我不同意！如果遇到危险怎么办？毕竟杰克还在黑暗中潜伏。"黑羽也不知道是在帮我还是真在关心月野，居然想出了这么义正词严的借口。

"可是……"月野有些犹豫。

"今晚表演的是江户时代美女阿国独创的《念佛舞》，也是日本第一支歌舞伎，机会很难得。而且为了邀请清衣，我包了专场，不看有些遗憾。"吴佐岛一志依然是云不动风不吹的微笑，"对吗，清衣？"

月野微微点了点头，眼波更加朦胧。

我恨不得给他脸上来上一拳，把他的鼻骨塞进口腔里，看他还能不能笑出来。

"黑羽，你恢复得怎么样了？"月饼走了几步跳了跳，"我已经好利索了，来到日本，不看歌舞伎，那也是遗憾啊！"

黑羽解着绷带："区区几只狐狸，怎么可能让我休养这么久，我也好了。"

看着他们俩稍微用力就疼得满头大汗，我心里很不是滋味。

这就是朋友！

三

五个人挤上一辆丰田，别别扭扭去了剧院，我的心思根本就没在歌舞伎上，月野的目光始终没有离开过吴佐岛一志，我嘴里酸得能吃满满一盘饺子。

黑羽介绍着歌舞伎的由来——歌舞伎源自江户时代，创始人是日本妇孺皆知的美女阿国，她是岛根县出云大社巫女（即未婚的年轻女子，在神社专事奏乐、祈祷等工作)，为修缮神社，阿国四处募捐进行歌舞表演。随着阿国不断充实、完善，独创的《念佛舞》渐渐成为独具风格的表演艺术，也正式宣告了风靡日本的歌舞伎诞生。

黑羽揉着还没好利索的胳膊："自阿国之后，歌舞伎都由男伶表演，不觉得奇怪吗？"

"这没什么好奇怪的。我们中国的京剧，最初也不允许女人登台，一律由男人表演。"月饼又想了想，"难道阿国是个男人？"

"月君怎么会有这种想法？"月野总算是清醒了，边回应边问了个奇怪的问题，"除了寿司、方便面、忍术、武士刀这些大众熟知的特色文化，还有一样东西源自日本，是女性必不可少的化妆品，你们猜猜看？"

"面膜。"我随口说道。

"想不到南君对日本还很了解呢。"月野有些惊诧，随即想到我猜到面膜的原因，有些不好意思地笑着。

"面膜的由来是个很诡异的故事。"月野眨了眨眼睛，开车的吴佐岛一志手一抖，车子差点蹭到防护栏。

"吴佐岛先生，你的脸色似乎不太好。"月饼眯着眼睛冷冷说道，"我有些奇怪，您的女儿呢？这么小的孩子把她单独丢下，你放心吗？这不该是作为父亲应有的觉悟吧。"

吴佐岛一志皱着眉头，手指紧紧握着方向盘，指节呈现出过度用力的青白色："雪子需要上学接受教育，我的职业和身份显然不能给她稳定的生活状态，我把她托付给她的姑姑照顾。"

"任何事情都比不上父母陪在子女身边重要吧？"月饼的词锋越来越

锋利。

“月君，吴佐岛先生担负着收集鬼畜的重任，是阴阳师的眼睛。只有把鬼畜都消灭，普通人才会过上安稳的生活。这种为了事业放弃家庭的高尚觉悟，是一般人做不到的！”月野拢了拢头发掩饰着羞涩，“也正因此，我从心里佩服吴佐岛先生。”

“哼！”黑羽不屑地侧头看着窗外。

车里的气氛顿时有些尴尬，月野转换了话题：“还有一段时间才到，我给你们讲讲歌舞伎的传说吧。”

四

在江户时代，大和子民都深信神鬼的存在，每逢大事的时候，都会虔诚地到神社参拜，希望得到神灵的启示和保佑。

作为把终生奉献给神灵的神社僧侣，自然也是人们敬仰的对象。在众多神社中，最有名的就属岛根县的出云大社。相传只要来这里敬拜的人们有一颗足够虔诚的心，那么神灵会毫不吝啬地恩赐他神运。

出云大社的住持宁源是日本第一个完成“百日大荒行”的“成满”僧侣，非凡的成就、清朗的气质、虔诚的佛心更使他得到无数大家闺秀的青睐。

“能嫁给宁源，就等于嫁给了神”的谚语传遍全日本。（日本的佛教自成一体，僧侣可以饮酒吃肉，也可以娶妻生子，甚至还可以将自己的身份世袭遗传。包括我们所熟悉的“一休哥”，根据日本的历史记载，他也是风花雪月的“花和尚”。）

更让人敬佩的是，宁源一心向佛，丝毫不为所动，清苦的生活倒是和当时僧侣的奢靡形成了鲜明的反差。

虽然别的神社的僧侣嫉妒怨恨宁源，但是慑于他的威信，也无可奈何，只好偷偷收敛平日的奢华。

如此过了七年，人们突然发现，出云大社里传出了婴儿的哭声。这可算是轰动一时的大事，要知道虽然日本不禁止僧侣结婚，但是却严禁僧侣和女子偷情。宁源没有结婚，神社却出现了婴儿，这足以导致出云大社声誉扫地。

仰慕宁源的女信徒得知这件事，都伤心欲绝，拒绝去神社参拜（这点倒和当今的偶像明星不敢公开自己的婚姻有些像）。如此一来，仅仅一年，繁盛的出云大社竟然败落了，香客甚少，社宇残破，只有停在树上的乌鸦偶尔“呱呱”几声悲叫。

“树倒猢狲散”，弟子们不堪清苦，纷纷出走，眼看着出云大社只剩下宁源和刚满一岁的婴儿。

宁源却依旧带着清朗的笑容，每天背着婴儿，挨个村落讨食度日。

很多人不理解，只要宁源说一句“这个孩子不是我的，是收养的弃婴”，那么出云大社很快就能再次繁盛兴旺。可是宁源对于孩子的来历绝口不提！这更证实了孩子是他的私生子的说法。

早就怀恨在心的其他社僧侣终于等到了报复的机会，在一个寒冬的夜晚，一把大火烧毁了出云大社。

宁源动手在社旁结了个草庐，和孩子相依为伴。

那年，孩子已经五岁，出落成粉嘟嘟的漂亮小女孩。虽然经常被骂成野种，会被村中孩童丢石子，但她依然会用清亮的嗓子唱着乡间民谣，跳着自编的舞蹈。

每当这时，宁源就会乐呵呵地坐在老槐树下，享受着阳光，欣慰地笑着。

五

光阴荏苒，当老槐树斑驳的树皮逐渐龟裂，树上的乌鸦变成了一抔黄土的时候，宁源也由风度翩翩的俊朗僧人变成了垂垂暮年的老者，衰老地坐在树下。每一条皱纹，都夹着岁月的沧桑；每一次呼吸，都是对记忆的缅怀。

唯有小女孩，长成了十八岁的美丽女子，眉宇间依稀有宁源年轻时的模样。

她的名字叫作阿国。

很奇怪的男人名字。

她的歌声，足以让山间的百灵蒙羞；她的舞蹈，连京都最著名的舞伎都自愧不如。

时间是冲淡记忆最好的道具，村民们早已忘记宁源作为僧侣没有结婚却有了孩子的事情，每逢红白喜事、祭祀庆典，都会邀请阿国去歌舞。时间久了，阿国的名气越来越响，竟然不亚于当年宁源的声望。

一个念头，在阿国的心中越来越强烈。

重建出云大社！

可是，她有一丝顾虑……

在一个宁静的夏夜，草庐里的油灯彻夜未亮。偷偷仰慕阿国的少年男子们趴在庐外的草丛里，他们听到了奇怪的声音。

时而是男子沉重的呼吸，时而是女子痛苦中夹杂着兴奋的呻吟，整整一晚没有停歇。直到天边亮起鱼肚白，阿国衣冠不整地走出草庐，每走出一步，都异常吃力。她疲惫地对着草庐深深鞠躬，背上行李，开始了歌舞表演的人生！

让人无法理解的是，阿国从此以纱巾覆面。每次表演的时候，她都会用厚厚的糯米粉糊住美丽的面容，嘴唇涂得血红，两根眉毛处用黑炭画了两个圆点，宛如厉鬼。

有人说，阿国担心达官贵人对她心起淫邪之念，故意把自己画得这么丑。也有人说，阿国表演的时候，也是选夫的时候，如果遇到让她真正心动的男子，她会卸下妆容，毫不犹豫地用惊人的美貌征服那个男子。

至于她临走前那一晚在草庐里和宁源做了什么，说法就更多了……

六

令人心旷神怡的歌声、无比曼妙的舞蹈让阿国在全日本声名鹊起，不肯以真面目示人更是给她增添了一份神秘。出道仅半年，阿国就成了全日本最著名的艺人，各地的将军、大名、武士都以请到阿国表演为荣。

其中，就有京都最有名的地主：矢野茂三。

说来可笑，矢野茂三邀请阿国表演，竟然是因为他的妻子。

作为全日本最有名的歌妓，矢野茂三的妻子桃子没有好出身，却凭着美貌得到了好归宿，也算是人生的安慰。当她听说阿国的歌舞之名已经超过了十几年前的自己时，嫉妒中带着好奇，央求矢野邀请阿国到家中表演。

阿国答应了矢野的邀请，整个京都轰动了！表演在矢野家的园林中进行，整整三天，京都的空气里是阿国曼妙的歌声，阳光中是阿国婀娜的舞姿，甚至樱花飘落的香味中，都是阿国倾倒众生的歌舞。

阿国的表演不但轰动了整个京都，也在皇宫内激起了波浪。从不露面的天皇下了诏令，要在半月后去矢野家观赏阿国的歌舞。不过有一条苛刻的要求：任何表演过的歌舞都不可以出现在舞台上，否则就是对天皇不敬。而且新歌舞如果得不到天皇的认可，阿国以及矢野全家都会被诛杀。

矢野接到诏令，整个人都瘫了。原本只是为了满足妻子的愿望和展示财力的虚荣心，结果却引来了即将灭门的下场。这明明是天皇为了充实国库，想找借口抄掉他的财产而已。

半个月时间，排练出完全不同又能得到天皇满意的歌舞，简直就是痴人说梦。当他把诏令告诉阿国后，阿国却平静地表示这两个要求完全能做到。正好她有一个新的歌舞，但是需要另外一个精通歌舞的人协助才可以完成。她也提出一个要求：如果这次幸免不死，矢野要协助她重新修建出云大社。

矢野犯难了，修建出云大社对他来说不过就是几个钱而已，但是短时间内到哪里才能找到一个和阿国旗鼓相当精通歌舞的人呢？

当他长吁短叹回到家时，桃子询问得知事情原委，笑着说精通歌舞的人就在眼前，何必要去找呢？

七

半个月后，天皇对于即将开演的歌舞并不感兴趣，真正让他垂涎的，是矢野富可敌国的家产。

音乐响起，本应出现在台上的阿国和桃子却没有露面，台下一片骚动。

由于怕歌舞外泄，所有的排练都是在完全保密的状态下进行的，矢野根本不知道歌舞的内容，几次询问桃子，得到的都是微笑的拒绝。最后十天，桃子干脆和阿国住在了一起专心排练。

乐师们顿时满头大汗，战战兢兢地演奏着音乐，心里面却在想难道阿国知道必死无疑，早已经跑掉了？那么桃子呢？

随着天皇脸上的冷笑越来越浓，矢野知道死期即将临头，“扑通”跪下，拼命地磕头，乞求天皇能饶过他的性命。

就在这时，舞台两边，阿国和桃子分别出现，日本第一支歌舞伎——《念佛舞》的表演开始。

整整一个多时辰，在场的所有人，都被两人精彩绝伦的演出深深吸引，直到谢幕，全场依旧鸦雀无声，过了半晌才响起雷鸣般的掌声！甚至连心怀鬼胎的天皇，都下意识地起身鼓掌庆祝。

桃子和阿国相视一笑，跪地高声说道：“感谢天皇的欣赏。”天皇意识到自己的失态，眼看阴谋无法完成，只得顺水推舟，当场题了“无双”两个字，败兴回宫。

命和财产保住了，老婆又获得天皇赐封，矢野自然欣喜若狂，当晚设宴款待宾朋，阿国和桃子更是宴席上的焦点。

阿国依然蒙着面纱，滴酒不沾。有了天皇的赐封，此时的阿国早已不是流浪民间的女伶，所以宾客也不能强行灌她酒。

桃子却不知道喝了多少杯酒，早已醉态可掬，眼看就要失态，便在阿国的搀扶下回了排练的后院，准备第二天酒醒之后把《念佛舞》再进行改良。

两个主角离席丝毫没有影响宾客的酒兴，反而喝得更加尽兴。正当大家酒意最浓的时候，从后院传出惊恐的叫声！

八

“你们猜，后院发生了什么？”月野讲到这里忽然停住了。

从黑羽和吴佐岛一志的表情来看，他们都知道这个故事，而我和月饼却听得抓心挠肝。

“有人混进后院把她们俩强奸了？”我猜测道。

“我还是觉得阿国是个男人。”月饼摸着鼻子，“所以……”

我觉得月饼这个想法完全是无稽之谈：“月饼，你最近怎么这么重口味了，这怎么可能呢？”

“看完今晚的表演，你们就知道答案了。”月野指着不远处一栋古色古香的建筑说，“我们到了。”

“月野！”我憋不住吼了一声，“你怎么可以说半截就不说了，那还不如不讲。”

“因为表演就要开始了。”吴佐岛一志停了车，“只有观众等歌舞伎的演出，绝没有歌舞伎等观众到来。哪怕没有一个观众，到了时间也会准时表演，这是作为日本最有名的歌舞伎的觉悟。”

我这个人心里藏不住事，更受不了只听了半截的故事，这比吃美食看到从精致的菜里面爬出一只蟑螂还叫人难受。

“黑羽……”我毕恭毕敬地递给黑羽一根烟。结果他接了烟点着，头也不回地跟着吴佐岛一志和月野进了剧院。

“南瓜，知道唐僧西天取经，多少次都要被煮了，依然对孙悟空满怀信心吗？”月饼没头没脑问了这么一件不相干的事。

我没好气道：“因为大师兄本领高强，实在不行还可以去南海找观音菩萨搬救兵。”

“你动动脑子好不好。在唐僧还没有踏上取经路时，观音菩萨已经告诉他了，此行千辛万苦，要经历九九八十一难才能取得真经。所以唐僧知道无论如何他都挂不了。”月饼整了整头发，“所以，提前剧透坑死人。”

“你这完全是神逻辑！”我哭笑不得。

“我总感觉吴佐岛一志不对劲。他和月野的感情发展得有些太快了。”月饼边说边走进了剧院。

直到月饼没入漆黑的大门，我还在原地愣怔怔地站着。从门口向外铺着一条半米宽的红地毯，倒像是从怪物嘴里伸出的舌头，等着我踩上去，走进它的喉咙里。

九

偌大的剧院被包场，空荡荡的有些阴森，每走一步，鞋底和地毯都会发出“沙沙”的摩擦声。顶灯全都熄灭，显得舞台的光亮分外刺眼。从我的角度看去，逆着来自舞台的光，在光明和黑暗的分界处，排列着整整齐齐的座椅，倒像是进入了巨大的墓地，座椅是一个个刻着死人名字的墓碑。

月饼几人已经在中央位置坐好，光线在他们脑袋上蒙着一层白边，远看活像墓碑上面多了个人头。

我挨着月饼坐下，吴佐岛一志居然不在。我正想询问，剧院里缓缓响起音乐。很难形容这种音乐带给我的感觉，既像是小孩哭泣，又像是深夜听到窗外的“呜呜”风声，透着说不出的阴冷。

突然，音乐声变得急促，两个衣着华丽的人分别从舞台两边极缓慢地走出，脸上涂着厚厚的白粉，拖着长长的腔调，面对面“咿咿呀呀”唱着听不懂的曲子。

我差点一个哈欠打出来，在国内每次看到中央戏曲频道，看着那群大花脸在屏幕里甩着腔调，我都是立刻切台。要不是为了月野，打死我也不会来看这种无聊的东西。

这么想着，侧头一看，月野和黑羽倒是很投入，随着歌舞伎的表演打着拍子，月饼居然也很专注地欣赏着。他连京剧和黄梅戏都搞不懂，居然能这么认真地看歌舞伎，顿时毁了我的三观。

“台上的女伶，是吴佐岛一志。”月饼低声说道，“说是给喜欢看歌舞伎的月野一个惊喜。”

我这才明白吴佐岛一志去了哪里。他不但会摄影，居然还能载歌载舞，这倒真是让我大呼意外。

“搞艺术的都不是好东西！”我愤愤地骂着。

“你没进来的时候，月野告诉我，结尾会有些血腥，而且和阿国的故事有关，仔细看吧。”月饼眯着眼睛盯着舞台，“我有种很熟悉的感觉，另外一个表演的人，似乎很熟悉。我怀疑是……”

话没说完，舞台上两个人的声调忽然提高，似乎在表演争吵的桥段。扮演女子的吴佐岛一志一甩袖子，面对舞台，扮演男子的演员从腰间摸出一把剪刀，由后戳下，吴佐岛一志苍白的脸皮顿时被割破，耷拉着半截皮，露出暗红色的肌肉，鲜血涌出，整张脸被白粉和鲜血搅和得一片模糊。月饼忽地起身，却看见月野和黑羽端端正正地坐着，眼中透着痴迷的色彩。

“每次看到这一幕，都觉得好真实。”月野和黑羽低声交流着。

“只有鲜血、暴力、死亡，才是大和民族信仰的意义。”黑羽赞叹着，“月君，南君，不用紧张，这只是歌舞伎的特技效果。第一次看歌舞伎都会有这种反应，很正常。”

月饼将信将疑地坐下，可是浓烈的血腥味，让我根本无法相信这只是特技！紧接着，更恐怖的一幕发生了！

男演员疯狂地挥着剪刀，沿着吴佐岛一志的脸廓划下，用力一扯，一张血淋淋的脸皮被生生剥落！他捧着血淋淋的人脸，狂笑着塞进嘴里咀嚼，齿缝挤出嚼烂的人皮肉渣，顺着嘴角“滴答滴答”流出。他猛地一仰脖子，喉结咕嘟一声响，将嚼成肉酱的脸皮生生咽进肚子里。原本布置华丽的舞台顿时变成了血腥的食人地狱！

男演员再次举起剪刀，狠狠地割向自己的脖子。刀刃深入喉咙，他却像不知道疼痛般，一手抓着头发一手用力割着，直到剪刀将脑袋完全割掉。他拎着自己的脑袋，直挺挺地站着，任由腔内鲜血喷泉般涌出，才轰然倒地……

这怎么可能是特技！

“啪啪啪啪！”月野和黑羽激动地站起，用力鼓着掌！

“没想到吴佐岛先生居然如此擅长歌舞伎。”月野难掩舞台上血腥一幕带来的兴奋，“月君，南君，这就是在车上给你们讲的美女阿国故事的结尾。本来应该是有言士登台讲述，演员才会起身致谢。既然是包场，那就由我讲述吧。”

十

矢野和宾客冲进后院，桃子和阿国排练的密室亮着昏黄的灯光，纸质窗

棂上，迸溅着斑斑点点的血迹！

密室门打开，两个赤身裸体的女人全身浴血地交缠在床上，白色的床单被血染透，桃子圆鼓的左乳上，深深的血洞兀自向外“咕嘟咕嘟”冒着血，洁白的胳膊蜿蜒着一溜溜血条，顺着手腕流到手里的剪刀尖上，一滴一滴落到地面。

“哇！”有几个宾客忍不住呕吐起来。密室里顿时充满了鲜血和呕吐物混合的腥臭味。

阿国的尸体，更是让人惨不忍睹！她的脸，已被割下来。

更不可思议的是，透过桃子双腿的缝隙，居然看到了阿国下体长了一条男人的阳物！

阿国是上半身女人，下半身男人的怪胎！

两个人的脖子上，挂着一模一样的两块玉坠！

一把大火熊熊燃烧，烧掉了密室，也烧掉了阿国和桃子的尸体，似乎也烧掉了所有秘密。

但是却封不住宾客们绘声绘色的描述。

没过多久，矢野就被以“在家中养了怪物，蛊惑天皇”的罪名抄了家，整个家族更是男的被斩首暴尸，女的做了官妓。

远在出云大社的宁源听到这个消息，仰天长笑三声，安然地走到老槐树下，只说了一句话：“劫就是报，报就是解，解脱解脱。”之后就安然圆寂了。

十一

宁源还是个小孩时，就发现自己的问题。他对女人丝毫没有兴趣，反而喜欢亲近男人。这让他异常恐惧，于是选择了出家当和尚，希望能通过佛祖的启示，排除心魔。

光阴荏苒，当年的小孩早已长成俊美的和尚，受到无数女性的爱慕，可是他却发现，佛性依然无法阻止他喜欢男人，也无法让他对女人有一点兴趣。

这种羞于启齿的隐秘让他越来越癫狂，几乎达到了无法控制自己、眼看要发疯的程度！心理上无法承受的压力，让他在一个风雨交加的夜晚，挥刀砍向下体！

生理的残缺压制了心理的异常，他依旧是那个每天都会得到无数赞美的和尚。直到一次云游远行，他在山溪汲水时，看到了远远漂来一个木盆。

里面，是一个半岁多大的男婴。

出家人慈悲的心让他收留抚养了那个婴儿。面对世间的非议，他总是淡然一笑，因为在他心里他始终认为自己是个女人，而这个孩子，就是佛祖赐给他的骨肉。

他给孩子取名叫阿国。

可是随着阿国慢慢长大，他终于发现了不对的地方。这让他感到无比恐怖！

阿国，居然是个女孩！阿国长了男人的下体，却有着女人的容貌、声音、胸部！

一个不男不女的怪胎！

他想到残缺的下体，难道阿国的出现是佛祖对他的惩罚？为了让他日夜备受心理煎熬，每天都不能忘记自己奇怪的心理吗？

阿国知道自己的身体与别的孩子不同，更是把自己当作怪物，几次寻死，都被宁源发现救了下来。

她（他）对宁源的感激，不仅仅是生命上的，还有心理上的。这种依赖，渐渐成了说不清道不明的感情。

一个下体残缺，有着女人心理的男人；一个下体是男人，上身是女人的半男半女。

谁也不知道这种畸形的组合在一起生活那么多年到底发生了什么；谁也不知道阿国决定云游四方表演，临走前那一晚上和宁源发生了什么。

当阿国戴着面纱出行时，谁也不知道她（他）的脸是不是还在，或者自己把脸皮割下。

这么做，到底为了什么？

没有人知道。

十二

京都，矢野家，桃子忧伤地看着胸前的玉佩。作为一个歌妓，每天除了卖艺，还要用诱惑的笑容勾引达官贵人，才能使他们扔出大把钱财，她才能过得足够好。

但是坚持“卖艺不卖身”的觉悟，让她徒有“全日本第一歌妓”的名头，生活却越来越艰辛。

光鲜的背后，是自尊撑起的不为人知的艰辛。直到一次表演后，几杯酒喝下，酒量极佳的她却昏昏欲睡。

醒来时，下体撕裂的疼痛和凌乱的床铺，还有身上无数抓痕、牙印，让她明白了……

十个月后，她把偷偷生下的孩子放入木盆，挂上祖传的玉佩，送入溪水中。

没多久，桃子嫁给了仰慕她很多年、非她不娶的矢野。

可是那一晚被强暴的经历，却让她无法再对男人提起兴趣。她发现，她喜欢上了女人。

和阿国半个月耳鬓厮磨的排练，让她对这个年轻女人产生了莫名的情愫。从阿国曼妙的舞姿中，她依稀能看到自己年轻时的样子，让她感到很亲切。她无数次央求阿国摘下面纱，却总是被拒绝。阿国察觉到桃子对她的感情，除了排练，一直在躲着她。这更让桃子渴望。

莫名的渴望。

终于，渴望变成了无法压抑的欲望。她借着假装醉酒，让阿国扶她回后院，在茶盏里，放入了迷药……

剩下的事情，可想而知！

桃子看到的是，被剥了皮的人脸，女人的上身，男人的下身，还有，阿国脖子上佩戴的和她的一模一样的玉坠！

于是，桃子疯了！

于是，死亡！

十三

我和月饼听完这个惊心动魄的故事，面面相觑。谁曾想一个歌舞伎的表演，背后居然有这么离奇复杂的故事？

吴佐岛一志和另一个演员依然很尽职地扮演着尸体，使得剧院里的空气异常沉重，每吸一口气，都压得肺部特别沉重。

“吴佐岛先生，我作为言士的任务完成了，你们也该谢幕啦。”月野对着台上恭恭敬敬地鞠着躬，“谢谢你们这么精彩的歌舞伎表演。”

舞台上，两个人一动不动，血腥味，越来越浓。两具尸体的身下，鲜血已经泊了一大片，静静地把舞台染红。

“你确定这是特技效果？”月饼再也忍不住，翻过座椅跃上舞台。俯身观察片刻，抬头时脸冷得似冰，“死了。”

“不会的，这是特技。”月野嘴角牵动，诡异地笑着，“他们是不会死的，歌舞伎的最终奥义就是死亡谢幕。”

“月野？”一股寒意从心底泛起，我看到月野的眼睛起了奇怪的变化。黑色瞳孔旋涡般旋转着扩散，逐渐吞噬了眼白，变成漆黑的一片。

“南君，怎么了？你不觉得很美吗？”月野用这双黑幽幽的眼睛盯着我，嘴角抽搐得越来越快，像是被一条无形的线牵引，扯动到耳根，眼看就要裂开了！

这个熟悉的面孔让我猛地想到一个人！

裂口女！

和月野长得极为相似的裂口女！

“不要大惊小怪，这个世界本来就充满了死亡的乐趣。”半天默不作声的黑羽直挺挺地站起，机械地抬起胳膊，关节发出“咯吱咯吱”的滞涩声，把一直遮挡着左眼的头发拢到耳后。

眼眶里，根本没有眼睛！干瘪的眼皮深陷进眼窝，收缩成暗红色的肉疙瘩。

“你们……”我脑仁嗡嗡直响，向后退着，大腿撞到座椅扶手上，酸麻生疼。

两个人“嘿嘿”笑着，重重坐下，月野轻声说道：“后面还有很多精彩的故事，安静地看吧。”

我喊着他们俩的名字，却没人理睬我，平板的脸映着舞台照射的光，如同戴着一副面具，又像是贴着一张面膜！

当我再看向舞台时，月饼的举动更让我不受控制，双腿一软，要不是急忙扶住座椅，我就摔倒在地了。

月饼，正捧着割掉的人头，用尸体流出的血涂抹着！

这到底是怎么回事？

除了我，他们都疯了吗？

或者是，我疯了？

“生命如同春天的鲜花，盛开着凋零的回忆，终于不知何去何从。”剧院的第二层看台传来熟悉的声音，“精彩的落幕是真正的序幕，谁也无法同时拥有死亡和生存的权利，就像我等了你们很久，等到的却是愚蠢的反抗。”

月饼拎着人头，摸了摸鼻子，用血把脸涂抹得乱七八糟：“我怀疑是你，所以用鲜血抹去人头上的白粉，看看他的模样。你终于来了！”

我转身仰头，一个金发少年，站在剧院二层的防护栏上，高举双手，蓝得近乎发白的瞳孔中依然是好奇又茫然的神色。

杰克！

十四

“月无华，南晓楼，好久不见。”杰克一手放在胸前一手背在身后，行了个欧洲贵族见面礼，“这个地方很安静，我们可以斗地主了。”

再次看到杰克时，我明显感觉到了他的不同，那种残暴、贪婪、兽性的气息完全消失了。现在让我感受到的，只有安静，没有风暴时，海一样的安静。

“你对他们做了什么！”我紧握着拳头，掌心清晰感受到指甲入肉的疼痛。

月饼跃下舞台，抬头望着杰克，一步步走到我身边。

而月野和黑羽，却仍然很奇怪地看着舞台，仿佛仍在欣赏一场盛大的歌舞伎表演。

“怎么做到的？”月饼摸出瑞士军刀，冷冷地说道。

杰克打了个响指，懒洋洋地笑着：“难道你们忘记了，我会催眠。”

“哦？”月饼也笑了，“催眠？不接近怎么能做到催眠？”

“我们是同一种人啊！”杰克忽然长叹一声，“我从未想过要杀你们。”

“在我很小的时候，就见过都旺和大川雄二。他们的目的，就是不允许我们这种人活在世上。因为，这对他们来说，是巨大的威胁。一旦我们发现自身的能力，将会受到欲望的驱使，危害普通人。而他们的职责，就是把我们消灭掉。我们这种人，被他们称之为异族。每个人，都拥有不同的能力，这种能力或许平时根本差距不大，一旦到了危急关头，就会展现出来。南晓楼，你在泰国时，最后的一番推论很精彩，可是这不过是你和月无华的主观臆想。

“事实是，他们不断地寻找我们这种人，会杀害我们所有的亲人，把我们变成孤儿。这样，他们就可以堂而皇之的收留培养我们，把我们变成帮助他们的好工具。其实，我们都是被利用的。我比较特殊，在他们的捕捉过程中，我侥幸逃脱，但是我深深地记住他们俩的相貌。仇恨让我迸发了自己的能力，并越练越纯熟，时机成熟时，我找到了都旺，利用他的野心博取了他的信任，来到了泰国。剩下的事情和你们推断得差不多，唯一不同的是，我从都旺那里找到一份绝密资料，很有趣，想看看吗？这也是我来日本的原因。”

杰克这番话在我的心中激起了轩然大波，如果按照杰克所说，我和月饼的父母都是被都旺和大川雄二杀死的？仅仅是因为我们具备常人所不具备的能力，就成了他们残杀并培养的工具？

杰克又打了个响指，剧院后上方投放电影的小窗口笔直地射出一道光柱。舞台上空“吱吱”作响，一道宽大的银幕落下。光柱射到银幕上，晃动着慢慢变大，来回切换的图像，是一张张照片！

照片里的人，我大多都不认识，但是照片下方的备注资料栏里面，又有着他们的详细介绍。仅有的几张我认识的人，却又让我毛骨悚然！

那些人，都是全世界各行业中非常著名、取得巨大成就的人！

直到照片里出现一个日本女人时，停住了。

灰色风衣，半覆面的长发，米色围脖，清秀艳丽的面容，高挑的身材，两边的嘴角闪电状裂开，一直裂到耳根，眼中的瞳孔极小，像是用根针扎破了眼白流出的黑水。

这分明就是我在宫岛遇见的裂口女！

相貌和月野清衣极为相似的裂口女！

下面的介绍栏里写着：月野真召，裂口女，被狙杀于1988年8月18日，日本岐阜县的飞弹川。留有一岁女儿月野清衣，有阴阳师潜质。

下一张，却是个英俊的男子：黑羽源，1998年于六星级豪华游轮上失去控制，杀死著名美女漫画家，被狙杀于游轮中，尸体作为鬼镇存放于游轮。弟弟黑羽涉，有阴阳师潜质。

我的心脏像是被一只无形的大手紧紧攥住，血液全都涌向脑腔，晕眩中有着钻心的疼痛。如果真的是这样，那一切太可怕了！

我和月饼，原来只是棋子！

在我们很小的时候，就是棋盘上任人摆布的棋子，我们的父母……

我不敢想下去了。

“你们俩，很奇怪。”杰克又打了个响指，画面消失，银幕舞台顶端，“我始终找不到你们俩的任何资料，像是凭空多出来的两个人，很奇怪。”

十五

“月野，黑羽，你们看明白了吗？”杰克忽然对任何事情失去了兴趣的模样，疲惫地揉着太阳穴。

月野和黑羽两个人，已经面无表情，直勾勾地看着舞台，可是两人眼睛里，已经满是泪水。

“告诉我！”月饼的拇指抵着刀刃，深深陷入，“吴佐岛一志的女儿在哪里？”

“你果然很聪明。”杰克勉强笑了笑，“我是故意让吴佐岛一志拍到的。哈哈！‘鬼畜之影’不过是被阴阳师利用的道具而已，他早已对阴阳师给他的家族下的诅咒恨之入骨。可惜，他的力量不足以引起我的兴趣，所以我就把他干掉喽。至于他的女儿，呵呵……我想你就算知道了，也没什么用了。我是不会和死人交流的。”

“我故意现身东京，就是为了让你们来到日本。遗憾的是时间太仓促，能利用的东西不多，我只好先催眠了月野和黑羽。”杰克从牛仔裤口袋里拿出两个小玻璃瓶，玻璃壁上还残存着黏稠的白色液体，“从这里面提取的东西制作的面膜，催眠效果确实不错。”

“歌舞伎衍生出一样东西，那就是面膜。起初只是阿国为了掩饰没有皮的脸，用糯米浆汁涂抹，后来竟成了女人们争相使用的东西，也就是面膜的雏形。”杰克把瓶子向舞台扔去，“可是她们并不知道，面膜里面加上瓶子里的东西，会产生强烈的催眠作用。至于瓶子里面是什么，我想你们已经知道了。这就是为什么男人再做某件事的时候，喜欢把它留在女人脸上的原因。”

我想到月野脸上敷的面膜，里面竟然有这种东西，忍不住地恶心。可是随即又想到，他是如何催眠黑羽的呢？

“我用血把那两个人脸上的粉擦干净，发现没有吴佐岛一志的时候，才明白这里面肯定是你在搞鬼。”月饼活动着肩膀，“或许是你许久没有出现，我们放松了警惕，你以吴佐岛一志的面容出现时，我们竟然没有察觉到。”

“察觉到也没有用。”杰克对着月野和黑羽招了招手，“早在你们去温泉的时候，我就在医院冒充医生给黑羽下了催眠的暗示。这次的歌舞伎的结尾表演，会让催眠立刻起作用。中午在医院里，我也给月野下了暗示。南晓楼，记得我给她看的相机里的东西吗？”

黑羽和月野木然地走到杰克身旁，一左一右地站定。

“月野！”我心里一痛，失声喊道。

“他们俩，以后就是我的伙伴了。”杰克摸着月野的长发，抓起一把送到鼻尖嗅着，“做个交易吧。既然我们都是被抛弃的人，为什么不联合在一起，对抗那些杀害我们父母的人呢？以我们的能力，这个世界，会在不久的将来，完全属于我们。南晓楼，我可以给月野下一个催眠意识，让她这辈子只爱你一个人。至于你，月无华，你可以得到你想得到的一切。怎么样？”

我瞥了一眼月饼，他的表情透着几分犹豫。月野，虽然表情呆滞，但依然是那么美丽。我忽然很羡慕杰克的催眠能力，能控制人的思想，真的是一件美妙的事情。

“南瓜，还记得我们怎么认识的吗？”月饼摸了摸鼻子。

我笑了：“当然记得。那时候你一张臭脸，骄傲得要死；我一双红眼；自卑得要命。没人搭理咱们俩。”

“所以……”月饼笑了！

“所以咱们俩早就是被抛弃的人啊！”我伸了个懒腰。

“你正经说，想不想和月野结婚？”

“那还用说吗？你不是也有一样很想要的东西吗？”

“哈哈！南瓜，你还真是了解我。”

杰克被我们俩旁若无人的对话弄得有些烦：“这么说你们俩同意了？”

“嗯。同意了！”我们点了点头。

“我想和月野结婚，可是我绝对不会和一个被控制思想、非我不爱的木偶结婚。”我从未这样专注过，注意力高度集中，神经紧绷，甚至连舞台上鲜血滴落的声音，都听得清清楚楚。

“我只要一样东西。”月饼要了个刀花，“那就是你的命！”

“为什么？”杰克有些不解地问道。

“因为，我们活得有尊严！”我和月饼异口同声说完，一左一右扑向杰克！

当这个世界充满了欺骗、虚伪、贫穷、罪恶的时候，至少有一样东西可以让我们有信仰地活着！

那就是，作为一个人，骄傲的尊严！

我不知道，这一战，胜负如何？

但是我知道，现在，任何方式都不能解决问题的时候，只能去做一件事——

那就，战吧!

十六

杰克双手一挥，挡在我们身前的，却是月野和黑羽，我们生生顿住!

“这可能是最精彩的战斗，值得好好欣赏。”杰克退到座椅边坐下，跷着二郎腿，“我真想看看你们的尊严是如何面对朋友的。”

紧握的拳头不停哆嗦着，月野清衣就站在我面前，面无表情，没有眼白的眼睛仿佛什么也看不见，但是偏偏又看着我。

我！下！不！了！手!

“杀了我。”

月野的声音。

可是她并没有说话。

“南君，我知道你在面前，我能感受到你的气息。这是我残存的意识，在没有完全被催眠控制前，请杀了我。还记得我对你说过，我的弱点在哪里吗？请不要犹豫，没有时间了！最后的意识马上就会消失。”

月野的声音再次响起，除了我，似乎没有人听到。月野的身体几次向我冲过来，却像被一根无形的线控制着，硬是停住了。她残存的意识在和杰克灌输的催眠意识对抗。

而黑羽也在做着类似的动作，甚至还要更强烈些，他全力挣脱着拧身，虽然动作极为缓慢，但是全身因用力过度不停地摆动着。

“日本阴阳师的意志果然坚定。”杰克吹了个口哨，声音极富磁性地念出了一连串完全听不懂的话。

月野和黑羽的瞳孔黑汪汪的如同墨水，终于停止了反抗，向我们扑来。

我一躲，月野的指甲在我脸上划了一条血痕，慌乱间我看到她的眼眶中流出两条血色泪痕。

血泪!

她的灵魂在哭。

就这么一怔神的工夫，月野掐住我的脖子，死死地勒着。我完全可以一记膝撞顶开她，但是我却真的无法下手。而且，月野的力气大得惊人，完全超乎我的想象。

“南瓜！还记得那个吗？”月饼的情况也好不到哪里去，黑羽的膝盖顶住他的胸骨，他正奋力撑住黑羽的双手，只是一味抵抗而不反击。

“哪个？”我被月野掐得喉骨都要裂了，好不容易迸出这两个字。

“就是那个！你忘记了，在泰国学的，最擅长的！”月饼腾出一只手，黑羽趁机摁住他的下巴往上推。

我的大脑因为缺氧，意识开始模糊，眼中幻化出好几个月野，再看杰克，距离我们四五米远，微微笑着：“同情心，是阻碍人类进步的最大障碍啊。所以，你们也没有资格当我的朋友。”

不伤害月野和黑羽，要制住杰克；要制住杰克，就势必要伤害月野和黑羽！这是一个死循环！

我明白了月饼让我做什么！

可是，我根本没有把握。

“别磨叽了，靠你了！”月饼含糊地说着，黑羽眼看要把他的脖子推断。

月饼从地上摸索着，拾起一样东西，奋力向我扔过来。那一刻，一切又变得缓慢，灰尘在灯光里飘浮，月野的头发晃动，都缓慢得如同停顿了。

一柄瑞士军刀，划破了时间和空间的界限，飞到我的膝前，我努力看清了军刀的走向，对着刀柄一脚踢出。

“噗！”军刀在空气中划出锐利的尖叫，笔直地飞向杰克，没入他的左眼！

鲜血爆出，只留下刀把兀自颤动着。

脖子上的压力忽然消失了，月野像是断了线的木偶，漆黑的眼睛急速收缩，恢复了正常，只是眼神迷茫，怔怔地看着我，身子晃了几晃，倒在我怀里。

十七

“月饼，你怎么就那么相信我能把军刀踢准，干掉杰克。”我靠着墙，抽了口烟，吐出一个滚圆的烟圈。

“我不是相信你，只是当时也没什么好办法，死马当活马医。”月饼摸着下巴，“黑羽这小子劲儿真大，差点把我下巴推断了。”

“看来在泰国闲得无聊加入藤球社团，居然是件好事。”我又吸了口烟，被月野差点掐碎的喉咙火辣辣的疼。

黑羽和月野躺在宾馆的两张床上，我和月饼肩并肩靠着坐在地上抽烟。

杰克死了，死得很简单，被军刀贯穿左眼，直入大脑。

我们仔细检查了半天，确定他是真的死亡，又把放映室里被杰克催眠的放映师从安全通道送出，才将几具尸体都堆在舞台上，放了一把火。

趁着天黑，我们背着黑羽、月野上车时，也没什么人发现。

已经是第三天了，两人依然处于昏迷状态。我不知道杰克的催眠能力到底有多么霸道，可是长时间的昏迷，却让我越来越紧张。昏迷的时间越久，大脑皮层活动得就会越缓慢，意识、智商、辨识能力都会受到极大的损害，甚至变成白痴。

我想用银针做些尝试治疗，被月饼阻止了。这种纯意识性的损害，用针灸渡血也管不了多大事，就看两人意志力的强韧程度了。

“唔……”黑羽的手指动了动，我们弹身而起，屏住呼吸，紧张地注视着他。

黑羽的眼皮飞快地颤动，良久，他终于睁开了眼睛，眼神涣散，茫然四望，对焦到我们身上：“这是哪里？”

我嘘了口气，黑羽恢复正常了！虽然月野仍在昏迷，但是起码有了一个好消息。

接着半个多小时的时间里，月饼对黑羽详细讲述了发生的事情，只是故意把他哥哥被狙杀的事情略过不提。黑羽极有耐心地听完，难得地笑了：“谢谢你们。”

“清田，你去哪里了？”月野忽然说道。

在讲述事情的经过时，我们三个没注意到月野，以至于她什么时候醒的都不知道。

我心里一阵狂喜，回头看到月野已经从床上坐了起来，恐惧地四处张望。

“你们是谁？我在哪里？清田……清田呢？”月野惊恐地蜷缩到床角，紧紧抓着被子，不停地颤抖着，如同受惊躲在草丛里的小兔。

“月……月野，是我们啊。”我心里一沉，柔声说着，试图靠近她。

没想到月野触电般从床上站起，指着我惊道：“你别过来，你……你们是谁？”

“嘭！”她向后仰退时，后脑撞到了墙壁，竟然又晕了过去。

关心则乱，我一时间不知道该做什么。月饼扒开她的眼皮，奇怪地“咦”了一声，又立刻扒开另外一只眼睛看着，疑惑地皱着眉。

在他扒开月野眼睛的时候，我也看到了！

月野的每个眼球里面，都有两个并排的瞳孔！

她，出现了四个瞳孔！

“眼球中有两个瞳孔的人，代表前生的灵魂寄存在今生的身体里。我想，或许是杰克的催眠，唤醒了月野前生的记忆。她已经完全不记得今生，只记得前生的事情了。”黑羽眼中带着泪水，“杰克这个畜生！”

我心里如同被刀子狠狠剜了一块肉，痛得几乎不能呼吸：“有办法吗？”

黑羽迟疑片刻：“只能等她醒过来，听她讲述前生的故事，或许还有办法。”

时间一秒一秒地流逝，烟灰缸里的烟头越来越多，血丝爬满了我们三个人的眼球。不知道过了多久，月野终于又苏醒了。

“啊！”看到我们三个人，她又惊叫着。

“不要害怕，我们是清田的朋友，他委托我们照顾你。”月饼故作轻松地笑着说。

月野稍稍安静了片刻，又疯了般尖叫：“不可能！清田已经死了！他是在一片大火中，被活活烧死了！你们骗我！我为什么穿着这么奇怪的衣服，这到底是哪里，你们是谁？”

“我们真的是清田的朋友，请相信我们。清田是怎么死的？告诉我们好吗？”月饼真诚的表情带着让人无法不相信的诚恳，月野将信将疑地看着我们三个人，忽然伸手指着我：“你……你是……”

我一瞬间以为月野恢复了正常，认出我来了。可是她接下来的举动，让我震惊不已！

“清田，你的头发怎么变成了这个样子？”

我是清田？

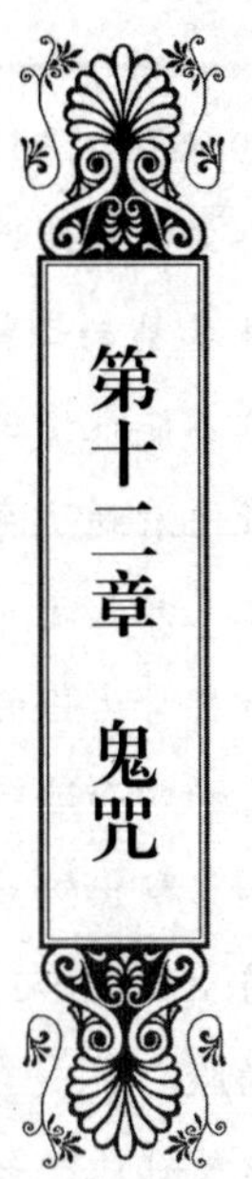

第十二章 鬼咒

日本是一个禁忌很多的国家。

在房间的四面墙壁上都贴满海报，就比较容易被鬼压床，这是因为幽灵无法从房间出去的缘故。睡前看看房间的四个角落之后再睡，就会被鬼压床到无法动弹。三个人一起照相，中间那个人会早死。浴室天花板的四个角落有很多幽灵，据说它们会趁人在洗头、头发覆面睁不开眼的时候，上身杀人。

最恐怖的一个禁忌，就是在午夜两点，千万不要在浴室把两面镜子对放。这样就可以看到自己现在的脸，还有好多张不同的脸，其中第十三张脸就是自己将来去世时的遗容……

一

1988年8月5日，清晨七点三十分，岐阜县，熟睡初醒的人们打着哈欠，拎着公文包和便当盒，无精打采地等着公交车。

岐阜县南部紧靠日本莱茵河，早晨的空气都带着清甜的河水味道，不过这并不能让清田信长觉得舒服。昨天晚上和妻子做爱之后去卫生间简单冲洗，让他看到了奇怪的一幕，至今仍不敢确定到底是不是幻觉。

本来想和妻子聊聊，可回到卧室时，真召早已睡去，一夜辗转反侧，做了无数稀奇古怪的梦。清晨，他被噩梦惊醒，猛地睁开眼睛，心有余悸地盯着卧室的四面墙壁，才发现真召不见了！

厨房飘出饭菜的香味，他才放下心来。

挤上公交车，挨着窗户坐下，玻璃中映出一张模糊的人脸，像他的又不像他的脸。

这又让他想起了昨晚发生的事情——

抹上洗发露，花洒流出温热的水，头发连带泡沫让他习惯性地闭上了眼睛。忽然，他感到有人摸了他肩膀一把。

“真召，别闹了。”他一边搓着头发，一边懒洋洋地说。真召经常趁着他洗头的时候偷偷进浴室吓唬他，习惯成自然，就没什么好害怕的。

可是这次不一样，真召并没有像往常一样笑着说：“又让你猜到了！”浴室里只有水花溅落的声音。他有些奇怪，用力搓了搓脸，冲干净泡沫，睁开眼睛，却发现只有他一个人。

幻觉？他苦笑着摇了摇头，工作压力实在太大，又赶上金融危机，公司近期要裁员，除了性仿佛找不到别的释压方法。还好孩子送到真召父母那里，要不然连唯一的释压方式都得不到。

正当他为自己小小的恐惧找借口开脱时，却从镜子里面看到了奇怪的一幕。

真召不知道什么时候在镜子对面的墙壁上也挂了一面镜子。他从面前的镜子里能看到身后的镜子里自己的背影，两面镜子的光线折射，又可以从镜子中继续看到镜子中的镜子，来来回回重叠，无数个镜子里面有无数个自己的面容和背影。

这种层层叠叠的视觉状态让他觉得很诡异，他急匆匆洗完澡用毛巾擦了擦，准备回卧室睡觉。心里打定主意，下班回家一定要把墙壁上的镜子摘掉。

这么想着，他不自觉地又看了看镜子，突然觉得镜子里的人有些异样。

镜子里，每一张他的面孔，都有些不太一样。微笑的、愤怒的、疑问的、恐惧的……随着镜子越来越小，面容也越来越小，但是他仍然清晰地看见了一张恐怖的脸。

脸上满是透明的水泡，从皮肤里鼓出，爆裂，淌水，肌肉收缩，脸像核桃似的满是皱纹。

这一奇怪的现象让他的视线无法移动，既恐惧又奇怪。他数了数，那张可怕的脸，是第十三面镜子映射出来的。

清田忽然想起小时候妈妈告诉他的传说，全身打了个冷战，慌忙跑回卧室！

卧室里贴满了高仓健、山口百惠许多明星的海报，由于极度恐惧，他好像看到这些人都活了，“嘿嘿”笑着，随时都会从海报里爬出来。

看来明天要把这些海报也摘掉了！清田闭上眼睛，努力不去想这些奇怪的事情。熟睡的真召哼着轻微的鼾声，这让他略微感到踏实，就在这时，他看到了两个赤身裸体的人躺在床上。

熟悉的床，熟悉的身体，这明明就是他和真召。而清田这才发现，他居然是在天花板上往下看的！床上躺的是谁？天花板上的又是谁？

真召翘着嘴角，带着做美梦的笑容。他蜷缩在床上，像只煮熟的虾。忽然，他看到真召的嘴角越裂越大，渐渐裂到耳根，苍白的牙床镶在暗红色牙肉里。

他惊恐地大喊，发现自己根本不能出声，房屋的四个角落里，静静地站着四个白影……

胸口越来越闷，好像有人压到了他的身上，窒息的感觉异常强烈，但是他却完全不能动！

就在这时，他醒了。

二

“就当是个噩梦吧。”下了公交车，站在公司门口，礼节性地和同事们相互鞠躬，清田心里暗自想着。

“呜……呜……呜……”，运送尸体的灵车呼啸而过，在空气中残留着淡淡的死亡气息。

大清早遇到这种事情有些不吉利，不过清田倒是不以为意。日本是老龄化严重的国家，年龄超过八九十岁的老人实在太多，而且淡漠的人际关系使得这些老人根本无人照顾，经常会出现老人在公寓自然死亡没人发现。直到尸臭满楼的时候，才会有邻居报警。

上个月隔壁公寓楼里抬出的尸体，马上要抬上灵车时，尸布突然脱落，在地上四处飘动。围观者看到尸体腐烂得没有人形，完全就是一堆淌着黄水的烂肉，尸布诡异地跳动着，众人无不吓得纷纷后退。倒是经验丰富的收尸人一点没有紧张，对着尸布狠狠踩下去，再掀起的时候，里面是一具被踩烂的老鼠。

“清田君，见到灵车一定要把大拇指藏在掌心里啊。否则亲人会死得很惨。”

清田看了看，新来的女同事樱井正幽幽地盯着他的手指。

“哦，樱井君，早上好。”清田对这个女孩子本来挺有好感，可是这番话说得让他心里很不舒服，出于礼貌鞠躬问候。

樱井上下打量着清田：“清田君昨晚没有睡好吧？黑眼圈很重呢。不过我们乡下有个说法，看到了不干净的东西眼圈就会特别黑呢。”

“樱井君，请注意你的措辞和礼貌。”清田强压着一肚子火气。

樱井摆了摆手：“不好意思，刚才说的话给清田君带来了困扰，请原谅。不过，刚才清田君确实没有把大拇指藏在手心里啊。回家一定要把大拇指插进糯米团子里去掉恶灵，再把糯米团子扔进马桶冲掉才可以哦。”

“够了！樱井君，如果你是个男人，我会毫不犹豫地一拳打到你的脸上！”清田的额头青筋毕现，他再也控制不住怒火。

樱井吐了吐舌头：“我这可是为你好才这么说的。”说完踩着高跟鞋，一溜烟进了写字楼。

清田恶狠狠地看着樱井左右摇摆的屁股，咽了口唾沫，掏出烟刚想点上，看了看时间，又把烟收起，走进了写字楼。

“啪”，一声巨响从身后响起，回头一看，一个花盆碎在自己刚才站的地方。他急忙抬头，他工作那层女卫生间的玻璃窗刚刚关上。

正要进写字楼的上班族们纷纷骂了起来，借着这件意外事件宣泄着高强度的工作压力。

如果刚才多停留一秒，花盆就会把自己的脑袋砸烂吧？清田打了个寒战。

巧合，还是意外？

三

一连串的事情让清田一整天都心神不宁，工作上出现了好几个纰漏。主管在下班时专门找他谈话，最近公司要裁员，如果一直处于这种工作状态，那么……

清田谦卑地不停鞠躬，他现在负责的项目有三个人，据说裁员时只能保留两个人。三人中有一个就是樱井，早就有人说樱井虽然业务能力最差，但是凭着和主管的暧昧关系，只会从他和富坚中裁掉一个。

“这个婊子！”回家路上，黑猫在树上“喵呜喵呜”叫着，清田愤愤地骂着。

回到家里，真召没有像往常一样在门口等候，喊了几声也没人回答，看来是不在家出去了。

清田有些奇怪，真召并不是喜欢串门的女人，结婚后这种事情还是第一次出现。

胡乱踢了鞋子，清田从工具箱里拿出钳子，准备把浴室的镜子卸掉。打开浴室门，他却发现墙上根本没有什么镜子，完整的瓷砖墙上连个钉子孔都没有！

这怎么可能？清田摸着昨晚看到镜子的地方，甚至滑稽地敲了敲。光滑的瓷砖墙上映出他模糊的脸，满是血丝的眼睛，胡子拉碴的下巴，乱蓬蓬的头发。他忽然涌起了一股破坏欲，想用钳子把墙砸烂！

声音或许会很好听！就像早晨摔碎的花盆。

这么想着，他着魔似的举起钳子，正要砸落……

“我回来晚了，对不起！”真召局促地站在浴室门口，深深鞠着躬。

“你干什么去了！作为妻子应有的觉悟全都忘记了吗？”清田找到了宣泄口，举着钳子对真召吼道。

“我……我……”真召嗫嚅着向后退。

清田发现真召头发凌乱，脸上还带着没有褪去的潮红，更让他怒不可遏的是，他从真召身上居然闻到了浓浓的烟味！

他一把抓住真召的领口，举着钳子对着真召的脸：“你去哪里了？身上为什么会有烟味！”

“我……我……”真召躲避着清田的目光，“我去隔壁优美太太那里学了个新料理，准备今晚让您品尝。他们家的油烟机坏了，所以……所以……”

真召吹弹可破的脸颊如陶瓷般精致，清田心里产生了奇怪的想法：如果把钳子扎进这张脸，会不会很刺激呢？

这种邪恶的念头让他觉得很恐怖，他死死盯着真召的眼睛看了半天，才“哼”了一声，到客厅给隔壁打电话。

优美太太的声音甜得发腻，不过他没心思回想上个月优美家下水道坏了，她老公出差，他去修下水道发生的那件事。确定了真召确实是从优美家刚回来，他才闷闷地坐在沙发上抽烟。

忽然他又想起了一件事，疯了般冲进卧室，准备撕掉贴在墙上的明星海报。

可是，他又愣住了！

粉色的墙壁上空空如也，根本没有什么海报！

“您今天气色不好，是因为工作压力太大吗？”真召捧着食盒，几样精致的小菜，一瓶温好的清酒，还有四个糯米团子！

“海报呢？”清田的脑子彻底混乱了！

“您……您说什么？”真召睁大了美丽的眼睛，恐惧地望着清田，“哪里有什么海报？您到底怎么了？”

清田喘着粗气：“我是问这间屋子里面的海报呢？墙上贴的高仓健、山口百惠的明星海报呢？还有，浴室瓷墙上的镜子到哪里去了？”

真召哆嗦的手已经捧不住食盒：“这间屋子从来没有过海报，浴室瓷墙上也没有镜子。”

清田歇斯底里地在卧室里转着，拼命地撕扯着头发，声音尖锐得如同两块玻璃在摩擦：“怎么可能！怎么可能没有！”

“您该好好休息了。”真召从背后搂住他，柔声说道，“工作压力太大了，对吗？”

“你住口！”清田烦躁地把真召推开，“不要对我说什么工作压力，我没有事情。我……”

说到这里，清田忽然想到了什么，摔门冲进厨房，推开后院门，看到那个东西还挂在树上，才稍微平静了点。

“难道是撞见‘它’了？”真召跟着走进后院，轻轻问道。

清田深深呼吸着，冰凉的空气让他安静下来：“嗯，也许是吧。看来今晚要做点事情了。对吗？”

“嗯。”真召点了点头。

“回去吃饭吧。”清田勉强挤出一丝笑容，正要回屋，“喵呜喵呜”的猫叫从身后传来。

下班路上遇到的那只黑猫，蹲在墙头，旁边多了只雪白色的猫，幽绿幽绿的眼睛如同鬼火，凄惨地叫着。

四

一番折腾，菜有些凉，真召回厨房热菜。清田看着微微冒着热气的糯米团子，心里有些后悔。

真不应该图便宜，买下这套房子。半年前，住在这里的老人，因为没有子女照顾，活活饿死在床上。子女们处理完老人的后事，从保险公司拿了一笔数目不菲的理赔，就把房子低价出售了。

因为死过人，房子始终卖不出去，恰巧碰上了换工作来到岐阜县的清田夫妇。清田虽然知道死过人的老宅会有些不干净的东西，但是手头的钱不多，这里也距离真召的家乡不远，父母还可以帮着带女儿，于是狠狠心买下了这栋老房。

入住前，他专门请了僧侣做了法事祭奠亡魂。可是法事进行到第二天，屋子就莫名其妙断了电，浴室的花洒喷出了带着铁锈的水，厨房的炉子不点自燃，冒着一尺多长的绿色火苗。在卧室铺纸的僧侣徒弟更是连滚带爬跑出来，说看到床上坐着一个老太太，正在吃香烛。

法事做到第三天，墙头爬满了猫，“喵呜喵呜”地叫着。僧侣这才放下心来，告诉清田猫把屋子里的恶灵都带走了，可以安心住下去。

虽然清田被吓得够呛，可是既然买了又卖不出去，只得硬着头皮和真召住了进来。开始一两个月，没有什么异常，他倒也放下心来，没想到进了夏天，房子又开始发生怪事！

先是每天早晨起床后会发现屋子里全是尖尖的小脚印，沙发上出现了有人坐过的印痕，地上有白色的长头发，厨房里剩下的食物也不翼而飞，一岁多的女儿清衣，经常半夜惊醒，指着窗外“哇哇”直哭。虽然这些奇怪的事情对一家三口没什么影响，可是真召说什么也不想在这里住下去了，没有办法，清田只好去寺庙找僧侣帮助。

僧侣教了清田一个方法，就是把孩子褪掉的乳牙缝在小布偶里，挂在后院的树上，再把另一颗乳牙同样缝进布偶，挂在故乡老宅的树上，就可以化解。

一岁多的清衣刚长出乳牙，根本不可能掉，一时间到哪里去找牙呢？

真召倒是眼睛一亮，和清田带着孩子回了趟故乡，从房梁上取下两颗乳牙，这是小时候掉了牙之后，爸爸架着梯子放上去的。

为了以防万一，两人商量决定把孩子放在真召父母家住一段时间。按照僧侣的指示，做了两个布偶，分别挂在故乡和家里后院的树上。

没想到这个方法还真管用，三个多月过去了，屋子里再没有发生什么怪事，清田的工作还意外地得到了重视提拔，连连升级，就当两个人准备把孩子接回来的时候，却又发生了这些事情。

不知道为什么，清田想起了早晨遇见的那辆灵车，还有樱井奇怪的话和差点砸中自己脑袋的花盆。

难道这真的是一个诅咒？

五

真召端着菜回到餐厅时，清田正把两根大拇指插进糯米团子里，虽然糯米团子表面已经温了，但是内部还是滚烫，清田被烫得“咻咻”吸气。

“没什么大惊小怪的。”清田拔出手指，放在嘴边吹了吹，“吃饭吧。一会儿还要做那件事情。”

吃完饭，清田打着饱嗝，回到卧室躺下，等着去洗澡的真召。

十多分钟后，清田穿着睡衣，拿着一小瓶黏稠的液体，到后院涂抹在布偶的脑袋上。一直蹲在墙上的黑猫忽然像被热水烫了一样，惨叫着跑了。

清田松了口气，这是僧侣教的最后一招，如果还不管用，那就只能搬家了。

如此过了一个多星期，屋子里再没发生什么奇怪的事情。偶尔想起来仍然很恐惧，可是生存的压力倒是比“房屋闹鬼”还要真实、还要可怕。

好在工作很顺利，主管对于清田提出的新方案也很满意，裁员似乎也轮不到自己头上，就连平时看上去特别厌恶的樱井，也变得性感了很多。

清田在办公室里晒着太阳喝着咖啡，心里有些蠢蠢欲动，拿起电话拨了一串号码。放下电话，他又想了想，又拨了家中电话：“真召，公司今晚有聚会，不能回家吃饭，抱歉。”

放下电话时，清田心满意足地笑着。真召真是一个可爱听话的笨女人，当时娶她也是因为看上了她这点。

当然，真召永远不会知道，清田不想搬家还有另外一个原因……

六

回到家里，已经是午夜十二点多，清田没有进卧室，而是先到浴室洗澡。做贼难免心虚，他不仅又回头看了看瓷墙，没有镜子。这才放心地打开花洒，抹着沐浴液、洗发水，哼着歌冲洗着。

回来的路上，墙角居然有人顶着个灯笼吓唬人，着实把他吓得不轻。

正想着这件事情，忽然有人拍着他肩膀。清田身体僵硬了！

他急忙洗掉挡住眼睛的泡沫，才发现是真召穿着睡衣站在身后。清田松了口气，浴室里雾气腾腾，他没有注意到真召的表情：“帮我搓搓背。”

真召听话地拿着搓巾，温柔地搓着。

清田舒服得直哼哼，丝毫没有觉出花洒喷出的水越来越烫。

“真召，轻一点，你这个力度会把我的皮搓破了！”清田觉得真召的力气越来越大，每搓一次，都让脊背火辣辣的疼。

“是吗？”真召柔声说道，“比优美太太的力气还要大吗？”

虽然花洒的水越来越热，可是清田顿时浑身变冷。

“我不明白你在说什么！”

“只有心中有鬼的人，才会见到鬼。”真召越来越用力，而清田发现他已经不能动了！

“您和优美太太认识很多年了，对吗？所以您执意搬进这间闹鬼的宅子，就是想离她近一些吧。这样就可以经常慰藉那颗因为丈夫经常出差而寂寞的心，对吗？”

“真召，住手！”清田已经顾不得真召说了些什么，只觉得背上的皮肉都被搓了下来，热水烫上去，痛得根本无法忍受。

“我很相信你的，清田。父母不同意我嫁给你，我根本不在乎，因为你对我真的很好。第一次去家里拜见父母时，他们就觉得你眼睛里有股淫邪之气，但是我竟然愚蠢地相信，这是他们的错觉！我真应该听父母的啊。”

花洒冒着腾腾热气，温度似乎已经快到达沸点！清田疼得拼命挣扎，可是身体还是不能动弹。这时，他看见面前的瓷墙上，冒出了一面镜子，浴室的角落里，飘起两条白影。

“父母实在是不放心，就让我的妹妹也来到这个城市，强行在这间宅子里布下了诅咒。”

从镜子中，清田看到真召湿漉漉的头发遮挡着脸，根本看不清模样。她的手却拼命地在他背上搓着，搓巾上沾满了血肉。

“根本没有什么鬼怪，这都是诅咒产生的结果。只要心思干净的人，就不会产生幻觉。反过来说，如果产生幻觉，那么他一定做了对不起爱人的事情。你不停地产生幻觉，我就知道了，你做了对不起我的事情。可是我想试着原谅你，因为咱们已经有了孩子，于是我偷偷买通了僧侣，告诉你‘乳牙镇邪’的方法。其实，这个方法是为了破除诅咒啊！只要你能够不再犯错，我们依然会很幸福地生活。可是你做不到。

“我心里很失望。还有，忘记告诉你了，优美太太早已经死了。是我妹妹杀了她，那天我去优美太太家劝阻，结果已经晚了。妹妹说早晨看到你时，你差点被她种下的‘迷情之花’砸死，我就知道你背叛了我。今晚和你做爱的，是优美的尸体。”

清田的耳朵已经被滚烫的水烫烂，根本听不到真召在说什么，全身还有意识的只剩下大脑。

“你心虚，所以相信了妹妹的话，竟然把大拇指插进糯米团子里。其实，这是给自己下了血咒。你看，你的身体是不是起了变化。”

清田什么都听不到，但是从镜子里看到被烫起无数水泡的身体上，长出了无数只红色的手指印。

“哈哈……我曾经真的相信男人会有真爱，安心地做你的妻子。可是！你知道吗，这些手指印，是你偷情的女人在你身上留下的啊！没想到，会有这么多！”真召疯狂地大笑，慢慢仰起了头。

清田看到了镜中的自己：脸上满是透明的水泡，从皮肤里鼓出，爆裂，淌水，肌肉收缩，脸像核桃似的满是皱纹。

临死前最后一幕，他看清了真召的相貌：湿漉漉的头发向脸庞两侧滑落，她的嘴角，一直裂到耳根，像是被剪刀生生剪开！

真召的口形，似乎在说一句话：“我美吗？”

在浴室门口，还站着一个女人，眼中满是仇恨的怒火！

七

月野讲完这个故事，又沉沉地睡去。我们三个人，一动不动地坐着。

这个故事，是月野前生的记忆？

真召和清田，是月野的父母？偷情的清田受到血咒，但是为什么真召会变成裂口女呢？

真召的妹妹会是谁？清田的同事樱井？

这一切到底是怎么回事？

月野仍在熟睡，我心里一疼。如果这是她父母的故事，那对于月野来说，实在是太过残忍的事情。不知道如果月野恢复了今生的记忆，会不会记得前生的事情？她会承受得住吗？

“有一个办法，或许会让月野恢复记忆。”黑羽用手摁着太阳穴，眼中已满是泪水，“月野的乳牙，只要能找到她的乳牙，或许会有办法。”

“到哪里去找？”我抢着问道。

“岐阜县，月野的故乡。”月饼摸了摸鼻子，“黑羽，你有月野的资料吗？”

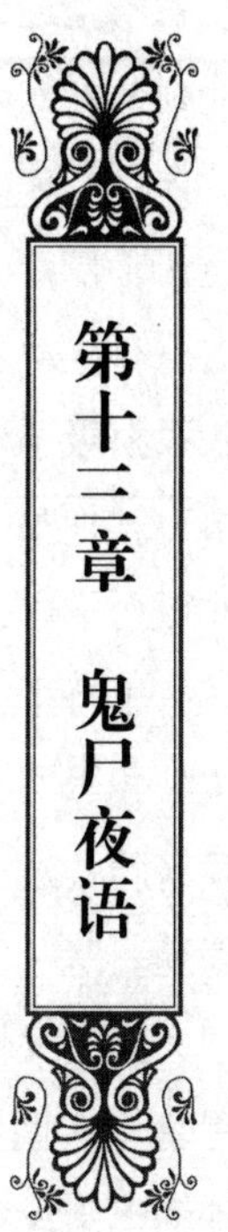

第十三章 鬼尸夜语

长途巴士分为两种，坐式和卧式。坐过长途巴士的人不知道有没有观察过，卧式大巴内部是一排排窄小的床位，乘客躺在上面熟睡时，看上去就像是躺在小棺材里的尸体；长方形的大巴，更像一具会行走的大棺材。

夜间阳退阴涨，正是万物静休、百鬼横行的时候，大巴的这种设计，是为什么呢？

一

“月饼，我心里有些没底。”我觉得肚子很不舒服，烧着纸等黑羽所说的长途巴士。

月饼望着黑夜深处：“黑羽没必要骗我们。”

"我不是这个意思，"我捂着肚子，"我不明白为什么一定要坐这辆巴士才能到月野的老家。"

"你真是关心则乱，平时的聪明才智到哪里去了？"月饼皱着眉，"黑羽不是说了嘛。自从裂口女事件之后，那个地方被阴阳师做了结界封印了，要想去只有这一个办法。"

我狠狠吸了口烟："日本人就是脑子有病。还没整明白裂口女到底是怎么回事，就把整个村子封起来了，也多亏月野不知道这件事，估计要是知道了，非叛变不可，解救家族于水火之中。"

"行了行了，"月饼看出了我的心思，"你要是害怕就别去，在医院里老老实实和黑羽看着月野，小爷自己去也没问题。"

我老脸一红："我倒不是害怕，就是想着和那么一群东西一起坐车，心里不得劲。"

"人比鬼可怕得多。"月饼指着远处，"来了，准备准备上车吧。"

黑幕里，两盏耀眼的灯光笔直地刺过来，却一点也不晃眼睛。深夜极静，那辆巴士没有一点动静，轻飘飘地滑破夜幕，停在我们身旁，没有发动机的低鸣，也没有轮胎的摩擦声。

门，静静地打开，司机戴着白手套，冷冰冰地瞥了我们一眼："上车。"

我和月饼连忙把剩下的半可乐瓶香炉灰泡的水一饮而尽。我只觉得嗓子里像堵了块泥巴，肠子都搅和到一起，干呕了几口。

月饼掏出两张画满了红色符号的黄表纸，放到驾驶台旁边的木箱里。

司机没有说话，只是"哼"了一声，车门又悄悄滑合。

借着车内昏暗的灯光，一排排卧铺小床上，躺着睡姿百态的人。白色的床单，白色的被子，映得那些人脸色苍白。我心里发毛，定了定神，跟着月饼走到大巴尾端的两张空床，躺上去盖好被子。冰冷的床铺带着股阴气透进骨缝，冻得我喘不过气来。

这是辆专门在夜间接送横死鬼魂的鬼车！

还有一种巴士叫"鬼车"，确确实实是载着恶鬼奔赴黄泉转世托生的。鬼车一般会在天地阴阳互换的午夜十二点出现，将鬼魂拉上车。烧纸的时候，如果遇见一辆巴士飘然而过，那就是亲人的亡魂上了鬼车。

如果亲人七日内没有给鬼魂烧纸做买路钱，鬼魂上不了“鬼车”，就会变成在野地里飘荡的孤魂野鬼，永世不得投胎。

我和月饼之所以要上鬼车，是因为月野的故乡所在的村庄（黑羽从高度机密的资料中得知了地点）居然以经常出现“裂口女”的原因，被阴阳师封印了。这种封印阳世的人不能进出，鬼魂却可以畅通无碍。

更叫人无语的是，阴阳师居然也不能上车！我和月饼只好冒充一次鬼魂，喝了一瓶子香炉灰，压住体内的阳气，在十字路口烧纸（月饼递上去的黄表纸上写好了地点，鬼车会把我们送到那里。这和给已故亲人烧纸时，写上“早日投胎，死后平安”之类的话是一个道理），引得鬼车来接。

躺在床上，想到这一车全是鬼魂，生前不知道死状有多凄惨，我就寒毛直竖，瞪着眼睛看着车顶。昏黄的车灯排布在车顶中央，由头至尾，像是一排小蜡烛。

月饼戳了戳我，压低了声音：“不知道杰克会不会在车上。”

“别扯了。”我心说月饼你居然还有心思琢磨这个，我都快吓死了，“没人给他烧纸，他怎么可能上鬼车。”

“别睡觉。过一会儿应该就是‘夜半无人尸语时’了。”月饼居然有些兴奋。

我哭笑不得：“月饼，你是不是精神出问题了。居然有心思听鬼们讲故事？”

“反正闲着也是闲着。”月饼闭上眼睛，“别说话了，免得漏了阳气。香炉灰真难喝，我打嗝都是土草味儿。”

我放缓了呼吸，眼皮子有些沉重，连忙掐了大腿一把，才疼得清醒过来。

“咚……咚……咚……”车内不知道哪里响起了丧钟声，刚才还躺在卧铺上一动不动的“人”们，开始伸着懒腰，打着哈欠，直挺挺地坐起，喃喃自语。

每个“人”都在自顾自地讲着，有些“人”讲得极长，讲完了就继续直挺挺躺在卧铺上。有些“人”讲得极慢，还时不时停顿半天……

“夜半无人尸语时”又叫作“鬼尸夜语”，鬼魂在投胎转世前，要讲完前世所有的事情，这样转世后才能把前世全都忘掉。有些人天生体内阳气弱，经常会在夜深人静的时候听到耳边响起“嗡嗡”的幻听，既像是人说话，又根本听不懂说的是什么，其实就是听到了鬼尸夜语。

如此过了三个多小时，最后一个“人”也讲完了自己的故事，直挺挺躺下。

这么一车“人”说话自然乱七八糟，我也没心思听，不过躺在前床的两个人，倒是讲了两个关于“车”的事情……

我和月饼听完，面面相觑。没想到，上了这辆鬼车，居然知道了几件很奇怪的事情！

二

第一件事——

夜幕降临，高桥细心地擦着这辆陪伴他多年的出租车。

按理说，一辆出过车祸的车，车主都会觉得晦气，巴不得赶紧脱手卖掉。可是他却把这辆车视若珍宝，每天夜间穿梭在东京的街道中，清晨带着微薄的收入回家。

妻子和孩子还在做美梦吧。每当这么想的时候，他就会幸福地微笑。

凌晨，他会把车子停在公寓楼下，快乐地乘电梯回家，悄悄地脱了鞋子，蹑手蹑脚地走到侧卧，拉严实窗帘，倒头就睡。毕竟，劳累一天，铁打的人也受不了。

高桥讨厌白天，也讨厌灯光，因为这意味着只能开夜班的他没有收入，所以他有个很奇怪的怪癖，那就是把家里的窗帘拉得很严实，从不开灯，照明都是用蜡烛。

虽然怪异，可是在冷漠的都市里，没有什么朋友会到他这个穷人家做客。

日子就这样一天一天过去，简单充实，七月的夜晚，白天残留的高温仍然肆无忌惮地炙烤着大地，路上匆匆行走的人群和拥挤不堪的车海，就像铁板烧上的一块块烤肉，在高温的烘焙下流淌着一滴滴充满脂肪的体液。

这样的交通堵塞，高桥已经见怪不怪，曾经有人很形象地形容东京堵车，两辆紧挨的车上如果是一男一女，堵车的时间足够谈成一次恋爱。

高桥打开车载音乐，随着音乐节奏打着节拍，有一搭没一搭地看着路边的行人。这时，路边的一幕引起了他的注意：一个身材火辣、容貌艳丽的女人一步三摇地从商场中走出，在众人艳羡、妒忌、讽刺、挑逗的眼光中用夸张的姿势坐入宝马车，汇入了拥挤的车海，不停地按着刺耳的喇叭。

一丝笑意浮现在他的脸上。

女人把车开得飞快，直奔市郊豪华别墅区，丝毫没有注意高桥凭借熟练的车技紧紧跟在后面。

前面是一段没有路灯的坡路，大片的枫叶林被夜风吹得“簌簌”作响，枫叶在树枝上不停晃动，像是一张张挂在树枝上的人脸。

高桥突然加速，超过了宝马车，甩胎，掉头，油门……

出租车和宝马车迎面相撞，安全气囊打开，车厢里全是呛鼻的火药味。

“你找死啊！”女人的脑袋狠狠撞在气囊上，捂着头气冲冲地下了车，那身性感的衣服完全遮挡不住浑圆的屁股和高耸的胸部，“知道我父亲是谁吗？”

高桥默然不语，向女子慢慢走近，眼中闪烁着狼一样的目光。

“你要干什么？”艳丽女子惊恐地后退，哆哆嗦嗦地想从LV包里拿出手机。

三

“普通奸杀案为什么要我们出动？”在警察署烟雾缭绕的会议室里，戴着浅棕色无边眼镜的女子挥手驱散着烟雾，皱眉说道。

“死者是东方仗助的女儿，东方株式会社的财力以及在市里的影响力想必你们也知道一些。”一名警察赔着笑脸，“而且，我们根本查不到这辆出租车的任何资料，从车架号上看，这辆二十年前的出租车早就该报废了。我们打电话询问了出租车公司，他们也找不到任何关于这辆车的资料。早年还没有电脑，资料无法做备份，偏偏几年前一场大火，把原始资料都烧干净了。”

乱发遮着半边眼的男子拿着案件资料：市区至豪华别墅区的枫叶林旁，一辆破旧的出租车与宝马相撞，宝马女车主被虐奸致死后肢解。

“我建议你们最好从偷车贼或者废旧汽车改装厂入手调查，这件事情与我们所负责的范围无关。”男子把资料随手扔到桌上，靠着墙双手插兜，再不言语。

女子整理着波浪般的头发：“既然和我们无关，那请原谅，我们爱莫能助。”

夜幕下的东京，人来人往，一男一女从中心街区向贫民公寓走着。

“黑羽，没想到你居然能够这么做。”女子扶了扶眼镜。

“我虽然是阴阳师，但是良心一点不比月野君少。”黑羽冷冰冰地说道。

“虽然你看着很讨厌，不过这一点我很欣赏。”月野从包中拿出一张纸，变戏法似的很快叠成一个小人，“有些事肯定不能告诉他们啊。”

纸人立在月野掌心，陀螺似的转个不停，最终指向了城市的西北角。

月野皱着眉：“听我那个没见过面的中国朋友说，从他们的五行八卦中推演，城市的西北角是阴气最重的地方。看来说得很有道理。”

黑羽满脸不屑：“不要降低了阴阳师的尊严。你不是已经给他传了照片吗？过几天应该就要动身去接他们了吧。真想不通大川先生为什么要请他们帮忙，那个叫南晓楼的似乎一点能力都没有。”

“反正通不过测验，他们也无法进入日本。”月野顺着纸人所指的方向走着，“杰克的事情还没处理完，又冒出这件事情，真够头疼的。”

这是一栋十分老旧的建筑，至少有四十年的历史，荒废了起码二十多年。黑乎乎的墙砖长满潮湿的绿苔，木质窗户被风一吹，就会发出“咔嗒咔嗒”的转轴声。站在这所废弃的公寓楼前，黑羽轻轻攥着拳，指关节“咯咯”直响。

几只野狗从楼里蹿出警惕地竖着耳朵，喉咙里“呜呜”地发出恐吓的吼声。黑羽捡起石头扔过去，野狗匆忙夹着尾巴逃了。

“啪……啪……啪……”黑黢黢的楼洞里传出有节奏的击打声，每一次声响间隔大约一秒钟，很有规律。

月野手中的纸人像是被磁石吸引的铁针，直直地指向公寓。

“二十七、二十七、二十七……”黑暗中闪过一道上下跳跃的白色影子，稚嫩的童音从楼洞里响起。

楼道里的灯早就坏了，借着月光，一个穿着白衬衣的七八岁大的男孩正在楼道口跳绳，衬衣上面有大块的红色花纹，看不清长相，只是嘴里一直在数着：“二十七、二十七、二十七……”

月野手中的纸人“噗”地燃起蓝色火焰，瞬间化为灰烬：“怨气这么重？居然化成了麻绳小人？”

“麻绳小人？”黑羽有些不解。

月野吹掉手上的纸灰：“我讲给你听，或许对一会儿的行动有帮助。”

四

明治时代，著名贵族佐佐木反对维新，全家被武士屠斩，母亲把孩子放进井筒，藏于井中，却被叛变的家奴藤原看到，斩断了井绳。后来藤原接管了佐佐木的宅邸，心里不踏实，害怕主人佐佐木化成厉鬼报复，就请来僧侣施术镇宅。可是施术人到了后花园，却发现带来的法具完全失效。蜡烛点着就熄灭。黄表纸扔向空中，却像石头一样重重落在地上；佛铃敲响后，居然响起婴儿哭泣的声音。施术的人们束手无策，却在这时来了一个游方的阴阳师，指着井说里面有一个婴儿化成的厉鬼，需要每天喂养三个泡了鸡血的糯米团子才能镇住。这样不但能够保家人平安，还能助运。

一听到“婴儿”两个字，藤原就知道阴阳师所言不虚，依法这么做了。果然府邸没有出现过怪事，而且他深受赏识，短短七年的时间就升至内阁要职。

虽然藤原偶尔想起佐佐木一家的惨死是因为自己偷偷报信，心里多少有些愧疚。可是荣华富贵的生活、美丽的妻子、已经会跑会跳拿着木质武士刀找他比试的儿子，这些作为家奴一辈子都不可能拥有的东西又能靠什么得来呢？每次想到这里，藤原望着被牢牢锁住的后花园，心里就坦然了。

这个后花园，除了藤原，是禁止任何人进入的。每天子时，藤原都会捧着三个滴着血的糯米团子，扔进井里扭头就走。有一次藤原实在忍不住，偷偷探头看着。鸡血在黑黢黢的井水里漂着，糯米团子落水时激起的水纹来回震荡，从井底慢慢浮上一个面朝下的小孩，乱蓬蓬的头发散在水里，四肢随着水波来回摆动。忽然，孩子飞快地转过身，伸手抓住糯米团子，张嘴就吃！

藤原“啊”的一声，一屁股坐在地上，傻了半天，才连滚带爬地跑出后花园，把锁牢牢地锁死。

回到厢房，等候多时的妻子纪香温柔地帮他解着衣服，藤原烦躁地把她推开，坐在椅子上发呆。

纪香不知哪里惹得丈夫不高兴，慌忙跪在地上，瑟瑟发抖。在那个年代，武士出身的丈夫有着随意剥夺妻子生命的权利，一个不小心，就有可能会是武士刀砍下脑袋的命运！

藤原阴沉着脸，目光涣散，嘴角不停抽搐，呆坐了半晌，拿起武士刀出了屋子。过了半个多时辰，藤原回来时，双目赤红，喘着粗气举刀站在纪香身前。

纪香早就吓得话都说不出来，哆哆嗦嗦地跪着不停磕头。过了许久，藤原一声长叹，把武士刀一丢，举起酒瓶一饮而尽，醉醺醺的，倒头就睡。

五

小心翼翼地生活了一个多月，每次看到那把武士刀，纪香都会不由自主地哆嗦，生怕藤原什么时候会举起刀对她砍下。不过自从过了那一晚，藤原极少回家，即使是回来也匆匆就走，纪香幽怨地想：他一定在外面有了新欢。

于是在藤原不在的日子里，儿子真太成了她唯一的慰藉。

不知道为什么，儿子喜欢上了跳绳，每天要跳很久，跳的时候还会数跳了多少下。纪香发现，儿子每次数到二十七的时候，就不会再数下去，只是不停地重复着“二十七、二十七、二十七……”

纪香纳闷地问儿子，真太总是会茫然地说：“妈妈，我已经数到一百多了，没有重复二十七啊。”

看着儿子眼睛里并排的双瞳，纪香就不由自主地恐惧。生真太那天，正是主人佐佐木全家被屠杀的夜晚。接生婆说只有大富大贵之人，才会出现双瞳，这可是贵人的象征。

接生婆的恭维话让纪香忘记了分娩的疼痛，接过儿子，看到两个眼睛里面的四个瞳孔，却觉得很不舒服。这时，真太张开嘴，没有哭，反而笑了。

真太慢慢长大，双瞳却让纪香越看越不舒服，总觉得里面有一双瞳孔，像是另外一个人的眼睛。

真太又开始跳绳，又重复地数着“二十七”，就像着了魔。纪香再也忍受不了心中的恐惧，一把夺过麻绳做成的跳绳，扔进了后花园里。

真太“哇”的哭出声来，非得要回跳绳，纪香又心中不忍，从厢房拿出丈夫的钥匙，打开锁进了后花园。

很多年没有打理过的后花园杂草丛生，树木高大得都遮住了太阳，透着股阴森森的气息。

纪香心里有些害怕，拨弄着草找麻绳。忽然，她听见有个孩子在念着：

“二十七、二十七、二十七……”有人在数数。

炎热的夏天，纪香吓出了一身冷汗，战战兢兢地循着声音望去，发现是从井里传出来的。

纪香再也不敢寻找麻绳了，正要逃出后花园，藤原正好冲了进来！

“你听到了什么！”藤原手里拿着个奇怪的东西。

“没……没什么。”纪香惊慌地看了看枯井，再看花园外面，真太不知道什么时候又拿起了麻绳，不停地跳着、不停地数着：“二十七……”

六

藤原一把推开纪香，拔开手里的容器，把浓稠的红色液体倒进井中。

井里传出凄厉的尖叫，一道白烟从井口冒出，在空中停了片刻，“蓬”地消失了。

真太忽然晕倒了。

藤原喘了口气：“寻找了一个多月，总算找到没有一根杂毛的黑狗的血！快去看看真太。”

纪香没时间琢磨这里面的蹊跷，连忙抱起真太。藤原锁上门，隔着墙又把麻绳扔进院子。

傍晚时分，真太苏醒，纪香发现儿子眼中的双瞳不见了。问他时，他根本不记得最近一直在跳绳。

看来是中了邪，被丈夫找到的黑狗血破了邪。纪香这才算是放下心来。

晚宴，藤原嘱咐下人做了一桌好菜，一家三口吃得其乐融融，藤原还多喝了几杯。奶娘带着真太去睡觉，纪香服侍着喝醉的丈夫换了衣服，藤原嘴里嘟囔着醉话，正在收拾衣物的纪香浑身冰凉。

藤原在不停地说着“二十七”。

纪香突然想起这个数字代表什么意义了！

佐佐木一家共有二十七人，除了下落不明的婴儿，其余二十六个全都死了。

算上婴儿，正好是二十七人！

婴儿的怨灵回来复仇了？

纪香越想越怕，向后退着，忽然，她看见床底下盘着一圈麻绳！不知道为什么，看着丈夫的脸，纪香涌起了一种奇怪的冲动。

她爬到床底，取出麻绳，打了个活结，套在藤原的脖子上，慢慢勒紧……

宿醉的藤原眼珠凸起，舌头吐了出来。

夜深人静，一个阴阳师装扮的中年人，站在藤原府邸外面，收起了摆在墙角的几个麻布做的人偶……

七

“麻绳小人是阴阳师借着藤原的手从井中养出来的？”黑羽大感兴趣。

楼梯里跳绳的小孩不知道去了哪里，空荡荡的楼洞犹如妖怪张开的大嘴。

月野答非所问：“阴阳师的责任是消除人世间的邪恶，有的时候，邪恶的不单是只有鬼啊。麻绳小人又称目竞，脸是一张没有五官的平板，心存祟念的人看到他时，他的脸就会幻化成那个人心中最恐惧的人的脸。而且，只有在封闭的环境里，才会养出麻绳小人。”

“那这么说这栋楼被阴阳师封印了？”黑羽微微一笑，“那我们是要解除封印还是加固封印呢？”

“难道你还不明白吗？除了咱们俩，谁会给这栋楼加上封印，培养麻绳小人复仇呢？”月野扶了扶眼镜，也笑了。

“我当然知道是谁了。那个浑蛋，总是一副高高在上、视鬼如仇的姿态。哼，没想到居然也有一颗慈悲的心！”黑羽活动着手腕，“走吧。”

月野抬头看了看夜空，一缕乌云遮住了月亮：“把他们释放出来，不知道是巧合，还是他故意安排的呢。”

八

电梯早已经坏掉，两个人只好顺着安全通道的楼梯向上走。没有灯光的楼梯向上无休止地延伸，手电筒照射的光柱中，飘浮着无数灰尘，偶尔扫到墙上，一个个狰狞的血手印赫然入目。

每走一步，楼梯都会轻轻震动，裂开的缝隙里抖落着水泥碎粒，落在地面上，细细碎碎的响声如同幽灵飘过。

手电光柱停在标有“27”字样的楼层，四个小小的麻布人偶悬吊在通往楼层走廊的门框上，像是吊着几具小尸体。

“果然是他的手法。”黑羽用手电光芒在墙上画了个圈，“这个浑蛋，应该在家里悠闲地喝着葡萄酒吧。”

“黑羽，今天你的话特别多呢。”月野有些意外。

“当你对一个人有更深一层的认识，难免会感到兴奋吧。”黑羽推开门。

彻骨的阴冷从走廊里飘出，隐约透着奇怪的声音，既像是一家人围着桌子吃饭的低声交谈，又像是细细密密地讨论着什么。

出乎意料的是，这一层里面，居然没有一个门。无论哪一栋荒弃的公寓住宅楼，都会有建造好的房间，甚至会成为流浪汉、小偷、吸毒者居住的地方。而这栋楼的27层，却只有一条空荡荡的走廊，根本没有房间。

两人没有觉得意外，月野指着一面墙："这里原来是个门吧。"

墙上的水泥印痕，颜色明显比别的地方要深很多，这是后来用水泥砌上去的特征。

"竟然为了掩饰罪行，把尸体封在废弃的楼里，又抹上了水泥封了房间。难怪东方株式会社宁可让这栋楼成为城市里丑陋的疤痕，也不愿爆破拆除，不知道这栋楼里还有多少这样的房间。"黑羽咬住手电，对着那面墙狠狠踹去。

"咚隆！"墙被踹了个洞，几道隐约可见的白色东西从洞里飞出，在走廊里徘徊了几圈，飘进了安全通道。

"我们这么做是不是有些残忍？"黑羽长舒一口气，"女儿已经死了，董事长如果再死了，会不会对本市经济产生影响。"

月野双手合十，喃喃低语了几句，才说道："邪恶的人留在世间，才是真正的影响。阴阳师的戒律让我们不能对付人，可是却没有任何一条戒律禁止我们用别的方法消灭坏人。"

"哈哈，我一定要找他问个明白！"黑羽轻轻地击掌，"他是用什么办法把高桥的怨灵寄托在鬼车上，满东京地寻找当年撞死高桥全家的凶手。"

"他是不会告诉你的。相信我。"月野笑得很狡猾。

九

第二件事——

川岛小心地观察着四周，操作间里，所有人都在专心致志地忙碌着，根本没有人注意到他。

作为流水线的最终端，川岛负责的是压膜封口。在纯机械化制作的今天，能够保持面膜纯手工制作工序的，大概也只有财力雄厚、精益求精的东方株式会社所属的企业吧。

董事长东方仗助的女儿在回家路上被奸杀，东方仗助悲恸欲绝，居然在家里用一根麻绳上吊自杀了，这对整个东方株式会社产生了极大的影响。

还好两三天的时间，会社就被国外实力雄厚的财团高价收入，听说接收人是个英俊年轻的金发外国人，名字叫杰克，要么就是汤姆。川岛根本不在乎这个，有口饭吃，工作稳定，管那么多干吗。何况只要趁人不注意，偷偷把制作好的面膜塞进特制的裤兜里，神不知鬼不觉地带出工厂，到银座贩卖，能赚不少零花钱。

要知道东方株式会社的面膜，可是全日本女性青睐的好玩意儿，自然不愁没人买。前几天偷着卖面膜的时候，据说伊东屋ITO-YA闹鬼了。当警车鸣笛而来的时候，他还以为事情败露被人举报，警察来抓他。还好从车上下来的两个比电影明星还有吸引力的男女还有那个粗壮男人直接进了伊东屋ITO-YA，对他完全不感兴趣。

这次新出品的面膜据说带有外国的先进技术，加了一种奇怪的原料，消皱美白效果特别好。

川岛捏着裤兜，里面已经偷放了十多贴面膜，心里暗自兴奋："看来今晚又能卖个好价钱了。再留几贴给彩子，她一定会觉得老公很能干吧。"

川岛走到工厂门口时，高桥正望着天空发呆。川岛心里有些沮丧，前段时间公司裁员，据内部消息说他和高桥是最有可能的，为了保住饭碗，他用了些见不得人的手段，制造了一些不良消息。眼看着高桥越来越颓废，工作没精打采，主管也几乎内定了高桥被裁，就在即将公布的前一天，高桥居然撞破脑袋住院了，出院之后工作状态大好，居然还参加了"红叶狩"！

川岛不禁担心被裁的有可能是自己。还好总裁东方父女的离奇死亡，倒是让裁员的事情告一段落，川岛也就放了心。

"高桥君，去酒坊喝几杯？"川岛满脸堆笑。

高桥摇了摇头："承蒙厚意，我今晚有事，改天我请好了。"

川岛顺水推舟客套了几句正要走，高桥忽然问道："川岛君，你看天空的云彩像什么？"

川岛莫名其妙地看了看天空："我看不出来。"

"你不觉得她们很像亲人的灵魂吗？在天空守护着人世间的血缘。"高桥眨着眼睛微笑。

“啊！或许吧。既然今天高桥君没有时间，那就把遗憾放到有空的时候弥补好了。”川岛打着哈哈，心里暗骂：神经病！

十

揣着钞票，川岛哼着小曲，醉醺醺打开屋门：“彩子，最新的面膜，试试看啊。”

彩子穿着睡衣一脸厌恶地夺过面膜：“你除了会偷几贴面膜混点零花钱，喝得醉醺醺回家，还会干什么？我当年怎么会看上你这个窝囊废！”

川岛嬉皮笑脸地拍了一把彩子浑圆的屁股：“有吃有喝日子过得舒服，人生还有什么追求？”

彩子甩了甩手：“别碰我，醉鬼！”

川岛打了个恶臭的酒嗝：“咱们该要个孩子了。”

“你先把房贷还上再说吧！”彩子狠狠地摔上卧室门，门“咔哒”一声反锁上了。

川岛砸了几下门，屋里没反应，就垂头丧气地去洗澡了。温热的浴水舒缓了神经，人也清醒不少，川岛蹑手蹑脚地停在门前听了一会儿，确定彩子已经熟睡，才偷偷跑到侧卧，反锁门，从床底拖出个箱子，摸出把钥匙，警惕地打开。

箱子里出现了一个干瘪的女人头。

川岛“咕咚”咽了口唾沫，抓着女人头发拽了出来，一张完整的人皮平铺在地上。川岛小心地将人皮翻转，对着右脚心的位置鼓足腮帮子吹着气。不多时，一个活灵活现的人偶被他摆上床。

川岛小心地摸着人偶几乎可以乱真的皮肤，用力地抓着乳房揉捏，低吼一声，扑了上去。

没多一会儿，川岛气喘吁吁地仰面躺着，人偶温顺地枕着他的胳膊，就像是个活人。

“好舒服啊！比老婆强多了，想怎么做就怎么做。”川岛陶醉地自言自语。

“真的舒服吗？”

"嗯，舒服。"川岛的意识还没从高度兴奋产生的虚幻中清醒过来，随口答道。

"既然这么舒服，为什么不娶我？"

川岛正要回答，忽然觉得不对劲！屋子里只有他和人偶，是谁在说话？

"你说啊？为什么不娶我？"

声音是从身旁传来的，川岛赤裸丑陋的身体起了一片鸡皮疙瘩，脖子僵硬地扭向人偶。

人偶美丽的假眼没有一丝光彩，直勾勾地盯着川岛，微微张开的嘴里向外淌着黏稠的液体，嘴唇红得像染了血。

川岛就这么盯着人偶看了半天，心脏狂烈地跳动，几乎碰触到胸骨，人偶没有任何反应。

额头上的汗珠流进眼睛里，刺得眼球生疼。川岛使劲揉了揉眼睛：幻觉？可是刚才的声音实在太真实了！

他慢慢抽出手臂，人偶的脑袋"啪"地落到枕头上，如同被斩断了脖子。川岛触电般跳起，拔开人偶右脚心的气门，"嘶嘶"的漏气声中，人偶的皮肤收缩褶皱，精致的五官塌陷，很快又变成一张皱巴巴的人皮。

那双眼睛如同被戳漏的葡萄皮，木然地望着天花板。

川岛把人皮胡乱塞进木箱上了锁，大汗淋漓地跑到客厅，躺在沙发上喘着气：刚才的幻觉实在是太可怕了！

看来要把这个来路不明的人偶扔掉了。

十一

清晨的空气有些微凉，路上还没有什么行人，一个形象猥琐的中年男子夹着藤制的箱子，神色鬼祟地溜到垃圾回收处，把箱子用力扔出，惊起了几只垃圾堆里寻食的野猫。

野猫"喵呜喵呜"的叫声凄厉无比，一只又老又丑的黑猫跳上藤箱，抽着鼻子闻着。

"咯噔咯噔"的高跟鞋声由远及近，隔壁的雪奈满脸倦容地走进巷子。

"早晨好，川岛先生今天起得好早，晨练吗？"雪奈鞠着躬，低开口的衣服里面，活脱脱的两只乳房上还有几道红色的牙印。

要换平时，川岛总会色眯眯的和这个刚搬来不久的风骚女邻居搭讪，可是昨晚的事情让他实在没有什么兴趣，点了个头就走了。虽然后来再没有发生什么怪事，疲惫加上酒精的作用让他很快就睡了过去，甚至连梦都没有做。

“滚开！”

川岛回头一看，黑猫围着雪奈叫着，雪奈挥着名牌包愤怒地驱赶着。

“连猫都被这股风臊味吸引了。”川岛心里骂了一句，“攒点钱一定搞她一次！”

到了家门口，川岛摸着快递箱：半个月前，不知是谁放在这里一个藤木箱子，爱贪小便宜的他看着四周没人，就把箱子搬回家。撬开锁头一看，居然是今年最新款的女优人偶，这可是他梦寐以求的好东西！

趁着彩子还没回家，他立刻把人偶弄到侧卧用了一次……

“扔了实在有些可惜呢。”川岛有些遗憾地咂巴着嘴，不情不愿地进了餐厅。

彩子戴着面膜正在做早餐和准备中午的料理，倒不是因为对丈夫的爱，而是在外面吃要花很多钱。

“跟你说了好几次了，睡着后一定要把面膜摘下来。皮肤不透气，会在皮下积累油脂，反而有坏效果。何况老人讲过，睡觉时不要有东西盖着脸，那是死人才会有的做法。”川岛喝着比水稠不了多少的白粥嘟囔着。

彩子把菜板剁得“咣咣”直响，一截截葱白像是被劈断的手指四处乱飞：“大清早你就咒我死，那我死给你看好了。”

“我不是这个意思。”川岛头都不敢抬，拎着食盒，换了衣服走出家门。

路过垃圾回收处时，他下意识地看去，黑猫不见了，箱子还在，心里多少踏实点。

十二

一整天，川岛一直精神恍惚，工序上出现了几个错误，被总管训斥还扣了当天的薪水，心情差到极点，自然也没心思偷几贴面膜倒卖，闷闷不乐地直接回了家。

晚饭摆在桌上，彩子却不在。川岛纳闷地找到卧室，彩子正背对着他躺着。

这么早就睡着了？川岛发现彩子的睡衣凌乱，床单扭曲着乱七八糟的皱痕，心里一惊：难道？

“彩子！”川岛一边吼着一边闻着屋子里有没有男人的烟味。

彩子依旧一动不动，川岛愤怒地爬上床，扳着彩子的肩膀翻过身。

苍白的脸，血红的嘴唇，紧闭的眼睛！

这不是彩子的脸，而是那个女优人偶的脸！

川岛惊恐地向后仰去，从床上摔到地下，只看见一丛头发从床边慢慢探出……

“舒服吗？”

川岛恐惧得完全发不出声，想起身却全身无力，双腿胡乱蹬着。

“摔得舒服吗？”彩子愤怒地从床上跳下来，扯掉面膜，“给你做了晚饭吃就行！有些感冒吃了药想多睡会儿，还被你吵醒了！一张面膜都能把你吓成这样，我怎么会嫁给你这种人！”

川岛捂着剧痛的胸口，心有余悸地看着彩子走进浴室，“稀里哗啦”的水声带着腾腾雾气，遮挡住了半透明的玻璃。模糊的肉色人影紧贴着黑色的头发，看上去无比诡异。

“我到底是怎么了？”川岛努力回忆刚才看到的一幕，“难道是昨晚喝醉后产生的幻觉影响到现在？可是刚才彩子的脸明明是那张人偶的脸？为什么又忽然变回正常了？”

他打了个哆嗦，想起了小时候在家乡听到的传说……

每个人都会长出乳牙，到了四五岁的时候，乳牙就会掉落，长出新牙。

老人们说，掉的第一颗牙，代表前生的记忆；掉的最后一颗牙，代表今生的记忆。这两颗牙一定要保存好，至于保存的方法更是千奇百怪——扔到井中大喊三声“你要记得我”；趁着孩子熟睡把落牙压在枕头下面，第二天中午放到房梁上；把牙齿缝进小布偶，挂在故乡的树上。

这样就可以保佑孩子一生平安，不会被恶鬼侵害。

包着牙齿的布偶如果被野猫、乌鸦叼走，那么牙齿的主人就会受到影响，经常看到稀奇古怪的东西，听见莫名其妙的对话，还会产生幻觉，最后发疯……

难道包着我乳牙的布偶被叼走了？川岛越想越心惊，摸出手机给家乡的父母打电话。

电话没人接。这是给老人打电话常出现的事。由于不习惯于用手机，所以经常打半天没人接电话。

川岛听着手机里的忙音，沮丧地挂了电话，晚饭也没吃，就沮丧地坐在客厅的沙发上抽着烟发呆。

彩子洗完澡，赤身裸体地从浴室出来，看也没看川岛一眼，扭着屁股进了卧室，又重重地摔上了门！

川岛弹着烟灰：也许到了离婚的时候了。

想到这里，川岛的心口一阵疼痛，上个月的体检报告应该早就寄过来了，明天打电话询问一下吧。

十三

不知道过了多久，屋子早已经被呛人的烟雾弄得像火灾现场，古老的钟表“嘀嗒嘀嗒”的摇着钟摆，“咚咚”的钟声嘶哑无力，川岛如梦惊醒，发现时针、分针都停在了12的位置上。

这么快就到午夜了？最近精神太紧张，根本觉不出时间，看来该睡觉了。川岛起身向侧卧走去，忽然想到昨晚恐怖的一幕，握着门把手犹豫着不敢推开。

还是睡客厅吧！这么想着，他又走回客厅，和衣躺下。

可是钟摆声在寂静的夜里实在太清晰，一秒一秒地拨动着本来就很衰弱的神经，川岛的心情越来越烦躁，把抱枕摔了出去，起身走进侧卧。

摸着墙上的开关，摁下，灯亮了！

一个藤制的箱子，摆放在床前，箱里空无一物。充满了气的女优人偶，摆出撩人的性感姿势，跪在床上，歪着脑袋看着川岛。她的脖子上，向外“汩汩”留着殷红的鲜血！

川岛的脑子像被一把锋利的刀从正中劈开，所有的神经完全断裂，剧痛的感觉让他歇斯底里地狂吼，双手在空中挥舞，心脏上就像压了一个铅块，沉重得根本无法跳动。

“砰”，川岛好像听见胸膛里有什么东西断了，缓缓停止跳动，充血的双眼流出浓热的液体，完全失去了知觉。

在他眼中，残留的最后印象，是彩子从卧室冷漠地走出，手里拿着一张印着“医检报告”字样的纸张。

“你的医检报告早就寄来了。我看了，没想到你竟然有这么严重的心脏病。哈哈……”彩子踢了川岛的尸体一脚，“所以我给你买了一份巨额保险，可是我又不能杀死你。可是你不知道的是，你把箱子带回来的第二天，我就发现了。你知道吗？我每天都会在你的饭菜里放催情的药，又故意不和你做爱，你的选择就会很简单了。”

“放心吧，你死后，我会好好厚葬你的，也会给你父母寄一笔钱。”彩子摁下一个精巧的遥控器，女优体内传来魅惑又幽怨的声音：

“舒服吗？”

“既然这么舒服，为什么不娶我？”

“你说啊？为什么不娶我？”

“为了吓死你，我可是想了好多办法哦。”彩子关闭了遥控器，抹掉人偶脖子上的番茄酱，调整着表情，尽量显出悲痛的感觉，拨通了报警电话。

“舒服吗？”

“完成了心愿开心吗？”

“你说啊？如果你开心，那让我也开心好不好？”

电话里面传出奇怪的女人声音。彩子心里一慌，手机摔在地上，电子元件四分五裂。

那几句话，却依然在她身后不停的重复着。

一双手，搭上了她的肩膀。冰凉的呼气声在耳边响起，她脖颈上的汗毛全部竖起。

十四

老丑的黑猫蹲在雪奈家的墙上，悲伤地叫着。

惨白的月色里，狭窄的街道如同披了一层裹尸布，一个面无表情的女人，拎着藤制箱子，机械地走着。

在她身后，川岛家门口，彩子微笑着："我现在很开心，如果你想变回人，记得要让男人爱上你哦。"

她转身回屋，抬起右脚，掌心长着一个小小的肉球，像是个充气小阀门。

拎箱子的女人走到一户人家门口，打开箱子，全身像撒了气，瘪成一张人皮，飘进箱子！

"咔嗒！"

箱盖合起！

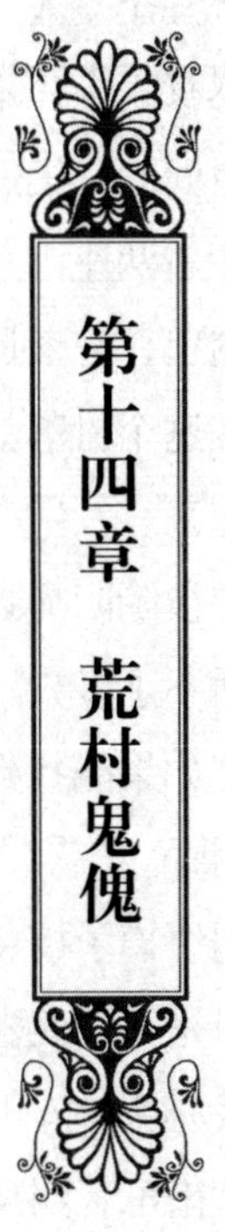

第十四章　荒村鬼愧

日本民间九大禁忌：

靠墙；捡路边的钱；槐树种在家门口；非特定场合烧冥纸；拖鞋整齐地放床边；晚上晾衣服；随便勾肩搭背；拖鞋头朝床的方向；筷子插在饭中央。

此外，最奇怪的是，徒步旅行时，如果在两座山之间遇到的村落，无论多么晚多么累，也不要进村借宿……

一

下了车，我和月饼点了根烟，狠狠地吸了几口。没想到在鬼车上，居然听到几个“人”生前这么离奇的事情。其中还有几件事与我们有密切的联系，感叹之余，不禁又觉得世间的事情好像总有一根线拴着，在某个时间和某个空间的交集点上，总会很诡异地联系上许多毫不相干的人。

望着两座山之间的村落，早已败破不堪，没有一丝光亮，沉沉的死气从村中透出，应该是早就没人居住了。

“这个村落就是月野的故乡？”我实在没办法把漂亮的月野和这个死村联系起来。

“被阴阳师封印了这么久，能出去的自然就出去了，不能出去的留在里面也活不了多久。”月饼的神色有些黯然。

“如果能找到月野的乳牙，一定可以恢复她的记忆吗？”我现在脑子里只有月野。

月饼摸了摸鼻子：“既然黑羽这么肯定，那肯定有他们阴阳师的秘密办法，只是不方便告诉我们罢了。”

我心头一阵不爽：“都什么时候了还跟咱们有所保留！”

“南瓜，纠结这个干吗？”月饼拍了拍我的肩膀，“估计这是阴阳师的入门守则，肯定不会告诉你。”

我闪身躲开月饼的手：“别乱拍我肩膀，万一拍灭了肩膀上的阳火，被鬼上身干掉你，可别怪我情非得已。”

“忘了这茬。”月饼急忙收回手，“还是小心点好。”

树影婆娑，光影混乱斑驳的倒映在山间小路上，曲曲弯弯的羊肠小道直通山下村庄，渐渐隐没在茅草中。

月饼拿出一片艾草递给我，我接过来含在嘴里压在舌根下面，祛除邪气。

“月饼，要是真碰上了厉鬼，或者一群裂口女，咱是战呢还是逃呢？”我心里多少有些紧张，和月饼有一搭没一搭地废话着。

“你个乌鸦嘴，就不能吐出根象牙？”月饼含下艾草，“总不能倒霉事都让咱碰上，照着黑羽说的位置，找到月野家，上房梁拿下乳牙，收工大吉。然后月野恢复记忆，从此和你过上了幸福的生活。”

“托您吉言，但愿如此。”我嘴上这么说，可是心里还是没底。

“哪里有什么鬼，都是一群活死人罢了。”苍老的声音从身后传来。

我心里一哆嗦，向前跳了一步，才回头看去。

一只黑猩猩！

我刚想动手，月饼一把拉住我：“什么都不要想，什么都不要动！”

虽然不知道月饼这么说是因为什么。可是我依照着他的话不思不动，看清楚了对面站着的玩意儿。

浑身被浓密的黑色体毛覆盖着，皱巴巴的脸上长着乱糟糟的针毛，一咧嘴露出暗黄色的牙齿，不过眼睛倒是异常明亮，透着极高的智慧。

我发现这个东西全身被一层淡淡的水雾状灰气包裹着，再仔细看去，才看清那层水雾状的灰气，是由一条条扭曲的虫形气体缠绕着！这些气体纠缠扭曲，如同盛夏时腐败的尸体上密密麻麻、黏腻腻挤在一起的尸虫，把尸体完全包裹住，完全看不清楚本体的样子！更让我感到恐怖的是，我隐隐听到了那些虫形气体发出凄厉的号叫声，那声音如同深夜梦魇惊醒时，耳边听到的莫名其妙的“窸窸窣窣”声，既真实又缥缈；如同蚁群慢慢地爬进耳朵，顺着耳道钻进耳膜，沿着血管穿行到内心的最深处，没来由的恐惧、冰冷而无法抗拒！

我忽然想到：只有吃死人肉，才会全身聚满灰色的尸气！

它看看我，又看月饼，“呵呵”笑着：“难怪你们能进来，原来不是阴阳师。可惜……可。黑猩猩又站了一会儿，摆出很无趣的表情，钻进了树林里。

“刚才很危险。”月饼擦了把汗，“这个东西叫‘觉’，是生活在岐阜县深山里的妖怪，会说人话，还能察觉人的内心想法，所以山民们给他取名‘觉’。只要咱们心存恶念想伤害它，它会立刻把咱们俩当消夜。”

“那它身上的灰气是？”我觉得有些反胃，不想说下去了。

“人吃动物，动物吃人，在生存者的眼里，只有食物。”月饼顺着小道向山下走着，“别磨叽了，赶紧的！饿了，忙活完回去找吃的祭祭五脏庙。”

二

进了村落，让我吃惊的是，这个山间小村比我想象的要大多了，不过道路却很崎岖，路边没有房屋的地方甚至长满了荒草，看上去很不协调。每一栋屋子都是木质结构，腐朽的木板已经裂出指头宽的缝隙，从里面长出了苔藓和菌类。

虽然村子里鬼气森森，不过没有什么活人的踪影，也没出现什么稀奇古怪的玩意儿。我想到刚才月饼说的话，心里一阵难受：也许村子里的人真的死光了。

这么边想边走，感觉绕了好几个圈子，月饼在一栋木屋前停了下来："到了，进去吧。"

我心里又有些发毛："咱是不是该干点投石问路的事吗？"

月饼捡起一块石头，对着木屋的窗户扔了进去："投了，问了，进吧。"

"月饼，我觉得你有些奇怪。"我说不出月饼哪里不对劲，不过他的状态很不正常。

"没什么奇怪的，"月饼推开屋门，"因为我想到了一些事情。"

门打开，月饼扔进去一柄荧光棒，就着幽绿色的光芒，在屋子正中央的墙壁上，居然挂着一面镜子！

镜子是一种很奇怪的东西。每个人都会在一生中照无数回镜子，而镜子里的世界，是和现实世界完全相反的。许多人在小时候都会有一种经历，就是刚接触镜子时，会分不清左右，明明想向左梳头，却对着镜子做出了相反的举动。明明是想抬右手，却不知道为什么抬起了左手。还有些人会在镜子里看自己的脸，越看越觉得陌生，总感到镜子里的人不是自己……

因为，镜子里映射的，不是现实世界，而是人的鬼魂和阴世！

镜子的摆放也很有讲究，卧室不放镜子，天花板不挂镜子，浴室里更是万万不能放镜子，这些地方放上镜子，会让鬼魂在人体阳气最弱的时候，有逃逸的机会。而最凶煞的，是正对门放置的镜子！

这个位置的镜子，会将整个屋子的风水倒转，变成"阴煞血地"！

“我猜得果然没错。”月饼抓了把石灰撒向镜子，“黑羽说这个村子被封印了，阴阳师不能进入的时候，我就觉得有些奇怪。其实，所谓的封印，只是隐藏了一些阴阳师不能知道的秘密。”

我听得丈二和尚摸不着头脑，月饼又接着说道：“没有任何一个封印，是阻止封印者进入的。很快就有答案了。”

屋子里面忽然绿光大盛，镜面荡漾着奇怪的波纹，慢慢浮现出一道影像。

三

镜子里，浮现出半张女人的脸！另外一半，深深地隐藏在垂下的长发中！

我完全不知道心情是恐惧还是别的，仔细盯着那张脸，虽然不是很清晰，但依稀看到了几分月野的模样。

绿光盈盈，镜面上那个女子好像对我笑了笑，又消失不见，镜面变幻出另外一幅画面！

房间里，正对着窗户，一个男人面对着我，手在不停地上下动着。手臂机械而僵硬，手里拿着一把梳子！

在他前面的椅子上，坐着一个红衣女子，长长的头发垂在背后，男人正捧着她的头发，给她梳头。

我全身僵住了，支着身体的手臂不停地打战，近乎窒息般看着镜中的诡像！我想大喊几声，却发现根本发不出声音！

梳了良久，女的站起身面对着男的，因为被男人高大的身影挡住，我看不到女人的相貌，看不停挥甩的手臂，好像两个人都情绪激动，男人还时不时指着床的位置。

我顺着他指的方向，才发现，那张床上放着一个圆圆的包裹，时不时地动几下！

红衣女人忽然推开男人的手，向床的方向走去，看样子想抱那个包裹。

男人呆呆地看着女人，慢慢把梳子放到桌上，从腰间抽出一样东西。女人此时已经抱起包裹，向门口这个位置走来。

绿光实在太重，我努力想看清这两个人的模样，却发现根本不可能。我就像一个独自在电影院看恐怖片的观众，心惊胆战地跟着情节前进。

男人似乎下了决心，几步冲到女人身后，扬起手中的东西，向女人后脑扎去！

我分明看到，那是一把寒光闪闪的尖刀！

女人的身体顿住了，右眼的位置探出刀尖，上面还穿着颗圆圆的眼球，似乎还在微微转动，左眼中带着难以置信的恐惧，看着被顶出来的右眼球！

黑洞洞的眼眶里顿时喷出红得近乎发黑的鲜血，整张脸甚至连疼痛的表情都没来得及展露，就被黏稠的血液糊住！

随着男人把匕首拔出，女人的眼球又被带回眼眶，紧跟着又被鲜血顶出来，后脑喷出了白色的脑浆、淡黄色的脑液，零零碎碎喷了男人一脸。

女人软软地躺在地上，身体轻微抽搐几下，怀里还紧紧抱着那个包裹！

男人喘着粗气，把匕首胡乱一扔，想从女人怀里夺过包裹。可是女人实在抱得太紧，男人始终夺不下来。

不知道为什么，画面忽然拉近，我就像是站在这个满是血腥味的房间里看清楚了男女的模样！

当这两个人的样子在我脑中定格时，我差点受不了这个刺激，脑子剧痛，就像是被狠狠击打了一棍子！

男人放弃了抢夺包裹，而是哆哆嗦嗦从兜里摸出火柴，划了好几根都折断了才点着一根，扔到铺着白床单的床上。

焦黄中透着微蓝的火焰慢慢变大，越来越旺盛，终于变成熊熊大火！

男人却没有逃跑，而是安静地坐在椅子上，闭上眼睛……

整个房间完全被烈火吞噬，镜面上满是耀眼的火光，我甚至能感受到高温带来的灼痛感。

四

绿光瞬间暗下来，镜子恢复了正常的状态，我仍在不停地喘着粗气，这画面带来的震撼实在太可怕了！

“或许这就是裂口女的由来。”月饼扬了扬眉毛，“南瓜，你知道阴阳师是不能结婚的吗？据说阴阳师如果和普通女子结婚，生下的孩子，会是受诅咒的怪胎。用镜子布置的阴煞血地，是为了镇住藏在屋里面的秘密！觉在山间游荡，是为了吃掉误入封印中的人，使这个秘密不泄露。

“这个秘密就是，某个阴阳师爱上了普通女子，他们生下了一个孩子。这个孩子就是第一个裂口女。镜子里面的画面告诉我们了，阴阳师知道了后果，想要杀掉孩子，母亲拼命保护自己的骨肉，后面的事情你也看见了。

“我想再做一个分析，根据月野讲的那件事，裂口女会不会是因此受了诅咒，遇到背叛自己的男人，就会变成裂口女。从村子里走出到大城市结婚的女子越来越多，可是现在这个社会，能抵抗住诱惑的男人也越来越少，于是就出现许多次背叛，于是就出现了很多裂口女！

“裂口女终于危及社会安定，阴阳师们不得已，封印了这个村庄。这个村子里面的人，可能被集体杀死了。月野，或许是唯一存活的裂口女后代。当然，还有那些早就嫁出去，还没遇到丈夫背叛的女人们。”

我听得目瞪口呆，如果按照月饼这么推理，那么这个村庄遭受了多么惨绝人寰的灾难，仅仅是因为一个阴阳师的错误，还有世间男人对爱情的玩弄！

“畜生！”月饼狠狠地捶着拳，在屋里来回走着。每一步他都保持着大约一米的标准距离，像是在丈量着什么。月饼从我身边走过，按照这个步距走到房头，停顿片刻，侧头看了看，又从房头丈量到窗户边上，伸出手摸索着墙……

我灵光一闪，这里是养尸地！

月饼敲了敲墙面，里面发出中空的“咚咚”声，那面墙里面，封闭着一个巨大的空间。

我深呼一口气走过去，摸索着墙面带来的触感——阴冷刺骨，充满怨气。不知道有多少条冤魂被锁在这个空间里。

它们是什么？阴阳师镇住的村子里所有被屠杀的人的冤魂？

我的手微微颤抖着，仿佛听到墙里面的哭泣。

“能破吗？”月饼双手摁着墙。

我后退了两步，心里默默在墙上画了个虚拟的八卦图，确定了阴阳鱼眼的位置：“问题不大，不过我不想破。”

月饼扬了扬眉毛：“南瓜，我的心情和你一样。如果真相像我推测的那样，我也无法接受。可是你想过没有，如果不破，那些冤魂永世不能超生。”

我不想再说什么，报出一串数字：“纵三横十二，纵二十一横七。”

月饼按照我说的位置，把桃木钉摁进墙里，迅速退到我身旁。

时间一秒一秒过去，那面墙还是没有动静，我和月饼面面相觑……

“南瓜，”月饼摸着鼻子，“你确定是这么破？”

我也等得不耐烦，这种想等又等不着的心理状态最叫人不舒服。摸出两根烟，丢给月饼一根：“应该是这样的。”

“啪”“啪”两声，我和月饼分别掏出火机点烟，还未等烟头燃起，火机上那两簇火苗脱离了火机，如同两朵鬼火，飞快地飞向那面墙，分别吸附在两枚桃木钉上。桃木钉瞬间燃起了绿色的火焰，短短工夫就化为灰烬。

五

我和月饼嘴里叼着烟，手里拿着火机，还没反应过来，那面墙忽然动了！

先是像平静的湖水被投进了一颗小石子，漾起微微波纹，在墙面震荡。那震荡越来越猛，波纹越来越高，整个墙面渐渐像烧开的沸水，翻腾着巨大的气泡。墙上的石灰龟裂，撕出蜘蛛网一样的纹路，块块脱落，露出里面灰色的水泥。

墙面向外高高鼓起，又迅速凹了进去，“轰隆”一声，碎石纷纷落下，空气里满是呛鼻的尘土味道，顶得我鼻子发酸。

尘埃落定，墙上多了一个两米见方的大窟窿！里面没有丝毫光芒，像是能够吞噬时间和光的黑洞，漆黑得让人绝望。

在黑洞的最深处，隐隐亮起一点幽幽绿光，时左时右、时上时下的飘忽不定。那绿光越来越多，越来越多，密密麻麻全是葡萄大小的光芒，渐渐照亮了整个黑洞!

我们终于看清了养尸地的真面目!

从黑洞里涌出刺痛皮肤的阴气，阵阵凄厉的哀号充斥着整条走廊，肆无忌惮地回荡着！黑洞里竟然流淌出黄色的液体，像黏稠的蜂蜜慢慢向外淌着。洞里的液体足有两尺多高，那些绿光，从液体里伸了出来!

是眼睛!

那些眼睛的主人，是一个个流淌着黄色尸液、被泡得肿胀肥大得如同蠕虫般的白色尸体。手脚已经蜡化，和身体黏在一起，靠着黏在一起的双腿上下摆动，像鱼一般游向洞口。第一具尸体到达洞口时，用脖子撑住洞沿，用力支住身体向外爬，再慢慢落到洞外，整个脑袋上除了那双眼睛，什么都没有。洞口的碎石在尸体身上刮下淡黄色的油脂，从伤口里流出大量尸液，在地面上流下一道道黏浊的印痕。

这是怨鬼寄尸!

“活尸！”月饼面色大变，“南瓜，你快跑！”

我咬着牙吼道：“你不比我缺胳膊少腿，你怎么不跑！”

其实看着一只一只向外爬的活尸，我越来越心惊：这次是真完蛋了。千算万算，没想到居然会挂在日本！该死的小日本鬼子阴阳师，居然用了这么毒的招隐藏秘密!

“月饼！”我狂吼着，“不管谁活下去，都要把月野的乳牙拿下来恢复她的记忆啊！”

“谈恋爱的事你来。”月饼缓缓地挽着袖子，“打架我上！”

尾声

半年后。

“南晓楼，该上课去了。”隔壁寝室的舍友敲了敲门，喊了一嗓子，“你自打从泰国回来，就没正经上过课。海归也没你这么嘚瑟的。”

我深深地抽着烟，看着对面空荡荡的床铺，恍惚中那个清瘦的少年，习惯性地扬了扬眉毛，摸着鼻子：“南瓜，好好学习，天天向上！要不杂家考试抄谁的去？”

鼻子一酸，眼睛热热的。

月饼、黑羽，还有月野，你们都还好吗？

荒村鬼屋的那群冤鬼寄尸将我们包围之后，本以为，这是一场有死无生的战斗。可是情况突转直变，活尸遇到空气，居然像气球一样膨胀起来，“砰砰”爆个不停……

这究竟是怎么回事？

我们无从解释。

月饼踩着我的肩膀，在房梁上摸索着，终于，摸到了一个洁白的小小牙齿。

一切似乎就这样圆满地结束了，可是我们俩谁也高兴不起来。

站在山顶，望着已经成了一片火海的村庄，但愿这些肮脏的秘密，随着我们放的这把火都化成灰烬吧。

“月饼，我突然想到一个问题。”虽然距离很远，但我仍能感受到炙人的热浪，“月野恢复了记忆，对她是好事还是坏事？”

“不管是好是坏，我们没有权利剥夺别人的记忆，就像我们没有权利剥夺别人的生命。”月饼指着腾腾火海，“有些事，做了不一定是对的，但是不做却一定是错的。”

回到医院，把乳牙交给黑羽，任由他怎么询问，我们都绝口不提山村里发生的事情。

这是我们俩回来路上商量好的。说了没有意义，不说可能还会有点意义，那就隐瞒真相吧。

在病房外等了两个多小时，黑羽一脸疲倦地拉开门，示意我们进去。

月野已经苏醒，眼神清澈透明，只是看到我们俩时，那种警惕的陌生让我心中一凉。

“南君，月野的记忆需要一个过程才能完全恢复，时间大概是一年。”黑羽诚恳地说道，“我是希望她能尽快好起来，但是不敢太着急，否则有可能导致她的意识再也不能恢复。”

“大川雄二和你有联系吗？”月饼没头没脑地问道。

黑羽摇了摇头：“自从大川先生去了印度，手机就处于关机状态，联系不上。”

出了医院，我和月饼在街上溜达着。虽然满街都是黄皮肤黑眼睛的人，但是我始终觉得自己是个异乡人，他们和我们完全不是一种文化，不是一种信仰，不是一种血统……

“下一步有什么打算？”月饼长长地舒了口气。

“没有打算，你呢？”我反问道。

“我想去印度看看，顺便找找大川雄二。”

“那你去吧，我不去了。”我很干脆地拒绝道。

月饼犹豫片刻：“好好照顾月野吧。”

把月饼送上去印度的飞机，我默默看了好久。这么久以来，我们俩一起旷课、一起打电玩、一起玩篮球、一起在泰国、一起在日本……如今，我留在了日本，月饼去了印度。

我扛起手里的相机，在三个月的时间里，几乎走遍全日本，拍了很多照片，又用“吴佐岛一志”的名字投往各大编辑社，居然引起了强烈的反响。我这么做主要是因为月野崇拜吴佐岛一志，她又喜欢摄影，或许这样能够加快她的记忆恢复进程吧。

很快，为期一年的签证就要到期了，我把所有的稿费和照片一股脑儿塞给黑羽，让他帮着照顾月野。

此时月饼走了四五个月，也根本联系不上。我忽然觉得，我和日本这个国家，根本没有一点点联系。

于是，我选择了回国。

月野已经到了七八岁年龄的记忆，很认真地对我说：“你一定要回来看月野哦。”

我点头……

黑羽爽朗地笑着：“多保重，你放心吧。”

我点头……

点着点着，眼泪，点了下来。

时间过得很快，转眼就是大二寒假考试前。北方的天气异常寒冷，我正懒洋洋地缩在被窝里刷微博，门被推开了。

“南瓜，好好学习，天天向上！要不杂家考试抄谁的去？”

我端着手机头也没抬，随口答应着，忽然反过劲来，抬头一看，月饼正吊儿郎当地坐在床上，满脸倦容。

我擦了擦眼睛确定不是错觉，怒捶一拳道：“你可算是回来了！真的去了印度？”

“印度！”月饼拿起我喝剩下的啤酒，喝了半罐子，“中间经历太多事情，我讲给你听，有兴趣不？”

“必须有！”